暮吟草

石恒济诗词

石恒济 著

漠漠轻寒，丝丝细雨，江南正是阳春。
玉树临风，满园花雾流云。
嫣红姹紫芳菲处，鹧鸪啼、碧野香尘。
燕归来，绮户朱楼，柳色盈门。
六朝旧梦笙歌地，有闲愁多少，不耐悲吟。
顾影伤怀，离情付与瑶琴。
苍颜华髮凭谁问，阻归程、远水遥岑。
细思量，归去来兮，迟暮销魂！

知识产权出版社
全国百佳图书出版单位
—北京—

图书在版编目（CIP）数据

暮吟草：石恒济诗词 / 石恒济著. — 北京：知识产权出版社, 2021.10
ISBN 978-7-5130-7727-9

Ⅰ. ①暮… Ⅱ. ①石… Ⅲ. ①诗词－作品集－中国－当代 Ⅳ. ①I227

中国版本图书馆CIP数据核字（2021）第189510号

内容提要

本书是2018年出版的古典诗词集《流年集——石恒济诗词》的续集。本书共有诗词431首，其中诗222首，词209首，所辑录的诗词除3首古风之外，均为格律诗和词，格律和用韵严格。诗的体裁涉及律诗、绝句和入律古风等。词包括小令、中调词和长调慢词，所用词牌140个。书中诗词多为作者对祖国大好河山、名胜古迹和自然风光的赞美吟咏及对世事变迁、岁月蹉跎的慨叹，既有状物咏史之篇，亦多感时伤怀之作，风格大体属婉约一脉。诗词后面附有注释，对增长历史、地理、人文知识将有所裨益。

本书可供中学生、大中专学生、诗词爱好者、文学爱好者等阅读参考。

责任编辑：李　娟　　　　**责任印制**：孙婷婷

暮吟草——石恒济诗词

MU YIN CAO——SHIHENGJI SHICI

石恒济　著

出版发行：知识产权出版社有限责任公司	**网　　址**：http://www.ipph.cn
电　　话：010－82004826	http://www.laichushu.com
社　　址：北京市海淀区气象路50号院	**邮　　编**：100081
责编电话：010－82000860转8363	**责编邮箱**：laichushu@cnipr.com
发行电话：010－82000860转8101	**发行传真**：010－82000893
印　　刷：北京中献拓方科技发展有限公司	**经　　销**：各大网上书店、新华书店及相关专业书店
开　　本：720mm×1000mm　1/16	**印　　张**：33
版　　次：2021年10月第1版	**印　　次**：2021年10月第1次印刷
字　　数：471千字	**定　　价**：88.00元

ISBN 978－7－5130－7727－9

序　言

本书是2018年出版的古典诗词集《流年集——石恒济诗词》的续集，或称姊妹篇。暮者，晚年，迟暮；草者，草稿，书稿。暮吟草，乃迟暮之年的草作。

中国是诗的国度，文学史源远流长。自春秋战国时期《诗经》和《楚辞》的相继问世到汉魏时期的乐府民歌，再到唐诗、宋词、元曲，诗苑词林中百花争奇斗艳。特别是唐诗、宋词，是古典文学百花园中的奇葩，千百年来依然散发着迷人的芳香。

古人言，"诗言志，词抒情"。而今人的观点是，诗也可以"抒情"，词也可以"言志"。诗词是人类心灵的形象展现，尤其是古典诗词，其特有的淳厚韵味和音乐性，使之成为中国传统文学中最具魅力的表现形式之一。时至今日，诗词依然具有旺盛的生命力，拥有着广大的爱好者，人们心中那些幽微的情感仍要借诗词来表达和传递。古典诗词中的那些优秀篇章，那些脍炙人口的名章隽句，直到今天还刻在人们的心中，令人百读不厌。这些优美的诗词篇章，或教人爱国家、爱民族、爱人民、爱家园，或催人励志奋进、不虚度年华，或赞美祖国的大好河山、吟咏四时风光，或揭露社会矛盾、主张公平正义，或抒发真挚情感、倡导人间的真善美，等等。在艺术性方面，不同的艺术形式、多种多样的风格、具体生动的形象，伴随着深厚的情感、浪漫恣肆的想象、精练流畅的语言、鲜明抑扬的节奏，遂蔚成为华美的诗章。

近年来，学习、继承和发扬传统文化之风蓬勃兴起，形成了“古典诗词热”。然而，了解诗词格律的人却不多，这在一定程度上限制了人们对古典诗词的理解和欣赏。无论是欣赏还是写作格律诗，都应当了解并掌握一些最基本的格律知识或规则。故在《流年集——石恒济诗词》前言里，笔者谈了一些对诗词格律粗浅的理解和在创作古典诗词过程中的体会，怕是班门弄斧、贻笑大方。

两本诗词集的相继出版，初衷是想借古典诗词这种表现形式来讴歌时代、抒写情怀，反映今天的祖国风貌、大好河山、自然风光、社会生活、风土人情、奇闻轶事，以及怀古咏今，赞美大德先贤们的高尚品德和志士英烈们的豪情壮举，抒发笔者对伟大祖国的热爱、对大好河山的眷恋、对美好生活的憧憬及心中幽微的情感。

两本诗词集共计有诗词817首，其中诗463首，词354首，所用词牌175个。所辑录的诗词按写作时间的先后顺序排列，格律和用韵严格。在韵书的选择和使用上，两本诗词集中的诗和词分别选用了不同的韵书。诗并未采用古代通行的106

韵的“平水韵”，而是以现代中华诗词学会编辑的《中华新韵（14韵）》为韵书，没有入声韵。而词却是依照清代戈载编辑的《词林正韵》的十九个韵部来填词，某些词作依然使用了入声韵。因为某些词调要求或例用入声韵。只有用入声韵，才能更好地体现该词调的风格。词韵里入声单独成为韵部，即在仄声字当中，入声自成一类，一般不和上、去声通押，也不和平、上、去声互押。也就是说，词中入声韵往往独用，不与他韵通用。故在填词时，如果选择入声韵，那么整首词的韵脚一般应是同一入声韵部里的入声字。应当指出，阅读古典诗词，自然要以“平水韵”（清代改称“平水韵”为“佩文诗韵”）和《词林正韵》为依据。而如果是今人创作诗词，则可以而且应当提倡新声韵，包括使用现代人编辑的《诗韵新编》或《中华新韵（14韵）》为韵书。《中华新韵（14韵）》是一部使用普通话音系的韵书，完成了普通话的诗韵划分，既继承了格律诗用韵的传统，又便于今人诗词的写作与普及，具有划时代的意义，而且使用起来很方便，是很好的一部韵书。另外，在一首诗词中，只能依一种韵书用韵，不可两种或多种混用。窃以为，对于初学者来说，只要能做到音韵和谐悦耳、美妙动听、意境美好就可以了，既要遵守诗词格律但也不必过于苛求。

写作过程中，笔者曾参考过一些有关诗词格律和用韵方面的书籍及相关的诗书典籍，在此对先贤们表示感谢。在注释部分，主要参考的资料是：《新华字典》《新华词典》《现代汉语词典》,以及“百度文库”等网站上的有关资料和相关的文史书籍与资料,在此一并表示感谢。

由于笔者学识浅薄,诗词中如有不当或舛谬之处,敬请各位读者不吝赐教！谢谢。

石恒济

目　录

一丛花·中秋吟

一轮明月正当头(韵),万里照神州(韵)。
青冥浩荡云光耀,蓝天下、沃野平畴(韵)。
溪水潺湲,梧桐凝碧,丹桂异香柔(韵)。

一年一度又中秋(韵),满眼物华休(韵)。
沧桑巨变风云会,复兴梦、百代宏谋(韵)。
富国强兵,民安乐业,盛世尽风流(韵)。

1. 一丛花:词牌名。此调始见于宋张先《张子野词》。双调,共七十八字。上、下片同调,各七句、四平韵。

2. 青冥:天空。李白的古风体长诗《梦游天姥吟留别》中有:“青冥浩荡不见底,日月照耀金银台。”

3. 畴:田地。

4. 潺湲:形容河水慢慢流动的样子。如:溪水潺湲。

5. 物华休:事物呈现吉祥和欢乐。物华:万物的精华。休:吉祥;喜庆。

6. 风云会:风云,比喻变幻动荡的局势。际会,遇合。指在大动荡、大变革的时期抓住机遇。

7. 宏谋:宏大的谋略。指振兴中华的宏图大业和宏伟蓝图。

8. 风流:有功绩又有文采;又指英俊杰出。

2017年10月4日(中秋之夜)于石家庄

浪淘沙·寒露

寒露洒新凉㊐,秋意彷徨㊐。
蛩鸣衰草叹无常㊐。
萧瑟秋风吹落叶,细雨微茫㊐。

往事费思量㊐,几缕忧伤㊐。
人生如梦笑荒唐㊐。
又见云天明月夜,北雁南翔㊐。

1. 浪淘沙:词牌名。又名《卖花声》《过龙门》等。原唐教坊曲名,后用作词调名。唐人所作本为七言绝句体,至南唐后主李煜始另创新声为长短句,分前、后片。此调为双调,共五十四字。上、下片同调,各五句、四平韵。

2. 寒露:二十四节气之一,属二十四节气的第十七个节气,在10月8日或9日。寒露以后,气温开始急速下降,天气一天比一天冷了。

3. 蛩(qióng)鸣衰草叹无常:晚秋,草木枯萎凋零,蟋蟀等秋虫的生命就要走到尽头了。在瑟瑟的寒风中,蟋蟀的鸣叫声凄凉悲切。触景伤情,不免使人感到世事无常、生命短暂,心中油然而生出几分悲凉。蛩:蟋蟀。无常:时常变化,变化不定;又指人死。如:一旦无常万事休。

4. 思量(liáng):考虑;想念;记挂。

5. 又见云天明月夜，北雁南翔：在月光如水的秋夜，听着蟋蟀凄凉的鸣叫声，平添了几分寒意和惆怅。而恰在此时，一行大雁正背负着皎洁的月光，在万里云天上由北向南飞去。北雁南飞，寒冷的冬天就要到来了。秋情秋景秋无奈，也暗示着自己几天之后又要离开家乡到南方去了。

2017 年 10 月 8 日（寒露）于石家庄

秋夜思

秋雨秋风秋草黄㊟，秋声秋韵秋夜凉㊟。
梧桐叶照泠泠月，桂子花飘淡淡香㊟。
孤雁悲鸣添寂寞，寒蛩哀泣动忧伤㊟。
沧桑世海流年度，如梦人生话短长㊟。

1. 秋声秋韵：秋天里发出的各种声音，秋天里的气韵、韵致。多带有凄凉萧瑟之意。如：秋风吹落叶的沙沙声，淅淅沥沥的秋雨声，秋虫凄厉的鸣叫声，遍地金黄的落叶，漫山的红叶如霞似火，秋收季节大地一片金黄，等等。

2. 梧桐叶照泠(líng)泠月：诗词中的特殊句式。意思是泠泠月照着梧桐叶。泠泠：形容清凉。

3. 桂子：桂花。

4. 寒蛩：深秋蟋蟀的鸣叫声凄凉悲切。

5. 沧桑：沧海桑田的简称。大海变成农田，农田变成大海。比喻世事变迁，世事无常，世事变化很快、变化很大。晋葛洪的《神仙传·麻姑》中云："麻姑自说云，接侍以来，已见东海三为桑田。"相传东汉年间，有两个仙人，一个叫王远，一个叫麻姑。一次，他们相约到蔡经家去饮酒。席间，麻姑对王远说："自从得道接受天命以来，我已经亲眼见到东海三次变成桑田。刚才到蓬莱，又看到海水比前一时期浅了一半，难道它又要变成陆地了吗？"王远叹息道："是啊，圣人们都说，大海的水在下降。不久，那里又要扬起尘土了。"这就是沧海桑田的出处。

6. 流年：光阴；时光。如：似水流年。

7. 如梦人生话短长：人生如梦，转眼间年华已经老去。余这一生，命运坎坷、时乖运蹇(jiǎn)、颠沛流离、辛苦备尝。回想起来，人之一生总有可引以自怜之处，也有令人遗憾之事，有春风得意之时，也有失意惆怅之际。是好是坏，是长是短，都已成为过眼烟云。人的一生不可能十全十美，一切都如一场春梦而已。“岂能尽如人意，但求无愧我心。”

2017年10月12日夜于石家庄

思故人

凄风苦雨不堪听㊎，几许愁思几许情㊎。
惆怅山川流岁月，戚寥江海度余生㊎。
蓬瀛渺渺空兴叹，鱼雁迟迟劳梦惊㊎。
同是天涯沦落客，相知何必总相逢㊎？

1. 惆怅：失意；伤感。

2. 戚寥：忧愁；悲伤；空虚；冷落。

3. 蓬瀛：蓬莱、瀛洲。古代神话传说中的海上三神山：蓬莱、方丈、瀛洲。泛指神仙居住的地方。

4. 渺渺：因遥远而模糊不清；或形容隐隐约约、若有若无。

5. 鱼雁：古时有借鱼腹和雁足传信的说法，故用鱼雁代指书信。这里指音讯。

6. 迟迟：缓慢；迟延；延误。

7. 沦落：流落；没落；衰落。

2017年10月15日于石家庄

重阳感怀

一年一度又重阳(韵),唯见金菊雅韵藏(韵)。
云淡风轻山色远,秋高气爽水流长(韵)。
江南暮夜花凝露,塞北平明草带霜(韵)。
四海漂泊无定数,不堪回首话凄凉(韵)。

1. 一年一度又重阳,唯见金菊雅韵藏:又是一年一度的重阳节了,百花多已凋谢,唯有晚秋的菊花正在盛开。菊花乃花中隐士、冷艳幽香、傲骨高洁、不惧风霜,蕴含着高雅的气韵。唯:单单;只。

2. 江南暮夜花凝露,塞北平明草带霜:重阳节到了,时已至晚秋,天气已经转凉,在江南,夜晚花上开始凝结露水,在塞外,清晨草上结满了霜华。余曾在内蒙古大草原工作生活十数年,退休后又奔波于长城内外、大江南北,流寓于岭南、华东等多个城市。这两句正暗喻了余近年来的漂泊生涯。平明:天亮的时候,即清晨。

2017年10月28日(重阳节)于南京

唐多令·重过金陵

日暮过金陵㊝,烟霞伴我行㊝。
雁南飞、漫漫征程㊝。
霜叶满山红似火,残照里,望秋暝㊝。

虎踞石头城㊝,龙蟠紫气生㊝。
想当年、霸业纷争㊝。
十代风云尘土梦,千古事,尽飘零㊝。

1. 唐多令:词牌名。又名《南楼令》《箜篌曲》等。双调,共六十字。上、下片同调,各六句、四平韵。

2. 唐多令·重过金陵:2017年10月28日重阳节,余重过金陵。时至晚秋,霜叶满山,层林尽染,夕阳残照,火红如霞。大雁已经开始由塞北向南方飞了,开始了其漫漫而遥远的征程。看着这一派秋光秋景,心中感慨顿生,遂作此《唐多令·重过金陵》以记之。该词上半阕写暮秋景色,下半阕怀古,遥想朝代更迭,霸业纷争,风云变幻,尘梦一场。金陵:南京的别称、古称。

3. 烟霞:山水;风光;风景。

4. 秋暝:晚秋日暮时分,苍茫昏暗的景色。暝:日落;天黑;天色昏暗。

5. 虎踞石头城,龙蟠紫气生:"虎踞龙蟠"或称"龙蟠虎踞",特指南京,是南京的一个别称,也是对南京山川形胜的形象描绘。相传三国时,诸葛亮在赤壁之战前夕,出使东吴,与孙权共商破曹大计。据说,诸葛亮途经秣陵(今南京)时,特地骑马到石头山观察山川形势。他看到以钟山为首的群山，像苍龙一般蜿蜒蟠伏于东南，而以石头山为终点的西部诸山，又像猛虎似的雄踞在大江之滨，于是发出了“钟山龙蟠，石头虎踞，真乃帝王之宅也”的赞叹，并建议孙权迁都秣陵。孙权在赤壁之战后，于公元211年将首府由京口（今镇江）迁至秣陵，并改称秣陵为建邺。第二年，即公元212年就在清凉山原有城基上修建了著名的石头城。公元229年，孙权于武昌称帝，国号“吴”，旋即迁都建邺（今南京）。这是历史上南京建都的开始。因孙权建石头城，故南京又称石头城。紫气：祥瑞之气；帝王之气。

6. 十代风云：“江南佳丽地，金陵帝王州。”南京有着6000多年文明史、近2600年建城史和近500年的建都史，是四大古都之一，有“六朝古都”“十代都会”之称，历史上曾先后有东吴、东晋、南朝的宋、齐、梁、陈、五代的杨吴（西都）、南唐、南宋（行都）、明、南明等十几个朝代在南京建都。南京是中华文明的重要发祥地，历史上曾数次庇佑中华之正（zhēng）朔，长期是中国南方的政治、经济、文化中心，拥有厚重的文化底蕴和丰富的历史遗存。这里指南京历史上的朝代更迁。

7. 尘土梦：历朝历代的帝王们，做的都是江山永固、千秋百代的帝王梦。而实际上是你方唱罢我登场，朝代像走马灯似的不断更迁，最终剩下的都只是一抔黄土而已，帝王梦不过是尘土梦罢了。

8. 飘零：（花或叶）凋谢零落，比喻遭到不幸，流落无依。这里指散乱零落或无影无踪意。

2017年10月29日于南京

浪淘沙·哀思

樽酒对寒星(韵),泪眼盈盈(韵)。
青烟袅袅月华明(韵)。
似箭光阴流水度,风雨无情(韵)。

往事任飘零(韵),回首堪惊(韵)。
如丝如缕梦魂萦(韵)。
子欲奉亲亲不在,此恨难平(韵)。

1. 哀思:2017年的农历九月十四,乃先考五十二载忌辰。半个多世纪过去了,父亲的音容体貌依然时时浮现在脑海中。值此忌辰,填此小词,以寄哀思。先考:过世的父亲。

2. 樽:古代的盛酒器具。这里指酒杯。

3. 盈盈:本意是形容清澈,这里指眼中满含泪水。

4. 袅袅:形容烟气缭绕上升。

5. 如丝如缕梦魂萦:回想往事,丝丝缕缕不能断绝。往事使人惆怅,使人伤怀,不堪回首,意气难平。

2017年11月2日(农历九月十四)于南京

临江仙·晚秋伤怀

飒飒秋风吹落叶，秋声秋韵秋光[韵]。
秋山秋水映秋阳[韵]。
秋空明似镜，秋雁正南翔[韵]。

四海漂泊终寂寞，年年岁岁彷徨[韵]。
光阴荏苒鬓如霜[韵]。
一壶浊酒醉，迟暮对凄凉[韵]。

1. 临江仙：词牌名。又名《临江山》《鸳鸯梦》《画屏春》《雁后归》《采莲回》《玉连环》《庭院深深》等。调名本意即咏临江凭吊水仙、水神，但历代所祭的水仙、水神并不确定。该调名原为唐教坊曲名，后用作词调名。双调小令，字数有六十字、五十八字及五十二字、五十四字、五十九字、六十二字等多种格体。上、下片各五句、三平韵。此调唱时音节需流丽谐婉，声情掩抑。至今影响最大的《临江仙》词，是明代才子杨慎所作《廿一史弹词》的第三段《说秦汉》的开场词《临江仙·滚滚长江东逝水》，毛宗岗父子评刻《三国演义》时被放在卷首，后来的电视连续剧《三国演义》的片头曲即为这首《临江仙·滚滚长江东逝水》："滚滚长江东逝水，浪花淘尽英雄。是非成败转头空。青山依旧在，几度夕阳红。白发渔樵江渚上，惯看秋月春风。一壶浊酒喜相逢。古今多少事，都付笑谈中。"笔者的这首《临江仙·晚秋伤怀》为六十字体。为写晚秋凄凉景象的伤感之作。上半阕用了九个秋字来写晚秋景象,下半阕写面对秋景,感叹自己年华老去却依然四海漂泊而伤怀。

2. 飒飒:拟声词。风吹动树木枝叶等的声音。

3. 漂泊:随水漂流或停泊。比喻生活不安定,到处奔波。

2017年11月3日于南京

高阳台·咏金陵

隐隐青山，迢迢绿水，丘峦碧野芳洲㊙。
虎踞龙蟠，大江滚滚东流㊙。
烟波浩渺云流处，望台城、塔影清幽㊙。
俏秦淮，画舫蓝桥，秀户朱楼㊙。

六朝粉黛江山画，况人文荟萃，一脉悠悠㊙。
霸业干戈，兴亡几度春秋㊙？
黍离悲叹吴宫里，映斜阳、草木凝愁㊙。
有谁怜，北雁南飞，故国重游㊙。

1. 高阳台：词牌名。又名《庆春泽》《庆春宫》等。调名取自楚襄王游高唐梦巫山神女故事。该调为双调，共一百字，上、下片各十句、四平韵。宋人有多人喜用此调，名篇颇多。该调以宋刘镇《庆春泽·丙子元夕》为正体，而以宋张炎《高阳台·西湖春感》为典范。此调韵位疏密适当，凡用韵处均连用两个平声字，音韵极为和谐流美。这首《高阳台·咏金陵》和上集《流年集》里的三首《高阳台》均依张炎体。这首“咏金陵”上半阕写金陵形胜，下半阕写朝代兴衰。这首词里写到了金陵的青山绿水、碧野芳洲，描写了长江、紫金山、石头城、玄武湖、台城、小九华山、鸡鸣寺、秦淮河、吴王宫等金陵的主要名胜古迹。

2. 隐隐：隐约；不明显。

3. 迢迢：遥远；长久。

4. 烟波浩渺云流处，望台城、塔影清幽：烟波浩渺指玄武湖，台城是六朝遗留下来的一段宫城城墙，在玄武湖畔，塔影指鸡鸣寺的药师佛塔和小九华山上的三藏塔。玄武湖中有五个岛屿称五洲：环洲、樱洲、菱洲、梁洲、翠洲。五洲中的菱洲享有“菱洲山岚”之美誉，站在菱洲上，向正东远眺，可见紫金山的倩影倒映在玄武湖的碧波里，称为“钟山顾影”，乃玄武湖的一大胜景；向东南望去，可见小九华山和三藏塔美丽的身影；正南方，是风雨台城古老的雄姿和鸡鸣寺高耸入云的药师佛塔，美不胜收。

5. 蓝桥：据《西安府志》记载，蓝桥在今陕西省蓝田县西南的兰峪水（蓝溪）之上，称为“蓝桥”。相传蓝桥有仙窟，为裴航遇仙女云英处。传说裴航为唐长庆年间秀才，游鄂渚，梦中得仙女赠诗：“一饮琼浆百感生，玄霜捣尽见云英。蓝桥便是神仙宫，何必崎岖上玉清。”后裴航买舟还都，路过蓝桥驿，遇见一织麻老妪。航渴甚求饮，妪呼女子云英捧一瓯水浆饮之，甘如玉液。航见云英姿容绝世，因谓欲娶此女。妪告：“昨有神仙与药一刀圭，须玉杵臼捣之。欲娶云英，须以玉杵臼为聘，为捣药百日乃可。”后裴航终于找到月宫中玉兔用的玉杵臼，娶了云英，夫妻双双入玉峰，成仙而去。这里的“蓝桥”代指秦淮河上精美的桥。六朝时期金陵有二十四浮航，秦淮河上有著名的八大桥：文德桥、文源桥、文正桥、平江桥、来燕桥、武定桥、镇淮桥、朱雀桥。

6. 粉黛江山：江山如画、江山多娇意。

7. 人文荟萃，一脉悠悠：中华文明，一脉传承。荟萃：聚集；汇集（指优秀的人或精美的物）。悠悠：长久；遥远。

8. 黍离悲叹：指对国家残破、今不如昔的哀叹。也指国破家亡之痛。

《诗经》中的“王风”，历来被视为是悲悼故国的代表作。两千多年前的一个夏天，周大夫行役路过镐（hào）京，看到埋没在荒草中旧时宗周的宗庙遗址，有感于周室的衰亡，悲伤而作《黍离》，描述了他看到心中神圣的殿堂坍塌而埋没于禾苗荒草之中时的悲哀心情。这首诗两千年来不断被传唱，人们把发自心底的、失落的悲哀称作“黍离之悲”。

《黍离》全文：

彼黍离离，彼稷之苗。行迈靡靡，中心摇摇。知我者谓我心忧，不知我者，谓我何求。悠悠苍天，此何人哉。彼黍离离，彼稷之穗。行迈靡靡，中心如醉。知我者谓我心忧，不知我者，谓我何求。悠悠苍天，此何人哉。彼黍离离，彼稷之实。行迈靡靡，中心如噎。知我者谓我心忧，不知我者，谓我何求。悠悠苍天，此何人哉。

9. 北雁南飞，故国重游：秋尽冬来，塞北的大雁已经开始向南方飞了，余也由北向南来到了古都金陵。这里的北雁暗喻笔者。

2017年11月5日于南京

鹧鸪天·立冬

秋去冬来落叶黄韵,气寒露冷草凝霜韵。
残荷败柳凋零尽,惟有金英菊蕊香韵。

伤晚景,惜流芳韵,天高云淡路茫茫韵。
而今又作江南客,却认秦淮是故乡韵。

1. 鹧鸪天:词牌名。又名《鹧鸪引》《千叶莲》《于中好》《思佳客》《剪朝霞》等。一说调名取自唐郑嵎"春游鸡鹿塞,家在鹧鸪天"诗句。双调,共五十五字。上、下片不同调,上片四句,下片五句。上片第一、二、四句和下片第二、三、五句押韵,押平声韵。此调很像两首仄起式七绝,上片完全是七绝形式,下片只是把第一句拆成两个三字句。

2. 金英:菊花的别称。菊花美称傲霜之花、花中君子、花中隐士等,雅称寿客,别称金英、黄华、女华、节花、秋菊、陶菊等。

3. 流芳:好的名声流传下去。

4. 而今又作江南客,却认秦淮是故乡:"江南佳丽地,金陵帝王州。"南京是个好地方,山川形胜,风景秀丽,人文荟萃,物阜民丰。余四海漂泊,客居江南,深深地爱着南京这块风水宝地,权且把南京当作第二故乡吧。秦淮:秦淮河。这里用秦淮代指金陵、南京。

2017年11月7日(立冬)于南京

南歌子·金陵冬夜听寒蛩

冬夜泠泠月，寒蛩瑟瑟鸣㊣。
风吹落叶正伤情㊣。无奈凄凉时节到金陵㊣。

岁月催人老，霜华满鬓生㊣。
流年虚度客愁凝㊣。回首人生往事意难平㊣。

1. 南歌子：词牌名。又名《南柯子》《春宵曲》《水晶帘》《碧窗梦》《风蝶令》等。此调分单调和双调：单调者，二十六字（也有二十三字的），平韵。双调者，又有平韵、仄韵两体。共五十二字。上、下片同调。逢二、三、四句押韵。第一、二句宜用对仗起。这首《南歌子·金陵冬夜听寒蛩》为双调、平韵体。

2. 南歌子·金陵冬夜听寒蛩：蟋蟀乃秋虫，儿时，时常捉蟋蟀和小伙伴们角斗玩耍。这些小生命带给儿时的笔者许多欢乐和美好时光。在北方，中秋过后不久，大约在寒露前后蟋蟀就相继死去了。而在江南，立冬过后，仍能在月白风清之夜听到蟋蟀凄切的鸣叫声。怜惜这些小精灵即将逝去，叹生命之短暂。感慨之余，心中无限悲凉，故作此小词以记之。

3. 寒蛩瑟瑟鸣：晚秋，蟋蟀因寒冷而发出断断续续、凄凉悲切的鸣叫声。

4. 霜华：本指寒霜。这里指斑白的头发。

5. 流年虚度客愁凝：光阴虚度和游子思乡的哀愁。

2017年11月10日（立冬后三日）于南京

浪迹萍踪

浪迹萍踪忆旧游(韵),离群孤雁落荒丘(韵)。
风筝断线空飘荡,万里云天独自愁(韵)。

1. 浪迹萍踪:比喻四海漂泊、行踪不定、到处流浪。浪迹:没有固定的住处,到处流浪。萍踪:比喻行踪不定。

2. 忆旧游:怀念亲朋故旧;回忆过去的岁月、时光、往事、经历。

2017年11月11日于南京

咏 菊

秋去冬来夜露华㊀,东篱绚烂映陶家㊀。
妖娆不惧风和雨,金蕊凌霜傲百花㊀。

1. 露华:露水。

2. 东篱绚烂映陶家:晋朝陶渊明一生爱菊、种菊、赏菊、咏菊,写了不少有关菊花的诗,其中最有名的一首是田园诗《饮酒》二十首之五:“结庐在人境,而无车马喧。问君何能尔,心远地自偏。采菊东篱下,悠然见南山。山气日夕佳,飞鸟相与还。此中有真意,欲辩已忘言。”因陶渊明最爱菊,又最先咏菊,故后世文人就将菊花称为陶菊,凡写菊花又必称东篱,民间也将陶渊明当作十二花神中的九月菊花花神了。东篱:因陶渊明有诗句“采菊东篱下,悠然见南山”,故后世多以东篱为菊花生长的地方,东篱也代指菊花。绚烂:灿烂。陶家:陶渊明家;陶令家;陶家菊。

3. 妖娆:妩媚艳丽。

4. 金蕊:金菊;菊花。菊花美称傲霜之花,别称金英、黄华、节花等。

2017年11月12日于南京

题菊花

秋山秋水远天涯(韵),秋尽江南草木杀(韵)。
西苑金英怜晚照,东篱玉蕊映流霞(韵)。
孤芳傲骨神仙品,倩影香魂陶令家(韵)。
惟有霜菊偏爱冷,百花凋落始发花(韵)。

1. 秋尽江南草木杀:秋尽冬来,原本绿水青山、百花盛开的江南也开始草木凋零,显出了肃杀的景象。杀:肃杀;凄凉,萧条,多用来形容秋冬天气寒冷,草木枯落。

2. 金英、玉蕊:均指菊花。

3. 晚照:夕阳。

4. 孤芳傲骨神仙品,倩影香魂陶令家:这两句是对菊花凌寒傲霜、孤芳高洁品格的赞誉。

5. 陶令:陶渊明曾做过彭泽县令,不为五斗米折腰,后辞官归隐,故后世称其为"陶令"。陶渊明归隐后其居处栽种有五棵柳树,号为"五柳先生"。

2017年11月13日于南京

游明故宫遗址

明宫故地探宫闱㊀,满目荒凉满目非㊀。
玉殿琼楼浑不见,龙阁凤阙早飞灰㊀。
唯留柱础乱石立,犹忆腥风血雨吹㊀。
朝代更迭成过往,黍离之叹几伤悲㊀?

1. 明故宫遗址:南京故宫,又称明故宫、南京明皇宫、南京紫禁城,明朝的皇宫,是北京故宫的蓝本,是中世纪世界上最大的宫殿,被称为“世界第一宫殿”。明故宫遗址在今南京市中山东路南北两侧,占地面积超过100万平方米,是全国重点文物保护单位。明故宫由明太祖朱元璋始建于元至正二十六年(1366年),地址在元集庆城外东北郊,初称“吴王新宫”,后称“皇城”。明故宫东西宽790米,南北长750米,有门四座,南为午门,东为东华门,西为西华门,北为玄武门。入午门为奉天门,内为正殿奉天殿,殿前左右为文楼、武楼,后为华盖殿、谨身殿。内廷有乾清宫和坤宁宫,以及东西六宫。明故宫殿宇重重,雕梁画栋,气势恢宏,曾作为明初洪武、建文、永乐三代皇宫达54年之久。直到明永乐十九年(1421年)明成祖朱棣迁都北京,南京故宫才正式结束了王朝皇宫的使命,但仍由皇族和重臣驻守。然而,由于战争、自然和人为的原因,特别是经过清灭南明和太平天国战争的破坏,明故宫的宫殿和宫墙已基本无存,只留殿基柱础而已,现为明故宫遗址公园。

2. 宫闱:宫,宫殿。闱,宫的侧门。这里用宫闱代指宫殿,代指明故宫。

3. 飞灰:灰飞烟灭。

4. 唯留柱础乱石立，犹忆腥风血雨吹：由于战争和人为的破坏，明故宫早已灰飞烟灭、荡然无存，只留下宫殿的台基和巨大的柱础昭示着它昔日的辉煌。这些乱石柱础经历了当年那腥风血雨的日子，也目睹了那些为争夺帝位、王权而发生的一幕幕血淋淋的残酷的杀戮。

2017 年 11 月 18 日于南京

扬州慢·流寓金陵

岁月蹉跎，匆匆去也，飘然华发苍颜(韵)。
看花开花落，伴似水流年(韵)。
任留恋、清溪碧野，丘峦涧壑，竹海鸣泉(韵)。
正销魂、木叶纷飞，满目衰残(韵)。

自来南国，漫风流、如画江山(韵)。
况九派三湘，六朝遗迹，故垒雄关(韵)。
隐隐云光塔影，台城外、杨柳含烟(韵)。
念秦淮明月，依然千里婵娟(韵)。

1. 扬州慢：词牌名。又名《朗州慢》。此调为宋姜夔所创制，见于《白石道人歌曲》。其自序云："淳熙丙申至日，予过维扬。夜雪初霁，荠麦弥望。入其城，则四顾萧条，寒水自碧，暮色渐起，戍角悲吟。予怀怆然，感慨今昔，因自度此曲。千岩老人以为有《黍离》之悲也。"此调为双调，共九十八字。上片十句，第六、第九句一般分上三下四；下片九句，第二、第七句一般分上三下四。上片第三、五、八、十句和下片第二、五、七、九句押韵，押平声韵。

2. 岁月蹉跎，匆匆去也，飘然华发苍颜：光阴似箭，岁月蹉跎，忽然间人就老了，满头白发，容颜苍老。飘然：像风吹一样。形容速度之快。

3. 壑(hè)：深沟；坑谷。

4. 木叶：落叶。

5. 九派三湘：九派，长江的九条支流，代指长江流域；三湘，古代称湖南为三湘。泛指古代吴楚之地。这里指南京及江南一带。

6. 台城：位于南京市玄武湖南岸的一段古城墙。晋、宋间谓朝廷禁省为台，故称禁城为台城。由于这里距六朝时代的建康宫不远，后人就称这段古城墙为台城。台城为六朝时历代王朝的后宫禁城，是东晋和南朝诸代政治、军事和思想文化的中心，代表着“六朝金粉”的兴衰。这是南京最古老的城墙。这里的“台城”泛指南京的古城墙。中唐诗人刘禹锡首作咏台城的怀古诗：“台城六代竞豪华，结绮临春事最奢。万户千门成野草，只缘一曲后庭花。”晚唐诗人韦庄也有一首著名的咏台城的诗：“江雨霏霏江草齐，六朝如梦鸟空啼。无情最是台城柳，依旧烟笼十里堤。”

7. 婵娟：形容姿态美好。古诗文里多用来形容妩媚妖娆的女子，也用来形容月亮、花等。这里泛指美好。

2017年12月1日于南京

解语花·冬日黄昏重登阅江楼

天寒露冷，雾重霜华，萧瑟江南岸(韵)。
暮云飞散(韵)，层楼外、一抹残阳留恋(韵)。
荻芦汀畔(韵)，鸥鹭影、落霞相伴(韵)。
送几回、天际行舟，游子空兴叹(韵)。

莫道魂牵梦断(韵)。
看峰峦叠翠，江水如练(韵)。
风光无限(韵)，秦时月、曾照六朝宫苑(韵)。
星移物换(韵)，却也是、干戈凌乱(韵)。
更那堪、岁月沧桑，世海风云变(韵)。

1. 解语花·冬日黄昏重登阅江楼：解语花，词牌名。双调，共一百字，上、下片不同调。上片九句、六仄韵，下片九句、七仄韵。相传唐玄宗时宫中太液池有千叶白莲，中秋盛开，玄宗设宴赏花。群臣左右为莲花之美而叹羡不已，玄宗却指着杨贵妃说："那莲花怎比得上我的解语花呢？"后人制曲，即取以为名。余曾于2016年11月29日登南京狮子山阅江楼俯瞰长江，并作词《八声甘州·登阅江楼》和七律诗《阅江楼》，故这里说重登阅江楼。

2. 阅江楼：阅江楼位于南京长江南岸狮子山上，俯瞰长江。阅江楼是继武汉黄鹤楼、岳阳岳阳楼、南昌滕王阁后的江南第四大名楼。阅江楼楼高52米，狮子山高

78米，总高130多米，是江南四大名楼中最高的名楼，巍巍然高耸入云。阅江楼景区是融人文景观与自然景观于一体的全国著名旅游胜地。

3. 层楼：高楼。这里指阅江楼。

4. 一抹残阳：黄昏，太阳即将落山时残留下的一缕阳光。

5. 汀：汀洲。水边的平地或水中的沙洲。

6. 兴叹：感叹。

7. 星移物换：也作物换星移，景物变化，星辰移位。形容时序变迁。初唐诗人王勃《滕王阁》诗中有诗句“物换星移几度秋”。

2017年12月5日于南京

一丛花·思念

光阴荏苒水潺湲㊞,往事亦堪怜㊞。
魂牵梦绕荒丘上,怅秋风、衰草寒烟㊞。
无限相思,相思无限,惆怅夜难眠㊞。

心中常忆是慈颜㊞,一十九年间㊞。
音容笑貌何能忘?不思量、却在心田㊞。
永记恩泽,恩泽永记,岁月伴流年㊞。

1. 思念:今天是岳母去世十九载忌辰。岳母宽厚仁慈,辛劳一生。在艰苦的环境中与我们共同生活二十余年,待我如亲生,并为我带大两个女儿,对我恩重如山。欲报恩而人已去,欲奉养而亲不在,人生之最大憾事也!每每想起,心中怅然。十九年来,岳母的音容笑貌时时浮现在我的脑海中。值此忌辰,作此小词以感念之。

2. 光阴荏苒水潺湲:光阴像流水一样在不知不觉中慢慢地流走了。

3. 荒丘:代指岳母的坟墓。

4. 岁月伴流年:永远牢记在心中,不以时光的流逝而忘怀。

2017年12月10日(农历十月二十三)于南京

唐多令·冬至金陵感怀

冬至客金陵[韵],阳和去又生[韵]。
看黄梅、蜡蕊初萌[韵]。
极目云天残照里,淮水碧,蒋山青[韵]。

风雨入台城[韵],烟霞故国行[韵]。
叹而今、一似飘萍[韵]。
岁月蹉跎人渐老,谁共我,诉衷情[韵]?

1. 冬至:节气名。中国传统二十四节气中的第二十二个节气,八大天象类节气之一,并且是最重要的节气之一,与夏至相对。在每年公历12月22日前后。这一天北半球白昼最短,黑夜最长,从这天以后白昼渐长。据传,冬至在中国古代是个很重要的节日,在周代曾是新年元旦。古人对冬至的说法是:阴极之至,阳气始生,日南至,日短之至,日影长之至,故曰"冬至"。在中国传统的阴阳五行理论中,冬至是阴阳转化的关键节气。易经上有"冬至一阳生"之说。民间有冬至吃饺子、吃汤圆等习俗。

2. 冬至客金陵,阳和去又生:在冬至到来之际,余正客居在金陵。阴极而阳生,从冬至这天开始,阴气逐渐消亡,阳气逐渐增长,冬至过后,美好的春天就快要来到了。阳和:阳气;春天;春天的暖气;温暖,和暖;祥和的气氛。

3. 看黄梅、蜡蕊初萌:冬至时节,江南的蜡梅花已经开始吐蕊开放了。黄梅:蜡梅的别名。蜡梅又称"腊梅",落叶丛生灌木。蜡梅花在霜雪寒天傲然开放,花开时满树金黄，富丽堂皇，花黄似蜡，浓香扑鼻，是中国特产的传统名贵观赏花木。因蜡梅花入冬初放，冬尽而结实，伴着冬天，故又名冬梅。蜡梅花开之日多是瑞雪纷飞，欲赏蜡梅，待雪后，踏雪而至，故又名雪梅。蜡梅在开春前开花，为百花之先，有的蜡梅品种(如虎蹄梅)在农历十月即开花，故人称早梅。蜡梅花黄色，带蜡质，似蜜蜡，花期多在12月至1月，芳香浓郁。李时珍《本草纲目》载："蜡梅，释名黄梅花，此物非梅类，因其与梅同时，香又相近，色似蜜蜡，故得此名。"蜡梅有许多别名，如：腊梅、黄梅、金梅、冬梅、雪梅、寒梅、早梅、香梅、唐梅、蜡花、黄梅花、腊梅花、干枝梅、雪里花等。南京紫金山脚下的梅花山上，种植有大片的蜡梅，南京各地，随处都可见到凌霜傲雪的蜡梅花傲然开放，满树金黄，异香缥缈。

4. 淮水：秦淮河。流经南京市区，南京的母亲河。

5. 蒋山：南京紫金山又名钟山、蒋山。紫金山古称金陵山，汉代称钟山。汉末有秣陵尉蒋子文逐盗，死于此，三国时吴主孙权为其立庙于钟山，孙权因避祖父"钟"讳而改其名为蒋山。

2017年12月22日(冬至)于南京

水调歌头·咏金陵

天下文枢地,江左物华稠(韵)。
六朝遗韵犹在、自古说风流(韵)。
王谢堂前燕子,飞入寻常巷陌,不见旧朱楼(韵)。
却看台城月,仍照紫菱洲(韵)。

秦淮碧,玄武翠,紫金幽(韵)。
石头城上、烟锁故垒几春秋(韵)?
霸业干戈凌乱,朝代兴亡更替,一任乱心眸(韵)。
唯有长江水,日夜送行舟(韵)。

1. 水调歌头:词牌名。又名《元会曲》《凯歌》《台城游》《花犯念奴》等。《水调》乃唐人之大曲,凡大曲有歌头,此乃裁截其歌头而另倚新声,故名《水调歌头》。该调为双调,共九十五字。上片八句,下片九句。上片第三句一般分上六下五或上四下七,下片第四句一般分上四下七或上六下五。上片第二、三、六、八句和下片第三、四、七、九句押韵,押平声韵。上、下片中的两个六字句多兼押仄声韵。下片第五、第六句宜用对仗。

2. 天下文枢地,江左物华稠:南京自古为天下文枢,"衣冠文物,盛于江南;文采风流,甲于海内",人文荟萃,物华天宝。江左:江南。古人称南京一带为江左、江东。稠:稠密;繁盛;多。

3. 王谢堂前燕子，飞入寻常巷陌，不见旧朱楼：这几句是化用唐代诗人刘禹锡那首脍炙人口的《乌衣巷》："朱雀桥边野草花，乌衣巷口夕阳斜，旧时王谢堂前燕，飞入寻常百姓家。"世事变迁，王谢等豪门大族家的高屋华堂不见了，曾经栖息在这里的燕子飞入了寻常百姓家，再也见不到旧时的绮户朱楼了。

4. 却看台城月，仍照紫菱洲：台城是六朝时健康宫的宫城，现为玄武湖南岸的一段古城墙。高悬在古台城上的明月，依然照耀着玄武湖水和湖里的岛屿。南京玄武湖方圆近五里，湖中有五个岛屿，称五洲（环洲、樱洲、菱洲、梁洲、翠洲），洲洲堤桥相通，浑然一体，处处有山有水，终年景色如画。这里用菱洲代指玄武湖和玄武湖的五个洲。

5. 秦淮、玄武、紫金：秦淮河、玄武湖、紫金山，均为南京最著名的风景名胜。

6. 霸业干戈凌乱，朝代兴亡更替，一任乱心眸：回想历史上发生在南京的那些霸业干戈、朝代兴亡，让人眼花缭乱、心潮起伏。一切都是过眼烟云，只留下几声叹息而已。一任：任由着。无奈意。

2017年12月27日于南京

浪淘沙·小寒

残雪挂枝头㊎，寒意悠悠㊎。
天凉夜静月华柔㊎。
遥望浮云游子意，几许离愁㊎。

何事苦淹留㊎，难舍难收㊎？
世情无奈乱心眸㊎。
久作江南憔悴客，归去来休㊎！

1. 小寒：小寒是二十四节气中的第二十三个节气，时间在每年公历1月6日前后，中国大部分地区将进入严寒季节。这时正值“三九”前后，俗话说，“小寒大寒，冷成冰团”，小寒标志着开始进入一年中最寒冷的日子。《月令七十二候集解》：“十二月节，月初寒尚小，故云，月半则大矣。”

2. 何事苦淹留，难舍难收：什么事情让人苦苦地滞留在他乡、去留难以取舍呢？淹留：长期停留。收：收拾；结束。

3. 归去来休：感叹语。愿意来就来，愿意走就走，走到哪儿算哪儿。

2018年1月5日（小寒）于南京

咏寒梅

朔气彤云日色昏[韵]，漫天愁雾雪纷纷[韵]。
寒梅吐蕊香初透，应是青霄玉女魂[韵]。

1. 朔气彤云日色昏：天寒地冷，浓云密布，万物萧索，天色昏暗。

2. 寒梅吐蕊香初透，应是青霄玉女魂：娇艳的蜡梅花迎着冰雪在寒冬里开放，散发着浓浓的香气。这凌霜傲雪、不畏严寒的坚韧品格应该就是冰霜女神的魂魄吧。寒梅：即蜡梅。蜡梅在春前开花，为百花之先，有的蜡梅品种在农历十月即开花。蜡梅花黄色，带蜡质，似蜜蜡，花期多在12月至1月，有浓芳香。蜡梅并非梅类，因其与梅同时，香又相近，色似蜜蜡，故得此名。蜡梅有许多别名，如：腊梅、寒梅、黄梅、金梅、冬梅、雪梅、香梅、干枝梅、雪里花等。吐(tǔ)：生出；露出。青霄玉女：又称青女、降霜仙子，是汉族神话传说中掌管霜雪的天上女神。唐代诗人李商隐《霜月》诗中写道："青女素娥俱耐冷，月中霜里斗婵娟。"

2018年1月7日于南京

携外孙放生十二韵

昨买鱼两尾，半晌无暇烹㊗。
涸辙鲋岂望，西江碧波澄㊗。
投水仍游弋，摇尾复翻腾㊗。
怜它解惜命，万物有神通㊗。
稚子童心善，相约放生灵㊗。
羊山湖虽远，水广深而清㊗。
摇头摆尾去，重作自由行㊗。
恐被渔人钓，愿尔藏深泓㊗。
结识新友伴，劫后度余生㊗。
从此无忧惧，戏水莲西东㊗。
水府清新界，其乐也融融㊗。
悠悠流年度，不忘怜惜情㊗。

1. 携外孙放生：有天下午，女儿买了熟人家池塘里的两条鱼，随手放在一大堆蔬菜下面没理会，待到晚上收拾时，才发现鱼还活着。至此，两条鱼离开水至少已经过去了五个小时。大家感叹其生命力之顽强，马上把鱼放进水里养了起来。小外孙高兴地说：“如果它们自己不死，我们就一直不吃它们吧？”女儿说：“好的，如果你明天放学它们还活着，我们就去放生吧。”小外孙刚刚4岁5个月，却有一颗善良的童心。第二天小外孙从幼儿园放学后,我们三个冒着严寒乘车去南京市栖霞区仙林羊山湖(很大的一个湖)放生。鱼儿摇着尾巴游走了,小外孙说:“它们会找到好朋友吗?”我说:“会呀,它们会有很多新的好朋友,会生活得很愉快。”在回来的地铁上,小外孙特别高兴。是的,慈悲和善良能使人快乐。孩子,谢谢你的善良和慈悲!

2. 暇:空闲。

3. 涸辙鲋岂望,西江碧波澄:这是对成语“涸辙之鲋”的化用。《庄子·外物》记载,庄周在路上看见干车沟里有条小鱼,小鱼请求庄周弄一些水来救活它。庄周答应到南方去把西江的水引来。小鱼说,要按你那样做,等到做成了,那你就到卖干鱼的店里去找我吧!后来人们就用“涸辙之鲋”比喻处在困境中急待救援的人。涸:水干,枯竭。辙:车辙。鲋:鲫鱼。

4. 怜它解惜命:怜惜它爱惜生命。即生命力顽强之意。

5. 稚子:幼小的孩子。指余的小外孙。

6. 泓:水深而广。

7. 悠悠流年度,不忘怜惜情:这句可有两种解释,一为不管岁月流逝,我们都不会忘记这两条可怜的小鱼;二为如果小鱼有知,应当不会忘记我和小外孙怜惜它们的情意吧。

2018年1月17日于南京

观虎溪三笑图

匡庐神仙地，慧远东林居(韵)。
避世寻幽境，佛门解禅机(韵)。
矢志皈三宝，寒暑共朝夕(韵)。
聚贤结莲社，足不越虎溪(韵)。
陶令偕修静，访友历崎岖(韵)。
义理通大道，宏论自然奇(韵)。
三教源流远，融合相与析(韵)。
不觉天色晚，送客情依依(韵)。
清风伴明月，宿鸟林中栖(韵)。
晤谈兴未尽，虎啸风声急(韵)。
三人相视笑，执礼惜别离(韵)。
佳话传千载，无问实和虚(韵)。

1. 虎溪三笑及虎溪三笑图：虎溪三笑之说始自唐代。东晋时高僧慧远，交游广泛，与很多名士都有往来。相传他曾住在庐山东林寺中，潜心研究佛法，为表示决心，就以寺前的虎溪为界，立一誓约：“影不出户，迹不入俗，送客不过虎溪桥。”不过，有一次大诗人陶渊明和道士陆修静过访，三人谈得极为投契，不觉天色已晚，慧远送出山门，怎奈谈兴正浓，依依不舍，于是边走边谈，送出一程又一程，忽听山崖密林中虎啸风生，悚然间发现，早已越过虎溪界限了。三人相视大笑，执礼作别。后人在他们分手处修建“三笑亭”以示纪念，并作对联云：“桥跨虎溪，三教三源流，三人三笑语；莲开僧舍，一花一世界，一叶一如来。”千百年来，“虎溪三笑”的故事广为流传，正如联语中所揭示的，是当时思想界佛、道、儒三教融和趋势的一种反映。据考证，高僧慧远与陶渊明约略为同时人，交往或有可能，而陆修静所处时代晚约近百年，所以“三笑”之说纯属虚构。但这个题材作为象征三教合流的美谈而脍炙人口。

虎溪三笑的故事为历代文人及画家所喜爱，各种以虎溪三笑为题材的艺术作品层出不穷，不乏许多传世名画。此类画题，最早有文字记载的作品是五代末宋初石恪绘《虎溪三笑图》和宋代李公麟作《三笑图》，现存世最为著名的当属藏于台北故宫博物院的南宋佚名作《虎溪三笑图》。其他传世名作还有很多，如明末清初陈洪绶作《虎溪三笑图》藏于武汉博物馆，现代傅抱石作《虎溪三笑图》藏于南京博物馆等。余所见即傅抱石所作藏于南京博物馆的《虎溪三笑图》。李白在《别东林寺僧》一诗中写道：“东林送客处，月出白猿啼，笑别庐山远，何烦过虎溪。”至今东林寺内的“三笑堂”和蹲伏在虎溪桥畔的石虎，都源于这则传说。

2. 匡庐：庐山。庐山又名匡庐、匡山、匡岭、匡岳、匡阜、康庐、匡俗山、南障山等。庐山名称的由来有多种说法和传说，如因其四围峻拔、中间平凹、状如箕筐而得名。也有人认为庐山的命名是有历史依据的。庐山地区的长江北岸，即今安徽合肥、六安一带，古代曾有个“庐子国”，在其境内的山即命名为“庐山”。还有一种传说，早在周朝时，有个名叫匡俗的人，在庐山学道求仙。周天子获悉了他的事迹，屡次请他出山相助，而匡俗却潜入深山，逃避不去。后来，匡俗无影无踪了，传说他成仙而去。人们便称匡俗所住的地方为“神仙之庐”，故名“庐山”。

3. 慧远东林居：晋代高僧慧远在庐山东林寺居住修行。慧远：晋代净土宗（又称白莲宗、莲宗）高僧。慧远大师（334—416年），俗姓贾，东晋时人，雁门郡楼烦县人（今山西宁武附近），出生于世代书香之家。他从小资质聪颖，勤思敏学，13岁时便随舅父令狐氏游学许昌、洛阳等地，精通儒学，旁通老庄。21岁时，前往太行山聆听道安法师讲《般若经》，悟彻真谛，于是发心舍俗出家，随从道安法师修行。慧远引老庄义解说佛经《高僧传》，以道家的永常不灭来诠释法性。后避乱世南迁居庐山东林寺，率众行道，与刘遗民、宗炳等僧俗123人，创立莲社，六时念佛，求生西方极乐净土。慧远在庐山居住三十多年，始终影不出山，迹不入俗，每送客、散步，也只以庐山虎溪为界。他精研佛法、孜孜为道、澄心系念、专志净土，为净土宗之始祖。慧远大师匡正佛法，著述丰厚，积极提倡翻译佛经，宣扬佛教戒律，并努力用佛学来融合儒学和玄学，为佛教在中国广泛传播、取得应有地位作出了重大贡献。慧远大师学识渊博，交游儒、释、道三教之大德贤哲，为世之所重。他名重政界，被历代帝王所褒扬。

4. 禅机：佛教用语。禅宗认为，悟了道的人教授学徒，往往在一言一行中都含有"机要秘诀"，给人以启示，令其触机生解，故名禅机。在这里也可以将禅机理解为佛教禅宗的机要秘籍或佛法真谛。

5. 三宝：佛教界以佛、法、僧为佛教三宝。

6. 莲社：慧远大师率刘遗民等123人，在庐山般若台精舍无量寿佛像前建斋发誓："众等齐心潜修净土法门，以期共生西方极乐世界"。并约定："因众人根器不同，福德有别，先得往生极乐净土者，需帮助提携后进者，以达到同生无量寿佛极乐国土之目的"。此次集会前，大师曾率众于东林寺前凿池种植白莲，史上称此集结为"结白莲社"，或简称"结莲社"，并确认为净土宗之始。佛教净土宗也因之而称为"莲宗"。

7. 陶令、修静：东晋大诗人陶渊明，道士陆修静。陆修静(406—477年)，字元德，道教上清派宗师。南北朝时吴兴东迁(今浙江吴兴东)人，三国吴丞相陆凯的后裔。幼习儒术，后出家修道，好方外游，遍历衡山、云梦山、罗浮山、峨眉山等名山胜地。南朝宋大明五年(461年)到庐山，以太虚观为大本营研经传道授徒长达7年之久，为刘宋天师道势力的发展和影响的扩大作出了极大贡献。经陆修静改革后的道教成为南朝天师道正宗。陆修静被元代道教茅山宗尊为第七代宗师。

8. 三教源流远，融合相与析：儒、释、道三教源远流长，且相互借鉴、相互解析、相互融合。

9. 佳话传千载，无问实和虚：经历代史学专家考证，陆修静与慧远、陶渊明并非同时代之人，虎溪三笑之说为后世好事者为之，纯属虚构，乃无稽之谈。虎溪三笑的故事在唐代已经流传开来，是当时思想界佛、道、儒三教融和趋势的一种反映，并作为象征三教合流的美谈而脍炙人口。所以，后世之人也就不必深究其真与假、实与虚了吧。无问：不问；不必问。

2018年1月25日于南京

念奴娇·咏黄山雪景

银装素裹，看黄山、大雪纷飞时节[韵]。
浩瀚苍茫云海里，怪石奇峰明灭[韵]。
冰瀑凌泉，雾凇玉树，化作烟萝结[韵]。
迷离梦幻，人间仙境奇绝[韵]。

但见万壑峥嵘，千岩凝秀，玉宇皆莹彻[韵]。
拔地擎天钟造化，鬼斧神工天设[韵]。
遥想当年，轩辕峰上，丹火熊熊烈[韵]。
飘然仙去，空留千古风月[韵]。

1. 念奴娇：词牌名。又名《百字令》《大江东去》《酹江月》《太平欢》《杏花天》等。调名取自唐玄宗天宝年间著名歌伎念奴。该调有平、仄两体，此为仄韵体。双调，共一百字。上、下片不同调。上片九句，下片十句。上片第二句一般分上三下六。上片第二、四、七、九句和下片第三、五、八、十句押韵，押仄声韵，而且常用入声韵。上片第五、六句多用对仗。上、下片后七句字数、平仄相同。

2. 黄山雪景：常言道，黄山有五绝：奇松、怪石、云海、温泉、冬雪。其中云海在冬季出现的概率要远远大于夏季，而冬雪只有冬季才有可能见到。南方冬季下雪的机会较少，故黄山的冬雪更显珍贵。2018年1月26日前后，江南地区突降暴雪，安徽降雪达30厘米以上，南京的降雪也将近30厘米，为十年来最大降雪。大雪把黄山景区装扮的犹如人间仙境：银装素裹，白雪皑皑；苍茫云海，如梦如幻；雾凇雪凇，美艳动人；冰瀑冰挂，冰肌玉骨；奇松怪石，美轮美奂；云霞日出，美不胜收。面对难得一见的黄山雪景，作此《念奴娇》以记之。

3. 怪石奇峰明灭：苍茫云海里云雾翻腾，使奇峰怪石忽而淹没，忽而露出。明灭：忽明忽暗意。

4. 冰瀑凌泉，雾凇玉树，化作烟萝结：瀑布结成冰，泉水被冻，树上结满雾凇，漫山洁白，晶莹剔透，烟笼雾锁，梦幻迷离，一派冰雪的童话世界。烟萝：烟聚萝缠谓之烟萝。

5. 玉宇：光洁如玉的天空。这里指雪后的天地空间。

6. 莹彻：晶莹透彻。

7. 造化：古代指自然界的主宰者。也指自然。有时也作福气、运气解。

8. 遥想当年，轩辕峰上，丹火熊熊烈：黄山，原名"黟(yī)山"，因遥望山峰和岩石青黑而得名。传说中华民族的人文始祖轩辕黄帝和容成子、浮丘公曾在黄山采药炼丹，后得道成仙，乘龙升天而去。唐玄宗于天宝六年(747年)改"黟山"为"黄山"，取"黄帝之山"之意。千余年来，关于黄帝在此修身炼丹、飘然成仙的神话传说广为流传，影响深远。黄山积淀了浓郁的黄帝文化，轩辕峰、容成峰、浮丘峰、炼丹峰、丹井、洗药溪、晒药台等景点的名称都与黄帝有关。丹火：炼丹炉里的火焰。

9. 风月：清风明月。泛指美好的自然景色。这里指黄山美丽的自然风光。

2018年1月27日于南京

南歌子·江南除夕感怀

岁月催人老，笙歌不夜天(韵)。
江南美景任流连(韵)。谁料光阴荏苒到年关(韵)。

人世多乖蹇，离合自有缘(韵)。
一壶浊酒尽余欢(韵)。且向万花丛里醉高眠(韵)。

1. 笙歌不夜天：指除夕夜中央电视台举办的春节文艺晚会及各地方电视台播出的迎春文艺节目。

2. 流连：也作留连。留恋，舍不得离开。

3. 荏苒：时间渐渐地过去。

4. 乖蹇：时乖运蹇的略称。时运不济，命运乖蹇。乖：违背；抵触。蹇：迟钝；不顺利。

5. 万花丛：这里指南京梅花山的梅花。有着“天下第一梅山”之称的南京梅花山，35000余株梅花于春节前后竞相开放，繁花满山，层层叠叠，云蒸霞蔚，香飘数里。

2018年2月15日(农历除夕)于南京

少年游·赞正定迎春电子烟花

古城今夕岁华浓(韵),烟火舞春风(韵)。
花云花雨,美轮美奂,直上九霄重(韵)。

天开盛世呈祥瑞,家国乐融融(韵)。
梦幻迷离,流光溢彩,人醉夜朦胧(韵)。

1. 少年游:词牌名。又名《玉蜡梅枝》《小阑干》等。双调,共五十字。上、下片各五句,上片第一、二、五句和下片第二、五句押韵,押平声韵。

2. 正定迎春电子烟花:2月15日(农历除夕)夜晚,古城正定的电子烟花伴随着欢快的音乐在正定南城门(长乐门)上空腾空而起,闪耀四方,为百姓带来了耳目一新的庆祝形式,使这座城市浓浓的年味达到了高潮。什么是电子烟花?电子烟花是利用喷向空中的彩色纸屑反射彩色灯光结合哨子发出的啸叫声来产生火药烟花的燃放效果。电子烟花秀燃放的烟花采用了微烟、无灼烧、无燃烧残留的原材料,经过技术处理,可以在达到环保效果的同时,为观众打造一场震撼的视觉盛宴。璀璨焰火、缤纷烟花、漫天华彩、美不胜收,星光与灯光交相辉映,欢声与笑语响彻古城,也映红了人们幸福的笑脸。

3. 古城今夕岁华浓:今天是农历除夕,今夜古城正定洋溢着浓浓的年味。

4. 九霄重:九重霄,九重天。天之极高处。

5. 天开盛世呈祥瑞,家国乐融融:天佑中华,天下太平,欣逢盛世,巨龙腾飞,国家富强,百业兴旺,人民幸福,和乐融融。

2018年2月15日(农历除夕)夜于南京

元日偶题

作客金陵又一春㊣,阳和浮动大江滨㊣。
清溪碧野红梅俏,绮陌朱桥绿柳新㊣。
紫燕绕梁寻旧梦,黄莺亮翅恋芳林㊣。
山川美景皆如画,岂奈乡愁也断魂㊣!

1. 绮陌:开满鲜花绮丽的田间小路。也指繁华的街道。这里指南京郊外开满鲜花的道路。绮:鲜艳美丽。

2. 岂奈乡愁也断魂:江南春天的美景,美得让人陶醉,美得让人留恋。但在这新春佳节之际,游子的思乡之情依然使人感到惆怅和哀伤。断魂:多形容哀伤、愁苦。有时也形容情深。

2018年2月16日(春节)于南京

武陵春·观梅有感

因爱山川如画卷，日日漫游频㊟。
古刹名园丽水滨㊟，野渡近山村㊟。

闻道梅山春色好，也欲赏花云㊟。
怕是茕茕老迈身㊟，终不似，少年人㊟。

1. 武陵春：词牌名。又名《武林春》《花想容》。清毛先舒《填词名解》云：取唐人诗句“为是仙才登望处，风光便似武陵春”以为词调名。《武陵春》以毛滂(pāng)词为正体，双调，共四十八字。前、后段各四句、三平韵。而李清照的《武陵春》和万俟(mò qí)咏的《武陵春》为添字体，皆为变格体。李清照的《武陵春》是将毛滂词体的后段结句添一字改作两个三字句。而万俟咏的《武陵春》为双调五十四字，前段四句、三平韵，后段四句、四平韵。这首《武陵春·观梅有感》依李清照体。

2. 丽水滨：秀美的湖水、溪水边。

3. 梅山：南京梅花山。梅花山是南京市东郊紫金山的一座小山丘，原为孙权墓所在地，位于中山陵西南，明孝陵正南，因山上遍植梅花而得名。梅花山占地1533亩，整个梅花山有11个品种群，近400个品种，35000余株梅树，有“梅花世界”之称。每当早春时节，梅花山数万株梅花竞相开放，层层叠叠，云蒸霞蔚，使数十万海内外踏青赏梅的游人沉醉其中，流连忘返。梅花山以梅花品种多而奇特著称，世界上现已发现和培育的三百种梅花中，这里拥有230多种，而且有些是梅中极品。根据花色，这里的梅花可分为白梅、绿梅、红梅、粉红、黄梅等几种。著名的品种有猩猩红、骨里红、玉蝶、宫粉、朱砂、绿萼、胭脂、照水、送春、江梅、跳枝、长枝、垂枝梅、美人梅、黄香梅、千叶红等。其中,“别角晚水”全国独此一株,极为珍贵,是梅花山的“镇山之宝”。另有“银红朱砂”“扣子玉蝶”“南京复黄香”等也十分珍贵。春季梅花盛开之时,繁花满山、香飘数里,来此赏梅的游人摩肩接踵,高潮时节每天都有游客十万人以上。南京梅花山为中国四大梅园之首,每年春季举办“中国南京国际梅花节”。春初连日的升温、阴天、细雨,正适合梅花进入绽放期。无论从种植梅花的历史、规模、种类、数量,都堪称魁首,是名副其实的“天下第一梅山”。

4. 花云:形容梅花山上梅花盛开时,繁花满山,层层叠叠,云蒸霞蔚,壮观烂漫,像花的云霞,花的海洋,让人叹为观止。

5. 茕茕(qióng):孤单;孤独;无依无靠的样子。

2018年2月22日(农历正月初七)于南京梅花山

扬州慢·春游厦门

大厦之门，海峡西岸，闲观鹭岛风情㊙。
看曲街窄巷，伴绿树红甍㊙。
望不尽、游轮竞渡，炮台雄峙，碧海波澄㊙。
晓风吹、浪涌金沙，朝日升腾㊙。

延平豪迈，想当年、石寨屯兵㊙。
率威武舟师，驱逐夷虏，一战功成㊙。
鼓浪礁石仍在，空岑寂、浪鼓难鸣㊙。
念皓园明月，为谁照亮归程㊙？

1. 扬州慢·春游厦门：元宵节前后，携小外孙阖家由南京飞往厦门游玩，赏鹭岛、游集美、登鼓浪屿，体味闽南风情，流连海峡西岸的迷人风光，故作此《扬州慢》以记之。

2. 大厦之门：明洪武二十年（1387年）始筑“厦门城”——意寓国家大厦之门，“厦门”之名自此载入史册。

3. 鹭岛：厦门的别称。相传远古时厦门为白鹭栖息之地，故又称“鹭岛”。

4. 曲街窄巷，绿树红甍（méng）：厦门本岛，特别是鼓浪屿岛上，街巷都是窄窄的、短短的、曲曲弯弯的，房屋多为红顶小洋楼，高低错落，红楼和绿树相辉映，别有一番情致。甍：屋脊。这里指屋顶。

5. 游轮竞渡:鼓浪屿在厦门岛西南方,为第一批国家5A级旅游景区。鼓浪屿与厦门岛之间隔一条鹭江水道,往来要靠轮渡,由厦门岛的厦鼓码头到鼓浪屿的内厝(cuò)澳码头和三丘田码头,20分钟一班轮渡往来对开,十分便利。

6. 炮台雄峙:著名的胡里山炮台雄踞在厦门岛南端、厦门大学南门外海滩山岩上。1840年1月,鸦片战争期间,民族英雄邓廷桢由两广总督调任闽浙总督。邓廷桢由广东到福建,积极加强海防建设,根据福建海岸的地形特点,在厦门岛南部突出海面的胡里山,建起一道五百丈的石壁,并于石壁后建筑营房及灵活实用的炮墩,在厦门岛安置了一百门铁炮,又在对面的鼓浪屿、屿仔港等处安置铁炮160余门。炮台旧址今尚在,为厦门一著名景点。

7. 延平豪迈,想当年、石寨屯兵。率威武舟师,驱逐夷虏,一战功成:这几句是赞民族英雄郑成功驻兵鼓浪屿,操演水军,率师东渡,收复台湾事。明末,郑成功曾屯兵于鼓浪屿,日光岩上尚存水操台、石寨门旧址。鼓浪屿是郑成功最初的根据地。延平:指郑成功,明永历皇帝封郑成功为延平王。豪迈:气魄大。夷虏:指侵占台湾38年的荷兰侵略者。

8. 鼓浪礁石仍在,空岑寂、浪鼓难鸣:鼓浪屿岛西南方海滩上有一块两米多高、中有洞穴的礁石,每当涨潮水涌,浪击礁石,声似擂鼓,人称"鼓浪石",鼓浪屿因此而得名。而今重游鼓浪屿,可能因为是初春季节,海水水位降低,鼓浪石距离海岸线很远,即使海水涨潮也打不到鼓浪石了,故言浪鼓难鸣。

9. 皓园:皓月园。位于鼓浪屿东部,覆鼎岩海滨,与厦门岛隔鹭江相望,为纪念郑成功驱逐荷夷收复台湾的历史功绩而建。覆鼎岩海拔29.5米,向海中延伸30米,地形险峻,气势磅礴,与海中的剑石、印斗石鼎足而立。覆鼎岩上临海而立的巨型郑成功石像为园中的主体建筑,雕像高15.7米,重1617吨,由23层625块"泉州白"花岗岩精雕组合而成,是中国历史人物雕像中最大的一座。园内青铜大型群像浮雕,再现了当年郑成功挥师东渡,驱荷复台的历史场面。皓月园景色迷人,海景山色相辉映,构成一幅壮美的天然图画。

2018年3月2日(元宵节)于厦门

携外孙游厦门海滨

春日闲游鹭岛滨[韵],海风吹送过江轮[韵]。
金沙碧浪霞飞处,拾贝儿童笑语频[韵]。

1. 携外孙游厦门海滨:元宵节前后,携小外孙阖家由南京飞往厦门游玩。赏鹭岛、游集美、登鼓浪屿,体味闽南风情,流连海峡西岸的迷人风光。4岁半的小外孙,更是每天都在海滩边踩水、挖沙、捡贝壳,玩得不亦乐乎。但愿每一个孩子都有一个欢乐的童年。

2. 海风吹送过江轮:往来于厦门岛和鼓浪屿之间的游轮在鹭江水面上穿梭不停,一片繁忙,汽笛长鸣,蔚为壮观。

2018年3月3日于厦门海滨

咏厦门

大厦之门镇海疆(韵),风光旖旎远名扬(韵)。
山罗水绕烟波里,雾锁云流梦幻乡(韵)。
古刹清幽宣妙谛,炮台雄峙铸辉煌(韵)。
礁石鼓浪今犹在,绿树红楼曲巷藏(韵)。

1. 旖旎(yǐ nǐ):柔和美丽。

2. 山罗水绕烟波里,雾锁云流梦幻乡:这两句是写厦门的地理环境。厦门是海滨城市,由主岛、离岛、半岛组成,有山有水,环境优美,山罗水绕,烟雾迷蒙,风光旖旎,鸟语花香,是个宜居的好地方。

3. 古刹清幽宣妙谛,炮台雄峙铸辉煌:古刹清幽指的是闽南名刹南普陀寺,位于厦门岛南部五老峰下,始建于唐代,为闽南佛教圣地之一。炮台雄峙指的是著名的胡里山炮台,屹立在厦门岛南端海滨沙滩山岩上,雄视台湾海峡,守卫东南海疆。妙谛:这里指佛教教义和佛教思想。谛:意义;道理。

4. 礁石鼓浪今犹在,绿树红楼曲巷藏:这两句是写鼓浪屿的景色。鼓浪屿是厦门的离岛,位于厦门岛西南隅,面积1.87平方公里,与厦门岛中间隔一片宽约600米的水域(鹭江)。鼓浪屿风景优美,自然景观和人文景观丰富,为第一批国家5A级旅游景区。这里的街巷都是窄窄的、短短的、曲曲弯弯的,房屋多为红顶小洋楼,高低错落,红楼和绿树相辉映,别有一番情致。岛上完好地保留着许多具有中外建筑风格的建筑物,有"万国建筑博览会"之誉。主要旅游景点有:日光岩、菽庄花园、皓月园、鼓浪石、海底世界、天然海滨浴场、郑成功纪念馆等。每年有数以百万计的中外游人来此观光游览。

2018年3月4日于厦门

春字歌

春风春雨报春光[韵]，春水春山春画廊[韵]。
春鸟鸣春春树上，春花春草散春香[韵]。
春丝春缕春阳至，春榭春台春苑旁[韵]。
春杏春桃羡春柳，春兰春李慕春棠[韵]。
春莺春语春枝俏，春燕春栖春梦长[韵]。
春雾春云春飘荡，春心春意春彷徨[韵]。
春农春种春荒地，春妇阳春采春桑[韵]。
春女春思春寂寞，春愁春怨春忧伤[韵]。
春童春在春牛背，春奏春笛春韵扬[韵]。
春赋春诗春醉酒，春惜春恋春文章[韵]。
春时春日春雷动，春月春年春色藏[韵]。
春去春归春无奈，春歌春字春茫茫[韵]！

1. 春字歌：这是一首咏春天景物的诗，诗体为入律古风。诗中多用春字，全诗24句共168字，用了72个春字。

2018年3月5日（惊蛰）于南京

春日剪影绝句(十二首)·其一

春风春雨又春回[韵],紫燕黄莺满院飞[韵]。
最爱婀娜溪畔柳,青丝万缕为谁垂[韵]?

1. 婀娜:姿态柔美的样子。这里用来形容春天的垂柳姿态柔美、妩媚妖娆。

2. 青丝万缕为谁垂:青丝,本指少女乌黑秀美的长发,这里指春天杨柳那青青的、长长的、娇嫩的枝条。初春,在春风的吹拂下,溪畔的杨柳最早吐芽泛绿,那万千条长长的、细细的、烟雾朦胧、娇嫩碧绿的柳丝,远远望去,恰似一位秀发美女的长发在随风飘动,婀娜多姿、妩媚妖娆,给人以遐想。青丝与情丝、情思谐音,将其拟人化,故言“青丝万缕为谁垂”。

2018年3月10日于南京

春日剪影绝句(十二首)·其二

一池春水绿波涛(韵),杨柳临风百媚娇(韵)。
紫燕归来寻旧梦,纸鸢飞上九重霄(韵)。

1. 媚:美好;可爱。如:妩媚;春光明媚。
2. 纸鸢(yuān):风筝。鸢:老鹰。

2018年3月10日于南京

春日剪影绝句(十二首)·其三

风和日丽鸟飞鸣(韵),二月江南春意浓(韵)。
溪水潺潺丝柳碧,漫山遍野绿朦胧(韵)。

1. 潺潺:拟声词。流水声。

2018年3月10日于南京

春日剪影绝句(十二首)·其四

嫣红姹紫满枝丫㊞,二月江南遍地发㊞。
莫道今年春色好,金陵处处早飞花㊞。

1. 嫣红姹紫:又作姹紫嫣红。指各种颜色娇艳的花朵。明汤显祖《牡丹亭·惊梦》:“原来姹紫嫣红开遍,似这般都付与断井颓垣。”姹:美丽;娇艳。嫣:艳丽。

2018年3月10日于南京

春日剪影绝句(十二首)·其五

云霞缥缈山空远,碧野朱桥绿柳新㊞。
又是一年好风景,花开花落正阳春㊞。

1. 缥缈:形容隐隐约约、若有若无。

2. 山空远:山色空蒙,辽远迷茫。

2018年3月10日于南京

春日剪影绝句(十二首)·其六

紫陌轻烟绿柳垂㊞,夭桃秾李漫芳菲㊞。
江南二月丝丝雨,更有春风任尔吹㊞。

1. 紫陌:开满鲜花的小路。陌:田间东西方向的小路。泛指道路。

2. 夭桃秾(nóng)李:茂盛而美丽的桃花、李花。泛指春天盛开的各种鲜花。夭:茂盛而美丽。秾:花木繁茂。

3. 漫:遍;到处都是。

4. 江南二月丝丝雨,更有春风任尔吹:江南春天的美景是由春风春雨催生滋润出来的。

2018年3月10日于南京

春日剪影绝句(十二首)·其七

烟雨江南二月中㊞,风光不与四时同㊞。
花红柳绿沙溪浅,处处香飘处处荣㊞。

1. 荣:茂盛;兴旺。

2018年3月10日于南京

春日剪影绝句(十二首)·其八

一鉴春塘碧玉璘㊙,波光云影共浮沉㊙。
芦芽尖嫩鱼儿戏,岸柳含烟鸟啭频㊙。

1. 一鉴春塘碧玉璘,波光云影共浮沉:春天的池塘像一面巨大的镜子,池水犹如一块碧绿的翡翠,闪烁着美玉般的光彩,蓝天白云倒映在池水里,轻风吹来,水面泛起层层涟漪,波光与云影一起浮沉荡漾。鉴:镜子。璘:玉的光彩。涟漪:水面被轻风吹起的细小波纹。

2. 啭:鸟儿婉转地叫。

2018年3月10日于南京

春日剪影绝句(十二首)·其九

欣欣万物阳和动,碧野青山紫气萦㊙。
又见江南春色好,花开处处美金陵㊙。

1. 紫气:本指祥瑞之气,帝王之气。在这里指欣欣向荣、祥和、有生气。

2018年3月10日于南京

春日剪影绝句(十二首)·其十

沃野平畴一望中㊞,大江滚滚水流东㊞。
秦淮月色钟山影,无限风光无限情㊞。

2018年3月10日于南京

春日剪影绝句(十二首)·其十一

江南作客故国行㊞,宠柳娇花一路情㊞。
燕舞莺歌佳日里,优游踏遍美金陵㊞。

1. 故国:指南京。南京为六朝古都,故称故国。

2. 优游:悠闲;闲游。

2018年3月10日于南京

春日剪影绝句(十二首)·其十二

梨花院落月融融㊅,游子归心梦不成㊅。
虽是江南春色好,乡愁夜夜到天明㊅。

1. 融融:形容和睦快乐的样子;形容暖和。如:春光融融。这里是柔和、美好意。

2018年3月10日于南京

春日咏花绝句(十二首)·其一　结香花

金英金蕊梦花羞(韵),妩媚妖娆娇韵流(韵)。
最是轻风吹送处,浓浓香气醉心头(韵)。

1. 结香花:结香花为瑞香科植物结香的花蕾,属落叶灌木,树高约2米,花多数,可达六七十朵聚成顶生头状花序,成半球形,下垂,金黄色,有浓芳香。冬末、春初开花,若种植一棵结香树,则满园飘香。结香花的产地在长江流域以南及河南、陕西等地。

2. 金英金蕊梦花羞:结香花树又名梦树。因花在未开之前,所有花蕾都是低垂着的,像是在梦中一样。民间传说清晨梦醒后,在结香花树上打花结可有意外之喜。若是晚上做了美梦,早晨的花结可以让人美梦成真,若是晚上做了噩梦,早晨的花结可以助人解厄脱难,让人一切顺利,所以人们称其为“梦树”,它的花自然也就成了“梦花”。所以,人们见到的结香树的枝条多半是打着结的。羞:在这里是娇美意。

2018年3月15日于南京

春日咏花绝句(十二首)·其二　粉茶花

花中娇客粉茶花(韵),开在篱旁近我家(韵)。
细雨和风春日里,浓浓香气透窗纱(韵)。

1. 茶花:茶花,为山茶科山茶属常绿灌木或乔木。茶花四季常青,冬春之际开红、粉、白、黄等各色花,花朵宛如牡丹,有单瓣,有重瓣。茶花叶互生、椭圆形、革质、有光泽。茶花原产于我国云南、四川,南方地区多用于庭院绿化,北方均室内盆栽。茶花喜温暖、湿润和半阴环境,喜酸性土。茶花是"花中娇客",叶浓绿而光泽,花形艳丽缤纷,堪称花中珍品。这里所说的茶花树和生产茶叶的茶叶树不是一种树。虽然二者同属山茶科,但茶花树属杜鹃花目,茶叶树属山茶目。茶花树用于观赏,不能用于制茶,而茶叶树是常绿灌木,用于采摘其嫩叶或嫩芽,制成茶叶。

2018年3月15日于南京

春日咏花绝句(十二首)·其三 白玉兰

琼玉妆开一树娇(韵),神姿仙态暗香飘(韵)。
可惜夜半春愁雨,洒落琳琅满目凋(韵)。

1. 白玉兰:白玉兰是玉兰花中开白色花的品种,又名木兰、玉兰等。落叶乔木,著名的观花树木,上海市市花,有2500年左右的栽培历史,是名贵的观赏树。白玉兰先花后叶,花型美丽优雅,花洁白而清香,早春开花时犹如云海雪涛,蔚为壮观。古时常在亭、台、楼、阁前栽植或在厅前院后配置,名为“玉兰堂”,具有很高的观赏价值。再加上清香阵阵,沁人心脾,十分惹人喜爱。玉兰花的根、茎、花均有药用价值。南京的园林、街道、庭院中广为栽种。

2. 琼玉妆开一树娇:写玉兰花盛开时洁白、娇艳、美丽、壮观的景色。

3. 琳琅:美玉,比喻珍贵的东西。这里指被风雨打落的玉兰花像玉片洒满一地。

4. 凋:凋谢;衰残。凄凉意。

2018年3月15日于南京

春日咏花绝句(十二首)·其四　杏花

二月花开淡淡红㊏,娇羞艳质醉临风㊏。
枝头叶底蜂蝶舞,缭乱春光无限情㊏。

1. 二月:这里指农历二月。在这一组咏花绝句中,提到的二月,均指农历二月。

2. 缭乱春光:盛开时的杏花,艳态娇姿,繁花丽色,胭脂万点,风光无限。古人称杏花为轻愁淡喜之花、心绪缭乱之花、轻浮易谢之花、美人迟暮之花。这里的缭乱春光含此意。

2018年3月15日于南京

春日咏花绝句(十二首)·其五　紫叶李

谁家紫叶李花开(韵),玉树婆娑引凤来(韵)。
蝶舞蜂狂鸟声乱,落英如雨洒苍台(韵)。

1. 紫叶李:又名红叶李,蔷薇科李属落叶小乔木,高可达8米,叶常年紫红色,为著名观叶树种。其紫色发亮的叶子,在绿叶丛中,像一株株永不凋谢的花朵。开小花,花瓣白色,花落时满地洁白。在南京广为栽种。

2. 玉树婆娑引凤来:相传南朝刘宋文帝元嘉十六年(439年),有三只百鸟之王凤凰,飞落在金陵永昌里李树上,招来大群各种鸟类随其比翼飞翔,呈现百鸟朝凤的盛世景象。为庆贺和纪念此美事,将百鸟翔集的永昌里改名为凤凰里,并在保宁寺后的山上筑台,名曰凤凰台。李白曾有著名诗篇《登金陵凤凰台》。民间一直有梧桐引凤之说,岂知李树也能引来凤凰呢?

3. 落英:落花。

2018年3月15日于南京

春日咏花绝句(十二首)·其六　白花碧桃

尽道夭桃烁烁红[韵],岂知琼玉醉临风[韵]。
可怜一树白如雪,误认梨花春意浓[韵]。

1. 白花碧桃:开白色花的桃花。桃花有多个花色品种,就颜色讲,有粉红、淡红、深红、洒金、纯白、浅绿等,品种有红碧桃、五色碧桃、千瓣红桃、绛桃、绿花桃、垂枝碧桃、小花白碧桃、大花白碧桃及紫叶桃、寿星桃等。开粉红色、淡红色及深红色的桃花常见,而开白色及浅绿色花的桃花少见。余在南京居住的院落里,屋后小池塘边有两棵白花碧桃,农历二月下旬,满树花发,花团锦簇,远远望去,如云似霞,洁白如堆雪,美艳至极。人们多将其误认为是梨花,其实却是桃花在盛开,并散发出淡淡的清香。

2. 尽道夭桃烁烁红,岂知琼玉醉临风:人们都知道桃花有着耀眼的红色,岂知还有雪白的桃花盛开在春风里。烁烁:光亮;闪动。这里用来形容桃花盛开时的灿烂、娇艳。琼玉:洁白的美玉。这里代指盛开的白花碧桃。醉临风:盛开陶醉在春风里。

3. 可怜:这里是可爱意。

2018年3月15日于南京

春日咏花绝句(十二首)·其七　樱花

红粉妖娆二月发㊎,金陵城外醉流霞㊎。
若非随处多相见,错把樱花作杏花㊎。

1. 樱花:别名荆桃、山樱花、青肤樱等。樱花是蔷薇科樱属几种植物的统称,樱花原产北半球温带环喜马拉雅山地区,在世界各地都有生长,而日本的樱花最为有名。樱花每枝3~5朵,成伞状花序,花瓣先端缺刻,花色多为白色和粉红色,偶有红色。樱花按照开花时间的不同,可分为早樱、中樱和晚樱三大类。樱花于2月下旬至四月上旬与叶同放或叶后开花,随季节变化。樱花分单瓣和复瓣两种,单瓣类能开花结果,复瓣类多半不结果。樱花幽香艳丽,花朵极其美丽,为春季重要的观花树种。樱花是爱情和希望的象征,代表着纯洁与高尚。樱花花期短暂,落花优美。

2. 金陵城外醉流霞:樱花和杏花很相似,许多人常将樱花和杏花弄混。南京大街小巷及庭院中广为栽种樱花,开花时,远远望去,如一片片粉红色的云霞,十分壮观、艳丽。流霞:流动的霞光;流动的云霞。

2018年3月15日于南京

春日咏花绝句(十二首)·其八　西府海棠

美艳娇羞是海棠(韵),花红叶绿正凝妆(韵)。
不知何处春风起,吹断相思梦一场(韵)。

1. 海棠:海棠花是中国的传统名花之一,花姿潇洒,花开似锦,自古以来为雅俗共赏的名花,素有花中神仙、花贵妃之称,有"国艳"之誉,历代文人墨客题咏不绝。海棠的品种很复杂,西府海棠是其中最著名的品种,因生长于西府(今陕西省宝鸡市)而得名。据明代《群芳谱》记载:海棠有四品,皆木本。其四品指的是:西府海棠、垂丝海棠、木瓜海棠和贴梗海棠。海棠集梅、柳优点于一身,妩媚动人、娇艳无比,雨后清香犹存。唐明皇也曾将沉睡未醒的杨贵妃比作海棠花,"海棠春色"的故事也就流传了下来。另外,相传唐代太液池中有千叶白莲,中秋盛开,玄宗设宴赏花。群臣左右为莲花之美而叹羡不已,玄宗却指着杨贵妃说:"那莲花怎比得上我的解语花呢?"后多事人将这两件事搅和在一起,也许本就没有弄清原委,将海棠花也称为"解语花",因此"解语花"也就成了海棠的雅号。后人制曲,取以为名,故词中有词牌《解语花》传世。

2. 凝妆:精心梳妆;浓妆。

3. 吹断相思梦一场:西府海棠的花语和象征意义为"单恋",这里用此意。

2018年3月15日于南京

春日咏花绝句(十二首)·其九　梨花

东君昨日醉烟霞㊞,夜送奇葩到我家㊞。
娇艳洁白春带雨,妖娆一树是梨花㊞。

1. 东君昨日醉烟霞:掌管春天之神也陶醉在江南美好的风光里。东君:神话中掌管春天之神。

2. 奇葩:奇花。这里指盛开的梨花。

2018年3月15日于南京

春日咏花绝句(十二首)·其十　紫荆

枝条疏落一丛花㊞,满树茸茸紫穗芽㊞。
若在楼头高处望,似云似雾似流霞㊞。

1. 紫荆:亦名紫珠,豆科紫荆属,丛生或单生灌木,高2~5米。春天开紫花,甚细碎,花如小紫珠,十余朵聚成束,簇生于主干、根和枝上,花直出,先花后叶,花罢叶出。可入药。因花聚生在一起,故为家庭和美、骨肉情深的象征。南京的庭院里广有栽种,花期较长,春天开花时,满树紫红,在绿树丛中,远远望去,犹如片片紫红色的云霞,煞是好看。

2018年3月15日于南京

春日咏花绝句(十二首)·其十一　白丁香

白花一树小园春㊊,香气悠悠合断魂㊊。
似有忧思千万缕,愁结不解黯伤神㊊。

1. 丁香:木犀科,属落叶灌木或小乔木。因花筒细长如钉且香故名。丁香花序硕大、开花繁茂,花色淡雅、芳香。丁香是我国的名贵花木,是著名的庭园花木,园林中广为栽种,有1000多年的栽培历史。公元1600年前,丁香通过丝绸之路,经波斯传入欧洲。丁香有许多别名,如:百结、情客、子丁香、丁子香、支解香、雄丁香、公丁香等。丁香分紫丁香和白丁香,紫丁香很美,白丁香极香,一株白丁香可以香满整个小巷。丁香花香气袭人,具有醒酒的作用。古代诗人多以丁香写愁,因为丁香花成簇开放,好似结,称之为“丁香结”“百结花”,常用来比喻愁结不解。

2018年3月15日于南京

春日咏花绝句(十二首)·其十二　虞美人

一朵小花别样红㊅,柔姿媚态舞春风㊅。
亭亭玉立沙溪畔,也弄娇羞也弄情㊅。

1. 虞美人:一年生草本植物,原产欧洲,中国各地常见栽培,为观赏植物。花单生于茎和分枝顶端,花梗长15厘米左右,花圆形、横向宽椭圆形或宽倒卵形,花长2.5~4.5厘米,紫红色或深红色,偶有黄色。虞美人的花多姿多彩,亭亭玉立,随风摇曳,极其美丽。适宜用于花坛、花境栽植,也可盆栽或做切花用。在公园中成片栽植,景色非常美观。一株上花蕾很多,此谢彼开,可保持相当长的观赏期。虞美人不但花美,而且药用价值高。入药叫作雏罂粟,无毒,有止咳、止痛、停泄、催眠的作用,其种子可抗癌化瘤,延年益寿。虞美人在古代寓意生离死别、悲歌,这大概是与楚汉相争时,楚霸王项羽的宠妃虞姬(世称虞美人)自刎与霸王生死离别的传说有关。

2. 别样红:红的鲜艳、可爱。

3. 媚态:在这里是美好、可爱的姿态。

2018年3月15日于南京

哀故人

噩耗震惊霹雳狂㊙，千丝万缕动哀伤㊙。
忆昔楚楚风姿韵，终是人间梦一场㊙！

1. 哀故人：今日得同学某于昨日去世之噩耗，犹如晴天霹雳，使人震惊。余今老迈，时不时听到亲朋故旧去世的不幸消息，让人心中倍感凄凉。又一个故旧逝去了！感叹世事之变迁、岁月之沧桑、生命之脆弱、人生之短暂，戚寥惆怅，作此绝句以哀悼之。

2. 噩耗：指人死亡的不幸消息。

3. 霹雳：响声巨大的急雷。常用来比喻突发事件。

4. 楚楚：形容人娇柔、秀美。如：楚楚动人。

2018年3月20日（农历二月初四）于南京

春 分

春光过半正春分(韵),人不醉春春醉人(韵)。
归燕梁间寻旧梦,啼莺叶底觅芳馨(韵)。
夭桃照水兰溪畔,绿柳含烟紫陌邻(韵)。
谁念江楼花月夜,吴钩高挂伴流云(韵)。

1. 春分:春分乃二十四节气之一,是春季九十天的中分点,大约在每年农历二月初五前后。《春秋繁露》中说:“春分者,阴阳相半也,故昼夜均而寒暑平。”中国古代将春分分为三候:“一候元鸟至;二候雷乃发声;三候始电。”是说春分日后,燕子便从南方飞来了,下雨时天空开始打雷并发出闪电。春分也是节日和祭祀庆典,古代帝王有春天祭日、秋天祭月的礼制。在民间,一般将春分算作春游的正式开始,庆祝活动有踏青、放风筝、立蛋、簪花喝酒等。

2. 春光过半正春分,人不醉春春醉人:二月仲春,生机盎然,和风细雨,百花盛开,春意融融,鸟语花香,人们陶醉流连在这春天的美景之中。即使人不自醉,春天的美景也把人陶醉了。

3. 芳馨:花香;芳香;馨香。馨:散布很远的香气。

4. 夭桃:茂盛而娇艳美丽的桃花。

5. 兰溪:清澈美丽的小溪。

6. 吴钩:吴钩是春秋时期流行的一种弯刀,这种刀刃呈曲线形的弯刀,相传是春秋时代由吴王阖闾(hé lǘ)下令制造的,锋利无比。它以青铜铸造而成,是冷兵器里的典范,充满传奇色彩,后又被历代文人写入诗篇,成为驰骋疆场,励志报国的精神象征。诗人们也常将吴钩比喻天上的弯月,农历二月初,在晴朗的夜晚,皎洁的夜空中倒挂着一弯新月,故称弯月如钩。

2018年3月21日(农历二月初五)春分于南京

小塘春光

我家屋后小溪塘㊍,玉鉴盈盈水一汪㊍。
夹岸夭桃留倩影,临轩红杏理凝妆㊍。
和风吹柳柳丝碧,细雨点花花蕊香㊍。
最爱楼头望云雀,娇啼春醉韵悠长㊍。

1. 小溪塘:有小溪流过的小池塘。说明水是活水,池水清澈而明净。

2. 玉鉴盈盈水一汪:晶莹清澈的池水像一面大镜子。汪:一汪水。形容池塘小。

3. 倩影:美好的身影。

4. 娇啼春醉:小云雀等鸟儿婉转娇俏的啼叫声把春天都给啼醉了。这里的云雀指的是江南春天里的各种鸟儿,如黄莺、柳莺、画眉、燕子、杜鹃、百灵、布谷、鹧鸪、喜鹊、蓝鹊、斑鸠、戴胜、黄雀、山雀、鸲鹆(qú yù),等等。鸟儿飞腾鸣叫,给江南的春天带来无限生机,鸟儿醉了,花儿醉了,春天醉了,人也醉了。

2018年3月22日于南京

咏画眉

婉转娇啼二月中㊎,枝头叶底万花丛㊎。
曾学西子双眉画,搅乱春光一段情㊎。

1. 婉转娇啼二月中:在农历仲春二月,画眉鸟圆转柔和、美妙动听的啼叫声此起彼伏,给人以浓浓的春意。婉转:也作宛转。形容声音圆转柔和。

2. 曾学西子双眉画,搅乱春光一段情:画眉鸟背羽绿褐色,下体黄褐色,眼圈白色,向眼后延伸成狭窄的眉纹,画眉的名称即由此而来。它的鸣叫声高亢激昂,婉转多变,而且持久不断,极富韵味,非常动听。人们称它为“林中歌手”或“鸟类歌唱家”。画眉鸟婉转的啼叫声给春天带来了美妙的时光和浓浓的春意。画眉的名字相传是由古代绝世佳人西施起的。春秋时期,吴越争霸,范蠡辅佐越王勾践灭掉吴国以后,为避免被越王勾践杀害,携西施泛游五湖,化名隐居于浙江德清县的蠡山下。每天清晨和傍晚,西施都要到附近一座石桥上,以水为镜,梳妆画眉,把两条眉毛画得长长的、弯弯的,格外好看。在西施梳妆时,总有一群黄褐色的小鸟聚集在石桥附近欢快地鸣叫着。它们见西施画眉,越画越好看,于是便互相用尖喙啄对方的眉毛。不多时,它们居然也“画”出眉来了。范蠡见西施画眉时总有一群小鸟在陪伴着她,好生奇怪,便问西施:“这群小鸟似乎和你有缘,长得又好看,叫得又好听,不知是什么鸟?”西施笑着说:“你没有看见吗?我画眉,它们也画眉,它们也都有一双美丽的白眉。不管是什么鸟,我们就叫它‘画眉’吧!”。于是,“画眉”这个美称自此世代相传,并一直沿袭至今。西子:西施。

2018年3月25日于南京

少年游·重游鸡鸣寺赏樱花

去年今日赏樱花㊐,一路尽奇葩㊐。
人流花海,如云似雾,美艳傍僧家㊐。

今年却见樱花落,花雨醉流霞㊐。
世事无常,人生如梦,诗酒趁年华㊐。

1. 重游鸡鸣寺赏樱花:南京鸡鸣寺,紧邻台城,其东墙外为鸡鸣寺街,正对解放门。台城及鸡鸣寺一带遍植樱花,这里是南京最著名的赏樱花之地。每年三月鸡鸣寺樱花季,这里满街花发,如云似雾,人流在花海中涌动,十分壮观。2017年3月27日,余曾到鸡鸣寺街赏樱花,恰巧今年3月27日又与家人一起去鸡鸣寺街观赏樱花,故为重游鸡鸣寺赏樱花。只是今年观樱,许多樱花已经开始凋谢,见到更多的却是一阵阵悠悠洒洒的樱花花雨,依然美不胜收。

2. 一路尽奇葩:鸡鸣寺东墙外整条街上都是如云似霞、娇艳美丽的樱花。

3. 美艳傍僧家:古鸡鸣寺外是樱花街,樱花给古寺增添了几分娇艳。

4. 花雨醉流霞:轻风吹过,千树万树的樱花花瓣随风飘落,如阵阵花雨,恰似美丽的彩霞在流动,真是美醉了。花醉了,霞醉了,人也醉了。

5. 世事无常,人生如梦,诗酒趁年华:"今日雪如花,明日花如雪",樱花虽然绚烂,花期却很短暂,不消几日,便在春风中花谢花飞花满天了。但是,樱花之美,正美在花瓣凋零、落英缤纷之际,微风一吹,仿佛下了一场悠悠洒洒的粉红花雨。樱花的花开与花落,也正体现了佛教的"无常"思想。带着一颗佛心去赏花,让法雨滋润心田,在心中开出圣洁、慈悲和智慧的花。世事无常,人生如梦,年华虽老去,也要对酒当歌,长存一颗诗心,潇潇洒洒地面对人生。

2018年3月27日于南京

六朝风月

六朝风月误年华㊣，十代笙歌柳与花㊣。
多少亡国奢淫耻，后庭一曲梦天涯㊣。

1. 笙歌柳与花：既指歌舞升平，又指奢靡堕落的生活和风气。

2. 后庭一曲梦天涯：历史上，在金陵建都的南朝历代帝王中，有许多人把国家和百姓置之度外，不思进取、不理朝政、醉生梦死、奢淫侈靡，最后招来了亡国的哀痛。由高高在上的帝王变为阶下囚、亡国奴，不是被残害致死，就是远离故国，只能在遥远的天涯他乡梦想着已经失去的那种纸醉金迷的生活了。后庭一曲：宫体诗歌曲《玉树后庭花》，南陈后主陈叔宝作，著名的亡国之音。

2018年4月1日于南京

清明病卧金陵

清明作客在金陵[韵],窗外沙沙细雨声[韵]。
不忍残红随逝水,又怜鸟雀唤新晴[韵]。
夜闻北雁乡愁起,病卧南国离恨生[韵]。
欲问此身何所似?飘摇零落一飞蓬[韵]。

1. 不忍残红随逝水,又怜鸟雀唤新晴:清明病卧在床,听着窗外沙沙的细雨声,不仅想到,雨会不会将花打落呢?不忍心落花随水漂流,又怜惜鸟雀在雨中无处躲藏,其鸣叫声好像是在呼唤着天赶快放晴。

2. 夜闻北雁乡愁起:余的故乡在北方,近年来客居南方,日夜思念故乡的亲朋故旧。冬去春来,老迈羸(léi)病之人,夜间听到北飞大雁的鸣叫声,更勾起无尽的乡愁。

3. 飞蓬:二年生草本植物。这里指被风吹得到处乱飞的蓬草。喻指自己。

2018年4月5日(清明)于南京

画堂春·风光无限是江南

风光无限是江南㊞，江南二月堪怜㊞。
嫣红姹紫锁轻寒㊞，碧野青山㊞。

湖水春风乍起，层楼明月高悬㊞。
金陵处处美婵娟㊞，岁月流连㊞。

1. 画堂春：词牌名。最初见于《淮海居士长短句》。双调，前、后片不同调。有四十六字至四十九字四种格式，密韵体。前片四句、四平韵，后片四句、三平韵。以下这五首《画堂春》依宋代秦观体，双调，共四十七字，七平韵。

2. 怜：怜惜；可爱。

3. 嫣红姹紫：姹紫嫣红。指各种颜色娇艳的花朵。

2018年4月6日于南京

画堂春·江南二月是清明

江南二月是清明㊨,风和日丽春浓㊨。
画眉山雀乱飞鸣㊨,叶底藏莺㊨。

陌上轻烟柳绿,小桥流水花红㊨。
留连美景客金陵㊨,忘却归程㊨。

1. 春浓:春意浓浓。

2. 留连:流连。留恋,舍不得离开。

2018年4月7日于南京

画堂春·梨花院落月融融

梨花院落月融融㊣,频传阵阵蛙声㊣。
谁人夜半起三更㊣,寂寞愁生㊣。

燕子楼头细雨,黄莺叶底清风㊣。
潺潺溪水泛春红㊣,一任西东㊣。

1. 梨花院落月融融:柔和的月光照耀着梨花盛开的小院。

2. 潺潺溪水泛春红:溪畔的落花随溪水而流动。春红:春天的花朵。这里指飘落在水面的落花。南唐后主李煜曾在一首《相见欢》词里巧妙地用到"春红"一词,其全词如下:"林花谢了春红,太匆匆。无奈朝来寒雨晚来风。胭脂泪,相留醉,几时重。自是人生长恨水长东。"李后主的这首小词是即景抒情的典范之作,将人生失意的无限怅恨寄寓在对暮春残景的描绘中,表面上是伤春咏别,实质上是抒写"人生长恨水长东"的深切悲慨。这种悲慨不仅是抒写一己的失意情怀,而且涵盖了整个人类所共有的生命的缺憾,是一种融汇和浓缩了无数痛苦的人生体验的浩叹。

2018年4月8日于南京

画堂春·江南二月正阳春

江南二月正阳春㊎,花红柳绿芳芬㊎。
轻风吹送过江云㊎,细雨香尘㊎。

多少离怀别绪,几回惆怅伤神㊎。
茕茕老迈雁离群㊎,梦断关津㊎。

1. 细雨香尘:细雨滋润着带有花香的尘土。

2. 茕茕老迈雁离群,梦断关津:孤独老迈之人像离群的孤雁,日夜思念故乡的家园和亲朋故旧。关津:关隘和渡口。梦断关津:喻归期受阻。

2018年4月9日于南京

画堂春·繁花烂漫晓风吹

繁花烂漫晓风吹㊀,江南遍地芳菲㊀。
兰溪凝碧柳丝垂㊀,紫燕春回㊀。

昨夜蛙声阵阵,今朝细雨霏霏㊀。
小园香径落红飞㊀,不忍春归㊀。

1. 兰溪凝碧柳丝垂,紫燕春回:美丽的小溪畔,碧绿的杨柳倒垂的柳丝随风摇曳,春天来了,小燕子在原野上、在烟柳间穿飞,一派生机盎然。

2. 落红飞:落花随风飞舞。

2018年4月10日于南京

游北京法源寺

京华古刹溯千年㊞，闹市寻幽小巷眠㊞。
殿宇楼阁飘紫雾，香花玉树罩云烟㊞。
唐皇心系悯忠寺，宋帝魂归离恨天㊞。
法海真源何处是？律宗一脉世间传㊞。

1. 法源寺：北京法源寺位于北京宣武门外教子胡同南端东侧，它不仅是北京城内历史悠久的古刹，也是中国佛学院、中国佛教图书文物馆所在地，是培养青年僧侣和研究佛教文化的重要场所。法源寺占地面积6700平方米，采用中轴对称格局，由南往北依次有山门、钟鼓楼、天王殿，大雄宝殿，悯忠台、净业堂、无量殿、大悲坛、藏经阁，大遍觉堂、东西廊庑(wǔ)等，共七进六院，建筑规模宏大，结构严谨。在法源寺内，不可不提的是那满庭院的紫丁香，每到四月，院中的丁香便如紫雾般在暖春中开放，与寺中高可参天的古槐、墙角石盆中含蕊吐香的兰草、丁香树下悠闲跑动的放生动物，共同构成一派世外桃源的清幽景象。

2. 京华古刹溯千年，闹市寻幽小巷眠：法源寺自唐代初创至今，已有1300多年历史，是北京城内保存下来历史悠久的古寺庙建筑群。如今，它依然是闹市中一方清幽的净土，静静地安卧在幽静的小巷深处。任风云变幻，世海沧桑，不变的，是黄昏中飞起飞落的群鸦和古寺里荡涤心灵的暮鼓晨钟。

3. 紫雾、香花、玉树：指的是法源寺内满院的紫丁香、兰花和高大的古槐。

4. 唐皇心系悯忠寺：法源寺始建于唐朝，初名“悯忠寺”。唐太宗李世民为哀悼北征辽东的阵亡将士，于贞观十九年(645年)，下达诏令在此建寺纪念，但未能如愿。武则天万岁通天元年(696年)寺院才建成,赐名“悯忠寺”。后历经唐、宋、辽、金、元、明各朝,风云变幻,古寺几度兴衰,寺名数易。至清朝,朝廷崇戒律,在此设戒坛。雍正十二年(1734年),该寺被定为律宗寺庙,传戒法事,并正式更名为“法源寺”至今。

5. 宋帝魂归离恨天:北宋末年,金兵攻陷北宋都城汴京(今开封),掳徽、钦二帝北去,北宋灭亡,世称“靖康之耻”“靖康之变”。宋钦宗赵桓就曾被囚居在这里。徽、钦二帝最终都含恨死在金国,故言“宋帝魂归离恨天”。

6. 法海真源何处是?律宗一脉世间传:道宣创立的律宗学说,主要是“心识戒体论”。所谓“戒体”,指弟子从师受戒时,授受的做法,在心理上构成一种防非止恶习的功能。律宗把戒分为止持、作持两门:“止持”是“诸恶莫作”,规定比丘250戒,比丘尼348戒;“作持”是“众善奉行”,包括受戒、说戒和衣食坐卧的种种规定。明代开国皇帝朱元璋曾出身僧侣,鉴于农民利用宗教起义的历史事实,对佛教进行整顿,扶正祛邪,保障了佛教在安定环境中的正常发展。清朝继承了明代佛教政策,之所以在法源寺设戒坛,定其为律宗寺庙,意在宣扬“诸恶莫作”“众善奉行”的律宗教义,对人民进行“治心”。乾隆四十三年(1778年),法源寺应诏再次修整,竣工后乾隆皇帝亲自来到法源寺,御书“法海真源”匾额赐寺,此匾至今仍悬挂在大雄宝殿上。乾隆皇帝还在寺内写下了“最古燕京寺,由来称悯忠”的诗句。在这里,“法海真源”的意义表露得很明白,即:千条万条戒律、刑律,都是“流”,内心存诚才是“源”。从宗教本身的意义来讲,法是梵文“Dharma”的意译,通指包括佛教教义在内的一切事物。弘扬佛教,追本溯源首先要抓住律学,从而突出了法源寺作为佛教律宗寺庙的重要地位。

2018年5月25日于北京法源寺

谒邓廷桢墓

背倚青山一古丘㊞，山花掩映也风流㊞。
固疆守土禁鸦片，巡海督师御寇仇㊞。
赤胆忠心生所以，鞠躬尽瘁死而休㊞。
悠悠岁月埋功业，同气相知莫浪求㊞。

1. 邓廷桢：邓廷桢（1776—1846年），字维周，又字嶰筠，江宁（今南京）人，清嘉庆进士，出身官绅之家，自幼熟读经史，谙熟诗词、书法。17岁中秀才，27岁中进士，可谓少年得志，平步青云。历任安徽巡抚，两广、闽浙和陕甘总督，是鸦片战争中力主禁烟抗英的民族英雄。从1839年3月到1840年2月，邓延桢以两广总督身份，协助钦差大臣林则徐查禁鸦片、击退英舰挑衅。而且在历任两广总督、闽浙总督任上，积极进行海防建设，曾在厦门建胡里山炮台，率军阻击英舰于厦门。后受投降派诬陷，与林则徐一同被充军新疆伊犁，三年后被重新起用，先后任甘肃布政使、陕西巡抚、陕甘总督等职。终因积劳成疾，于道光二十六年（1846年）卒于西安任上，享年71岁。为政期间"以善折狱称"，政绩卓著，黎民百姓将其比作断狱神明的包拯，难得的清官廉吏，著有《石砚斋诗抄》《青山解堂文集》等。曾有人写挽联敬挽邓廷桢："为国家、做学问、整吏制、治云贵、理两江、督闽浙、鞠躬尽瘁；于民族、挥雄师、守边疆、固海防、禁鸦片、战英寇、死而后已。"简明扼要地总结了民族英雄邓廷桢的一生。

余客居南京，为拜谒邓廷桢墓，曾独自一人骑单车在山路上寻觅了好几天，终于在一处山坳里找到了邓廷桢的墓园。邓廷桢墓位于南京栖霞区仙林大学城灵山北路(路南侧),灵山北麓邓家山西侧,坐东朝西,正对钟山,紧邻鼓楼医院仙林分院,周围松竹环抱、山花掩映。维修后的邓廷桢墓,墓冢为水泥质,呈半圆形。墓前立有石碑,正面刻:“清两广闽浙陕甘总督邓廷桢之墓”,背面刻:“《重立碑记》”,记叙了邓廷桢的简历和功绩。

2. 赤胆忠心生所以,鞠躬尽瘁死而休:为人者,生当忠心报国,赤胆为民,兢兢业业,鞠躬尽瘁,死而后已。生所以:生当如是。死而休:至死方休。鞠躬尽瘁:恭敬谨慎,勤勤恳恳,尽心竭力,奉献一切。诸葛亮在《后出师表》中云:“臣鞠躬尽瘁,死而后已。”尽瘁:竭尽劳苦。

3. 同气相知:“同声相应,同气相求。”同调的声音互相感应,同类的气味互相融合。见《周易·乾》。这里的“同气相知”是指邓廷桢和林则徐等禁烟抗英的民族英雄,在保家卫国、抗击外侮的斗争中结为志同道合、心心相印的生死之交。

2018年7月9日于南京

重游雨花台

昔年曾谒雨花台(韵),今日熏风吹又来(韵)。
崇殿峥嵘长肃立,丰碑高耸久徘徊(韵)。
英灵不泯忠魂在,壮志弥坚曙色开(韵)。
且喜神州逢盛世,家国兴旺满情怀(韵)。

1. 雨花台:雨花台位于江苏省南京市中华门南一公里处,古称石子岗、玛瑙岗、聚宝山。是一座松柏环抱的秀丽山岗,高约100米、长约3.5公里,顶部呈平台状,由3个山岗组成(东岗名梅岗,中岗也称凤台岗,西岗即石子岗,三岗合称聚宝山)。从公元前1147年泰伯到这一带传礼授农算起,雨花台已有3000余年的历史。山不在高,有仙则名,雨花台山岗不大,却得天独厚,风光极为秀丽。寺以山美,山以寺显,千百年来,雨花台与佛教文化结下了不解之缘,成为古城金陵佛教文化的中心。明、清两代,景区内的"雨花说法"和"木末风高"分别为"金陵十八景"和"金陵四十八景"之一。雨花台是革命烈士殉难处,在此建有著名的雨花台烈士陵园。雨花台是全国重点文物保护单位、爱国主义教育示范基地和百家红色旅游经典景区。是一座以自然山林为依托,以红色旅游为主体,融合自然风光和人文景观为一体的全国独具特色的纪念性风景名胜区。

2. 今日熏风吹又来:今天,带着花草香气的风又把我吹送到了雨花台来。熏风:夏季的风;带着花草香气的风。

3. 崇殿:雨花台烈士纪念馆。为传统大屋顶造型的现代建筑。

4. 丰碑:雨花台烈士纪念碑。烈士纪念碑建于雨花台海拔60米的制高点上,高42.3米(寓意1949年4月23日南京解放)、宽7米、厚5米,由碑首、碑身、碑座三部分组成。碑前立有一尊5米多高的革命烈士青铜塑像。碑身正面“雨花台烈士纪念碑”几个金色大字为邓小平所题。

5. 英灵不泯忠魂在,壮志弥坚曙色开:革命先烈和仁人志士前仆后继,众志成城,经过艰苦斗争,终于取得了革命胜利。曙色开:代表取得革命胜利。

2018年7月15日于南京雨花台

雨花阁

雨花台上雨花阁(韵),花雨楼台花雨多(韵)。
气贯江淮摩日月,势压吴越壮山河(韵)。
登临胜迹抒怀抱,极目苍天发浩歌(韵)。
且看当年说法处,云蒸霞蔚作烟萝(韵)。

1. 雨花阁:雨花阁是雨花台名胜区,乃至南京南郊历史文化风光带的一座标志性建筑,这里就是传说中当年云光法师讲经说法感动上天而落花如雨的地方,是明、清时期金陵四十八景之一。雨花阁复建于1997年,坐落在古雨花台遗址上。阁高34米,重楼高阁,拔地擎天,阁叠三层,檐卷四重,神韵飞扬。内有巨幅云光法师说法瓷砖画,讲述着雨花台的历史和名称的由来。阁内还有一尊讲经石座,四周散缀99粒雨花石,营造出天花乱坠的场景。讲经石座后墙上,悬挂着30米长的《法显和尚西天取经画卷》,描述了比唐僧西天取经还早300年的法显和尚到西天(锡兰)取经的全过程。有时则悬挂《生公说法顽石点头》《梁武国师东土圣贤》《禅宗初祖达摩论道》等佛教故事画卷。外阁环以南郊名胜图及佛陀画像。远望雨花阁,松柏参天、浓荫蔽日、生机盎然、郁郁葱葱;近看则繁花似锦、色彩缤纷、红绿掩映、花香四溢。站在雨花阁上远眺,金陵美景尽收眼底,高楼与寺塔林立,有时还能领略到云雾缭绕、落花如雨的超凡意境。

2. 气贯江淮摩日月,势压吴越壮山河:形容雨花阁壮美高耸,气势雄伟。摩日月:与天接触,能抚摸日月。形容极高。因雨花台在南京,属东南江淮之地、吴越之邦,故言气贯江淮、势压吴越。

3. 云蒸霞蔚作烟萝:形容雨花台雨花阁一带风光秀丽,花草树木长得很茂盛,郁郁葱葱,生机勃勃。云蒸霞蔚:像云雾彩霞升腾聚集起来一样。形容繁盛艳丽。

2018年7月15日于南京雨花台

念奴娇·登雨花台雨花阁

雨花台上，正凝望、拔地凌云高阁㊆。
楼势欲空天地我，傲视岗峦丘壑㊆。
绿树浓荫，繁花掩映，叶底藏莺雀㊆。
秦淮依旧，悠悠环绕城郭㊆。

遥想故国当年，世风淳厚，童叟欣欣乐㊆。
佛法西来宣妙谛，唤起黎民心觉㊆。
梵刹浮屠，晨钟暮鼓，争做三生约㊆。
云光说法，感天花雨飘落㊆。

1. 念奴娇·登雨花台雨花阁：余于2018年7月15日独自游古雨花台登阁揽胜，金陵风光美不胜收，令人心旷神怡，遂作此《念奴娇·登雨花台雨花阁》以记之。此词上半阕写古雨花台和雨花阁的位置环境，下半阕写历史上佛教在金陵的传播及高僧云光说法，感动上天而落花如雨的传说。

2. 楼势欲空天地我：这是借用清代名士周之烈题写在云南大理崇圣寺建极大钟钟楼的“楼势欲空天地我，钟声唤醒去来今”句，形象地描述了南京雨花阁高耸雄伟的非凡气势和空灵飘逸的神韵。

3. 秦淮依旧，悠悠环绕城郭：雨花台在南京中华门外一公里处，站在高高的雨花阁上向北眺望，外秦淮河正在中华门外环绕着城郭缓缓流淌。

4. 故国当年：当年，指魏晋南北朝时期，佛教在中国盛行之时。故国，南朝宋、齐、梁、陈均定都金陵，这里的故国指金陵。

5. 梵刹浮屠：佛寺；佛塔。

6. 三生约："三生"源于佛教的因果轮回学说，后成为情定终身的象征。"三生"分别代表"前生""今生""来生"。"三生石"则源于女娲补天的传说。相传女娲补天之后，将三生石放于鬼门关忘川河边，掌管人间三世姻缘轮回。很多人的爱情是从一种似曾相识的感觉开始的，而相爱之后，人们又一定会期待"缘定三生"。本文里的"三生约"不是指爱情姻缘，而是指与佛结缘，生生世世皈(guī)依佛门，期望往生佛国极乐世界意。

7. 云光说法：南北朝时期佛教盛行，尤其是金陵城南雨花台一带寺庙林立。杜牧的诗句"南朝四百八十寺，多少楼台烟雨中"，正是当年景象的写照。相传梁武帝时期，高僧云光法师在此岗设坛讲经说法。僧侣500余人，趺(fū)坐聆听，讲得精彩，听得入神，数日而不散。于是感动佛祖，天降花雨，落地化作五彩石子，遂称雨花石，雨花台也由此而得名。成语"天花乱坠"正是由此传说而来。

2018年7月15日于南京

游梅岗

雨花台畔有梅岗㊆,闻道梅开十里香㊆。
蔽日浓荫芳径乱,回廊幽榭草泽荒㊆。
清流结社文坛盛,太守屯兵武备扬㊆。
休对闲愁莫惆怅,世间之事费思量㊆。

1. 梅岗:雨花台之东岗,又称梅岭、梅岭岗。东晋初期,胡人压境,都城南迁,豫章太守梅赜(zé,又说名梅颐)带兵抵抗胡人,曾屯兵于此。为纪念梅赜将军的高风亮节,后人在岗上建梅将军庙,并广植梅花,遂称梅岗。东晋名相谢安死后葬于此。到明、清时,这里已形成梅海,与钟山脚下的梅山成为南京东郊、南郊两大赏梅胜地。每当梅花盛开之时,金陵士大夫相约岗上,吟诗结社,为金陵文坛一大盛事。1999年,雨花台风景区在此复建梅岗,由“访梅亭”“问梅阁”“寒香轩”“曲廊”四部分组成,曲折幽深的长廊与周边的千树梅花相映成趣,再现当年梅海风采。如今,梅岗已成为中国南京国际梅花节分会场。

2. 草泽:草野。野草丛生的地方。

3. 清流:这里代指士子文人。

4. 太守:指东晋豫章太守梅赜,曾屯兵梅岗抵御外族入侵。

5. 休对闲愁莫惆怅,世间之事费思量:在梅岗附近有泰伯祠、南宋杨邦乂(yì)剖心处、明代大学士方孝孺墓、海瑞祠等遗址,这些仁人志士的高风亮节让人钦敬,但他们的悲惨遭遇又让人唏嘘感叹、痛惜不已。每每想到此,心中无限悲凉,惆怅之情久久挥之不去。世间之事真是说不清道不明,孰是孰非难有定论,空为古人担忧而已。

2018年7月16日于南京

木末亭

梅岗山上绿荫浓㊞，掩映风高木末亭㊞。
树影欲迷云度处，经声遥送月明中㊞。
高僧法雨动天地，英烈忠魂化彩虹㊞。
人道金陵多胜迹，谁知胜迹也伤情㊞。

1. 木末亭：木末亭是清“金陵四十八景”之一，位于雨花台东岗之巅，始建于明代。“木末”二字，最早见于屈原的《九歌·湘君》，意为高于树梢之上。以此名亭，谓亭秀出林木。在雨花台建木末亭，还有另外一层含义，因为在木末亭畔，有泰伯祠、南宋杨邦乂剖心处、明代大学士方孝孺墓、海瑞祠、曹公祠等遗址，“木末风高”即称赞历代仁人志士高风亮节之意。

2. 树影欲迷云度处，经声遥送月明中：木末亭的楹柱上镌刻着一副对联——“树影欲迷云度处，经声遥听月明中。”这里借用这副楹联用在诗中。但下联的“听”字在古代为平、仄双声字，有的地方读平声，有的地方读仄声，在这副楹联里“听”字读去声，楹联的平仄没有问题；而现在“听”字为平声，如用在诗中就不合平仄，故改为“送”字以合平仄格律。

3. 高僧法雨：指云光法师在雨花台讲经说法感动上天而天降花雨的传说。

4. 英烈忠魂：指杨邦乂、文天祥、方孝孺、海瑞等忠义之士的忠魂义魄。

2018年7月16日于南京

谒方孝孺墓

梅岗木末起云烟㊞，原是大儒此处眠㊞。
义胆不惜赴火海，忠魂何惧上刀山㊞。
德昭日月宇和宙，文冠庙堂地与天㊞。
正气悠悠贯今古，空留慨叹在人间㊞。

1. 方孝孺和方孝孺墓：方孝孺（1357—1402年），浙江宁海人，明代大臣、著名学者、文学家、散文家、思想家，字希直，一字希古，号逊志，曾以“逊志”名其书斋，蜀献王改为“正学”，因此世称“正学先生”。燕王朱棣的军师姚广孝称其为“天下读书种子”，后人称其为“明代第一大儒”“第一忠臣”。方孝孺自幼聪明好学、机警敏捷，长大后拜大儒宋濂为师，为同辈人所推崇。洪武三十一年（1398年），明太祖死，惠帝即位后，即遵照太祖遗训，召方孝孺入京委以重任，先后出任翰林侍讲及翰林学士。燕王朱棣誓师“靖难”，挥军南下京师，惠帝亦派兵北伐。当时讨伐燕王的诏书檄文都出自方孝孺之手。建文四年（1402年）五月，燕王进京，文武百官多见风转舵，投降燕王，方孝孺拒不投降，被捕下狱。后因拒绝为发动“靖难之役”的燕王朱棣草拟即位诏书，刚直不屈，孤忠赴难，被凌迟处死于南京聚宝门外，时年46岁，同时被诛十族，屈死者多达847人。南明福王时追谥（shì）“文正”。

方孝孺墓：方孝孺墓坐落在南京雨花台东岗（即梅岗）之畔。明万历年间，著名戏剧家汤显祖为其修墓立碑建祠，后毁于战火。清李鸿章任两江总督时，又重新为其修墓立碑，民国江苏省省长韩国钧又重修，后来均遭焚毁。2002年，在方孝孺遇难600周年之际，方孝孺后人又捐款与雨花台管理局一道重新修整方孝孺墓。修整后的方孝孺墓，墓地建筑面积为178平方米，由正气牌坊、神道、方孝孺铜胸像、24块碑刻、墓前平台、墓碑、墓丘及墓后照壁组成。牌坊上书四个篆书大字“天地正气”，墓碑正面书“明方正学先生之墓”。24块碑刻中，有历代名人的褒扬之词，亦有方孝孺生前的语句，如：“士之可贵者在气节不在才智，国家可使数十年无才智之士，而不可一日无气节之臣”“治人之身不若治其心也，使人畏威不若使人畏义也”，等等，充分昭示了方孝孺的思想境界和高风亮节。

2. 木末：木末亭。毗邻方孝孺墓。

3. 宇宙：(空间)上下四方为宇，(时间)古往今来曰宙。

4. 庙堂：朝堂、殿堂，神圣、权威之地。

2018年7月17日于南京

二忠祠

汉祚衰微宋运穷㊊，人间自古悯孤忠㊊。
烟尘常虑黎民苦，战乱犹思社稷情㊊。
国破山河聚狐兔，家亡宗庙走神灵㊊。
腥风血雨干戈后，正气悠悠一脉同㊊。

1. 二忠祠：南宋初年，抗金英雄杨邦义，兵败被俘后拒不降金，被金人在雨花台下剖腹取心，宋高宗赐谥号，建“褒忠祠”祭祀杨邦义。150年后，抗元英雄文天祥，兵败被俘，在押解大都（今北京）途中经过建康（今南京），在《怀忠襄》一诗中表达了对杨邦义的敬仰之情和殉国之志。因文天祥从小景仰杨邦义，两人又同为江西吉水人，文天祥殉难后，人们在“褒忠祠”附祀他，遂改“褒忠祠”为“二忠祠”。祠堂外的墙壁上刻有“忠孝节义”四个苍劲雄浑的大字，祠堂正门25米处砌筑了硬山式折线形照壁，长6.88米，著名书法家武中奇书写的文天祥的《正气歌》镌刻在黑色磨光花岗岩石壁上。

2. 汉祚、宋运：汉朝的江山，宋朝的国运。祚：福。这里指江山、政权。

3. 烟尘：烽烟和征尘。借指战争。

4. 社稷：社指土神，稷指谷神。古代君主都要祭社稷，后因以“社稷”代指国家。

5. 国破山河聚狐兔，家亡宗庙走神灵：国破家亡，山河易色，豺狼当道，狐鼠横行。国家败亡以后，连神灵都走了，都不再护佑了。指的是北宋末年和南宋末年因外族入侵而给汉民族造成的亡国之痛。“国破山河聚狐兔”句，是化用南宋词人张元幹的词《贺新郎·送胡邦衡待制赴新州》中的句子“聚万落千村狐兔”，是说故国北方被敌人盘踞着，无数村落都变成了荒野，狐兔成群。张元幹是个很有气节的词人，南宋初年，秦桧当国，他不愿和奸佞同朝，弃官而去，后又因做这首送胡铨的《贺新郎》词而被当权者除名。宗庙：国家或家族祭祀祖先神明的建筑。代指政权或香火的延续。

2018年7月17日于南京

月夜听蛙鸣

蛙声阵阵不堪听(韵),游子魂归梦几重(韵)。
夜半清风怜皓月,愁思无寐到天明(韵)。

2018年7月22日于南京

西河·梦金陵

魂梦里㊣，六朝故国何地㊣？
大江滚滚水东流，遥岑无际㊣。
龙蟠虎踞锁孤城，雄关故垒曾倚㊣。

台城下，风光异㊣，五门烟柳环蔽㊣。
波平如镜月华清，夜空如洗㊣。
浮屠梵刹去来今，晨钟暮鼓迢递㊣。

世传汉祚一脉系㊣。
说风流、绵绵淮水㊣，多少痴迷情意㊣。
算而今、画舫兰桥，一任岁月悠悠，心如寄㊣。

1. 西河：词牌名。又名《西湖》《西河慢》。三叠，共一百零五字。前段六句、四仄韵，中段七句、四仄韵，后段六句、四仄韵。宋人曾有多人作《西河》，但格式少异，而以周邦彦体为正格。这首《西河·梦金陵》依周邦彦体。三段相继提到了金陵的主要名胜古迹，如长江、紫金山、石头城、台城、玄武湖、鸡鸣寺、秦淮河等。

2. 遥岑无际：远处的山峦，连绵起伏，一眼望不到尽头。遥岑：远山。

3. 雄关故垒曾倚：雄关故垒指的是南京石头城和虎踞关，古代曾是保卫京师的军事要塞。余曾数度登临石头城览胜，倚靠着石头城古城墙极目远眺，也曾作《念奴娇·登石头城》怀古，故言雄关故垒曾倚。

4. 台城下，风光异，五门烟柳环蔽：这句写的是古台城和玄武湖的风光。台城是六朝时期建康宫残存的一段宫墙，在玄武湖南岸。玄武湖是江南三大名湖之一，是江南最大的城内公园，被誉为“金陵明珠”。巍峨的明城墙，秀美的小九华山，古色古香的鸡鸣寺环抱左右。玄武湖本为皇家园林，周边有城墙环绕，现有五座城门，湖内有五个岛屿，称五洲，洲洲堤桥相通，处处有山有水，终年景色如画。环城遍植杨柳，烟笼雾锁，绿意盎然。晚唐诗人韦庄曾有一首著名的《台城》诗咏台城和玄武湖一带的杨柳：“江雨霏霏江草齐，六朝如梦鸟空啼。无情最是台城柳，依旧烟笼十里堤。”

5. 浮屠梵刹去来今，晨钟暮鼓迢递：玄武湖周边有古鸡鸣寺、地藏寺、玄奘寺等梵刹古寺。佛塔高耸，香烟缭绕，晨钟暮鼓，召唤古往今来；提醒人们，净化心灵，积德行善，回报社会。迢递：形容远；形容高。这里是说，古寺里的钟声传得很远很远。

6. 世传汉祚一脉系：“江南佳丽地，金陵帝王州。”南京拥有着6000多年文明史、近2600年建城史和近500年的建都史，是中国四大古都之一，有“六朝古都”“十代都会”之称。南京在中华民族发展的历史长河中占有重要地位，是中华文明的重要发祥地，历史上曾数次庇佑华夏之正朔。历史上南京既受益又罹(lí)祸于其得天独厚的地理位置和壮美的风水佳境，过去曾多次遭受兵燹(xiǎn)之灾，但亦屡屡从瓦砾荒烟中重整繁华。在中原被异族所占领，汉民族即将遭受灭顶之灾时，通常都会选择在南京休养生息，立志北伐，恢复华夏。所以南京被视为汉族的复兴之地，在历史上具有特殊的地位和价值。曾有学者在比较了长安、洛阳、金陵、燕京四大古都之后说：“此四都之中，文学之昌盛，人物之俊彦，山川之灵秀，气象之宏伟，以及与民族患难相共、休戚相关之密切，尤以金陵为最。”南京长期是中国南方的政治、经济、文化中心，拥有着厚重的文化底蕴和丰富的历史遗存。

7. 心如寄：心之所寄，心向往之。

2018年7月25日于南京

夏夜携外孙紫金山观流萤

夜色朦胧雾气浓㊗,紫金山麓赏流萤㊗。
人行古寺林中路,月照闲云岭上松㊗。
星火迷离迷乱草,青光闪烁闪飞灯㊗。
百虫鸣奏闻天籁,谁解童心别样情㊗?

1. 星火迷离迷乱草,青光闪烁闪飞灯:这两句写夜间萤火虫的光亮,像点点星火在乱草中迷离闪烁,又像闪着青光的小灯笼在夜空中飞舞流动。

2. 天籁:自然界的各种声音。如风声、水流声、鸟啼声、虫鸣声等。

3. 谁解童心别样情:在漆黑的夜晚,平生第一次见到萤火虫,听着深山密林里鸟啼虫鸣的天籁之音,小外孙特别高兴。儿童对大自然的感受大概与成年人不一样吧,这又有谁能理解呢?即便是成年人,到了暮年,也应保持一颗天真烂漫的童心,给生活增添一缕别样的风情。

2018年7月26日夜于南京

咏花仙子

曾见小虫像朵花(韵),朦胧香雾伴流霞(韵)。
轻盈缥缈林中舞,童话王国是乃家(韵)。

1. 花仙子:一种小昆虫,身长约1.5厘米,淡淡的浅粉色,有两只透明的小翅膀,整个身体恰像一朵盛开的小花,十分可爱。花仙子大多在童话故事里出现,她们生活在大森林里,身上长着两只小翅膀,聪明善良,活泼可爱,是美的化身。7月26日夜,余携小外孙到紫金山灵谷寺一带看流萤,在密林里恰遇一位昆虫学家带着学生实习,正好找见了一只花仙子趴伏在草叶上,恰如一朵美丽的小花,甚是可爱。真乃是幸运也。

2. 朦胧香雾伴流霞:想象中花仙子的生活环境,在散发着花香的迷雾中飞舞,终日和美丽的流霞相伴。

3. 童话王国是乃家:花仙子住在哪里呢? 住在茂密的大森林里,童话王国就是你的家。乃:文言人称代词。你;你的。

2018年7月27日于南京

水龙吟·登金陵赏心亭

水西门外秦淮，悠悠碧水随云去(韵)。
登高览胜，良辰美景，赏心何处(韵)？
极目江天，高楼林立，苍茫烟树(韵)。
叹吴天楚地，风烟故国，春秋梦、沧桑度(韵)。

遥想袁安卧雪，算流年、世传今古(韵)。
阑干拍遍，干云豪气，英雄泪雨(韵)。
玉树歌残，后庭花落，一抔黄土(韵)。
尚淹留、又见残霞晚照，断魂迟暮(韵)。

1. 水龙吟：词牌名。又名《龙吟曲》《小楼连苑》《丰年瑞》等。一说此调名取自唐李白“笛奏龙吟水”诗句。此调首见于北宋柳永咏梅之作。该调为双调，共一百零二字。上片十一句，下片十句。上片第九句往往为一、四句式，末句一般分上三下三；下片第二句一般分上三下四，第九句往往为上三下六句式。上片第二、五、八、十一句和下片第二、五、八、十句押韵，押仄声韵。另有变格体者。

2. 水龙吟·登金陵赏心亭：赏心亭，旧时为“金陵第一胜概”，始建于北宋，由丁谓所建。据南宋《景定建康志》云：“赏心亭在（南京城西）下水门（即今西水关）之城头上，下临秦淮，尽观览之胜。”据传，亭中曾悬挂传为唐代王维（一说周昉）的名画《袁安卧雪图》，亭旁传有张丽华墓。宋、元以来，赏心亭为观景赏心、吊古抒怀之胜地，历代文人墨客均有登临览胜，赋诗填词，其中尤以辛弃疾三登赏心亭之词最为著名。千古名亭、千古名画、千古名词，三绝合一，可谓诞生在古金陵、闪耀在中国文化史上的一颗璀璨明珠。历史上，此亭数度遭毁，亦多次重建，是坐镇金陵西南、纵观老城沧桑的一处重要遗迹。今天复建的赏心亭，位于秦淮区水西门西广场，总建筑面积约5000平方米，依仿宋建筑风格设计，以白墙、红柱、灰瓦为主色调。主楼明三层暗五层，八角重檐攒尖顶，高24米，裙楼歇山顶，高9米。整组建筑高耸挺拔，气势恢宏，重檐欲飞，错落有致，是水西门一带的重要人文景观。从檐角传出的风铃声飘荡在秦淮河的水面上，向人们昭示着风云变幻。余今日登临赏心亭，秦淮一线碧水在脚下悠悠流淌，金陵风光尽收眼底。有感于此，遂不揣冒昧，效辛词而作此《水龙吟·登金陵赏心亭》。上半阕观景，下半阕怀古，多有惆怅感慨之意。

3. 登高览胜，良辰美景，赏心何处：在这良辰吉日，登上高高的赏心亭极目远眺，古都金陵之美景尽收眼底。赏心悦目在哪里呢？（或曰：赏心亭在哪里呢？）南宋大诗人陆游曾云："登斯亭也，东望钟山巍巍，西阅大江滔滔。秦淮风月汩汩流淌，金陵繁华次第铺陈。帆影绰绰，村树渺渺；鸥翔鹰扬，水阔天高。南朝谢灵运说：良辰，美景，赏心，乐事，四者难并。亭名'赏心'盖源出于此耶？信乎。"

4. 极目江天，高楼林立，苍茫烟树：秦淮河横穿南京城汇入长江。过去站在赏心亭上远眺，就能看到长江娇美的身姿蜿蜒在吴楚大地上。现在则是高楼林立，一片苍茫烟树，再也看不到长江的身影了。

5. 风烟故国，春秋梦、沧桑度：风烟故国，故国风烟。南京为六朝古都，故称故国。春秋，代指历史。这句言南京历经朝代更迁，历尽沧桑。

6. 遥想袁安卧雪，算流年、世传今古：袁安卧雪，指传为唐代王维（一说周昉）所绘的千古名画《袁安卧雪图》，此画于宋代曾悬挂在赏心亭上。该画所描绘的是东汉儒士袁安在大雪时节宁可卧床受冻也不打扰别人的经典故事，赞扬了古人所崇尚的宁守清贫、决不放弃操守的精神，为后世所传颂。后来亭毁图失，此画成为传说。但是，以袁安卧雪为主题的绘画创作和评论却延续了上千年，自唐、宋到近代，创作过《袁安卧雪图》的画家不胜枚举。在为数不多的存世作品中，尤以明代画作意境上佳。今天，在赏心亭一楼大厅内悬挂的巨幅画作，乃是明代著名画家沈周于成化十年(1474年)所作。图中，寒风催老树，大雪困茅屋，而袁安则泰然处之，侧卧床榻，揽书自得，卧雪安贫之情跃然纸上。

7. 阑干拍遍，干(gān)云豪气，英雄泪雨：这句写南宋大词人辛弃疾登赏心亭所做的著名词篇《水龙吟·登建康赏心亭》，其中有“落日楼头，断鸿声里，江南游子，把吴钩看了，阑干拍遍，无人会、登临意”和“倩何人、唤取红巾翠袖，揾(wèn)英雄泪”。这著名的词篇更使赏心亭蜚声海内外，并名垂千古。阑干：栏杆。干：上冲；冒犯。

8. 玉树歌残，后庭花落，一抔黄土：据传，南陈后主陈叔宝的宠妃张丽华墓在赏心亭畔，来到此，在登亭赏景之际，不仅又让人感叹南陈奢淫王国的哀痛。玉树歌残，后庭花落，即指宫体诗歌曲《玉树后庭花》：“丽宇芳林对高阁，新装艳质本倾城；映户凝娇乍不进，出帷含态笑相迎。妖姬脸似花含露，玉树流光照后庭；花开花落不长久，落红满地归寂中！”《玉树后庭花》为南陈后主陈叔宝所作。其“玉树后庭花，花开不复久”则一语成谶(chèn)，预示南陈江山不久之兆也。所以后人把《玉树后庭花》称为亡国之音。又传，金主完颜亮因见到张丽华的小照，垂涎江南美色，故发兵南下侵宋。古代常说“美人是亡国祸水”，其实是统治者荒淫无耻，与弱女子何干？抔：用手捧东西。如：一抔黄土。这里代指坟墓。

9. 迟暮：天快黑的时候；代指人的晚年。

2018年7月28日于南京赏心亭

赏心亭怀古

人生何事竞风流㊄？览胜登亭怀古游㊄。
极目青山留倩影，回眸碧水远行舟㊄。
阑干拍遍英雄泪，卧雪安贫名士愁㊄。
黄土一抔埋艳骨，秦淮明月正当头㊄。

1. 览胜：观赏胜景或游览胜地。

2. 极目青山留倩影，回眸碧水远行舟：登上高高的赏心亭极目远眺，紫金山的倩影映入眼帘，回头一看，脚下的秦淮河水已经把船只送到了远方。

3. 卧雪安贫名士愁：北宋大中祥符九年（1016年），时任建康知府的丁谓得到宋真宗御赐的《袁安卧雪图》（一说《袁安卧雪图》就是丁谓的家藏），他把此画悬挂在赏心亭内的巨屏之上，场面蔚为壮观，引得众人赞叹，这也使赏心亭名声大噪。后来，历经风雨沧桑，亭毁图失，《袁安卧雪图》成为传说。

4. 黄土一抔埋艳骨：传南陈后主陈叔宝的宠妃张丽华墓在赏心亭畔，故言“黄土一抔埋艳骨”。

5. 秦淮明月正当头：慨叹语。岁月沧桑，朝代更迭，不管世事如何变化，秦淮河上的明月依然照耀在当头。

2018年7月29日于南京

登赏心亭赏卧雪图

十里秦淮多胜概，赏心极目楚天舒㊎。
青山笼黛溪云起，碧水含烟月影浮㊎。
隽士贤才怜妙笔，名亭佳作壮吴都㊎。
古人操守后人敬，千载争摹卧雪图㊎。

1. 卧雪图：即《袁安卧雪图》。《袁安卧雪图》传为唐代周昉(一说王维)所绘的千古名画。历代画论均将该画列为“神品上”，是名副其实的千古名画。

2. 胜概：美好的景象。胜：优美的；美好的。

3. 赏心极目楚天舒：登上高高的赏心亭极目远眺，辽阔的吴地楚天，青山绿水，风光无限，令人赏心悦目，心旷神怡。

4. 碧水含烟月影浮：月影倒映在烟雾朦胧的秦淮河水面上。

5. 隽(jùn)士贤才怜妙笔，名亭佳作壮吴都：北宋大中祥符九年(1016年)，时任建康知府的丁谓得到宋真宗御赐的《袁安卧雪图》(一说《袁安卧雪图》就是丁谓的家藏，因怕小人觊觎窃取，遂假托为皇帝御赐，以期千古名画得到保全)，他把此画悬挂在赏心亭内的巨屏之上，场面蔚为壮观，引得达官显贵、文人雅士及众百姓观赏赞叹，成为当年古都金陵的一大盛事，并使赏心亭名声大噪。隽：同“俊”。吴都：指金陵。

6. 古人操守后人敬，千载争摹卧雪图：历经岁月沧桑，赏心亭几度遭毁，《袁安卧雪图》也不知所终。但是，以袁安卧雪为主题的绘画创作和评论却延续了上千年，成为中国美术史上的奇迹。自唐、宋到近代，创作过《袁安卧雪图》的画家不胜枚举。如周昉、王维、董源、李升、黄筌、范宽、李公麟、李唐、赵孟頫、倪瓒、沈周、陶宗仪、祝允明、文征明及近代傅抱石、刘峨士等古今画家都创作过这一题材。今天，在赏心亭一楼大厅内悬挂的巨幅画作，是明代画家沈周于成化十年(1474年)所作。摹：临摹。照着原来的样子写或画。因最初的《袁安卧雪图》已不知所终，这里的"摹"是指依照原来的意境作画之意。

2018年7月29日于南京

咏秦淮

秦淮十里一河风[韵],淡笼轻烟柳月明[韵]。
绮户朱楼深院静,兰舟画舫小桥横[韵]。
干戈凌乱传文脉,朝代更迭续汗青[韵]。
多少繁华多少梦,悠悠碧水绕金陵[韵]。

1. 秦淮十里一河风,淡笼轻烟柳月明。绮户朱楼深院静,兰舟画舫小桥横:这几句写秦淮河的风光。十里秦淮,一河清风,烟笼雾锁,柳暗花明,朱楼绮户,画舫兰桥,灯纱红艳,明月当头。看不完的美景,道不尽的繁华,听不够的故事,诉不及的慨叹。秦淮河为扬子江一支流,由东向西横贯南京市区,孕育了南京的古老文明,有"南京的母亲河"之称。秦淮河在历史上极负盛名,这里素为"六朝烟月之区,金粉荟萃之所",更兼十代繁华之地,"衣冠文物,盛于江南;文采风流,甲于海内",被称为"中国第一历史文化名河"。秦淮河的南京城内河段为内秦淮,从东水关至西水关全长9.6华里,有"十里秦淮""六朝金粉"之誉,东吴以来一直是繁华的商业区和居民区,六朝时成为名门望族的聚居之地,宋代开始成为江南文化的中心。明、清两代,尤其是明代,是十里秦淮的鼎盛时期。两岸"河厅河房,雕梁画栋;金粉楼台,鳞次栉比;画舫凌波,桨声灯影",展现着一幅幅如梦如幻的美景奇观。加之商贾云集,市井繁华,人文荟萃,儒学鼎盛,构成了集中体现金陵古都风貌的游览胜地——秦淮风光带。内秦淮沿岸分别有东水关遗址、秦淮水亭、桃叶渡、白鹭洲、夫子庙、江南贡院、苹苑、瞻园、王谢故居、李香君故居、秦大士故居、沈万三故居、凤凰台、中华门瓮城、大报恩寺、赏心亭等文化旅游景点。置身其中,令人心旷神怡,流连忘返。柳月:高挂在柳树梢头的明月。

2. 文脉：文明(或文化)的源流脉络。

3. 汗青：古代用来记事的竹简，是用青竹烤去水分做成的。烤时竹子上冒出的水分像汗一样，所以古人称竹简为汗青。后来泛指书籍史册。这里用汗青代指历史。如文天祥的著名诗句："人生自古谁无死，留取丹心照汗青。"

2018年8月1日于南京

秋游西山望京华

京华西望暮云平[韵],晚沐苍烟山路行[韵]。
秋水潺潺黄叶落,残阳脉脉紫霞升[韵]。
登临绝顶清风爽,俯瞰层峦夕照明[韵]。
远眺帝都花似锦,神州追梦巨龙腾[韵]。

1. 京华西望暮云平,晚沐苍烟山路行:在秋高气爽、天高云淡的秋日黄昏游北京西山,沐浴着习习秋风和苍烟落照,攀登在崎岖的山路上。

2. 脉脉(mò):深含情意的样子。

3. 瞰:从高处往下看;俯视。

4. 层峦:连绵重叠的山峰。

2018年9月24日(中秋)于北京

汉宫春·秋游颐和园

云淡风轻,正秋高气爽,雁阵成行㊞。
优游紫薇阆苑,蓬岛仙乡㊞。
兰馨桂馥,漫流连、曲径回廊㊞。
花影里、霞飞金阙,玉楼画栋雕梁㊞。

信步昆明湖畔,看蓝天碧水,塔影云光㊞。
长桥卧波隐隐,鸥鹭翱翔㊞。
佛香夕照,竞登临、秋韵茫茫㊞。
休慨叹、名园佳丽,而今重现辉煌㊞。

1. 汉宫春:词牌名,又名《庆千秋》《汉宫春慢》。此调有平韵、仄韵两体,宋人多作平韵体,各家平仄少异。双调,共九十六字,上、下片不同调,各九句、四平韵。

2. 颐和园:古代皇家园林,前身为清漪园,坐落在北京西郊,距城区15公里,占地约290公顷,与圆明园毗邻。它是以昆明湖、万寿山为基址,以杭州西湖为蓝本,汲取江南园林设计手法而建成的一座大型山水园林,也是保存最完整的一座皇家行宫御苑,被誉为“皇家园林博物馆”。1961年3月4日,颐和园被公布为第一批全国重点文物保护单位,与同时公布的承德避暑山庄及苏州拙政园、留园并称为中国四大名园,1998年11月被列入《世界遗产名录》。颐和园为国家5A级旅游景区,是中国现存最大的皇家园林。

3. 紫薇、阆苑、蓬岛：紫薇，紫微宫，神话传说中玉皇大帝的居所。阆苑，也称阆风苑、阆风之苑，传说中在昆仑山之巅，是西王母居住的地方。泛指神仙居住之地，有时也代指帝王的宫苑。蓬岛，神话传说中的海上三神山蓬莱、方丈、瀛洲。这里将颐和园比作神仙居住的地方和神仙的花园。

4. 兰馨桂馥：兰花和桂花的香气。代指颐和园中的奇花异草。馥：形容香气很浓。

5. 曲径回廊：既指万寿山前的长廊又指颐和园各宫苑里曲折的回廊。颐和园长廊位于万寿山南麓，面向昆明湖，北依万寿山，全长728米，共273间，是中国园林中最长的游廊，1992年被认定为世界上最长的长廊，并列入"吉尼斯世界纪录"。廊上的每根枋梁上都有彩绘，共有图画8000多幅，内容包括山水风景、花鸟鱼虫、人物典故等。

6. 金阙玉楼：玉楼金阙。美玉砌成的楼阁，黄金建成的宫殿。形容宫殿楼阁极尽华美和富丽堂皇。神话传说中天宫里有玉楼、金阙，所以又指仙人居住的地方。玉楼金阙一词出自宋代词人朱敦儒的词《鹧鸪天·西都作》："我是清都山水郎，天教分付与疏狂。曾批给雨支风券，累上留云借月章。诗万首，酒千觞。几曾着眼看侯王？玉楼金阙慵归去，且插梅花醉洛阳。"

7. 信步：随意走动；散步。

8. 塔影云光：昆明湖西堤一带碧波垂柳，自然景色开阔，园外数里玉泉山的秀丽山峰和山顶的玉峰塔影排闼(tà)而来，被收摄作为园景的组成部分。从昆明湖上和湖滨西望，园外之景和园内湖山浑然一体，这是中国园林中运用借景手法的杰出范例。

9. 长桥卧波隐隐，鸥鹭翱翔：颐和园山水三七开，昆明湖环抱万寿山，向南连接南湖、团湖，中间横跨一道西堤，水多桥多，成为另一大景观。仅有名的桥就有西堤六桥：柳桥、练桥、镜桥、玉带桥、豳(bīn)风桥、界湖桥；以及绣漪桥，半壁桥，石桥，荇桥，苏州桥，知鱼桥，知春桥等，而最有名的是十七孔桥。十七孔桥坐落在昆明湖上，是颐和园里众多石桥中最大最长的石桥。桥宽8米，长150米，由17个桥洞组成。石桥两边栏杆上雕有大小不同、形态各异的石狮子500多只。东桥头北侧，有为镇压水患而铸造的铜牛，喻为牛郎的化身。在昆明湖西岸有一处被喻为织女化身的耕织图。织女(耕织图)和牛郎(铜牛)隔着象征天河的昆明湖遥遥相望。黄昏时分，夕阳的余晖映照着昆明湖里十七孔桥娇美的身姿，如彩虹玉带，隐隐约约，妩媚朦胧。水鸟在长桥两侧的湖面上自由飞翔。

10. 佛香夕照，竞登临、秋韵茫茫：佛香阁是颐和园里最大的工程，是颐和园全园的构图中心。佛香阁位于万寿山前山中央部位的山腰，是一座八面三层四重檐的建筑，阁高36.44米，耸立于20米高的方形石造台基上，阁内有8根巨大的铁梨木擎天柱，结构复杂。佛香阁美妙庄严，熠熠生辉，具有极高的文物和艺术价值，为古典建筑精品。佛香阁为清代皇家敬佛之地，供皇室在此烧香礼佛。阁内供奉铜铸金裹千手观音菩萨站像，像高5米，重万斤。秋日黄昏，站在佛香阁上极目远眺，沐浴在秋光里的颐和园美景尽收眼底：秋高气爽，白云悠悠，湖光山色，塔影云光，长桥卧波，画舫兰桥，亭台楼阁，曲径回廊，绿树婆娑，彩霞满天，掩映黄瓦宫墙，恰似瑶池阆苑、蓬莱仙境。好一派恢宏富丽之景象也！

2018年10月3日于北京

鹧鸪天·秋夜咏桂花

玉露金风桂殿秋㊎，云光缥缈画堂幽㊎。
清微淡雅神仙品，浓郁芳淳第一流㊎。

金粟放，百花羞㊎，悠悠香气醉心头㊎。
三杯美酒邀明月，月下花前莫问愁㊎。

1. 桂花：桂花是中国木犀属众多树木的统称，为常绿灌木或小乔木。桂花别名很多，因其叶脉如圭而称“桂”；纹理如犀，又叫“木犀”；桂花通常生长在岩岭上，故称“岩桂”；桂花黄花细如粟，故又名“金粟”；桂花的花朵很小，但香气浓郁，被人称为“金秋娇子”；桂花开于秋，旧说秋之神主西方，所以也称“西香”或“秋香”；桂花色香味高雅，其香气具有清浓两兼的特点，清可绝尘，浓可致远，堪称一绝，因此又有“九里香”的美称；桂花为“仙客”，以其清雅高洁、香飘四溢，被称为“仙友”；桂花又被称为“仙树”“花中月老”。汉、晋以后，人们开始把桂花与月亮联系在一起，编织了月宫吴刚伐桂、嫦娥奔月等美丽的神话传说，故桂花亦称“月桂”，月亮也被称为“桂宫”“桂魄”。农历八月，古称“桂月”，桂花盛开，是赏月的最佳月份和最佳时期。桂花是崇高、贞洁、友好、吉祥、荣誉的象征，凡仕途得志，飞黄腾达者谓之“折桂”。“月宫仙桂”的神话给人以无穷的遐想，据说，桂花的幽香会使人浮想联翩，会引发游子对故乡的思念。在长期的历史发展进程中，桂花形成了深厚的文化内涵和鲜明的民族特色。桂花是中国传统十大名花之一（中国十大名花是：梅花、牡丹、菊花、兰花、月季、杜鹃、荷花、茶花、桂花、水仙），是集绿化、美化、香化于一体的观赏与实用兼备的优良园林树种。每当仲秋时节，丛桂怒放，在夜静月圆之际，把酒赏桂，香气悠悠，令人心旷神怡。桂花最具代表性的品种有金桂、银桂、丹桂、月桂、四季桂等。一般来说，金桂、银桂花香浓郁，丹桂、月桂、四季桂的花香相对比较清淡。

2. 金风：秋风。秋天是收获的季节，秋风吹过，大地一片金黄，故称秋风为金风。

3. 桂殿：飘荡着桂花香气的华美殿堂。也可指月宫里的宫殿，即广寒宫。

4. 清微淡雅神仙品，浓郁芳淳第一流：这是对桂花花香的赞誉，也道出了桂花色香味高雅，香气袭人且清浓两兼的特点。

5. 金粟放，百花羞：桂花的香气冠绝百花，只要桂花一开放，奇香无比，令百花感到羞愧。金粟：金桂的别称。这里代指桂花。

6. 三杯美酒邀明月，月下花前莫问愁：每当仲秋八月，夜静月圆、金桂飘香之际，把酒赏桂，香气悠悠，令人心旷神怡，忘却了世间的烦恼与忧愁。三杯：人、明月、桂花树三者对饮，故曰三杯。中国人有时以三为多数，这里也可以理解为月下把酒赏桂，雅兴很浓，酒喝得很多，一杯一杯又一杯，不醉不归。

2018年10月5日于北京

武陵春·西山秋韵

闻道西山秋色好，携杖独登临㊎。
松径鸣泉鸟啭频㊎，空静了无痕㊎。

寒露凝霜花落尽，红叶火流云㊎。
漫说清光解照人㊎，迟暮也销魂㊎。

1. 西山、香山：北京西山是北京西部山地的总称，属太行山脉。低山及山麓一带多名胜古迹，香山、上方山、八大处、潭柘寺、戒台寺、云居寺、石花洞、十渡等为京西著名游览地。这里说的西山主要是指香山和香山公园。香山又叫静宜园，是北京著名的森林公园。位于北京海淀区西郊，距市区20公里，全园面积160公顷。香山海拔575米，最高峰峰顶有一块巨大的状如香炉的乳峰石，晨昏之际云雾缭绕，远远望去如炉中香烟袅袅上升，故名香炉山，简称香山。早在元、明、清时期，皇家就在香山营建离宫别院。香山寺、昭庙、碧云寺、卧佛寺、北京植物园等散落其间，并紧邻颐和园。香山寺曾为京西寺庙之冠。香山可谓是国内赏红叶的鼻祖，是我国四大赏红叶胜地之一。香山红叶驰名中外，为西山风景区中的一大奇观，也是“燕京八景”之一。香山红叶种类很多，大多是黄栌树，常见的还有槭树、枫树等。香山红叶多达13万株，每逢霜秋，漫山遍野的黄栌树叶红得像火焰一般，极目远眺，远山近坡，鲜红、粉红、猩红、桃红，层次分明，瑟瑟秋风中，似红霞排山倒海而来，整座山似乎都在摇晃，又有松柏点缀其间，红绿相间，瑰奇绚丽。香山赏红叶是北京秋季的主要游览项目。数十万人蜂拥到香山，漫山遍野都是观赏红叶的人群，蔚为壮观。“香山红叶”曾被评为“北京新十六景”之一。

2. 啭:鸟儿婉转地鸣叫。

3. 漫说清光解照人,迟暮也销魂:人们为什么特别留恋秋天的景色呢?因为秋天过后是寒冬。毛滂的《武陵春》中云,“但得清光解照人,不负五更春”,这里借用其“清光解照人”句,发出了对秋之将尽的留恋和对人生迟暮的慨叹。

2018年10月10日于北京香山

秋游香山碧云寺

遥望西山秋色浓[韵],晓风吹送紫霞升[韵]。
黄花凝露溪流碧,枫叶经霜岭树红[韵]。
松柏森森藏古刹,丹梯邈邈入苍穹[韵]。
身登宝座金刚塔,心在毗卢性海中[韵]。

1. 碧云寺:碧云寺位于北京海淀区香山公园北侧,西山余脉聚宝山东麓,是一组布局紧凑、保存完好的园林式佛教寺庙。碧云寺创建于元至顺二年(1331年),相传为耶律楚材后裔耶律阿勒弥舍宅开山而建,后经明、清两代相继扩建。寺院坐西朝东,依山势而建。整个寺院布置,以排列在山坡上的六进院落为主体,南北各配一组院落,院落采用各自封闭的建筑形式,层层殿堂依山叠起,300多级阶梯依山势将院落连缀在一起,形成层层拔高的布局。碧云寺松柏参天,殿宇幽静,为西山著名旅游景点。1925年,孙中山先生在北京逝世后,曾在该寺后殿停过灵柩,因而此殿后改为中山堂。2001年6月25日,碧云寺作为明、清古建筑,被国务院批准为第五批全国重点文物保护单位。

2. 森森:形容树木茂盛繁密。也形容阴森寂静。

3. 丹梯:登山的阶梯;登山的道路。

4. 邈邈:遥远;漫长。

5. 宝座金刚塔:金刚宝座塔。金刚宝座塔位于碧云寺最高点,建于清乾隆十三年(1748年)。塔仿北京五搭寺的形状建造,为藏传佛教佛塔。这种塔北京地区有三座,另两座是西黄寺的清净化城塔和真觉寺的金刚宝座塔。碧云寺金刚宝座塔高34.7米，分塔基、宝座、塔身三层。塔基呈方形，砖石结构，外以虎皮石包砌，台基两侧有石雕护栏，塔身全部以汉白玉石砌成，塔上遍布佛像、龙凤、云纹、狮象等大小浮雕，并上刻乾隆御书“灯在菩提”。立足石塔，凭高眺远，可一览全寺及西山风景。1925年孙中山逝世后，衣帽封藏于塔内，故此塔又称“孙中山先生衣冠冢”。

6. 毗卢性海：佛教语。佛祖释迦牟尼得道成佛，最主要的是普度众生。毗卢性海，是如来藏心的妙庄严海。就是要祝愿人人得道，个个成佛，成就无上正等正觉。毗卢性海是诸圣贤所悟到的这世间高级的一种境界，是指像极乐世界一样诸佛的净土。简单理解即为极乐世界。

2018年10月10日于香山碧云寺

三代树

枯树老根三代生㊊,可知造化弄神工㊊。
风霜雨露寻常见,相伴英姿入九重㊊。

1. 三代树:碧云寺北跨院为水泉院,因院内“卓锡泉”而得名。水泉院依山就势叠筑山石,亭台池桥,峭壁如城,为历朝皇帝所喜爱。院内柏树在绝壁石缝里生长,泉水自岩壁间涌出,巧夺天工,相映成趣。最不可思议的是一级古树“三代树”,其槐、柏、银杏一树三生,为世所罕见。据文献记载,该树“生于枯根间,初为槐,历数百年而枯,在根中复生一柏,又历数百年而枯,更生一银杏,今已参天矣”。此树已存在300多年,树根周围仍可见枯死的柏树桩,人称“三代树”。此树高大挺拔,直插云天,枝繁叶茂,生机盎然,被誉为祈福神树。

2. 九重:九重霄,天之最高处。这里是夸张地形容三代树的高大挺拔。

2018年10月10日于香山碧云寺

卧佛寺

古刹名蓝松柏间㊐,娑罗树下百花眠㊐。
同参密藏圆觉境,共入毗卢极乐天㊐。
大道皇皇辉日月,佛香袅袅润心田㊐。
法身不泯虚空界,普度众生化涅槃㊐。

1. 卧佛寺:即十方普觉寺,位于北京市西山北的寿安山南麓,香山东侧,距市区20公里。该寺始建于唐贞观年间(627—649年),已有1000多年历史,原名兜率寺,又名寿安寺,历代有废有建,寺名也多有变易。清雍正十二年(1732年)重修后改名为十方普觉寺。唐代寺内原有檀木雕成的卧佛,元至治元年(1321年)又在寺内铸造了一尊巨大的释迦牟尼佛涅槃铜像,因此,人们都把这座寺院叫作"卧佛寺"。卧佛长5.3米,高1.6米,重54吨,是我国乃至世界上最重、最大的铜铸卧佛像。佛像周围三面环立着十二圆觉泥塑像。这组佛像,是表现释迦牟尼临终前向他的弟子嘱咐后事的情景。佛像铸造精美,体态自然,具有很高的艺术成就。2001年6月25日,国务院批准为第五批全国重点文物保护单位。

2. 古刹名蓝松柏间,娑罗树下百花眠:这两句的意思是,卧佛寺掩映在苍松翠柏之间,是依照释迦牟尼在娑罗树下涅槃的传说而建造的。佛陀在百花丛中安详而眠。名蓝:有名的伽蓝。即有名的佛寺。伽蓝:佛寺。僧伽蓝摩的省称。娑罗树:常绿乔木,高可达50余米,叶子长卵形,花淡黄色,树脂有香气,木材紫褐色或淡红色,可作建筑材料。原产于印度。相传释迦牟尼涅槃于娑罗双树间,故亦为佛教之圣树。

3. 同参密藏:卧佛寺山门殿前耸立着一座高大的三门四柱七楼的琉璃牌坊,牌坊极其华丽。琉璃牌坊正面额"同参密藏",牌坊背面额"具足精严",均为清乾隆皇帝御笔。"同参"是勉励众生共同来参究、证实真理。"密藏"是指以一般语言所不能形容的、佛所亲证的宇宙和人生的真理。也可理解为佛家的至上宝典。

4. 圆觉:佛教语。指佛家修成圆满正果的灵觉之道。如《红楼梦》第一百二十回:"方知石兄下凡一次,磨出光明,修成圆觉,也可谓无復遗憾了!"圆觉在佛教中又指得大智慧、修成圆满正果、达到无上正等正觉之人。如十二圆觉,即指佛教中十二位大菩萨,他们是:文殊菩萨、普贤菩萨、普眼菩萨、金刚藏菩萨、弥勒菩萨、清静慧菩萨、威德自在菩萨、辩音菩萨、净诸业障菩萨、普觉菩萨、圆觉菩萨、贤善首菩萨。此十二大士,能入如来圆明境界,故称十二圆觉菩萨,聆听受诲于大日如来讲经说法。

5. 毗卢极乐天:诸佛的净土,即极乐世界。毗卢:梵语,佛光普照的意思。又是佛名号,即毗卢遮那佛的省称,即大日如来。法身佛的通称。

6. 皇皇:形容盛大,堂皇。

7. 法身不泯虚空界,普度众生化涅槃:佛陀在对弟子们做了最后的开示后,安详的右卧,进入涅槃。所有的人都因佛陀入灭而悲痛,大地震动,人神共悲。佛陀并没有像他方世界的佛陀那样选择长久的住世,而是早早地就示现涅槃,因为他担心弟子们会因为他的长久住世而放逸修行。可见佛陀的良苦用心!然而,佛陀的化身虽然离开了众生,其法身却是一直存在的。他存在于佛陀创立的僧团之中,存在于佛法的文字典籍之中,存在于整个虚空界。只要有一个众生哪怕是微小的蝼蚁需要他的帮助,只要因缘具足,佛陀的加持依然如住世时一样,无二无别。涅槃:佛教用语。原指超脱生死的境界,现用作死(多指佛或僧人)的代称。

2018年10月10日于北京卧佛寺

绮罗香·秋游圆明园

万里云光，风吹叶落，塞雁归时秋暮㊗。
胜景名园，曾历盗强频顾㊗。
甚惊诧、满目苍凉，夕照里、荒丘烟树㊗。
想当年、玉宇琼楼，离宫别馆竟何处㊗？

盈盈秋水凝碧，缥缈方壶蓬岛，阆苑仙渚㊗。
缩地移天，穷尽鬼工神斧㊗。
空慨叹、国运衰微，却化作、客愁千缕㊗。
算而今、重整繁华，看儿童笑语㊗。

1. 绮罗香：词牌名。又名《绮罗春》。唐秦韬玉《贫女》诗："蓬门未识绮罗香，拟托良媒益自伤。"该诗句或为调名的由来。此调始见于宋史达祖《梅溪词》。以史达祖词《绮罗香·咏春雨》为正体。双调，共一百零四字。上、下片不同调，各九句、四仄韵。另有变格体者。

2. 圆明园：圆明园坐落在北京西北郊，与颐和园相邻，由圆明园、长春园和万春园组成，也叫圆明三园。圆明园是清朝最大的皇家园林，面积5200余亩，建筑面积达16万平方米，比故宫的全部建筑面积还多10000平方米。150余处园中园和风景建筑群，即通常所说的一百景，有"万园之园"之称。处处如琼阁瑶台、蓬莱仙境，为古今中外皇家园林之冠。圆明园的主要建筑类型包括殿、堂、亭、台、楼、阁、廊、榭、轩、斋、房、舫、馆、厅、桥、闸、墙、塔，以及寺庙、道观、村居、街市等，应有尽有。清朝皇室每到盛夏时节会来这里理政，故圆明园也称“夏宫”，是当时世界上一座最大的博物馆。法国大文豪维克多·雨果曾说过：“人们常说：希腊有巴特农神庙，埃及有金字塔，罗马有斗兽场，巴黎有圣母院，而东方有圆明园。”又在信中说：“我们把欧洲所有大教堂的财宝加在一起，也许还抵不上东方这座了不起的富丽堂皇的博物馆。”圆明园于1860年遭英法联军焚毁，文物被掠夺的数量粗略统计约有150万件，上至先秦时代的青铜礼器，下至唐、宋、元、明、清历代的名人书画和各种奇珍异宝。1900年，八国联军侵占北京，西郊皇家园林再遭劫难。抗战时期，又遭损毁。“文化大革命”时期，圆明园也受到破坏。最终几乎成为一片废墟。火烧圆明园的真正概念，不仅是火烧圆明园，而是火烧京西皇家三山五园。焚毁的范围远比圆明园大得多。这三山五园是：万寿山、玉泉山、香山，圆明园、清漪园、畅春园、静明园、静宜园。遭焚毁后的圆明园遗址在中华人民共和国成立后受到保护，并成立专门机构进行规划管理。圆明园遗址公园于1988年6月29日向公众开放。

3. 甚惊诧、满目苍凉，夕照里、荒丘烟树：圆明三园呈倒“品”字形，以福海为中心，以西为圆明园，以东为长春园，东南为绮春园(万春园)。圆明园最大，故统称圆明园。圆明园屡遭劫难以后，经过清理、规划、修复，作为遗址公园供人们休憩游览。绮春园和长春园尚残存几处景点和断壁残垣，今天人们去圆明园，主要是走东线，很少有人去到福海西边的圆明园，而正是这里的数十处最精华的景点全部被焚毁，一无所存。园内一片荒凉，唯有一处处的柱础基石依稀可辨，到处可见乱石堆积，只能从标识牌上大概领略昔日的风采。断壁残垣，乱石荒丘，衰草寒烟，苍茫烟树，使人感到震惊和心酸。

4. 盈盈秋水凝碧，缥缈方壶蓬岛，阆苑仙渚：站在福海南岸向北望去，蓝天白云，一湖绿水，在大火中幸存的著名景点蓬岛瑶台位于福海中央，依照神话传说中的海上三神山蓬莱、方丈、瀛洲而建，更远处是方壶胜境、平湖秋月等景点。亭台楼阁，画舫兰桥，空灵宁静，虚幻缥缈，美不胜收，犹如仙境。方壶蓬岛：蓬莱仙境。阆苑：即阆风山之苑。又称阆风苑、阆风之苑，也称阆风、阆山、阆风台等。传说在昆仑山之巅，是西王母居住的地方。泛指神仙居住的地方或神仙的花园，有时也代指帝王的宫苑，也泛指园林、花园。“阆苑”在古诗文中多有引用。如：唐许碏(què)《醉吟》：“阆苑花前是醉乡，踏翻王母九霞觞。”唐李商隐《九成宫》：“十二层城阆苑西，平时避暑拂虹霓。云随夏后双龙尾，风逐周王八骏蹄。”清曹雪芹《红楼梦》：“一个是阆苑仙葩，一个是美玉无瑕。”等等。渚：水边或水中间的小块陆地。

5. 缩地移天，穷尽鬼工神斧：移天缩地，穷尽神工鬼斧。形容圆明园工程浩大、艰难，以及圆明园各景点构思巧妙、巧夺天工、极尽奢华、美轮美奂。圆明园虽由人造，宛若天成，蓬莱仙岛、瑶池仙境也不过如此吧！

6. 算而今、重整繁华，看儿童笑语：历尽劫难的圆明园，经多年的保护和修复，浴火重生，正焕发着勃勃生机，成为人们休闲游览的好去处，更是中小学生接受爱国主义教育及春游、秋游的绝佳场所。到处都可听到孩子们欢乐的笑声。

2018年10月15日于北京圆明园

鹧鸪天·重阳赏菊花

云淡风轻秋露凉(韵),东篱把酒问重阳(韵)。
谁家奇葩争娇艳,何处金英菊蕊香(韵)?

红间紫,绿盈黄(韵),花中更有色如霜(韵)。
孤芳难入时人眼,陶令归来亦自伤(韵)。

1. 东篱:晋朝大诗人陶渊明的田园诗《饮酒》二十首之五中云“采菊东篱下,悠然见南山”,因陶渊明最爱菊,又最先咏菊,故后世文人就将菊花称为陶菊,凡写菊花又必称东篱。东篱,代指菊花,或说菊花开在东篱下。如:李白《感遇》诗里有“可叹东篱菊,茎疏叶且微”句;白居易《咏菊》诗里有“耐寒唯有东篱菊,金粟初开晓更清”句;宋代诗人范成大《重阳后菊花》诗里有“寂寞东篱湿露华,依前金屋照泥沙”句;宋代著名女词人李清照的《醉花荫》词里有“东篱把酒黄昏后,有暗香盈袖”句;曹雪芹的名著《红楼梦》里,林黛玉的《问菊》诗里有“欲讯秋情众莫知,喃喃负手叩东篱”,等等,不胜枚举。

2. 红间紫,绿盈黄,花中更有色如霜:这句是说菊花的颜色和品种很多,五颜六色,菊花不光有黄色,还有白色、红色、紫色、蓝色、淡绿色及多色菊花,等等。在河南开封,人们更是培育出了七彩菊,姹紫嫣红,绚丽多彩,令人惊叹。色如霜:指洁白如霜的白菊花。

2018年10月17日重阳节于北京

秋思绝句一组(二十首)·之一

赏心乐事谁家院？美景良辰桂子秋㊞。
我欲愁心寄明月，清风相伴看吴钩㊞。

1. 赏心乐事谁家院，美景良辰桂子秋：这两句是化用明代汤显祖的《牡丹亭》里女主人公杜丽娘在游园时所唱的《皂罗袍》："原来姹紫嫣红开遍，似这般都付与断井颓垣。良辰美景奈何天，便赏心乐事谁家院？朝飞暮卷，云霞翠轩，雨丝风片，烟波画船。锦屏人，忒(tè)看的这韶光贱！"

2018年秋日于南京

秋思绝句一组(二十首)·之二

一轮明月挂西楼㊞，云影天光好个秋㊞。
金桂无言风送处，浓浓香气醉心头㊞。

1. 金桂：桂花最具代表性的品种之一。桂花最具代表性的品种有金桂、银桂、丹桂、月桂、四季桂等。金桂花香浓郁。

2018年秋日于南京

秋思绝句一组(二十首)·之三

月色溶溶夜露华(韵),秋风阵阵飘桂花(韵)。
何须姹紫嫣红伴,暗送清香到我家(韵)。

1. 月色溶溶夜露华:月白风清的仲秋之夜,融融的月色映照着花草上的露珠。

2018年秋日于南京

秋思绝句一组(二十首)·之四

江湾鸥鹭绕汀州(韵),秋水潺湲拍岸流(韵)。
遥望落霞帆影里,此心飞到天尽头(韵)。

2018年秋日于南京

秋思绝句一组(二十首)·之五

青冥浩荡月华开㊞,云影天光对景排㊞。
应念嫦娥悲寂寞,飘飘仙袂下瑶台㊞。

1. 月华:月光。又指在月亮周围形成的彩色光环,内紫外红。这里指月亮的光华。

2. 袂:袖子。

3. 瑶台:瑶池。神话传说中西王母居住的地方。这里指嫦娥仙子居住的月宫或泛指天上神仙居住的宫殿。

2018年秋日于南京

秋思绝句一组(二十首)·之六

桂香飘落楚江流㊞,玉露金风满目秋㊞。
作客江南今夜里,幽思无寐月当头㊞。

1. 楚江:长江。长江中下游一带在古代为楚地,故称长江为楚江。

2. 幽思:隐藏在内心深处的感情或思念。

2018年秋日于南京

秋思绝句一组(二十首)·之七

月到中秋分外明(韵),流光虚度转头空(韵)。
年年岁岁花相似,岁岁年年人不同(韵)。

1. 流光:闪烁流动的光,特指月光。这里指的是光阴、岁月。

2. 年年岁岁花相似,岁岁年年人不同:这两句是唐代诗人刘希夷《代悲白头翁》(或称《白头吟》)中的著名诗句。年年岁岁,繁花依旧;岁岁年年,看花之人却不相同。“年年岁岁,岁岁年年”,颠倒重复,不仅排沓回荡,音韵优美,更在于强调了时光流逝的无情和听天由命的无奈。“花相似”“人不同”的形象比喻,突出了花卉盛衰有时而人生青春不再的对比,耐人寻味。

2018年秋日于南京

秋思绝句一组(二十首)·之八

人文荟萃物华稠(韵),作客金陵已数秋(韵)。
虽是山川如画卷,依然夜夜起乡愁(韵)。

1. 荟萃:(英俊的人物或精美的东西)会集;聚集。

2018年秋日于南京

秋思绝句一组(二十首)·之九

久客他乡览胜游㊅,清风明月漫登楼㊅。
休言迟暮桑榆晚,浪迹天涯莫问愁㊅。

1. 迟暮桑榆:桑榆迟暮,桑榆暮景。落日的余晖照在桑树、榆树的树梢上。比喻老年或老年时光。

2018年秋日于南京

秋思绝句一组(二十首)·之十

问余何事忽惆怅?老迈悲秋有客愁㊅。
浊酒一杯家万里,落霞飞处望行舟㊅。

1. 老迈:年老(常含衰老意)。

2. 落霞飞处望行舟:在落霞满天的日暮时分,遥望着大江里远去的船只,勾起我对故乡和亲人的思念。

2018年秋日于南京

秋思绝句一组(二十首)·之十一

千丝万缕在心头㊣,谁解人生无限愁㊣。
望断归鸿悲落日,残霞晚照大江流㊣。

2018年秋日于南京

秋思绝句一组(二十首)·之十二

秋雨连绵不胜寒㊣,西风乍起碧波间㊣。
黄花满地霜华染,迟暮残霞夕照船㊣。

1. 迟暮残霞夕照船:落日的余晖映照着远去的航船。暗喻思归之情。

2018年秋日于南京

秋思绝句一组(二十首)·之十三

枯树寒枝栖暮鸦㊣,云光万里远天涯㊣。
清霜一枕离人梦,夜夜愁思何处家㊣?

2018年秋日于南京

秋思绝句一组(二十首)·之十四

寒风吹雨到重阳㊉,游子归心客路长㊉。
极目江天秋色里,不知何处是家乡㊉。

1. 游子归心客路长:漂泊在外的游子,返乡的日子遥遥无期,归家的路还很长,想到此而心中忧愁无奈。

2018年秋日于南京

秋思绝句一组(二十首)·之十五

萧瑟秋风叶落黄㊉,绵绵细雨洒寒窗㊉。
愁结不解随云去,乱我离人梦一场㊉。

1. 愁结不解随云去:愁闷的心结无法解开,就让它跟随着悠悠飘荡的白云而远去吧。

2018年秋日于南京

秋思绝句一组(二十首)·之十六

寒蛩声断夜空秋[韵],乱我忧思离恨愁[韵]。
更有西风吹落叶,凄凉萧瑟在心头[韵]。

2018年秋日于南京

秋思绝句一组(二十首)·之十七

一寸相思一寸心[韵],千回百转漫纷纭[韵]。
清风掠过芭蕉叶,瑟瑟寒声也断魂[韵]。

1. 瑟瑟:形容轻微的声音。如:秋风瑟瑟。也形容因寒冷而颤抖。

2018年秋日于南京

秋思绝句一组(二十首)·之十八

清风明月露华浓㊣,瑟瑟寒蛩断续鸣㊣。
游子客居惆怅里,秋声秋韵总关情㊣。

1. 瑟瑟寒蛩断续鸣:晚秋清凉的月夜,生命即将走到尽头的小蟋蟀依然发出断断续续的鸣叫声,其声哀怨、凄切,令人伤感。

2018年秋日于南京

秋思绝句一组(二十首)·之十九

秋雨秋风秋草黄㊣,秋声秋韵秋露凉㊣。
年年岁岁秋节至,夜夜悲秋思故乡㊣。

2018年秋日于南京

秋思绝句一组(二十首)·之二十

寒露凝霜瓦上轻[韵],一弯冷月静无声[韵]。
风吹竹影沙沙响,多少愁思秋到冬[韵]。

1. 寒露凝霜瓦上轻:晚秋,寒气凝重,寒露凝结为霜轻轻地附着在屋瓦和草木上。

2018年秋日于南京

卜算子·怀旧游

游子客江东，故旧情难忘㉁。
最是更深月照明，寂寞空惆怅㉁。

世海久沉沦，岁月曾迷惘㉁。
但愿君心似我心，彼此均无恙㉁。

1. 卜算子：词牌名。又名《百尺楼》《楚天遥》《眉峰碧》等。小令。双调，共四十四字。上、下片同调，各四句，逢二、四句押韵，押仄声韵。

2018年秋日于南京

卜算子·北疆秋

常忆北疆秋，汗漫穹庐际[韵]。
碧野苍茫骏马鸣，飒飒西风里[韵]。

落日照关河，袅袅炊烟起[韵]。
雁阵书天戴月归，万里晴空洗[韵]。

1. 汗漫：广大、广泛，不着边际。这里代指一望无际的大草原。

2. 穹庐：古代游牧民族生活的毡帐，即蒙古包。这里的穹庐指的是天空。

3. 关河：雄关，关隘；大河，黄河。

2018年秋日于南京

阳关曲·月夜闻笛

数年客寓在金陵㊞,览尽江南吴楚风㊞。
笛声一曲秋光里,乱我忧思离恨情㊞。

1. 阳关曲:词牌名。单调,二十八字,平韵。唐代著名诗人王维的名篇《送元二使安西》中云:“渭城朝雨浥轻尘,客舍青青柳色新。劝君更尽一杯酒,西出阳关无故人。”因诗中有“渭城”“阳关”等地名,所以又名《渭城曲》《阳关曲》。因诗中有“西出阳关无故人”句,在唐代,即有人将其改编为古琴曲《阳关三叠》。《阳关三叠》为中国十大古琴曲之一,为古代最著名的送别曲。大约到了宋代,《阳关三叠》曲谱便已失传。今天见到的古琴曲《阳关三叠》则是后人由一首琴歌改编而成的。全曲三大段,反复迭唱三次,情真意切,激动而沉郁,充分表达了曲作者对即将远行的友人的那种无限关怀和眷恋的真挚情感。《阳关三叠》有多个版本,而最为著名的当为《琴学初津》里收录的《阳关三叠》:“(初叠)清和节当春。渭城朝雨浥轻尘,客舍青青柳色新。劝君更尽一杯酒,西出阳关无故人!霜夜与霜晨,遄行,遄行,长途越渡关津。惆怅役此身,历苦辛,历苦辛,历历苦辛,宜自珍,宜自珍。(二叠)渭城朝雨浥轻尘,客舍青青柳色新。劝君更尽一杯酒,西出阳关无故人!依依顾恋不忍离,泪滴沾巾。无复相辅仁,感怀,感怀,思君十二时辰。参商各一垠,谁相因,谁相因,谁可相因,日驰神,日驰神。(三叠)渭城朝雨浥轻尘,客舍青青柳色新。劝君更尽一杯酒,西出阳关无故人!芳草遍如茵,旨酒,旨酒,未饮心已先醇。载驰骃,载驰骃,何日言旋轩辚。能酌几多巡!千巡有尽,寸衷难泯。无穷的伤感,楚天湘水隔远滨。期早托鸿鳞,尺素申,尺素申,尺素频申,如相亲,如相亲。(尾泛)噫!从今一别,两地相思入梦频,闻雁来宾。”

2018年秋日于南京

阳关曲·乡愁

年年岁岁客江东㊎,游子归心梦不成㊎。
寒烟衰草霜天里,一缕乡愁伴月明㊎。

2018年秋日于南京

阳关曲·孤鸿

孤鸿声断楚江流㊎,唤起离人心上愁㊎。
今朝有酒今朝醉,冬去春来夏到秋㊎。

2018年秋日于南京

忆王孙·金陵秋望(其一)

青山隐隐似含愁[韵],碧野苍茫一望收[韵]。
云影天光好个秋[韵]。
正凝眸[韵],万里长江滚滚流[韵]。

1. 忆王孙:词牌名。又名《怨王孙》《豆叶黄》《独脚令》等。取自于“萋萋芳草忆王孙”。小令。单调,五句,三十一字。平韵,每句都押韵。

2. 一望收:一眼望去,景物尽收眼底。

2018年秋日于南京

忆王孙·金陵秋望(其二)

紫金山上紫霞飞㊍,王气峥嵘霸业恢㊍。
过眼云烟胜者谁㊍?
待春回㊍,万树梅花笑翠微㊍。

1. 峥嵘:形容高峻。比喻超越寻常,不平凡。

2. 恢:广大;宽广。如:恢宏。

3. 翠微:绿意朦胧的山色。也指山腰。这里即指山,特指紫金山下的梅花山。

2018年秋日于南京

忆王孙·金陵秋望(其三)

栖霞山麓雾朦胧㊞,古寺飘香秋意浓㊞。
枫叶如花似火红㊞。
晚来风㊞,纱帽奇峰待月明㊞。

1. 枫叶如花似火红:南京栖霞山是中国四大赏红叶胜地之一。栖霞山西侧称枫岭,枫树满山。深秋的栖霞,枫林如火,漫山红遍,登高远望,蔚为壮观,景色十分迷人,宛如一幅美丽的画卷。南京素有“春牛首,秋栖霞”之说,“秋栖霞”即为栖霞山赏红叶。

2. 纱帽奇峰待月明:在栖霞寺后山千佛岭北侧有一奇峰,状若纱帽,古人形象地称其为“纱帽峰”。清乾隆皇帝六下江南,五次驻跸栖霞行宫。乾隆皇帝曾多次吟咏纱帽峰,并改其为“玉冠峰”,寓意官位,因此又称“禄峰”。待月亭在禄峰南侧半山腰,紧邻行宫,乾隆皇帝曾在此赏月。

2018年秋日于南京

忆王孙·金陵秋望(其四)

鸡鸣山上塔玲珑㊅,古寺晨钟暮鼓声㊅。
玄武波光杨柳风㊅。
望台城㊅,正是云天秋月明㊅。

1. 鸡鸣山上塔玲珑:古鸡鸣寺建在鸡鸣山东麓山阜上,玄武湖南岸古台城内。始建于西晋,是南京最古老的梵刹之一,自古有“南朝第一寺”“南朝四百八十寺”之首寺的美誉,是南朝时期中国南方的佛教中心。其塔为1989年重建的44.8米高的七级八面药师佛塔,塔内安奉原北京雍和宫的铜铸药师佛像,为金陵一大景观。

2. 玄武:玄武湖。玄武湖位于南京市城中,是紫金山脚下的国家级风景区,中国最大的皇家园林湖泊,当代仅存的江南皇家园林,江南三大名湖(杭州西湖、南京玄武湖、浙江嘉兴南湖)之一,是江南最大的城内公园,被誉为“金陵明珠”。

2018年秋日于南京

忆王孙·金陵秋望（其五）

六朝金粉久沉埋㊣,绮户朱楼对景排㊣。
古韵新姿迤逦开㊣。
俏秦淮㊣,盛世风流春又来㊣。

1. 六朝金粉：六朝，魏晋南北朝时期在南京建都的六个王朝：东吴、东晋、南朝宋、南朝齐、南朝梁、南朝陈。金粉，即脂粉，意为繁华、富贵。六朝金粉，指南京为六朝古都，乃人文荟萃、儒学鼎盛、商贾云集、市井繁华的温柔富贵之邦。

2. 迤逦(yǐ lǐ)：曲折而连绵不断。

2018年秋日于南京

长相思·故国情

蒋山青㊧，冶山青㊧，十里秦淮杨柳风㊧。
莫愁湖畔行㊧。

梦金陵㊧，客金陵㊧，常忆台城秋月明㊧。
浓浓故国情㊧。

1. 长相思：词牌名。又名《相思令》《吴山青》等。小令。有平仄两体，此为平韵体。双调，上、下片同调，各四句，共三十六字。每句都押韵，押平声韵。二叠韵。末句不能犯孤平。

2. 冶山：冶山是南京城内的一座小山丘，传为紫金山之余脉，位于南京市西南水西门内秦淮河北岸莫愁路东侧，相传该处原为春秋时期吴王夫差(chāi)所筑之冶城。公元前五世纪末，吴王夫差在这里设冶铸作坊铸剑和制造兵器，因此称作冶山，又叫冶城。历史上记载南京最早的名称就是“冶城”，是南京最早的城邑，这里可谓是南京的发源地，南京的“母城”，距今已有2500多年之久。三国孙吴时，孙权在此设置冶宫，铸造铜铁器和兵器。

2018年秋日于南京

渔歌子·燕矶夕照

峭壁丹崖似火红㊞，惊涛拍岸浪排空㊞。
临晚照，映苍穹㊞，江天尽赤水流东㊞。

1. 渔歌子：词牌名。又名《渔父》《渔父乐》。原唐教坊曲名，后用作词调名。小令。有单调、双调两式，此为单调。五句，二十七字。第一、二、四、五句押韵，押平声韵。

2. 燕矶夕照：燕子矶位于南京市中央门外直渎(dú)山上，濒临扬子江南岸，海拔36米，山石直立江上，尖尖的山头探入江中，两侧山石耸立，三面临空，形似燕子展翅欲飞，故名燕子矶。长江南岸有大小72矶，其中南京的燕子矶与安徽马鞍山的采石矶、湖南岳阳的城陵矶并称长江三大名矶。燕子矶作为长江三大名矶之首，有着"万里长江第一矶"的称号。燕子矶地势十分险要，是观赏江景的最佳去处。登临燕子矶头，脚下波涛汹涌，惊涛拍岸，豪气顿生。看滚滚长江，浩浩荡荡，一泻千里，蔚为壮观。每当夕阳西下，彩霞满天，江上红日映照着燕子矶红彤彤的赤壁丹崖，像熊熊燃烧的火焰，映着滔滔江水，霞光万道，涛声阵阵，此时此景，胜似仙境。此景被誉为"燕矶夕照"，乃金陵一大胜景。"燕矶夕照"为清初金陵四十八景之一。尤其是月夜，皓月当空，江面波光粼粼，江帆点点，梦幻迷离。

2018年秋日于南京

渔歌子·江上落日

血色残阳映水中[韵],洪波浴日浪奔腾[韵]。
云万里,落霞红[韵],江山如画起豪情[韵]。

2018年秋日于南京

生查子·江南客

昔为燕赵人，今作江南客[韵]。
日日望春归，夜夜悲行色[韵]。

应怜菊蕊秋，魂断梅香陌[韵]。
常叹后庭花，雨打风吹落[韵]。

1. 生查子：词牌名。又名《陌上郎》《楚云深》《晴色入青山》等。原唐教坊曲名，后用作词调名。小令。双调，上、下片同调，各四句，共四十字。逢二、四句押韵，押仄声韵。第一句不能犯孤平。据清《词苑丛谈》云："查，古槎字，张骞乘槎往天河事也。"

2. 梅香陌：梅花飘香的小路。

3. 后庭花：既可指宫体诗歌曲《玉树后庭花》，又可指庭院后栽种的花。《玉树后庭花》为南陈后主陈叔宝所作。其中"玉树后庭花，花开不复久"则一语成谶，预示南陈江山不久兆也。所以后人把《玉树后庭花》称为亡国之音。

2018年秋日于南京

楚云深·风吹塞雁归

风吹塞雁归，湖海江河远㊗。
飞度万重山，壮志凌云汉㊗。

人生羁旅行，迟暮残霞晚㊗。
寂寞掩重门，犹自空兴叹㊗。

1. 楚云深：词牌名。即《生查子》。

2. 塞雁：大雁。大雁从遥远的塞北飞回来，故称“塞雁”。

3. 云汉：天河。这里指天空。

4. 羁旅：长久在他乡作客。

2018年秋日于南京

玉楼春·南国风光

南国风光何处好㊍？十代繁华佳丽俏㊍。
青山绿水柳荷风，烟雨楼台明月照㊍。

莫恋春花秋月老㊍，常叹人生无再少㊍。
一壶浊酒劝斜阳，谁念孤鸿形影吊㊍。

1. 玉楼春：词牌名。双调，上、下片同调，各四句，共五十六字。逢一、二、四句押韵，押仄声韵。《玉楼春》以五代后蜀顾夐(xiòng)词《玉楼春·拂水双飞来去燕》为正体。其前、后片起句均为仄起式。而南唐后主李煜的《玉楼春》词名《惜春容》，其前、后片起句均为平起式，其前、后片两起句的平仄也与顾夐词的平仄全异，其余各句平仄与顾词相同。而宋、元人的词多依李煜体，故有了《玉楼春》有仄起和平起两种格式。至于后人习于将《玉楼春》与《木兰花》两调相混，按《花间集》载，《玉楼春》《木兰花》为两调，二者各有音谱，其七字八句者为《玉楼春》体，两调格式完全不同。其肇始于《尊前集》之误刻，后人相沿，率多混填。在清代的《康熙词谱》中已予以校正，《玉楼春》又名《木兰花》之说似有不妥。而近、现代人也有《玉楼春》有仄起、平起两式之说。这首《玉楼春·南国风光》为仄起式《玉楼春》，依顾夐体。

2. 十代繁华佳丽俏：指南京、金陵。南京为六朝古都、十代都会，南朝齐杰出的山水诗人谢朓(tiǎo)在《入朝曲》中赞美金陵为："江南佳丽地，金陵帝王州"。

2018年秋日于南京

玉楼春·秋归雁

秋风吹过江南岸㊙,败柳残荷黄叶乱㊙。
东篱把酒问斜阳,谁教霜菊花烂漫㊙?

光阴荏苒流年换㊙,往事依稀魂梦断㊙。
不知何日弄扁舟,却见蓝天归塞雁㊙。

1. 玉楼春·秋归雁:这首《玉楼春·秋归雁》为平起式《玉楼春》,又名《惜春容》,依李煜体。

2. 不知何日弄扁舟:意为不知何日才能返回故乡。扁(piān)舟:小舟;小船。

2018年秋日于南京

巫山一段云·月夜

隐隐青山远，迢迢碧水流㊞。
天光云影望牵牛㊞，明月照高楼㊞。

岁月催人老，年华春复秋㊞。
人生何事万千愁㊞？湖海弄扁舟㊞。

1. 巫山一段云：词牌名。原唐教坊曲名，后用作词调名。此曲原咏巫山神女事。小令。双调，上、下片同调，各四句，共四十四字。逢二、三、四句押韵，押平声韵。另有变格体者。

2. 牵牛：牵牛星。

2018年秋日于南京

巫山一段云·山行

古寺依岩岫，清泉脚下鸣㊞。
茫茫竹海雾朦胧㊞，花径探迷踪㊞。

眼见溪云起，耳听岭上风㊞。
暮林空谷鸟传声㊞，残照落霞红㊞。

1. 岩岫(xiù)：山；山岩；山穴。

2018年秋日于南京

巫山一段云·江望

扬子江边望，霞飞鸥鹭翔㊍。
荻芦深处起鸣榔㊍，渔火闪星光㊍。

百舸争流过，游轮汽笛扬㊍。
劈波斩浪运输忙㊍，万里水天长㊍。

1. 扬子江：长江下游河段的旧称，是长江从南京以下至入海口的下游河段的旧称，流经江苏省、上海市。

2. 鸣榔(láng)：亦作“鸣榔”。用船桨敲击船舷使作声，用以惊鱼，使入网中，或为歌声之节拍。榔，高木，也可理解为船桨。明张煌言《舟次听雨分得长字》：“小雨江天倍渺茫，翩然有客度鸣榔。”郁达夫的《星洲旅次有梦而作》中云：“钱塘江上听鸣榔，夜梦依稀返故乡。”

3. 舸(gě)：大船。

2018年秋日于南京

秋蕊香·月夜独酌

昨夜一壶浊酒(韵),遥对月华星斗(韵)。
沉香袅袅飘金兽(韵),指冷玉笙谁奏(韵)?

寒蛩瑟瑟窗纱透(韵),夜如昼(韵)。
阑干独倚人怀旧(韵),始觉近来清瘦(韵)。

1. 秋蕊香:词牌名。又名《秋蕊香令》。以宋晏殊《秋蕊香·梅蕊雪残香瘦》为正体。双调,上、下片不同调,各四句,共四十八字。每句都押韵,押仄声韵。另有变格体者。

2. 沉香袅袅飘金兽:从铜香炉里飘散出来的香气盘旋缭绕。沉香:室内焚香的一种,很名贵。这里用沉香代指焚烧用的香。女儿从西藏带回来一些藏香,有时在室内点燃,香气袭人。金兽:兽形的铜香炉。

3. 寒蛩瑟瑟窗纱透:暮秋之夜,蟋蟀凄切的鸣叫声透过窗纱传进来,使人倍感凄凉。

2018年秋日于南京

秋蕊香·流光误

血色残阳日暮㊞,遥望落霞鸥鹭㊞。
闲来信步游江渚㊞,满眼荻芦烟树㊞。

轻舟已过无穷数㊞,争飞渡㊞。
人生常被流光误㊞,一似大江东去㊞。

1. 江渚:江中的小块陆地。这里指江边。

2. 一似大江东去:逝去的光阴就像大江东去的流水一样,一去不复返了。

2018年秋日于南京

朝中措·玄武咏叹

一轮明月照台城㊞，玄武碧波滢㊞。
塔影湖光山色，长堤杨柳清风㊞。

至今常叹，昭明罹难，后主离宫㊞。
文采风流何用？安邦切记强兵㊞！

1. 朝中措：词牌名。又名《芙蓉曲》《照红梅》等。小令。双调，上、下片不同调。上片四句，下片五句，共四十八字。上片第一、二、四句和下片第三、五句押韵，押平声韵。

2. 滢：清澈。

3. 昭明罹难，后主离宫：发生在南京玄武湖里的两个历史事件：一是南朝梁昭明太子萧统曾在玄武湖的梁洲岛读书，并组织文人编选《昭明文选》，却不幸落水遇难，淹死在玄武湖中，年仅31岁。另一件是南唐被宋灭亡以后，后主李煜被驱逐出宫，曾被囚禁在玄武湖的樱洲岛，后又被押解到北宋都城汴京囚禁，最终还是被宋太宗赵光义用牵机药残害致死。真乃可悲可叹。

4. 文采风流何用：梁昭明太子萧统和南唐后主李煜均乃文坛领袖、一代词宗，当政者不能安邦定国，只是文采风流又有什么用？

2018年秋日于南京

芙蓉曲·客江南

年年风雨客江南㊟,岁岁也平安㊟。
览尽六朝风物,遍寻古刹名园㊟。

人生如此,旧游如梦,惆怅心田㊟。
常叹浮云流水,何如看取樽前㊟。

1. 芙蓉曲:词牌名。即《朝中措》。

2. 浮云流水:喻指功名利禄、荣华富贵都如过眼烟云、浮云流水一般。

2018年秋日于南京

太常引·小院秋光

一池秋水碧波盈㊊，小院正西风㊊。
败叶卷残红㊊。
轩窗外、沙沙雨声㊊。

粉墙黛瓦，朱楼绮户，寥落楚天星㊊。
游子阻归程㊊。
但目送、云天塞鸿㊊。

1. 太常引：词牌名。又名《太清引》《腊前梅》等。以辛弃疾《太常引·仙机似欲织纤罗》为正体。双调，上、下片不同调，上片四句，下片五句，共四十九字。上、下片末句一般分上三下四。上片第一、二、三、四句和下片第三、四、五句押韵，押平声韵。

2. 寥落楚天星：江南秋夜的天空上悬挂着稀稀落落的几颗寒星。楚天：长江中下游一带的天空。

2018年秋日于南京

减字木兰花·秋空

秋空如洗㊎,浩荡青冥霞万里㊎。
北雁南翔㊎,风雨征程归路长㊎。

六朝遗韵㊎,玉树流光何限恨㊎?
往事悠悠㊎,不尽长江滚滚流㊎。

1. 减字木兰花:词牌名。又名《木兰香》等。双调,上、下片同调,各四句,共四十四字。逢一、二句押仄声韵,逢三、四句押平声韵。

2. 玉树流光:南朝陈后主的宫体诗歌曲《玉树后庭花》里云:“丽宇芳林对高阁,新装艳质本倾城;映户凝娇乍不进,出帷含态笑相迎。妖姬脸似花含露,玉树流光照后庭;花开花落不长久,落红满地归寂中!”“玉树后庭花,花开不复久”则一语成谶,南陈江山也在《玉树后庭花》的靡靡之音里被隋朝军队夺去了。所以后人把《玉树后庭花》称为亡国之音。

3. 何限:多少;无限。

2018年秋日于南京

如梦令·迟暮客天涯

谁解离怀愁绪(韵)？迷雾更兼秋雨(韵)。
迟暮客天涯，阻断归期如许(韵)。
归去(韵)，归去(韵)，一似飘萍飞絮(韵)！

1. 如梦令：词牌名。本名《忆仙姿》，又名《无梦令》《宴桃园》等。小令。单调，七句，三十三字。第五、六句是叠句。第一、二、四、五、六、七句押韵，押仄声韵。

2018年秋日于南京

如梦令·花信误

人道东君迟暮㉆,花信年来多误㉆。
本是夏秋花,却与蜡梅争妒㉆。
留住㉆,留住㉆,缭乱春光无数㉆。

1. 花信:花期。花开的节令、时令。即风报花之消息,以花作为标志的花期,亦称“花信风”。风应花期,便产生了“二十四番花信风”的节令用语,亦是我国表示气候变换的词语。《内经》:“五日谓之候,三候谓之气。”根据农历节气,每年从小寒到谷雨,共八气。每气15天,一气又分三候,每五天一候。八气共是二十四候,每一候应一种花信。二十四候便成了二十四种花期的代表。梅花凌寒傲雪,为“二十四番花信”之首。

2. 人道东君迟暮,花信年来多误:人们说,春神老了,糊涂了,致使花信年来总出现差误,花不按正常花期开放。

2018年秋日于南京

捣练子·江上晚行

残照里，晚来风㊅，红日浴波江水中㊅。
天际云帆高挂处，翩翩鸥鹭落沙汀㊅。

1. 捣练子：词牌名。又名《夜如年》《望书归》等。小令。单调，五句，二十七字。第二、三、五句押韵，押平声韵。

2018年秋日于南京

捣练子·烟　雨

山隐隐，雾蒙蒙[韵]，烟雨楼台一望中[韵]。
可叹江南秋夜里，客愁无奈到天明[韵]。

2018年秋日于南京

捣练子·秋夜长

霜叶落，雁南翔㊗，万里云天秋夜长㊗。
瑟瑟寒声人不寐，惊乌啼月送凄凉㊗。

1. 寒声：秋天里发出的使人感到寒冷、凄凉的声音。如秋风声、秋雨声、风吹落叶的沙沙声、秋虫凄切的鸣叫声、禽鸟的悲鸣声等。

2. 惊乌：秋夜里受惊鸣叫乱飞的乌鸦。

2018年秋日于南京

捣练子·咏蜡梅

风瑟瑟，雨潇潇(韵)，秋去冬来草木凋(韵)。
莫道孤寒生寂寞，雪花飘处蜡梅娇(韵)。

1. 潇潇：形容风雨急骤。

2018年冬日于南京

捣练子·蓝雪花

蓝嫩蕊，雪娇芽㊐，梦幻清纯一缕霞㊐。
冬日违时花信乱，明年可否再开花㊐？

1. 蓝雪花：蓝雪花又叫蓝雪丹、蓝茉莉、山灰柴、角柱花等。草本，花色淡蓝或蓝灰色，叶色翠绿，花色淡雅，看起来像天使一般。蓝雪花性喜温暖，不耐寒冷，炎热的夏季给人以清凉的感觉。蓝雪花原产于南非，在北京奥运会期间，是装饰环境的新优花卉之一。关于蓝雪花还有一个童话故事。相传在公元前二世纪的古罗马，有一位善良的女孩和男友相爱，后来男孩被青蛙魔女勾引，魔法使他渐渐地冷落了女孩。女孩整天坐在窗边的蓝雪花前哭泣。真情最终感动了上苍，天上的众神令仙鹤叼着一个玩偶——爱之神，放在他的床前，青蛙魔女终于露出原形逃走了，男孩重新回到女孩的身边，女孩又变得活泼起来。

2. 冬日违时花信乱，明年可否再开花：蓝雪花一般在夏秋季开花，而我家阳台上的这盆蓝雪花却在今年冬日开出了淡蓝色的花朵，梦幻娇羞，令人赞叹。不知今年冬天开了花，明年还会再开花吗？

2018年冬日于南京

江城子·国家公祭

国家公祭酹国殇(韵)。恨茫茫(韵),泪汪汪(韵)。
八十一年,怒火燃胸膛(韵)。
杀我同胞三十万,毒似蝎,狠如狼(韵)。

风云变幻慨而慷(韵)。巨龙翔(韵),国威扬(韵)。
富国强兵,科技可兴邦(韵)。
血海深仇牢记取,防宿敌,莫彷徨(韵)!

1. 江城子:词牌名。又名《江神子》《村意远》等。有单调、双调两式,平、仄两体。此为双调,平韵体。共七十字,上、下片同调,各八句,五平韵。

2. 国家公祭:1937年12月13日,侵华日军在中国南京对我同胞实施长达40多天惨绝人寰的大屠杀,制造了震惊中外的南京大屠杀惨案,30多万人惨遭杀戮。这是人类文明史上灭绝人性的法西斯暴行。2014年2月27日,第十二届全国人民代表大会常务委员会第七次会议决定,将12月13日设立为南京大屠杀死难者国家公祭日。2018年12月13日,是第五个国家公祭日,上午十时整,南京上空警报长鸣,人们肃立默哀,悼念81年前的死难同胞。余心情悲怆,遂作此《江城子·国家公祭》以悼念之。

2018年12月13日于南京

冬至绝句(六首)·其一

初度一阳冬至到,金陵城外雨潇潇㊙。
莫愁从此无春色,已见黄梅嫩蕊娇㊙。

1. 初度一阳冬至到:即"冬至一阳生"。从冬至这天起,阳气即开始生发了。民间有"冬至一阳生,腊月二阳生,正月三阳生"之说,即从冬至(一般都在农历十一月)起,阳气越来越旺盛,故春节称为"三阳开泰"。

2. 黄梅:即蜡梅,又称腊梅、寒梅、金梅。在农历腊月开放,有浓香。

2018年12月22日(冬至)于南京

冬至绝句(六首)·其二

今年冬至风吹雨,远眺行舟去不回㊙。
目送流云山色远,阳和生处待春归㊙。

1. 今年冬至风吹雨:今年冬至,南京下了一天的雨,阴冷湿寒,了无情趣。

2. 阳和生处待春归:人们都说冬至一阳生,从冬至这天起阳气开始生发,冬至过后白天一天比一天长,春天也就不远了。

2018年12月22日(冬至)于南京

冬至绝句(六首)·其三

冬至阳生春不远,潇潇细雨洒江滨㊎。
诗书倦看心无赖,漫抚瑶琴且闭门㊎。

2018年12月22日(冬至)于南京

冬至绝句(六首)·其四

金陵作客逢冬至,却遇潇潇暮雨天㊎。
回想故园深夜里,阖家围坐小炉前㊎。

1. 阖家:全家。

2018年12月22日(冬至)于南京

冬至绝句(六首)·其五

江南又见蜡梅黄㊎,冬至阳和日渐长㊎。
莫道人生悲寂寞,诗书丛里有春光㊎。

2018年12月22日(冬至)于南京

冬至绝句(六首)·其六

昼短夜长天色昏(韵),楚云漠漠雨纷纷(韵)。
人言冬至阳和起,谁把愁心问古今(韵)?

1. 楚云漠漠雨纷纷:浓云密布,连绵不断的阴雨下得很大。楚云:长江中下游一带古代为吴楚之地,故言南京天空的云为楚云。漠漠:广大而寂静;烟云密布的样子。纷纷:多而杂,接连不断。

2. 人言冬至阳和起,谁把愁心问古今:人们都说,冬至阳气开始回升,离春天不远了,是个值得庆贺的节日,可今天却阴雨连绵,客愁无奈。这无尽的忧愁是去问古人呢,还是问今人呢?

2018年12月22日(冬至)于南京

惜分飞·忆别离

忆昔别离沱水畔(韵),曾唱阳关三遍(韵)。
杨柳依依恋(韵),纵无言语情无限(韵)。

劳燕分飞流年换(韵),浪迹天涯羁绊(韵)。
地远悬悬念(韵),断魂难付秋归雁(韵)。

1. 惜分飞:词牌名。又名《惜芳菲》《惜双双》等。双调,上、下片同调。上、下片各四句,共五十字。每句都押韵,押仄声韵。该词调以北宋毛滂词《惜分飞·泪湿阑干花著露》为正体。该词调变体很多,有五十二字、五十四字、五十六字等多种变格体。这首《惜分飞·忆别离》依毛滂体。

2. 沱水:滹沱河。余家乡河北正定的母亲河,距正定城南约500米,全长587公里。发源于五台山北麓,经山西、河北与滏阳河相汇流入子牙河入海。

3. 阳关三遍:古琴曲《阳关三叠》。古代最著名的送别曲。

4. 依依:留恋,不忍分离。这里用杨柳表示依恋,不忍分离。

5. 劳燕分飞流年换:光阴荏苒,已经分别的很久很久了。《乐府诗集》中有南朝梁武帝萧衍的《东飞伯劳歌》,其开头两句是:“东飞伯劳西飞燕,黄姑织女时相见。”世人遂以“劳燕分飞”为别离之词。劳:伯劳,亦称“博劳”。鸟名,即布谷鸟。黄姑:牛郎,牵牛星。

6. 悬悬:惦念;遥远;心情不安。

2018年12月25日于南京

青花寿山福海纹瓷香炉

青花巨鼎起浮梁㊌,永乐官窑瓷器王㊌。
福海纹奇弄神韵,寿山色艳泛荧光㊌。
体形硕大三足立,气势磅礴双耳扬㊌。
万里江山成一统,御门听政镇朝堂㊌。

1. 青花寿山福海纹瓷香炉:青花寿山福海纹香炉是明代永乐时期景德镇御窑厂生产的官窑瓷器,传世仅两件,分别收藏在北京故宫博物院和南京博物院。据研究人员推测,当时御窑厂先后烧制了三件款式相同的青花寿山福海纹香炉,一件因其烧成后炉身变形被打碎埋于地下,另两件送入宫廷。寿山福海纹又称海水江崖纹,主题纹饰为山石立于汹涌的波涛之中,一般理解为福如东海、寿比南山之意。但此处用其作为巨型香炉的纹样,深层的寓意是象征一统江山、安定永久。同时,纹饰搭配象征定鼎天下的鼎式造型,更相得益彰地表现出江山安定的寓意。余所观赏的这件青花寿山福海纹香炉是南京博物院的镇院之宝,国宝级文物。香炉高58厘米,口径37.6厘米,造型为仿青铜鼎式样,体形硕大饱满,周身满布青花纹饰,有明显的“铁锈斑”特征,是明永乐官窑瓷器中的黄钟大吕之作。

2. 浮梁:景德镇。景德镇古称昌南、浮梁,北宋景德年间因贡瓷质优而改称景德镇。

3. 福海纹奇弄神韵,寿山色艳泛荧光:这两句从纹饰釉彩上描写青花寿山福海纹香炉。纹饰为青花山石立于汹涌的波涛之中。

4. 体形硕大三足立,气势磅礴双耳扬:这两句从造型样式上描写青花寿山福海纹香炉。造型为仿青铜鼎式样,三足鼎立,双耳昂扬,体形硕大饱满。

5. 万里江山成一统,御门听政镇朝堂:古代重祭祀,宋以前,祭祀多用青铜器,但靖康之变后,南渡的宋廷丢失了所有的祭祀青铜器,故改用质量上乘的青瓷为替代品。元朝廷在景德镇设立浮梁瓷局,负责烧制官府日用瓷和祭器。明洪武朝建立御窑厂后,明朝廷规定“祭祀皆用瓷”。从此,在中国古代工艺品中,瓷器从附属地位跃升为主流工艺品,在国家祭祀、朝廷日用和官府赏赐等国家行为中担当起重要角色。鼎在远古时代本为烹饪器,自夏代开始,青铜制成的鼎逐渐成为传国神器,象征国家权力,故夺取国家政权的行为被称为“问鼎”。鼎作为曾经的最高权力的象征,曾经是青铜礼器中最重要的器物。御门听政又称御门之礼,即常说的早朝。明代初年制定朝会礼仪,要求皇帝每天清晨到奉天门御门升座,各部官员按身份和等级分列于奉天门两侧,向皇帝行礼后依次奏事,由皇帝一一做出决断。青花寿山福海纹香炉上描绘着象征“万里江山”的寿山福海纹,即代表着大明的天下;又仿鼎之造型,“鼎”音通“定”,在皇帝御朝时将其放置在御座之前,即是象征“江山安定”。这对于心系江山社稷的永乐皇帝来说,是最好的慰藉了。

2018年12月29日于南京

釉里红岁寒三友纹梅瓶

精美绝伦釉里红㊅，岁寒三友恋梅瓶㊅。
器型秀雅传神韵，色彩娇柔蕴古风㊅。
勋贵收藏身显赫，宫廷御用价非轻㊅。
沉埋地下知何日？重现光华盛世中㊅。

1. 釉里红岁寒三友纹梅瓶：梅瓶是古代瓷器中一种兼具使用和观赏功能的用具，小口、短颈、丰肩，肩以下逐渐收敛，体型修长，亭亭玉立，流行于宋、元、明、清诸代。釉里红瓷创烧于元代景德镇窑，是以氧化铜作着色剂，用彩料在胎上直接绘画，罩透明釉后，在1280~1300℃的窑火中一次烧成的釉下彩瓷。釉下彩瓷是明洪武朝瓷器的代表品种，被用作皇家御用瓷，只有王公贵族才能拥有。釉里红瓷器在洪武朝盛极一时，与青花瓷器平分秋色，应该与明太祖以红色为贵的礼制有关。在古代，新朝革鼎，统治者常用红色代表正统，以镇民心。明太祖朱元璋生于安徽凤阳，发迹于南方，定都南京。在五行学说中，南方属火，以赤色为代表。早年，明太祖参加红巾军，“朱”乃红色，“洪武”的“洪”也与“红”谐音。凡此种种，似乎都表明明太祖偏爱红色。因此，明太祖认为红色与自己命数相合，是最为吉祥的颜色，遂下令御窑厂烧制釉里红瓷器。余所观赏到的这件瓷器，是现存唯一完整的明洪武釉里红带盖梅瓶。其胎质坚硬，造型优美，纹饰精致，釉质滋润。瓶身满绘松、竹、梅岁寒三友图及芭蕉等花卉纹饰，气韵生动，秀雅端庄，为国家一级文物，南京博物院的镇院之宝。

2. 岁寒三友恋梅瓶：梅瓶上的纹饰为松、竹、梅岁寒三友图。松，四季常青；竹，虚心劲节；梅，冰清玉洁。松、竹、梅，数九寒天，凌寒迎风，傲霜斗雪，坚忍不拔，故有“岁寒三友”之称。

3. 勋贵收藏身显赫，宫廷御用价非轻：这两句是说釉里红瓷器是皇家御用瓷，只有王公贵族才能拥有，身世显赫，乃无价之宝。

4. 沉埋地下知何日？重现光华盛世中：这两句点出了梅瓶的出处和来历。1957年3月，釉里红梅瓶出土于南京市东善桥响龙山附近的一座明代古墓，是明永乐皇帝的女儿安成公主与驸马都尉宋琥的墓葬。宋琥乃明初开国功臣宋晟之子。宋晟，明代开国元勋，战功累累，得明太祖和明成祖两代皇帝信任，封西宁侯，病逝后追赠“郓国公”。明初，明太祖朱元璋推行“亲王纳功臣之女，公主配大臣之子”的联姻政策。永乐元年(1403年)，明成祖朱棣将女儿安成公主、咸宁公主许配宋晟之子宋琥、宋瑛。宋氏一门出现两位驸马都尉，足见其政治地位之高。宋晟死后，子孙袭封“西宁侯”，传十一代，计十四人，直至明亡。从宋琥墓中出土的这件“釉里红岁寒三友纹梅瓶”，在地下沉埋数百年以后，作为南京博物院的镇院之宝展现在世人面前，重现昔日风采。

2018年12月29日于南京

初 雪

飘飘洒洒落云天(韵),素裹银装一霎间(韵)。
玉树琼楼何处是?金陵雪里美婵娟(韵)。

1. 一霎(shà):霎时。形容时间极短。

2. 玉树琼楼:大雪覆盖了万物,大地一片洁白,树木楼阁就像是用美玉琼瑶做成的一样。

2018年12月30日于南京

雪中梅

薄雾浓云暮色昏㊙,漫天飞舞雪纷纷㊙。
凌寒却见红梅俏,如豆鲜芽早报春㊙。

1. 如豆鲜芽早报春:农历十一月末,南京的梅花已经开始发芽,在大雪纷飞的冬日,窗前小池边的红梅已经吐露出绿豆般大小的嫩芽,预示着春天已经不远了。其凌寒傲雪,坚韧不拔的品格令人赞叹。

2018年12月30日于南京

小 寒

冻云迷雾暗山川㊗,阴雨霜风过小寒㊗。
春暖花开待何日,窗前梅蕊吐芽尖㊗。

2019年元月5日(小寒)于南京

小寒观梅

人言节令费疑猜㊮，谁敢凌寒独自开㊮？
喜见窗前梅似豆，花期不爽报春来㊮。

1. 小寒观梅：农历十一月末，南京的梅花已经开始发芽。小寒前几天，窗前小池边的红梅已经吐露出绿豆般大小的嫩芽，预示着春天已经不远了。梅花这种冰清玉洁、凌寒迎风、傲霜斗雪、坚韧不拔的品格令人敬佩。

2. 花期不爽：不误花期，按时开花。爽：差错；违背。

2019年元月5日（小寒）于南京

题金陵

人道江南佳丽地，金陵自古帝王州韵。
龙蟠虎踞风云起，燕舞莺歌烟雨收韵。
霸业兴亡悲落日，宏图革鼎见荒丘韵。
六朝旧事随流水，莫作春花秋月愁韵。

1. 人道江南佳丽地，金陵自古帝王州：南京山环水抱，葱茏毓秀，自然风光久负盛名，到处鸟语花香，美不胜收。南京为六朝古都、十代都会，山水形胜、风光旖旎、物产丰饶、人文荟萃。往事悠悠，世海沧桑，南京留下了无数的历史遗迹和人文景观，积累了丰厚的文化底蕴。南朝齐杰出的山水诗人谢朓《入朝曲》诗赞美金陵云："江南佳丽地，金陵帝王州"。

2. 霸业兴亡悲落日，宏图革鼎见荒丘：历史上曾有十几个朝代在南京建都，英雄豪杰们在此逐鹿争霸，梦想宏图伟业。然而，又有哪一个朝代是能够长久的呢？霸业兴亡，最后不过如残霞晚照；宏图伟业，最终剩下的也只是几座荒丘。革鼎：变革政权；政权更替。鼎在远古时代本为烹饪器，自夏代开始，青桐制成的鼎逐渐成为传国神器，象征国家权力。鼎作为曾经的最高权力的象征，故夺取国家政权的行为被称为"问鼎"。

3. 六朝旧事随流水：历史上发生在南京的那些六朝旧事已经烟消云散了，已经像流水一样一去不复返了。悠悠往事回想起来，只能引来数声叹息而已！

2019年元月8日于南京

金陵杂诗一组(绝句三十首)·之一
金陵无处不风流

时光飞逝数千秋㊞,楚地吴天烟雨稠㊞。
秀水青山皆入画,金陵无处不风流㊞。

2019年元月于南京

金陵杂诗一组(绝句三十首)·之二
浪迹金陵

年年浪迹在金陵㊞,烟雨迷茫梦影重㊞。
览尽六朝兴废事,悠悠岁月伴人行㊞。

2019年元月于南京

金陵杂诗一组(绝句三十首)·之三
烟霞故国行

烟霞曾伴故国行㊐,览尽六朝吴楚风㊐。
秋月春花和我老,扁舟独放水云中㊐。

2019年元月于南京

金陵杂诗一组(绝句三十首)·之四
凭高说兴亡

曾作江南放浪游㊐,独行信步访汀洲㊐。
凭高指点兴亡事,山自无言水自流㊐。

2019年元月于南京

金陵杂诗一组(绝句三十首)·之五
月照台城

江流大地穿三楚，月照台城览六朝㊖。
一缕南国游子梦，心心念念是云桡㊖。

1. 三楚：三楚指先秦时期楚国的疆域，秦、汉时分为西楚、东楚、南楚，合称三楚。又说，江陵(即南郡)为南楚，吴地(今江苏浙江一带)为东楚，彭城(今徐州一带)为西楚，合称三楚。泛指古代楚国广大的疆域。

2. 云桡(ráo)：桡，划船的桨。这里代指船。云桡，远行在天边的船只。暗喻思念的情怀。

2019年元月于南京

金陵杂诗一组(绝句三十首)·之六
鼎图霸业看金陵

鼎图霸业看金陵㊎,朝代更迭走马灯㊎。
虎踞龙蟠王气散,石城仍照月明中㊎。

1. 鼎图霸业:在中国古代,青铜制成的鼎逐渐成为传国神器,象征国家权力。鼎作为曾经的最高权力的象征,故夺取国家政权的行为被称为“问鼎”。鼎图霸业,即夺取国家最高权力的行为。

2. 石城:石头城,亦简称石城。

2019年元月于南京

金陵杂诗一组(绝句三十首)·之七
朝代兴亡论古今

玉树歌残辱井深㊞,金陵王气久浮沉㊞。
鼎图霸业干戈事,朝代兴亡论古今㊞。

1. 辱井:南朝末年,陈后主苟安江南,与美女、佞臣游宴赋诗,通宵达旦,把国事置之一边。隋开皇九年(589年),隋文帝杨坚统一北方后,发兵伐陈。陈叔宝自恃长江天堑可守,依然沉湎于酒色,犹奏乐府吴声《玉树后庭花》《临春曲》。直到台城被攻破,陈叔宝才酒醒,慌忙携宠妃张丽华、孔贵嫔隐匿于景阳殿侧的枯井中,后被隋兵发现。据传,将他们三人从井中吊上来时,粉面黛目的嫔妃涕泪俱下,胭脂沾满井石栏,以帛拭之不去,遂留下胭脂痕迹,故名"胭脂井",又叫"辱井"。据《景定建康志》《至正金陵新志》记载,胭脂井原名"景阳井",在台城内,后淹没。后人为了让人们记住陈后主奢淫亡国的教训,遂在法宝寺(今鸡鸣寺)侧再立胭脂井。宋朝进士曾巩写了《辱井铭》,书篆文刻于石井栏之上,铭曰:"辱井在斯,可不戒乎。"宰相王安石也曾留诗一首:"结绮临春草一丘,尚残宫井戒千秋。奢淫自是前王耻,不到龙沉亦可羞。"

2019年元月于南京

金陵杂诗一组(绝句三十首)·之八
登石头城

闻道石城鬼脸愁(韵),萧萧故垒几春秋(韵)。
楼高不见长江水,却见秦淮脚下流(韵)。

1. 石城鬼脸愁:石头城是南京一处六朝时期的著名遗迹,位于清凉山一带。南京的别称“石头城”就来自此。在南京的清凉山西麓,自虎踞关龙蟠里石头城门到草场门,可以看到城墙逶迤雄峙,石崖耸立,这就是依山而筑的石头城。在清凉门到草场门之间的城墙下面,有一块突出的椭圆形石壁,长约6米、宽3米,因常年风化,砾石剥落,坑坑洼洼、斑斑点点,中间还杂有紫黑相间的岩块,怪石嶙峋,远看隐约可见耳目口鼻,酷似一副狰狞的鬼脸,故石头城又被称为“鬼脸城”。正对鬼脸之下,有一处清澈的池塘称“镜子塘”,从水面一侧可以看到鬼脸城的倒影,老南京人俗称之为“鬼脸照镜子”。

2. 故垒:石头城上仍有保存完好的古烽火台。

3. 楼高不见长江水,却见秦淮脚下流:古代长江绕清凉山麓北去,巨浪时时拍击山壁,将山崖冲刷成峭壁。唐代以后江水日渐西移,但站在石头城上远望,仍可以看到浩瀚的长江,像一条白色的丝带飘落在绿野青山之中。现如今,河西一带高楼林立,遮挡住了视野,站在石头城上再也看不到如练似的长江了。只有外秦淮河(燕王朱棣曾从这里乘船入长江逃回燕京,故该段秦淮河又称燕王河)从石头城西侧古城墙脚下缓缓向北流去,从下关三汊(chà)河汇入长江。

2019年元月于南京

金陵杂诗一组(绝句三十首)·之九
钟山倩影

晨起开窗见翠微[韵],钟山倩影洒朝晖[韵]。
清风吹散南国梦,喜鹊声声鸟乱飞[韵]。

2019年元月于南京

金陵杂诗一组(绝句三十首)·之十
玄武湖

覆舟山上看平湖(韵),千顷碧波五岛浮(韵)。
最是钟山留倩影,月华天净世间殊(韵)。

1. 覆舟山:南京覆舟山,即南京九华山,是钟山余脉入城的第一个山丘,位于玄武湖南岸。宋乐史撰《太平寰宇记》云:“其山状如覆舟,因以其名。”覆舟山又名玄武山、龙山、龙舟山、小红山等。后因山南麓建有小九华寺,故又名小九华山。东晋朝廷曾在覆舟山西建药园,宋文帝元嘉年间在这里建成皇家园林乐游苑,盛极一时。现在小九华山的主要景点有地藏寺、玄奘寺、三藏塔、六合亭等。三藏塔是为纪念唐代高僧玄奘法师所建,塔内藏有玄奘法师的头顶骨舍利,因而使得南京九华山在海内外声名远扬。

2. 平湖:指玄武湖。

2019年元月于南京

金陵杂诗一组(绝句三十首)·之十一
米芾拜石

玄武碧波映古今[韵],钟山顾影晓风沉[韵]。
荷花仙子凌波立,正笑米颠膜拜身[韵]。

1. 钟山顾影:玄武湖五洲中的菱洲享有“菱洲山岚”之美誉,历来为欣赏钟山美景之最佳处。站在菱洲上向东眺望,但见湖面烟波浩渺,帆影绰绰,钟山倩影倒映湖中,微风起处,峰影荡漾,在阳光照耀下,更显得绮丽多姿,有“湖为钟山镜,山如湖中珠”之妙趣。

2. 荷花仙子凌波立,正笑米颠膜拜身:在玄武湖环洲最北面的芳桥附近的湖面上建有莲花广场,塑有莲花仙子和莲花童子雕塑,正对岸边的“米芾(fú)拜石”石雕。玄武湖的“米芾拜石”由三块太湖石组成,一大、一中、一小,或为一立、一横、一拜。最小的一块酷似一位饱经沧桑的老人正在向巨石弯腰膜拜。

米芾(1051—1107年),字元章,北宋大书法家、画家、书画理论家,与蔡襄、苏轼、黄庭坚合称“宋四家”。祖籍山西,迁居湖北襄阳,后定居润州(今江苏镇江)。能诗文、擅书画、精鉴别,书画自成一家,创立了“米点山水”技法。宋徽宗诏为书画博士。米芾是书画家、鉴定家、收藏家,个性怪异,举止癫狂,遇石称“兄”,膜拜不已,因而人称“米颠”,又称“米襄阳”“米南宫”。

2019年元月于南京

金陵杂诗一组(绝句三十首)·之十二
台城南望

台城南望是吴宫㊞,常忆六朝兴废中㊞。
玉树歌残花渐落,鸡鸣埭上起秋风㊞。

1. 鸡鸣埭(dài):鸡鸣山,在玄武湖南岸,鸡鸣山东麓建有著名的鸡鸣寺。鸡鸣寺又称古鸡鸣寺,位于南京市玄武区鸡笼山东麓山阜上,始建于西晋,南朝梁时曾称同泰寺,南朝梁武帝萧衍和禅宗初祖菩提达摩辩经即在这里,是南京最古老的梵刹之一,自古有“南朝第一寺”“南朝四百八十寺”之首寺的美誉,是南朝时期中国南方的佛教中心。鸡鸣寺至今香火鼎盛。鸡鸣山曾为皇家苑园所在地和帝王墓地。埭:堤;坝。多用于地名。

2019年元月于南京

金陵杂诗一组(绝句三十首)·之十三
游秦淮

十里秦淮碧水流㊎,蓝桥迤逦画中游㊎。
朱楼绮户临河立,商贾如云乱眼眸㊎。

1. 蓝桥:代指秦淮河上精美的桥。

2019年元月于南京

金陵杂诗一组(绝句三十首)·之十四
秦淮夜游

文德桥下碧波盈(韵),十里秦淮皓月明(韵)。
夜放兰舟浮绿水,笙歌一路赏花灯(韵)。

1. 文德桥:文德桥在乌衣巷口以北,紧邻夫子庙。桥名取儒家“文德以昭天下”之意。此桥原为六朝金陵二十四浮航之一,秦淮河上八大古桥中游人最多、最著名的一座桥。因文德桥位于子午线上,每年农历十一月十五日子时,月亮正临子午线,桥影将河中明月分为两半。此时人立桥上,俯身可见桥下两个“半边月”,称“文德分月”;立身自顾无影,即为“月当头”奇观。每逢此夜,桥上人山人海,观月者常将桥栏挤断而落入水中,故有“文德桥栏杆靠不得”之说。秦淮游船即从文德桥下的泮池出发沿秦淮河游览,这一带为六朝古都金陵最为繁华之地。

2019年元月于南京

金陵杂诗一组(绝句三十首)·之十五
乌衣巷

名震江南王谢宅㊎,乌衣深巷久沉埋㊎。
高标傲世人钦慕,来燕堂前宾客来㊎。

1. 乌衣巷:乌衣巷位于南京市秦淮区秦淮河上文德桥旁的南岸,地处夫子庙秦淮风光带核心地带,是中国历史最悠久最著名的古巷。三国时期,吴国曾设军营于此,为禁军驻地。由于当时禁军身穿黑色军服,所以此地俗称乌衣巷。东晋时,名相王导、谢安两大家族,都居住在乌衣巷,其子弟都穿黑衣以显尊贵。当时,乌衣巷门庭若市,冠盖云集,走出了大书法家王羲之、王献之,山水诗派鼻祖谢灵运、谢朓等文化巨匠,以及谢石、谢玄等名将。乌衣巷见证了王、谢两大家族的政治抱负及艺术成就,与两大家族的历史乃至整个中国文化的历史紧密相连。

2. 来燕堂:为纪念东晋名相王导、谢安,在乌衣巷东曾建有来燕堂。建筑古朴典雅,堂内悬挂王导、谢安画像,仕子游人不断,成为瞻仰东晋名相、抒发思古幽情的地方。唐代诗人刘禹锡那首脍炙人口的《乌衣巷》:"朱雀桥边野草花,乌衣巷口夕阳斜,旧时王谢堂前燕,飞入寻常百姓家",就是对此处的感叹。

2019年元月于南京

金陵杂诗一组（绝句三十首）·之十六
过桃叶渡

淮水清溪桃叶渡，融融月色正当头㊞。
名园佳境穿流过，画舫兰舟梦幻游㊞。

1. 桃叶渡：桃叶渡是秦淮河上的一个古渡，位于秦淮河与古清溪水道合流处，南起贡院街东，北至建康路淮清桥西，又名南浦渡。桃叶渡是南京古名胜之一，位列金陵四十八景。在原渡口处立有"桃叶渡碑"，并建有"桃叶渡亭"。从六朝到明清，桃叶渡处均为繁华地段，河舫竞立，灯船萧鼓。桃叶渡名称的由来：据传，东晋时，有桃叶、桃根姊妹俩同为大书法家王献之的小妾，因王献之当年曾在此迎接过爱妾桃叶，古渡口由此得名。王献之当年曾作《桃叶歌》曰："桃叶复桃叶，渡江不用楫；但渡无所苦，我自迎接汝。"从此渡口名声大噪。这首诗收录于《古今乐寻》，亲昵而佻达，为乐府吴声流韵，至南朝陈时犹"盛歌"之。《桃叶歌》一直保存在明乐的乐曲之中，至今日本的明清乐中还有这首歌曲。"桃叶临渡"遂成久传不衰的风流佳话。王献之的《桃叶渡》留有三首：（其一）"桃叶复桃叶，桃树连桃根。相怜两乐事，独使我殷勤。"（其二）"桃叶复桃叶，渡江不用楫。但渡无所苦，我自迎接汝。"（其三）"桃叶复桃叶，渡江不待橹。风波了无常，没命江南渡。"金陵秦淮河的桃叶渡与杭州西湖的断桥、扬州瘦西湖的二十四桥一样，都极具浪漫色彩，演绎出了无数催人泪下的故事。

2. 兰舟：古人用兰木做舟，故称兰舟。代指华美的船。

2019年元月于南京

金陵杂诗一组(绝句三十首)·之十七
南浦渡

南浦垂杨夹岸生㊕,楫摇淮水一河风㊕。
灯船箫鼓清溪月,千载争传桃叶名㊕。

1. 南浦:古都金陵著名的渡口桃叶渡。桃叶渡是秦淮河上的一个古渡,位于秦淮河与清溪河汇流处,又名南浦渡。桃叶渡是南京古名胜之一,位列金陵四十八景。

2. 楫(jí):划船的桨。

2019年元月于南京

金陵杂诗一组(绝句三十首)·之十八
夫子庙花灯

文庙花灯冠古今㊕,流光溢彩漫纷纭㊕。
年年岁岁人潮动,盛世祥和万户春㊕。

2019年元月于南京

金陵杂诗一组(绝句三十首)·之十九
访媚香楼遗址

绮户临流曙色开㊓,惊鸿照影是秦淮㊓。
江山已改贞心在,血点桃花扇底来㊓。

1. 媚香楼遗址:媚香楼即李香君故居,位于南京市秦淮区钞库街38号,来燕桥畔,其屋后是秦淮河,为三进两院式明、清河房建筑,玲珑典雅,幽香宁静,展现了李香君当时生活的场景。李香君是清初戏剧家孔尚任的名著《桃花扇》中的秦淮名妓,“秦淮八艳”之一,是我国古代家喻户晓的妇女形象,罕有的爱国名媛。李香君之所以受人仰慕,不在其花容月貌,而在于她有着强烈的正义感、爱国心和高尚的情操。她愤世嫉俗,眷怀故国,显示出难能可贵的精神。出淤泥而不染,濯清涟而不妖,“威武不屈、贫贱不移、富贵不淫”的做人品质和民族气节受到历代人的赞誉。

2. 惊鸿照影是秦淮:指的是李香君故居在秦淮河畔,秦淮河水能经常照见她那美丽的倩影。惊鸿:代指美女妩媚妖娆的身影。这里指李香君。

3. 江山已改贞心在,血点桃花扇底来:明朝灭亡,满人入主中原。李香君的丈夫侯方域经不起功名富贵的诱惑,最终还是参加了清廷顺治八年的乡试,然只中副榜,引起许多人的非议。李香君在明亡前,曾被阉党余孽阮大铖陷害,逼嫁南明官员田仰,李香君誓死不从,一头撞在栏杆上(一说撞在桌子上),鲜血溅在她和侯方域定情的扇子上。李香君的画家朋友杨龙友感慨之余在扇子上以血画桃花,遂有桃花扇。李香君眷恋故国,忠贞不二,苦等丈夫归来。当得知侯方域变节降清的消息以后,万念俱灰,最终恹恹地死去,只留下一柄带血的桃花扇。据传,李香君临去之前曾留下一句话:“公子当为大明守节,勿事异族,妾于九泉之下铭记公子厚爱。”读来令人慨叹。

2019年元月于南京

金陵杂诗一组(绝句三十首)·之二十
牛头禅

云光塔影越千年㊎,江表牛头一脉传㊎。
开启地宫奉至宝,留得圣像万民参㊎。

1. 牛头禅:牛首山又名牛头山、天阙山,位于南京市南郊江宁区境内,牛首山是金陵四大名胜之一(牛首山与紫金山、秦淮河、玄武湖并称为“金陵四大名胜”),“牛首烟岚”为清代金陵四十八景之一。“春牛首,秋栖霞”的春牛首,即指牛首山的春季美景。牛首山与佛教有着极深的渊源,宏觉寺和宏觉寺塔,距今已有1500多年的历史。唐太宗贞观六年(632年),法融和尚在牛首山讲经说法,创立禅宗一脉“牛头宗”(亦名“牛头禅”),佛家称“江表牛头”即指此。1000多年来,牛头禅宗一脉依然在佛门传承。

2. 开启地宫奉至宝,留得圣像万民参:2010年,世界佛教界至高圣物——释迦牟尼佛顶骨舍利于南京大报恩寺盛世重光,被定为国家一级文物。经宗教界、文化界、文物界研究同意,南京市委市政府决定建设牛首山文化旅游区。以“补天阙、藏地宫、修圣道、现双塔、兴佛寺、弘文化”为核心设计理念,全面保护牛首山历史文化遗存,修复牛首山自然生态景观,利用原有矿坑建地宫,长期供奉佛祖顶骨舍利。2015年10月27日,佛祖顶骨舍利被迎请至佛顶宫永久供奉。佛顶宫、佛顶寺、佛顶塔作为景区的三大核心景点,再现了牛首山历史上的“双峰双塔”奇观。

2019年元月于南京

金陵杂诗一组(绝句三十首)·之二十一
筑垒伏兵

牛首烟岚天阙风㊞,千年故垒作伏兵㊞。
功高盖世英雄泪,奸佞误国祸乱行㊞。

1. 筑垒伏兵:岳飞抗金故垒位于牛首山东侧至将军山、韩府山一带,起自铁心桥东500米处秦淮河边的韩府山,至牛首山主峰,断续残存约4200余米。其中沿牛首山脚至山脊,长2000余米。石垒底宽1.5米至3米不等,高约1米。故垒采用当地赤褐色石块垒筑而成,蜿蜒起伏,高低错落。宋高宗建炎三年(1129年),金兀术兵分两路渡江,连破建康等重镇,在遭到江南人民英勇抵抗后于建炎四年(1130年)北撤,途经镇江复遭南宋名将韩世忠的水军阻击,金兀术率兵逃往黄天荡,退路被封,只好取道建康。岳飞在牛首山、将军山、韩府山一带筑垒伏兵,大败金兀术,迫使金兀术退回黄天荡。

2. 奸佞误国:指秦桧之流毁坏国之栋梁,将岳飞残害致死事。

2019年元月于南京

金陵杂诗一组(绝句三十首)·之二十二
赏心亭

千年胜迹久无存㊙,重起高阁论古今㊙。
历尽劫波风物在,悠悠淮水绕西门㊙。

2019年元月于南京

金陵杂诗一组(绝句三十首)·之二十三
龙江

五马浮江一马成㊎,龙游江左晋中兴㊎。
龙江水战开明运,七下西洋船队行㊎。

1. 龙江:亦名龙湾。位于南京市仪凤门外,其范围在今下关三汊河到宝塔桥一带的长江水域。这首小诗提到了与龙江有关的三个重大历史事件:一,龙江名称的由来;二,龙江水战;三,郑和下西洋。

2. 五马浮江一马成,龙游江左晋中兴:五马渡江,又称五马浮江,指西晋末年司马氏五王南渡长江,于建邺(今南京)建立东晋王朝事。具体是指西晋末年皇族司马氏五位王(琅琊王司马睿、西阳王司马羕、南顿王司马宗、彭城王司马纮、汝南王司马佑)避战乱南渡长江,最后琅琊王司马睿于建邺建立东晋王朝,是为晋元帝。所以民间有"五马渡江,一马成龙"的说法。后人将司马睿渡江之处称为龙江,亦称龙湾。

3. 龙江水战开明运:元朝末年,明太祖朱元璋在公元1360年夏,曾在狮子山上以红、黄旗为号指挥了著名的龙江战役(或称龙湾战役),以八万兵马击败了劲敌陈友谅40万水陆大军的强势进攻,为建立大明王朝奠定了基础。

4. 七下西洋船队行:此句是指郑和下西洋事。南京三汊河口一带,是明朝龙江船厂和宝船厂的分布区。1405—1433年,郑和七次下西洋就是以龙湾(今下关)作为船队的始发地,庞大的船队从下关龙江出水,浩浩荡荡地从这里驶向太仓刘家港起锚地。直到今天,下关还保留着天妃宫、静海寺、宝船厂遗址等与郑和下西洋有关的遗迹。

2019年元月于南京

金陵杂诗一组(绝句三十首)·之二十四
凤凰台

高台不见见荒丘[韵],隐隐三山起怅惆[韵]。
空有李花千万树,凤凰何事不重游[韵]?

1. 凤凰台:《江宁府志》记载:“凤凰台,在南门内新桥西。”南门即今中华门。其址在瓦官寺东,旧名永昌里,因战火今已不存。据考证,凤凰台位于南京城内西南隅的山岗上,遗址在花露北岗。又据《同治上江志》记载:“南朝宋元嘉十六年,有状如孔雀的五色三鸟集其上,人以为凤凰,乃建此台。其时西有大江,北绕秦淮,古寺宏伟,高阁巍然,为名胜之地。”相传南朝刘宋文帝元嘉十六年(439年),有三只状似孔雀的大鸟——百鸟之王凤凰,飞落在金陵永昌里李树上,招来大群各种鸟类随其比翼飞翔,呈现百鸟朝凤的盛世景象。为庆贺和纪念此美事,将百鸟翔集的永昌里改名为凤凰里,并在保宁寺后的山上筑台,名曰凤凰台。唐代大诗人李白曾游此台,并赋《登金陵凤凰台》诗:“凤凰台上凤凰游,凤去台空江自流。吴宫花草埋幽径,晋代衣冠成古丘。三山半落青天外,二水中分白鹭洲。总为浮云能蔽日,长安不见使人愁。”凤凰台也因这优美的诗篇而闻名遐迩。

2. 三山:三山矶,因李白的诗句又称“凤凰三山”,位于南京西南长江边,形如笔架,故曰“三山”。三山曾为清代金陵四十八景之一。宋人周应合编撰的《景定建康志》载:“其山积石森郁,滨于大江,三峰并列,南北相连,故号三山。”

2019年元月于南京

金陵杂诗一组(绝句三十首)·之二十五
瓦官寺

名蓝千载瓦官寺,佛脉悠悠淮水流㊊。
曾是天台开梵宇,三绝古刹凤凰游㊊。

1. 瓦官寺:瓦官寺位于南京市秦淮区集庆路南侧,又称古瓦官寺,始建于东晋兴宁二年(364年),至今已有1700年的历史,是除建初寺以外南京最古老的寺庙。名列五山十刹,是佛教史上的重要寺院。瓦官寺寺址原为官府管理陶业机构所在地,故寺名“瓦官”。六朝时期,瓦官寺为规模宏大的江南名刹,拥有上千僧众。瓦官寺因顾恺之画维摩诘像而成名,留下了“点睛之笔”的成语;因异鸟飞临此处,才有了后来的凤凰台。

2. 名蓝:有名的伽蓝。即名寺。伽蓝:梵语“僧伽蓝摩”的简称。指僧众所住的园林。后来泛指佛寺。

3. 曾是天台开梵宇:天台,指的是佛教的“天台宗”,又称“法华宗”。汉传佛教的宗派多来自印度,但唯独天台宗、华严宗与禅宗,是由中国独立发展出来的三个本土佛教宗派。瓦官寺历代高僧辈出,陈、隋时天台宗创始人智顗(yǐ),又称智者大师,于陈光大元年(567年),卓锡瓦官寺,直到太建七年(575年)入天台山,在此住了八年。他在瓦官寺弘扬佛法,宣讲《妙法莲华经》(即《法华经》)《大智度论》《次第禅门》等佛教经典,为天台宗的创立奠定了理论基础,故后人尊瓦官寺为天台宗祖庭。

4. 三绝古刹凤凰游:瓦官寺在晋代就号称藏有“三绝”:一是狮子国(今斯里兰

卡）所赠四尺二寸高的玉佛像；二是东晋雕塑家戴逵、戴颙父子所铸丈六铜像和用其所创的干漆夹纻塑造的佛像；三是东晋大画家顾恺之所绘《维摩诘示疾图》壁画。戴逵父子的佛像、顾恺之的壁画，都是载入中国艺术史册的杰出创作。南朝宋元嘉十六年（439年），时有异鸟三只，飞集瓦官寺附近的李树上，人们认为是凤凰栖息之瑞相，遂改其地永昌里为凤凰里，建凤凰台，山称凤台山。

2019年元月于南京

金陵杂诗一组(绝句三十首)·之二十六
题明故宫

寥落萧疏明故宫㊙,乱石柱础庙堂空㊙。
忆昔靖难干戈后,多少冤魂草莽中㊙。

1. 寥落:稀疏;冷落。

2. 萧疏:稀稀落落,寂寞凄凉。

3. 靖难:靖难之役,又称靖难之变。是建文元年(1399年)到建文四年(1402年)明朝统治阶级内部争夺帝位的战争。明太祖朱元璋在位时把儿孙分封到各地做藩王,藩王实力日益膨胀。因太子朱标早逝,洪武三十一年(1398年),皇太孙朱允炆继位,是为建文帝。建文帝与亲信大臣齐泰、黄子澄等采取一系列削藩措施,激怒了明太祖的第四子燕王朱棣。朱棣于建文元年起兵反抗,随后挥师南下,经过几次大战消灭了南军主力,于建文四年攻下帝都应天(今南京)。战争历时四年(1399—1402年)。战乱中建文帝下落不明,或说于宫中自焚而死,或说由地道逃去,隐藏于云、贵一带为僧。同年,朱棣即位,是为明成祖。

2019年元月于南京

金陵杂诗一组(绝句三十首)·之二十七
胜棋楼

皇皇功业看中山㊕,异姓为王世代传㊕。
一副棋枰堪入画,赐宅赐第赐名园㊕。

1. 胜棋楼:胜棋楼在南京莫愁湖南岸,坐北朝南,是一座古朴的两层建筑,楼下陈列着名人字画,楼上悬挂着明太祖朱元璋和中山王徐达弈棋的画像。楼外两侧楹柱上的楹联云:“粉黛江山留得半湖烟雨,王侯事业都如一局棋枰。”胜祺楼匾额为清代状元梅启照所书。胜棋楼的来历还有一段佳话:明朝初年,明太祖朱元璋筑楼湖上,常召开国功臣徐达到楼上下围棋。徐达虽技高一筹,却不敢轻易赢棋,怕得罪皇上。久而久之,被朱元璋看破,一次他对徐达说:“你每次下棋都故意输给朕,朕赢了也不光彩,你这样做是犯了欺君之罪!”吓得徐达连连叩头。他又说:“今天你要使出真本事与朕分个高下,无论输赢朕都高兴。”此局自晨弈至午后,结果徐达果然赢了。朱元璋说:“卿弈棋如用兵,确实高明,朕不得不服。”徐达却说:“臣用兵、弈棋所以取胜,全仗万岁神威,非臣之力也。”朱元璋说:“此话怎讲?”徐达说:“请陛下细看臣满盘棋子的布局。”原来从徐达这边看,棋子分明摆出“万岁”两字模样。朱元璋龙颜大悦,乘兴将此楼连同整个莫愁湖赐给徐达,以彰其建国功勋。后人即称此楼为胜棋楼。

2. 中山:中山王。明朝第一开国功臣徐达,封中山王。

2019年元月于南京

金陵杂诗一组(绝句三十首)·之二十八
钟山弹琴石

头陀岭上有琴台㊞,中正平和古韵来㊞。
相赏松石闲意在,伯牙难遇子期才㊞。

1. 钟山弹琴石:金陵有三奇石,即六朝松石、血影石和弹琴石。弹琴石在钟山主峰头陀岭北坡山腰、刘基洞下方百余米处。据《宋书》记载:"萧思话从帝登钟山北岭,中道有磐石清泉,上使萧于石上弹琴,因赐以银钟酒,曰,相赏有松石闲意。"因而得名弹琴石。萧思话,宋孝懿皇后弟子,善弹琴,能骑射,官至青州刺史。该石硕大平滑,现已镌刻"弹琴石"三字于其上,并竖有一尊萧思话抚琴石雕,悠悠古韵犹似飘荡在山林间。不远处还有白石筑成、六角攒顶的听琴亭。后人有诗赞道:"琴声和且平,君臣有默契,当年广陵散,哪及萧常侍。"弹琴石记载着六朝宋萧思话在此抚琴,与当朝皇帝宋武帝成为知音的佳话。

2. 中正平和:"清微淡远、中正平和",是古琴美学认为的弹琴应达到的最高境界。

3. 相赏松石闲意:宋武帝使萧思话于石上弹琴,因赐以银钟酒,曰:"相赏有松石闲意"。

4. 伯牙难遇子期才:用俞伯牙摔琴谢知音事,感叹人生知音难求。俞伯牙与钟子期是一对千古传诵的至交典范。伯牙善鼓琴,钟子期善听。伯牙鼓琴,志在高山,钟子期曰:"善哉,峨峨兮若泰山!"志在流水,钟子期曰:"善哉,洋洋兮若江河!"伯牙所念,钟子期必得之。子期死,伯牙谓世再无知音,乃破琴绝弦,终身不复鼓。"高山流水"比喻知音难觅或乐曲高妙。

2019年元月于南京

金陵杂诗一组(绝句三十首)·之二十九
小塘

小塘一鉴水长流㊖,塘畔花繁鸟雀稠㊖。
残雪压枝梅蕊俏,悠悠香气醉心头㊖。

1. 小塘一鉴:小水塘清澈明净的就像一面巨大的镜子。

2019年元月于南京

金陵杂诗一组(绝句三十首)·之三十
年复一年叹岁时

偶感风寒病起迟㊖,推窗犹见雪压枝㊖。
不知筋力衰多少?年复一年叹岁时㊖。

1. 叹岁时:感叹时光飞逝,年复一年,这一年又要过去了。年关将至,心中不免泛起丝丝惆怅。

2019年元月于南京

谢交春

百年难遇谢交春㊍,喜见春夕同日存㊍。
残雪压枝梅蕊俏,和风吹雨柳芽新㊍。
红灯高挂戊戌去,鞭炮齐鸣己亥临㊍。
时序轮回是天道,吉祥如意满乾坤㊍。

1. 谢交春:俗语云:"千年难逢龙花会,万年难遇谢交春。"说的是农历正月初一打春叫龙花会,除夕打春叫谢交春。今年就正遇上农历除夕立春的"谢交春"。民间认为,立春与除夕在同一天大吉大利,因为立春是一年中的第一个节气,除夕是一年中的最后一天,二者在同一天,犹如阴阳太极,太极生两仪,两仪生四象,四象生八卦,以至变化无穷生万物,体现了万物生长、自然循环的规律。"谢交春"这种现象并不常见,百年当中约有3次,下两次除夕与立春在同一天的是2057年2月3日和2076年2月4日。

2. 百年难遇谢交春,喜见春夕同日存:除夕与立春为同一天叫"谢交春",这种现象百年难遇一次,今年就正好遇上了立春在除夕这大吉大利的日子。春夕:立春和除夕。

3. 红灯高挂戊戌去,鞭炮齐鸣己亥临:过年了,红灯高挂送走了戊戌狗年,燃放烟花爆竹迎来了己亥猪年。

4. 时序轮回是天道:天道运行,时序轮回,生生不息,直到永远。天道:中国古代哲学名词。指日月星辰等天体的运行规律。又指佛教六道之一。六道:天道、人道、阿修罗道、畜生道、饿鬼道、地狱道。

2019年2月4日(除夕立春)于南京

戊戌岁末感怀

年来往返金陵道，燕赵江东两地忙㊔。
愁看滹沱风雨疾，闲观淮水梦云长㊔。
世间自有真情在，人事常宜放眼量㊔。
南北石城心所系，不知终老在何方㊔？

1. 年来往返金陵道，燕赵江东两地忙：余家住河北，现客居南京，河北古为燕赵大地，南京古为金陵，地处江南吴楚之邦。一年来，余在燕赵与江南两地间穿梭往来，忙忙碌碌，不知何为。江东：江南。

2. 滹沱：滹沱河，河北正定的母亲河。

3. 淮水：秦淮河，南京的母亲河。

4. 南北石城：北方的石家庄简称石城；南方的南京古称石头城，亦简称石城。余近年来往来于南北两个石城间，故曰“南北石城”。

2019年2月4日（农历除夕）于南京

南歌子·除夕偶题

溪柳丝丝碧，宫梅烁烁红[韵]。
春风送暖过江东[韵]，且喜阳和丽日伴人行[韵]。

岁月催人老，霜华满鬓生[韵]。
年来何事苦营营[韵]？五味杂陈终是意难平[韵]。

1. 宫梅：宫粉梅，梅花的一个品种，是梅花品系中品种最为丰富的一个类型。宫粉型，其花复瓣至重瓣，呈或深或浅的红色。宫粉梅是观赏型梅花，开花繁密，能散发出较为浓郁的清香。在古代，人们习惯将宫粉梅与朱砂梅统称为红梅。这里即用来代指梅花。春节期间，南京的宫粉梅已经开花了。

2. 营营：劳而不知休息；忙碌。

2019年2月4日（农历除夕）于南京

南歌子·花间晚照

残雪红梅俏，和风绿柳垂㊞。
远山凝黛起崔嵬㊞，遥望江湾鸥鹭彩云飞㊞。

人事多乖蹇，年华去不回㊞。
依稀别梦几伤悲㊞，且看花间晚照是阿谁㊞？

1. 崔嵬(wéi)：(山、建筑物)高大雄伟。

2. 花间晚照是阿谁：在夕阳照耀的百花丛中留下晚照的又是谁呢？谁：指作者自己。

2019年2月5日(春节)于南京

南歌子·观秦淮灯会

惊艳秦淮水，流光照夜明(韵)。
万人空巷醉朦胧(韵)，火树银花摇落楚天星(韵)。

久客江南路，常怀故国情(韵)。
今年灯胜去年红(韵)，异彩纷呈照亮美金陵(韵)。

1. 秦淮灯会："秦淮灯彩甲天下"。夫子庙秦淮灯会始于南朝，至今已有1700多年的历史了，是中国持续时间最长、参与人数最多、规模最大的民俗灯会。改革开放以后，自1987年开始的"中国·秦淮灯会"到今年已经是第33届了。夫子庙里、秦淮河畔、明城墙上、大街小巷，整个南京城到处都是异彩纷呈的花灯。火树银花不夜天，花灯照亮了南京城，整个古都金陵大放异彩，美不胜收。市民倾城出动，万人空巷，洋溢在节日祥和的欢乐之中。

2. 惊艳秦淮水，流光照夜明：美艳的花灯照耀着秦淮河水，河水映照着花灯，溢彩流光装扮着古都金陵。

2019年2月6日(正月初二)夜于南京

浪淘沙·雪中观灯

冒雪赏花灯㊙，别样风情㊙。
五光十色夜朦胧㊙。
梦幻迷离淮水畔，阆苑蓬瀛㊙。

今夜看金陵㊙，其乐融融㊙。
家家户户醉倾城㊙。
吴楚风光堪入画，歌舞升平㊙。

1. 雪中观灯：正月初三夜，南京突然下起了立春后的第一场春雪。雪中观花灯，寒意与阳和交融，飘飘洒洒的雪花与五光十色的花灯交相辉映，别有一番雪打灯的情趣。预示着今年又是一个吉庆祥和、五谷丰登的好年景。

2. 蓬瀛：神话传说中的海上三神山蓬莱、方丈、瀛洲。这里是指夜晚在南京城内观花灯，流光溢彩，梦幻迷离，好像来到了神仙洞府和神仙的花园。

2019年2月7日（正月初三）夜于南京

浪淘沙·紫金山赏雪

青女夜来朝㊝，玉屑频抛㊝。
寒凝莹彻九重霄㊝。
素裹银装如梦幻，瑞雪妖娆㊝。

信步过溪桥㊝，烟锁荒郊㊝。
紫金山上看松涛㊝。
极目苍茫云万里，独乐逍遥㊝。

1. 紫金山赏雪：正月初四夜，又一场突如其来的鹅毛大雪降临南京。清晨起来，漫山遍野一片洁白，玉树琼楼，玉宇莹彻，鸟雀绝踪，烟笼雾锁，梦幻迷离，美不胜收。踏雪游紫金山观景，欣欣然独乐逍遥。

2. 青女夜来朝，玉屑频抛：青霄玉女昨天夜里来到南京上空，把晶莹的玉屑频频抛撒，南京就降下了漫天大雪。这里用玉屑代指雪花。青女：青霄玉女，又称降霜仙子，是汉族神话传说中掌管霜雪的天上女神。朝：来到意。

3. 寒凝莹彻九重霄：从地上到天空，到处都寒气凝重，晶莹澄澈，玉宇空蒙，一片洁白。

2019年2月9日（正月初五）于南京

凤凰台上忆吹箫·薪火相传

岁月悠悠，春回大地，神州正是新年㊞。
却又见、红梅傲雪，绿柳含烟㊞。
漠漠轻寒几许，风淡淡、溪水潺潺㊞。
晨光里，鸟雀唤晴，啼叫窗前㊞。

迢迢故园旧梦，空回首，依稀乱我心田㊞。
且喜是、浓浓血脉，薪火相传㊞。
天道循环往复，同期盼、家国平安㊞。
莫惆怅，人生乐对天然㊞。

1. 凤凰台上忆吹箫：词牌名。又名《忆吹箫》。双调，共九十七字。上片十句、四平韵，下片九句、四平韵。《列仙传拾遗》云："萧史善吹箫，作鸾凤之声。秦穆公有女名弄玉，善吹笙，公以妻之。萧史遂教弄玉吹箫作凤鸣。居十数年，凤凰来止，公为作凤台，夫妇止其上。数年，弄玉乘凤，萧史乘龙去。"调名即取于此。该调以宋晁补之词《凤凰台上忆吹箫·自金乡之济至羊山迎次膺》为正体，另有吴元可、李清照等人的词格式少异。余于1980年清明时节曾写过一首《凤凰台上忆吹箫·清明》，依李清照体，这首《凤凰台上忆吹箫·薪火相传》则依晁补之体。

2. 薪火相传：火烧着时，前一根柴烧尽，后一根柴紧接着烧着，继续加柴，火永不熄。后多用以比喻师傅传业于弟子，一代一代地传下去。这里指血脉传承，子孙后代一代代地传下去。

2019年2月10日（正月初六）于南京

话年关

怕忆儿时心内寒(韵),家贫如洗过年关(韵)。
门残自用敝帘护,窗破常须废纸粘(韵)。
父老尊前无岁酒,儿童身上少衣衫(韵)。
围炉团坐剪灯话,莫忘人生苦变甜(韵)。

1. 年关:指农历年底。过年花费大,欠债又有人催讨,对穷苦人家来说,过年犹如过关,故称年关。

2. 怕忆儿时心内寒:余儿时家境贫寒,缺衣少食,生活过得十分艰难,父母四处奔波,节衣缩食,终不能换来一家温饱。父母在贫病交加中早早过世。儿时留给我的回忆只有贫穷、屈辱和心酸,每每想起,心中无限悲凉。

3. 敝帘:破帘子;破门帘。

4. 岁酒:过年家家都要喝杯酒来庆贺新年,故称岁酒。在余的记忆中,儿时家中过年,从来没有买过酒。

5. 围炉团坐剪灯话:儿时寒冬,家中只生一个小煤炉取暖,年关之时,阖家围坐在小火炉前剪灯夜话,守岁过年。剪灯:余儿时没有电灯,照明用的是油灯或煤油灯。灯结灯花,剪去灯花,使灯光更明亮。

6. 莫忘人生苦变甜:岁月变迁,过去的苦日子一去不复返了。如今国家繁荣富强,人民安居乐业,生活幸福。切莫忘记家国的苦难,更要珍惜今天来之不易的幸福生活。

2019年2月11日(正月初七)于南京

小重山·观灯起乡情

客寓金陵正月正(韵)。雪压梅蕊俏、打花灯(韵)。
今年灯胜去年红(韵)。云光里、摇落满天星(韵)。

人醉夜朦胧(韵)。沧桑流岁月、意难平(韵)。
依稀旧梦尽成空(韵)。漂泊久、游子起乡情(韵)。

1. 小重山:词牌名。又名《小重山令》《小冲山》《柳色新》等。以唐末薛昭蕴词《小重山·春到长门春草青》为正体。双调,共五十八字。上、下片各四句、四平韵。另有变格体者。代表作有岳飞的《小重山·昨夜寒蛩不住鸣》、姜夔的《小重山令·赋潭州红梅》等。相传这个词牌是晚唐五代前蜀韦庄所创。据说韦庄有一个心爱的侍妾,不但貌美如花且禀赋词翰,却被蜀主王建夺去。身为人臣,韦庄只好压抑了自己的思念,作了一首《小重山》。曲调一经唱出,凄婉异常,侍妾听后,竟抑郁而终,《小重山》也成了凄苦思念的代名词。

2. 正月正:正月,农历每年的第一个月。正月初一即春节。

3. 雪压梅蕊俏、打花灯:正月里,梅花傲雪开放,瑞雪飘落在花灯上。

2019年2月14日(正月初十)于南京

小园观梅

宁静小园半亩塘㊞,梅花吐蕊报春光㊞。
向阳坡上玉蝶俏,近水岸边宫粉香㊞。
紫干盘曲留倩影,翠枝疏落理凝妆㊞。
凌寒傲雪娇无那,笑对丝丝嫩柳黄㊞。

1. 半亩塘:水塘很小,只有半亩大小。用"半亩"形容水塘小。

2. 玉蝶、宫粉:梅花众多品种中的两种,即玉蝶梅、宫粉梅。玉蝶梅属白梅,其花复瓣或重瓣,白色。宫粉梅属红梅,其花复瓣至重瓣,呈或深或浅的红色,开花繁密,能散发出较为浓郁的清香。这里指代众多的梅花。

3. 娇无那:娇艳无比。无那:无奈;无可奈何,到了极点。

4. 丝丝嫩柳黄:垂柳的柳丝在初春刚刚发芽时呈淡淡的黄色。

2019年2月15日观梅于南京石刻公园

好时光·春光

丽日阳和浮动，风细细、雾蒙蒙(韵)。
云淡远山如画卷，夭桃陌上红(韵)。

袅袅溪柳碧，恰正是、晓烟浓(韵)。
紫燕梁间梦，一载又重逢(韵)。

1. 好时光：词牌名。双调，上、下片不同调，共四十五字，上、下片各四句、两平韵。相传该词调由唐明皇李隆基制，取结句三字为调名。原词为："宝髻偏宜宫样，莲脸嫩、体红香。眉黛不须张敞画，天教入鬓长。莫倚倾国貌，嫁取个、有情郎。彼此当年少，莫负好时光。"

2. 陌：田间东西方向的道路，泛指道路。这里也指郊外、野外。

3. 紫燕梁间梦，一载又重逢：春天来了，去年的小燕子又飞回来了，在房梁间寻找筑巢的地方。相别一年又相见了。

2019年3月15日于石家庄

探春令·感时

和风吹雨，柳丝拂面，春光明媚(韵)。
碧桃笑吐胭脂蕊(韵)，绮陌上、游人醉(韵)。

黄莺紫燕依红翠(韵)，看樱花乱坠(韵)。
不忍听、杜宇声声，啼落岁月伤心泪(韵)。

1. 探春令：词牌名。又名《景龙灯》。此调俱咏初春风景，或咏梅花，故名《探春》。该调有令词和慢词之分，此为令词《探春》。以宋徽宗赵佶词《探春令·帘旌微动》为正体。双调，共五十一字。前片五句、三仄韵，后片四句、三仄韵。另有五十二字、五十三字等多种变格体。

2. 黄莺紫燕依红翠：鸟儿们依恋着绿树红花。

3. 樱花乱坠：仲春时节，樱花盛开，花繁艳丽、妩媚娇艳、满树烂漫、如云似霞。樱花的花期很短，只有7~10天便凋谢了。然而，樱花之美，正美在花瓣凋零、落英缤纷之际，微风一吹，仿佛下了一场悠悠洒洒的粉红花雨，优美异常。经历短暂的灿烂之后随即凋谢的“壮烈”，留给人们一派优美和壮观景象。

4. 杜宇：杜鹃鸟，又名子规。杜鹃鸟的啼声似“不如归去”，其声悲切，多被文人墨客用作思归或催人返乡之词。

2019年3月25日于石家庄

惜春令·惜春

三月花香飞上楼㊙,夭桃盛、杏蕊含羞㊙。
姹紫嫣红春日里,莺雀唱枝头㊙。

碧水浮兰舟㊙,小溪畔、烟柳轻柔㊙。
醉我诗心何处是?人在画中游㊙。

1. 惜春令:词牌名。双调,上、下片不同调,共五十字,上、下片各四句、三平韵。该调在《康熙词谱》中只有杜安世的词二首,另一首上、下片两起句叶仄声韵。

2. 姹紫嫣红:亦称嫣红姹紫。指各种颜色娇艳的花朵。

3. 莺雀:黄莺、山雀。泛指各种小鸟。

2019年4月1日于石家庄

伊州令·小院春晓

啼莺叶底声声巧㊞,庭院初晨晓㊞。
薄雾轻寒帘幕垂,看窗外、青梅尚小㊞。

红残花落谁扫㊞? 春去休烦恼㊞。
人间世事总无常,莫辜负、年光正好㊞。

1. 伊州令:词牌名。又名《伊川令》。原唐教坊曲名,后用作词调名。伊州为古代西北六州之一,以边地名为词调名。为怨妇思边之作。双调,上、下片不同调,共五十一字,上、下片各四句、三仄韵。

2. 年光:年华;时光。

2019年4月3日于石家庄

海棠春·咏海棠

风吹烂漫倾城醉[韵],春睡觉、娇羞妩媚[韵]。
惊艳雨中花,犹带相思泪[韵]。

一壶浊酒空相对[韵],却正是、嫣红嫩翠[韵]。
莫道不销魂,苦恋人心碎[韵]。

1. 海棠春:词牌名。又名《海棠花》《海棠春令》等。该调始自宋秦观,因其词中有“试问海棠花,昨夜开多少”句,故名。该调为双调,共四十八字,上、下片各四句、三仄韵。

2. 风吹烂漫倾城醉:春天,满城的海棠花竞相开放,在春风的吹拂下,妩媚妖娆,绚烂艳丽。人们徜徉在花海里,陶醉在春天的美景里。烂漫:颜色鲜明而美丽。

3. 妩媚:形容女子、花木等姿态美好可爱。

4. 嫣红嫩翠:形容海棠花在翠绿的嫩叶衬托下,显得格外娇艳美丽。嫣红:鲜艳的红色。

5. 苦恋:秋海棠花代表着游子思乡、离愁别绪,其花语为“苦恋”。

2019年4月4日于石家庄

清明祭

梨花风起正清明㉿，千里奔波陌上行㉿。
泪洒荒郊空寂寞，但悲迟暮总飘零㉿。
慎终追远源流继，落叶归根血脉承㉿。
岁岁年年无尽日，忧思常伴月朦胧㉿。

1. 梨花风起正清明，千里奔波陌上行：在风吹梨花开的清明时节，我从数千里之外赶回家乡祭扫父母的坟墓。陌上：田间的小路。这里指通往祖坟的小路，也指荒野。

2. 泪洒荒郊：父母在贫病交加中早逝，连坟墓都无从寻找，每年去给父母上坟扫墓，其实只是在荒郊野外烧化纸钱，寄托哀思而已，思念的眼泪洒落在荒野上，故言泪洒荒郊。

3. 但悲迟暮总飘零：悲叹自己在迟暮之年仍要四处奔波飘零，不能年年到父母坟上祭扫，心生愧疚。

2019年4月5日(清明)于石家庄

城头月·春夜偶题

风吹绿水清波皱(韵),信步黄昏后(韵)。
杨柳依依,融融月色,阵阵花香透(韵)。

断鸿声里听更漏(韵),寂寞人依旧(韵)。
岁月蹉跎,青丝白发,仍记初心否(韵)?

1. 城头月:词牌名。双调,共五十字,上、下片各五句、三仄韵。

2. 断鸿声里听更漏:夜深人静,在孤雁的哀鸣声里听着钟表的滴答声难以入睡。断鸿:离群的孤雁。漏:玉漏;沙漏;铜壶滴漏。古代计时器。这里代指钟表走动的声音。

3. 青丝白发:黑发变白发。形容人已经由青少年变成老年了。

2019年4月7日于石家庄

满宫花·春暮愁心

陌上花，溪畔柳㊀，绿水风吹波皱㊀。
莺声渐老草连空，梁上燕巢新就㊀。

融和天，浓似酒㊀，却是别来清瘦㊀。
怕听春暮子规啼，谁解愁心依旧㊀？

1. 满宫花：词牌名。双调，共五十字，上、下片各五句、三仄韵。调见《花间集》。尹鹗曾赋宫怨词，有“满地禁花慵扫”句，故取调名为《满宫花》。

2. 莺声渐老草连空，梁上燕巢新就：黄莺的叫声已经老了，草长得很茂盛，碧绿的原野一望无际，远远望去像是和天空连在了一起，画梁上小燕子的新巢也已经筑好了。这一切都是暮春的景象，春天就要过去了。

3. 怕听春暮子规啼：暮春时节，杜鹃鸟不停地啼叫，其声悲切，其啼声似“不如归去”，故人们都说，春天是被杜鹃鸟给啼走了。因不忍春天离去，故言“怕听春暮子规啼”。子规：即杜鹃鸟，又名杜宇、蜀鸟等。

4. 谁解愁心依旧：春天是一年中最美好的季节，因不忍春天离去而忧愁。又有谁理解这惜春、怜春、恋春的愁心呢？

2019年4月9日于石家庄

华清引·暮春伤时

平明鸟雀乱飞鸣(韵),语燕啼莺(韵)。
碧纱窗外烟柳,轻摇淡淡风(韵)。

一池绿水映晴空(韵),百花争艳香浓(韵)。
暮春听杜宇,谁解个中情(韵)?

1. 华清引:词牌名。此调在《康熙词谱》中,只有苏轼词一首。因苏词赋华清旧事,故以为词调名。双调,共四十五字,上、下片各四句、三平韵。

2. 暮春听杜宇,谁解个中情:春天是一年中最美好的季节,可春天一眨眼就要过去了。暮春时节,花儿开始凋谢,杜鹃鸟在不停地啼叫,其声悲切。又有谁能理解迟暮之人在这暮春时节的情怀呢?

2019年4月12日于石家庄

木兰花·残春

鸟雀乱飞春已暮（韵），遥望苍茫云海处（韵）。
莺渐老，燕巢新，柳絮蒙蒙花满路（韵）。

莫怪子规啼声怨（韵），造化弄人愁不断（韵）。
光阴荏苒水东流，一叶扁舟何处岸（韵）？

1. 木兰花：词牌名。原为唐教坊曲名，后用作词调名。宋人的《木兰花》词皆为《玉楼春》体，唯有韦庄、毛熙震、魏承班的三首《木兰花》词乃《木兰花》正体。收录在《花间集》里，格式也互有出入。韦庄的《木兰花》前、后片换韵，毛、魏二人的《木兰花》前、后片不换韵。这首《木兰花·残春》依韦庄体，双调，前片五句，后片四句，共五十五字。前片第一、二、五句和后片第一、二、四句押韵，押仄声韵。前、后片换韵。

2. 柳絮蒙蒙花满路：暮春时节，柳絮纷飞，落花满地。

3. 莫怪子规啼声怨：不要责怪杜鹃鸟的啼叫声哀怨悲切，鸟儿们也不愿意让春天离去。春天就要过去了，花儿开始凋谢，杜鹃鸟在不停地啼叫，其声悲切，其啼声似“不如归去”，令人感伤。

2019年4月15日于石家庄

木兰花·高楼凝望

鹧鸪飞，莺渐老㊍，柳絮蒙蒙迷乱草㊍。
春已暮，子规啼，落花如雨无人扫㊍。

人间美景知多少㊍？岁月无情华发早㊍。
高楼凝望碧云天，此身化作云中鸟㊍。

1. 木兰花·高楼凝望：上一首《木兰花·残春》依韦庄体，这首《木兰花·高楼凝望》依魏承班体。韦庄体《木兰花》前、后片换韵，魏承班体《木兰花》前、后片不换韵。双调，前片六句，后片四句，共五十四字。前片第二、三、六句和后片第一、二、四句押韵，押仄声韵。前、后片不换韵。按《花间集》中有魏承班的《木兰花》一首，《玉楼春》两首，《木兰花》的格式如此，而其七言八句者则名《玉楼春》。由此可知宋人将《玉楼春》与《木兰花》混为一调之误。

2. 柳絮蒙蒙迷乱草：蒙蒙乱飞的柳絮迷失在乱草里。

3. 人间美景知多少？岁月无情华发早。高楼凝望碧云天，此身化作云中鸟：人间美景有多少呢？人间的美景多得很，可无情的岁月消磨的人早生华发，人老了，时光已经不多了，但我依然希望能像鸟儿一样自由自在地展翅翱翔在辽阔的蓝天上。华发：花白的头发；或指白发。

2019年4月17日于石家庄

伤春怨·杜宇啼春

晓看窗前树㊞,翠碧含烟凝露㊞。
柳絮雨蒙蒙,满地残花谁护㊞?

子规频啼诉㊞,欲把春留住㊞。
切莫放春归,又恐被、东风误㊞。

1. 伤春怨:词牌名。双调,共四十三字,上、下片各四句、三仄韵。该调在世传词谱中,只有王安石词一首。传为王安石梦中作。附王安石的《伤春怨》:"雨打江南树,一夜花开无数。绿叶渐成荫,下有游人归路。与君相逢处,不道春将暮。把酒祝东风,且莫恁,匆匆去。"

2. 杜宇啼春:相传古蜀帝杜宇,号望帝。在亡国后死去,其魂化为"子规",即杜鹃鸟。他死后化为杜鹃鸟仍对故国念念不忘,每每深夜在山中哀啼,其声悲切,以至于泪尽啼血。而啼出的血,便化成了杜鹃花。另一说,古蜀帝杜宇,勤政爱民。杜宇的最大功绩是"教民务农",以致他"仙去"后化为杜鹃鸟,每到春天来临便啼叫不止,催民春耕春种,以致啼出血来,故又有"杜宇留春""啼血留春"之说。还有的人说,春天是被杜鹃鸟给啼走的。

3. 翠碧含烟凝露:树木生长的很茂盛,叶子碧绿苍翠,远远望去,郁郁葱葱,烟雾笼罩。

4. 柳絮雨蒙蒙:暮春时节,柳絮到处飞扬,恰似蒙蒙细雨。

2019 年 4 月 18 日于石家庄

柳含烟·咏柳

小溪畔，画桥边平韵。
玉树临风新绿，千丝万缕尽含烟韵。
惹人怜韵。

紫燕黄莺时度影仄韵，月上枝头凄冷韵。
为君折柳唱阳关平韵，别离难韵。

1. 柳含烟：词牌名。原唐教坊曲名，后用作词调名。双调，共四十五字。前片五句、三平韵，后片四句、两仄韵、两平韵。后片两结句为平韵，但不一定非要与前片同韵，可换韵。

2. 玉树临风：玉树，碧树，挺拔茂盛的树木。玉树临风在这里用来形容春天垂柳婀娜妩媚的姿态。

3. 紫燕黄莺时度影：燕子、黄莺等鸟雀在杨柳树枝头鸣叫，在花草树木间飞来飞去，留下俏丽的身影。

4. 折柳：在我国古代，古人分别时要折柳相送，这是当时一种很流行的民间习俗，尤其是在文人墨客中，成为一种时尚。“柳”谐“留”音，赠柳表示留念，一为不忍分别，二为永不忘怀。

5. 阳关：阳关曲；阳关三叠。著名的送别曲。

2019年4月20日(谷雨)于石家庄

杏花天·三春时节

三春时节春光好㊣,春雨细、春风香袅㊣。
海棠花落莺声巧㊣,柳絮纷飞缥缈㊣。

时易失、阴阳昏晓㊣,伤晚景、韶华去了㊣。
管他愁事知多少㊣,坚守初心不老㊣。

1. 杏花天:词牌名。又名《杏花风》。该调以朱敦儒词为正体,其余添字者皆为变格。双调,共五十四字。前、后片各四句,每句都押韵,押仄声韵。

2. 三春:阳春三月。或说晚春、暮春。

3. 韶华:韶光。美丽的春光。又比喻美好的青春年华。

2019年4月21日于石家庄

天净沙·郊游晚行

伯劳紫燕黄莺[韵]，
牡丹芍药芙蓉[韵]，
绿水青山塔影叶[韵]。
几声钟磬叶[韵]，
月明风送经声[韵]。

1. 天净沙：词牌名。又名《塞上秋》。单调，二十八字。五句、三平韵，二叶韵。又有五句、四平韵，一叶韵者。其句式为“六六六四六”。《天净沙》既是词牌名，又是曲牌名，作为散曲，《天净沙》的知名度更要大得多。作为词，其格律可以只分平仄，仄声字中一般不再分上声和去声。而作为散曲，其格律不但要分平仄，仄声字中，往往还要分上声和去声。（散曲中，入声字已经派入了平、上、去三声。）清代曲论家黄周星的《制曲枝语》中说：“诗律宽而词律严，而曲则倍严矣。”作曲特别讲究阴、阳、上、去，是因为歌唱对音律的要求。如果在格律上用字不规范，唱起来就要走调，此乃曲之大忌。散曲《天净沙》以元代马致远的《天净沙·秋思》最为有名，几乎无人不知，无人不晓。这首散曲小令甚至被称作“秋思之祖”：“枯藤老树昏鸦，小桥流水人家，古道西风瘦马。夕阳西下，断肠人在天涯。”这首《天净沙·郊游晚行》为五句、三平韵，二叶韵。写的是郊游晚归所看到、听到的风景、景致。第一句是各种鸟，第二句是各种花草树木，第三句是青山绿水、塔影云光，四、五句是在融融的月光下，清风送来了钟磬声和僧人晚课的诵经声。

2019年4月22日于石家庄

天净沙·怜春

清溪碧野蓝天㊞，
画桥烟柳鸣泉㊞，
陌上红深绿浅叶㊞。
雨丝风片叶㊞，
鸟声啼乱窗前㊞。

1. 红深绿浅：喻指花草树木生长的很茂盛。花开烂漫，颜色很深、很浓、很鲜艳；小草和树叶很娇嫩，生机勃勃。

2. 雨丝风片：雨细风柔，春意盎然。明代戏曲家汤显祖的代表作《牡丹亭》中有一首曲子，名《皂罗袍》，是女主人公杜丽娘在第十出《惊梦》里的一段唱词。这是一首脍炙人口、经久传唱的名曲："原来姹紫嫣红开遍，似这般都付与断井颓垣。良辰美景奈何天，便赏心乐事谁家院？朝飞暮卷，云霞翠轩，雨丝风片，烟波画船，锦屏人，忒看的这韶光贱！"

2019年4月23日于石家庄

天净沙·忍对

少年侠义清淳㊗，
老来风雨残身㊗，
忍对离愁断魂㊗。
衰颜霜鬓叶㊗，
为谁尝尽酸辛㊗？

1. 天净沙·忍对：上两首《天净沙》为单调，二十八字，五句、三平韵，二叶韵。这首《天净沙·忍对》为单调，二十八字，五句、四平韵，一叶韵。

2. 清淳：纯洁操守，清清白白做人，为人淳朴、朴实、厚道。

2019年4月24日于石家庄

一斛珠·暮春时节

暮春时节(韵),花开花落花飘雪(韵)。
海棠凝露丁香结(韵)。
杜宇啼春,啼落胭脂血(韵)。

柳絮纷飞终寂灭(韵),韶华失去空悲切(韵)。
人生无奈何由彻(韵)?
莫问当年,泪洒窗前月(韵)。

1. 一斛珠:词牌名。原唐教坊曲名。又名《醉落魄》《醉落拓》《怨春风》《章台月》等。《宋史·乐志》有《一斛夜明珠》。此为用旧曲另创新声。该调为双调,共五十七字,上、下片各五句、四仄韵。该调首句四字不能犯孤平,上、下片末句最后三字平仄要相同。此调以李煜词为正体,另有周邦彦、张先、黄庭坚、高观国、史达祖等诸体格式少异。关于《一斛珠》词调的来历有如下说法:梅妃,姓江,名采萍,唐玄宗早期宠妃。由于江采萍非常喜爱梅花,玄宗赐名为"梅妃"。后因杨贵妃得宠而受到冷落,渐失宠。冬日,唐玄宗在赏雪之际看到满树梅花,想起梅妃,就命人给她送去一斛珍珠,梅妃作诗拒绝:"柳叶双眉久不描,残妆和泪污红绡。长门尽日无梳洗,何必珍珠慰寂寥。"唐玄宗看后,心中愧疚,便命人配曲演唱,后成为名动一时的歌曲《一斛珠》。梅妃后被贬入冷宫上阳东宫,据说其死于安史之乱,被人葬于宫中梅树下。民间传说其死后为梅花花神。

2. 丁香结:丁香花蕾丛生,常用来比喻愁结不解。

3. 胭脂血:像胭脂一样红红的鲜血。

4. 寂灭:无声无息地泯灭、灭亡。

5. 人生无奈何由彻:怎么能把无奈的人生弄明白呢?何由彻:如何弄明白。彻:通;透;彻悟。彻底觉悟;完全明白。

2019年4月25日于石家庄

一斛珠·愁思

青山隐隐㊙，林泉下、碧溪流韵㊙。
纸鸢忙把东风趁㊙。
莺燕穿飞，应是解花信㊙。

残红满地何人问㊙？柳丝拂面引离恨㊙。
子规啼得春将尽㊙。
春暮愁思，一任乱方寸㊙。

1. 一斛珠·愁思：前一首《一斛珠·暮春时节》依李煜体，这首《一斛珠·愁思》依周邦彦体。这两首词，均为双调，五十七字，上、下片各五句、四仄韵，但格式少异。上片第二句，李煜词为七字句，周邦彦词为上三下四句式，其他处平仄也稍有出入。

2. 林泉：林木山泉；借指隐居的地方。

3. 碧溪流韵：碧绿的小溪，清澈的泉水，不停地流淌，发出叮叮咚咚有韵致的响声。

4. 柳丝拂面引离恨：细长柔嫩的柳丝吹拂在脸上，勾引起人的离怀愁绪。为什么看见杨柳就容易引起人的离怀愁绪呢？古人分别时要折柳相送，这是当时一种很流行的民间习俗，尤其是在文人墨客中，成为一种时尚。送别时不仅折柳相送，饯行饮酒自然是少不了的，有时还要吹笛、唱歌。如李白的《春夜洛城闻笛》："谁家玉笛暗飞声，散入春风满洛城。此夜曲中闻折柳，何人不起故园情。"王维的《送元二使安西》:“渭城朝雨浥轻尘,客舍青青柳色新。劝君更尽一杯酒,西出阳关无故人。”古人在分别时为什么要折柳相送呢?常见的解释是:“柳”谐“留”音,赠柳表示留念,一为不忍分别,二为永不忘怀。

5. 方寸:指人的内心;心绪。如:方寸已乱。

2019年4月26日于石家庄

醉春风·春醉

陌上花开遍㊞,春风吹又见㊞。
嫣红姹紫斗芳菲,艳㊞、艳㊞、艳㊞。
碧草如茵,远山凝黛,柳摇溪畔㊞。

紫燕穿庭院㊞,黄雀啼声乱㊞。
画眉犹自唱枝头,啭㊞、啭㊞、啭㊞。
无奈春光,令人陶醉,惹人留恋㊞。

1. 醉春风:词牌名。又名《怨东风》。双调,共六十四字。前、后片各七句,四仄韵、两叠韵。

2. 陌:田间小路。或指原野上的道路。

2019年4月28日于石家庄

锦缠道·春景

姹紫嫣红，却是百花开遍㊞。
漫芳菲、惹人留恋㊞。
柳丝摇曳拂人面㊞。
燕子呢喃，鸟雀啼声乱㊞。

看风吹碧波，影摇深浅㊞。
落红残、雨收云散㊞。
更有谁、借问东君主？
杜鹃啼血，化作山花艳㊞。

1. 锦缠道：词牌名。又名《锦缠头》《锦缠绊》。双调，共六十六字。前片六句、四仄韵，后片六句、三仄韵。

2. 漫芳菲：到处都是花草，到处都是花草的芳香。芳菲：花草；花草的芳香。

3. 影摇深浅：倒映在碧波里的各种影子，如山影、树影、楼影、塔影、云光等，随着碧波荡漾而深浅浮动。

4. 更有谁、借问东君主？杜鹃啼血，化作山花艳：又有谁去向春天之神询问呢？杜鹃鸟在暮春时节不停地哀啼，其声悲切，以至于泪尽啼血，而啼出的血，便化成了杜鹃花。杜鹃花又名映山红，花开时节，漫山遍野，火红如霞，绚烂至极。东君主：东君，神话中掌管春天之神。山花：即指杜鹃花。

2019年4月29日于石家庄

误佳期·风雨

风急雨狂花落㊞,绿柳含烟紫陌㊞。
重门深闭锁轻寒,尽日添萧索㊞。

惆怅倚阑干,遥望云中鹤㊞。
暮春时节子规啼,一任销魂魄㊞。

1. 误佳期:词牌名。双调,共四十六字。上片四句、三仄韵,下片四句、二仄韵。

2. 云中鹤:喻志向高远。

3. 暮春时节子规啼,一任销魂魄:有人说,春天是被杜鹃鸟给啼走的。暮春时节,杜鹃鸟不停地啼叫,其声悲切,再加上风雨残春,落红满地,惜春、怜春之情不仅油然而生,心中不免泛起丝丝惆怅。销魂:在这里作伤神、损伤精神解。

2019年4月30日于石家庄

人月圆·伤别

人生无奈伤离别，把酒唱阳关㊍。
恍如昨日，清风细雨，携手西园㊍。

萍踪鸿影，天涯海角，塞北江南㊍。
旧游如梦，时时忆起，月下窗前㊍。

1. 人月圆：词牌名。此调始于王诜(shēn)，因其词中有“人月圆时”句，故取以为词调名。又因吴激词中有“青衫泪湿”句，又名《青衫湿》。双调，共四十八字。前片五句、二平韵，后片六句、二平韵。

2. 恍如昨日，清风细雨，携手西园：过去的事情依然记忆犹新，仿佛就发生在昨天。想当年，曾沐浴着清风细雨，携手漫步在花园里。

3. 萍踪鸿影：浮萍的踪迹，鸿雁的影子。喻漂泊流浪。

2019年5月1日于石家庄

贺圣朝·春将归去

落红满地飘香絮[韵],看春将归去[韵]。
花开花谢叹无常,更忧愁风雨[韵]。

子规啼血,声传哀诉[韵],过云山江渚[韵]。
此生谁解误年华? 笑残阳迟暮[韵]。

1. 贺圣朝:词牌名。原唐教坊曲名,后用作词调名。又名《贺明朝》。该词调有四十七字、四十八字、四十九字诸体,又有押平韵、押仄韵两种。这首《贺圣朝·春将归去》依的是宋叶清臣体,双调,共四十九字。上片四句、三仄韵,下片五句、三仄韵。上、下片的五字句,多为上一下四句式,且第一字多用去声。

2. 香絮:指的是柳絮。

3. 子规啼血,声传哀诉,过云山江渚:暮春时节,杜鹃鸟日夜不停地啼叫,其声悲切,如泣如诉。其哀怨的啼叫声传得很远很远,越过了原野、山川和江渚。

2019年5月3日于石家庄

夜行船·杜宇啼春暮

杜宇啼春春暮㉆，却也是、怕春归去㉆。
东风吹雨雨中花，任衰残、落英无数㉆。

常忆人生漂泊路㉆，伤流景、一如飞絮㉆。
海角天涯君莫问，有扁舟、雾迷津渡㉆。

1. 夜行船：词牌名。又名《明月棹孤舟》。此调有五十五字、五十六字、五十八字等诸体。五十五字者以欧阳修词为正体，五十六字者以史达祖词为正体，五十八字者以赵长卿词为正体。其余或摊破句法，或句读参差，或添字，或添韵，均为变格。这首《夜行船·杜宇啼春暮》依欧阳修体。双调，共五十五字。前、后片各四句、三仄韵。

2. 常忆人生漂泊路，伤流景、一如飞絮：时常回忆起四海漂泊的人生之路，人这一生就像是暮春的柳絮，随风到处飞舞，居无定处，也时时为人生所经历的各种境况、境遇而感伤。

3. 海角天涯君莫问，有扁舟、雾迷津渡：人在天涯海角，四处漂泊，虽有小船可依，可云雾却迷失了渡口。喻人生命运乖蹇，世事多不如愿。

2019年5月5日于石家庄

看花回·春归寂寞行

陌上花开陌上红[韵],杨柳烟浓[韵]。
碧溪流韵青山远,漫无涯、草色连空[韵]。
清风吹细雨,鸟雀飞鸣[韵]。

春意阑珊寂寞行[韵],岁月匆匆[韵]。
旧游如梦依稀在,误年华、浪迹萍踪[韵]。
仰观云度处,常叹飘零[韵]。

1. 看花回:词牌名。琴曲有《看花回》,调名本于此。此调有两体,六十八字者始自柳永,一百零一字者始自黄庭坚。这首《看花回·春归寂寞行》依柳永体。双调,共六十八字。前、后片各六句、四平韵。

2. 阑珊:将尽;衰落。春意阑珊:春天就要过去了。

3. 仰观云度处,常叹飘零:抬头遥望蓝天,静静地观看着悠悠飘荡的白云,不禁感叹自己,虽年华老去,却依然要四处奔波飘零。

2019年5月6日(立夏)于石家庄

越溪春·新夏

新夏暖风吹碧树，瑶草漫无涯㊨。
满城处处飘香絮，鸟雀啼、零落残花㊨。
山影云光，平畴绿野，流水人家㊨。

人生几许年华㊨？风雨伴烟霞㊨。
旧游如梦梦断旧梦，而今事事堪嗟㊨。
常入醉乡君莫问，明月照窗纱㊨。

1. 越溪春：词牌名。调见宋欧阳修《六一居士词》。双调，共七十五字。前片七句、三平韵，后片六句、四平韵。此调只有欧阳修词一首。

2. 瑶草漫无涯：初夏，草长得很茂盛，绿油油地漫无边际。

3. 人生几许年华？风雨伴烟霞：人的一生要经历多少时光呢？又要经历多少风雨呢？风风雨雨伴随着人的一生，装点着人生的风景。年华：时光；年岁。

4. 嗟：叹息。

2019年5月9日于石家庄

风入松·梦断年华

熏风吹雨柳轻斜㊀,飞絮向天涯㊀。
盈盈碧水清如许,玉玲珑、倒映云霞㊀。
芍药无言独放,蔷薇漫作篱笆㊀。

小园香径夜惊鸦㊀,明月照谁家㊀?
笛声袅袅愁思起,空相忆、阆苑仙葩㊀。
争奈浮生如梦,而今梦断年华㊀。

1. 风入松:词牌名。又名《风入松慢》《远山横》。古琴曲有《风入松》,传为晋嵇康所作,唐人释皎然有《风入松歌》,调名取于此。该词调以晏几道的七十四字体和吴文英的七十六字体为正体。七十二字、七十三字者为减字体。这首《风入松·梦断年华》为七十六字体,双调,前、后片各六句、四平韵。

2. 熏风:带着花草香气的风;夏季的风。

3. 斜:作为韵脚,在这里读“xiá”。

4. 浮生:人生。漂浮不定的人生。

2019年5月12日于石家庄

风入松·落日

远山凝黛似腾骧㊞,血色残阳㊞。
龙车驭日昆仑顶,问羲和、何遽匆忙㊞?
今夕沉归若木,明朝升起扶桑㊞。

流光如箭亦堪伤㊞,世事无常㊞。
青丝白发悲摇落,忆年华、几度凄凉㊞。
海角天涯凝望,不知身在何方㊞?

1. 腾骧(xiāng):飞腾;奔腾。

2. 龙车驭日昆仑顶,问羲和、何遽(jù)匆忙:太阳神羲和驾驭着六条龙拉的龙车载着太阳由东向西已经飞驰过了昆仑山的山顶。昆仑山在中国的最西方,神话中为西王母居住的地方。其意为红日西沉,太阳就要落山了。羲和:上古神话中的太阳女神与制定时历的女神。关于羲和的原型最早见于《山海经·大荒南经》:"东南海之外,甘水之间,有羲和之国。有女子名曰羲和,方日浴于甘渊。羲和者,帝俊之妻,生十日。"这段话的意思是:在东海之外,甘水之间,有个羲和国。这里有个叫羲和的女子,正在甘渊中给太阳洗澡。羲和这个女子,是帝俊(天帝)的妻子,生了十个太阳。从这里我们看到,羲和首先是以日母的形象出现在人们的面前。它是人类光明的缔造者,是太阳崇拜中至高无上的神。羲和每天驾着龙车载着太阳从东至西匆匆疾驰,掌握着时间的节奏,并和太阳一起日出日归,东升西落,循环不已。"羲和",即"旋转的日光"的意思。何遽匆忙:为何这么急急忙忙。

3. 今夕沉归若木，明朝升起扶桑：太阳今天晚上沉落在西天外禺谷的若木上，明天早上又升起在东方汤谷的扶桑上。扶桑、若木：中国神话中的神树，都是太阳栖息的神树。扶桑，生长于东海之中，有两棵巨大的桑树组成。在神话中，是羲和驭日的起点，也是太阳升起的地方。若木，与扶桑相对应，扶桑在东，若木在西。若木生于西极荒远之地，为太阳落下的地方。若木为红颜色的树木，青色的叶子，红色的花朵。

2019年5月15日于石家庄

传言玉女·王母夜降九华殿

玉女传言，王母暂来华殿韵。
异香缥缈，伴星光灿烂韵。
鸾车鹤驾，驶过上林宫苑韵。
凤箫声动，玉壶光转韵。

汉武雄才，会佳期、正夜半韵。
谈玄论道，话沧桑巨变韵。
融融月色，斜照昆明池畔韵。
流光易逝，暗中偷换韵。

1. 传言玉女：词牌名。汉班固《汉武帝内转》："帝闲居承华殿，忽见一女子，曰：'我墉宫玉女王子登也。至七月七日，王母暂来。'言讫，不知所在。"世所谓传言玉女也，调名取于此。此调以晁冲之词为正体。双调，共七十四字。前、后片各八句、四仄韵。

2. 王母夜降九华殿：自汉代至唐代，关于汉武帝的求仙故事不绝如缕。在《汉武故事》《博物志》《汉武帝内传》中，均有西王母乘鸾车夜降九华殿与汉武帝相会的情节。西晋张华《博物志》记载："汉武帝好仙道……帝东面西向，王母索七桃，大如弹丸，以五枚与帝，母食二枚……唯帝与母对坐，其从者皆不得进。时东方朔窃从殿南厢朱鸟牖中窥母，母顾之谓帝曰：'此窥牖小儿，尝三来盗吾此桃。'帝乃大怪之。由此世人谓方朔神仙也。”此词有感于《传言玉女》词牌的来历，进而联想到汉武帝求仙于七月七日夜与西王母相会于九华殿的神话传说而作。神话传说也是中国古代文化的组成部分。

3. 鸾车鹤驾：鸾鸟和仙鹤拉的华美的车子。

4. 上林：上林苑。上林苑为古代园林建筑，是中国历史上最负盛名的皇家苑囿(yòu)之一，位于汉都城长安郊外，纵横340平方公里，有渭、泾、沣、涝、潏、滈、浐、灞八水出入其中。上林苑是汉武帝刘彻于建元三年(公元前138年)在秦代的一个旧苑址上扩建成的宫苑，规模宏伟，宫室众多，有多种功能和游乐内容。今已无存。

5. 凤箫声动，玉壶光转：笙箫吹奏，仙乐缥缈，融融的月光在慢慢地流动。“凤箫声动，玉壶光转”是借用南宋大词人辛弃疾《青玉案·元夕》里的句子。辛弃疾《青玉案·元夕》：“东风夜放花千树，更吹落、星如雨。宝马雕车香满路。凤箫声动，玉壶光转，一夜鱼龙舞。蛾儿雪柳黄金缕，笑语盈盈暗香去。众里寻他千百度。蓦然回首，那人却在，灯火阑珊处。”玉壶：比喻月亮。又说玉壶为灯，白玉做的灯。晃耀如清冰玉壶，爽彻心目。

6. 昆明池：汉代上林苑中众多池沼中最著名的一个，位于汉长安城西南，是中国历史上最大的人工湖。汉武帝曾在昆明池训练水军。

2019年5月19日于石家庄

江月晃重山·夏日晚眺

湖水临风皱起，远山凝黛朦胧㊞。
清溪碧野晚霞红㊞。
斜阳里，芳草漫连空㊞。

昨夜樽前醉倒，醒来已是三更㊞。
惊乌啼月伴蛙鸣㊞。
人何在，南北复西东㊞。

1. 江月晃重山：词牌名。该词调因每片前三句用《西江月》头三句，后两句用《小重山》末两句串合而成，故名《江月晃重山》。双调，共五十四字。前、后片各五句、三平韵。

2. 芳草漫连空：草长得很茂盛，远远望去，芳草萋萋，漫无边际，已经和天空连在了一起。

3. 人何在，南北复西东：人在哪里呢？人正在天南地北，四海漂泊。或言，心上人在哪里呢？南北西东，杳无音信，只有无穷的思念萦绕在心头。

2019年5月22日于石家庄

江月晃重山·芳草萋萋

芳草萋萋紫陌，花香淡淡清溪㊖。
雨丝风片鹧鸪啼㊖。
梁间梦，紫燕正双栖㊖。

惯看良辰美景，赏心乐事情迷㊖。
是非成败久依稀㊖。
争知我，一世不知机㊖。

1. 萋萋：形容草长得茂盛的样子。

2. 是非成败久依稀：对一生经历的是非成败、恩怨对错早已模糊不清了。或早已不放在心上了。依稀：模模糊糊。

3. 争知：怎知。

4. 不知机：不知道抓住机会，抓住时机，不会随机应变，或言不善钻营。机：机会；时机；事情变化的枢纽；有重要关系的环节。

2019年5月25日于石家庄

烛影摇红·血色残阳

血色残阳，沐晚霞，恰正在、层楼上㊣。
平畴千里碧苍茫，谁作家山望㊣？

常忆人生过往㊣，记当年、风流俊赏㊣。
旧游如梦，海角天涯，时时怀想㊣。

1. 烛影摇红：词牌名。又名《忆故人》《归去曲》《玉珥坠金环》《秋色横空》等。宋吴曾《能改斋漫录》载，王诜有《忆故人》词，宋徽宗喜其词意但又觉得王词不够丰容婉转，遂令大晟乐府别撰新腔。周邦彦根据王词增损其意，取原词首句为名，谓之《烛影摇红》，就有了王诜的令词和周邦彦的慢词两体。这首《烛影摇红·血色残阳》依王诜体。双调，共五十字。前、后片各五句，前片第三、五句和后片第一、二、五句押韵，押仄声韵。王诜原词为："烛影摇红，向夜阑，乍酒醒、心情懒。尊前谁为唱阳关？离恨天涯远。无奈云沉雨散，凭阑干、东风泪眼。海棠开后，燕子来时，黄昏庭院。"

2. 血色残阳，沐晚霞，恰正在、层楼上：黄昏，站在高楼上远眺，残阳如血，彩霞满天，火烧流云，蔚为壮观。夕阳无限好，只是近黄昏。

3. 家山：家乡；故乡。

4. 风流俊赏：英俊潇洒，风流倜傥，多才多艺，文采出众。

2019年5月27日于石家庄

行香子·过滹沱

沃野平畴㊞,绿水汀洲㊞。
望蓝天、霞映云流㊞。
画桥烟柳,白鹭沙鸥㊞。
看草儿青,花儿艳,风儿柔㊞。

故园望断,今又重游㊞。
忆当时、点点哀愁㊞。
恍如一梦,事事都休㊞。
叹少年贫,中年累,老年忧㊞。

1. 行香子:词牌名。据宋程大昌《演繁露》云,行香是拜佛仪式,即绕行道场烧香。词调名本于此。双调,共六十六字。前、后片各八句,前片第一、二、三、五、八句和后片第二、三、五、八句押韵,押平声韵。该小令音节流美,亦可略加衬字。这首《行香子·过滹沱》是重过滹沱河时看到和想到的情景。滹沱河是余的故乡正定的母亲河,滹沱河有余儿时太多的记忆,但大多都是贫寒、凄苦、屈辱和无奈。正定古城和滹沱河一带,近年来有了很大的发展,环境优美,景色秀丽。该词上片写重过滹沱河所见到的美丽风光,下片是对儿时记忆的慨叹。

2. 恍如一梦,事事都休:过去就像是一场梦,一切都过去了,事事都结束了。恍:恍然;仿佛。

3. 叹少年贫,中年累,老年忧:对余一生的写照。

2019年5月29日于石家庄

行香子·归程

淡淡清风[韵],细雨蒙蒙[韵]。
画桥边、柳色青青[韵]。
一弯溪水,脉脉情浓[韵]。
正蜂儿忙,蝶儿舞,鸟儿鸣[韵]。

青山隐隐,归路程程[韵]。
算流年、鸿影萍踪[韵]。
人生如梦,念念虚名[韵]。
叹浪游来,浪游去,浪游空[韵]。

1. 行香子·归程:这首小词写的是归乡路上所看到的景致和由此联想到自己一生浪游漂泊,苦度人生的境遇及由此而产生的慨叹。该词多用叠字,在六十六字的小词中,用了十四个叠字。

2. 青山隐隐,归路程程:青山隐隐约约,路途一程接一程。都是形容远。程程:一程接一程。

3. 人生如梦,念念虚名:人生就像是一场梦,奔波劳碌,皆为蝇利浮名,却为此念念不忘,乐此不疲。

4. 叹浪游来,浪游去,浪游空:感叹人生四海漂泊,风餐露宿,奔波劳累,来去匆匆,然终究是一事无成,两手空空。浪游:流浪漂泊。

2019年5月30日于石家庄

最高楼·家山远

家山远，燕赵足风流平㊣，碧野画中游㊣。
太行西望山凝黛，滹沱东渐水悠悠㊣。
古今来，烽火举，照神州㊣。

记忆里、故乡风物好仄㊣，
却又是、故园音信少㊣。
谁念我，总含愁平㊣？
世风日下何人问，人情浇薄几堪忧㊣。
莫伤悲，凭尔去，忍淹留㊣！

1. 最高楼：词牌名。双调，共八十一字。上片八句、四平韵，下片九句、三平韵，过片错叶两仄韵。曲调轻松流美，渐开元人散曲之先河。

2. 家山远，燕赵足风流，碧野画中游：故乡远，故乡在哪里呢？故乡正定古城在碧野苍茫的燕赵大地上。这里物产丰饶，民风淳朴，人文荟萃，文化积淀深厚，多慷慨悲歌之士。

3. 太行西望山凝黛，滹沱东渐水悠悠：西望太行，东极沧海，南临沱水，北拱京师，古寺众多，佛塔林立，物产丰饶，人文荟萃，正定古城实乃一方宝地之所在。

4. 古今来，烽火举，照神州：古往今来，历史上，正定古城在抗击外来侵略，特别是在抗日战争中，都曾有过辉煌的篇章，并载入史册。

5. 浇薄:(人情、风俗)刻薄;不淳厚。

6. 凭尔去,忍淹留:由他去的意思。无奈语。这句出自红楼梦里林黛玉写的一首咏杨花的词《唐多令》:"粉堕百花洲,香残燕子楼。一团团、逐对成球。漂泊亦如人命薄:空缱绻,说风流!草木也知愁,韶华竟白头。叹今生、谁舍谁收!嫁与东风春不管:凭尔去,忍淹留!"

2019年5月31日于石家庄

梁州令·伤漂泊

莫道人情薄㊞，一似红残花落㊞。
世间最苦是离愁，愁思不解销魂魄㊞。

当时把酒临江阁㊞，执手叮咛约㊞。
音容笑貌如昨㊞，天涯海角伤漂泊㊞。

1. 梁州令：词牌名。又名《凉州令》《梁州令叠韵》。原唐教坊曲名。宋王灼《碧鸡漫志》云："凉州，即梁州。"凉州为古代西北六州之一，以边地名为词调名。该调有不同诸格体，俱为双调。这里依晏几道体。共五十字。前、后片各四句，除前片第三句不押韵外，其他各句都押韵，押仄声韵。

2019年6月1日于石家庄

促拍采桑子·明月照楼台

明月照楼台[韵],夜清凉、天净云开[韵]。
薰风过处,花香袅袅,愁损情怀[韵]。

落拓浮生浑似梦,忆当年、诸事堪哀[韵]。
悠悠岁月,心心念念,更待人来[韵]。

1. 促拍采桑子:词牌名。又名《促拍丑奴儿》。调见宋朱敦儒《樵歌》。促拍者,即促节繁声之意。《中原音韵》之所谓急曲子也。又言促拍为添字,与减字相反。小令《采桑子》本为四十四字,《促拍采桑子》添为五十字。此调为双调。前、后片各五句。前片第一、二、五句和后片第二、五句押韵,押平声韵。

2019年6月2日于石家庄

促拍丑奴儿·云破月华明

云破月华明㊣,倚高楼、遥望苍穹㊣。
清风阵阵,星河淡淡,灯影重重㊣。

玉笛飞声潜入夜,落天涯、离恨层生㊣。
时时企盼,年年望断,梦里相逢㊣。

1. 促拍丑奴儿:词牌名。即《促拍采桑子》。

2. 苍穹:天空。

3. 星河:银河。

4. 玉笛飞声潜入夜,落天涯、离恨层生:月夜里,不知从何处传来了幽怨的笛声,这笛声在夜空里飘荡,勾起了流落异乡游子的离恨别愁。这忧伤的情绪,一阵浓似一阵,一层深似一层。"玉笛飞声潜入夜",是化用李白《春夜洛城闻笛》诗的意境:"谁家玉笛暗飞声,散入春风满洛城。此夜曲中闻折柳,何人不起故园情。"

2019年6月3日于石家庄

极相思·游园

小园雨过初晴(韵),漫步百花丛(韵)。
田田莲叶,盈盈碧水,淡淡荷风(韵)。

烟柳画桥波光浅,相携手、且共从容(韵)。
欣欣自得,融融其乐,脉脉情浓(韵)。

1. 极相思:词牌名。又名《极相思令》。据宋彭乘《墨客挥犀》云:"仁庙(宋仁宗赵祯)时,皇族中太尉夫人,一日入内,再拜告帝曰:'臣妾有夫,不幸为婢妾所惑。'帝怒,流婢于千里。夫人亦得罪,居瑶华宫。太尉罚俸而不得朝。经岁,方春暮,夫人为词曲,名《极相思》。"此段话指出了该词调的来历,乃宋仁宗时一太尉夫人所创,不知其姓名。该调只此一体。双调,前、后片各五句,共四十九字。前片第一、二、五句和后片第二、五句押韵,押平声韵。这首《极相思·游园》写的是雨过天晴与家人一起到公园散步游玩的情景。这首小令多用叠字,四十九字的小令中,用了十二个叠字,加重了小园风光和恬淡闲适、悠然自得心境的描写。

2. 田田莲叶:形容莲叶浮出水面,挨挨挤挤,重重叠叠,长得茂盛相连的样子。

3. 盈盈碧水:形容湖水晶莹清澈。

2019年6月5日于石家庄

折丹桂·致雨昆兼祝高考学子

榴花五月呈娇艳(韵),大比开文战(韵)。
春秋冬夏暑寒来,学海里、遨游遍(韵)。

悠悠岁月韶光伴(韵),折桂鳌头占(韵)。
青云直上好风吹,展凤翼、鹏程远(韵)。

1. 折丹桂:词牌名。调见宋王之道《相山居士词》,为送人应举之作。取王词中“预知仙籍桂香浮”句意为词调名。双调小令,前、后片各四句,共五十字。前、后片逢第一、二、四句押韵,押仄声韵。这首《折丹桂·致雨昆兼祝高考学子》为祝福高考学子的即兴之作。雨昆,余好友之孙,今年参加高考。

2. 榴花:石榴花,火红绚烂,农历五月盛开。故农历五月又称榴月。

3. 大比:大比之年。古代科举考试三年举行一次,开考之年为大比之年。

4. 韶光:美好的春光。比喻美好的青年时代。

5. 折桂鳌头占:蟾宫折桂,独占鳌头。蟾宫折桂,科举时代比喻考取进士。蟾宫,月宫。折桂,攀折月宫里的桂花。比喻高中。独占鳌头,指科举时代考中状元。古代皇宫宫殿门前台阶上有鳌鱼浮雕,科举进士发榜时,皇帝在殿前召见新考中的状元、榜眼、探花等人。状元站在最前面,正好是飞龙巨鳌浮雕的头部。独占鳌头,原指科举时代考中状元,现在也比喻占首位或取得第一名。

6. 展凤翼,鹏程远:凤凰展翅,大鹏高飞,喻前程远大。

2019年6月7日(端午)于石家庄

少年游·贺石头升学

少年有志凤飞翔(韵),学海任徜徉(韵)。
晨昏朝暮,年年岁岁,涉猎读华章(韵)。

鹏程万里青云上,骐骥正腾骧(韵)。
鱼跃龙门,蟾宫折桂,兰蕙自芬芳(韵)!

1. 少年游·贺石头升学:余的小外孙张博涵,小名石头,今年小学毕业,通过选拔,进入北京市某重点中学的重点班。欣喜之余,作此《少年游》以记之。愿我的小外孙鹏程万里、前程远大。

2. 徜徉:闲游;安闲自在地漫步。

3. 骐骥正腾骧:骏马奔驰。骐骥:中国古代十大名马之一。这里用骐骥代指骏马,好马。

4. 兰蕙自芬芳:兰花蕙草,散发清香。比喻高尚的人、有才华的人自然与众不同。兰蕙:兰花,兰草,蕙草。多年生草本植物,叶子丛生,气味芳香。兰蕙又指兰心蕙质,比喻人品德高尚、才华出众。

2019年6月9日于石家庄

桂华明·忆人生

常忆人生漂泊路㊞,梦断魂归处㊞。
苦辣酸甜谁与诉㊞? 思往事、多乖误㊞。

忘却流年岁华暮㊞,老迈沧桑度㊞。
漫道世情听风雨㊞,空叹息、悲今古㊞。

1. 桂华明:词牌名。据传,宋人关注于宣和二年,梦仙人吹笛并歌,醒而倚其声为调,名为《桂华明》。双调小令,前、后片各四句,共五十字。前、后片句句押韵,押仄声韵。

2. 乖误:违背;谬误;差错;不顺遂。

2019年6月12日于石家庄

雨中花令·莫道身心瘦

湖水碧波绿皱(韵),倒映远山凝秀(韵)。
岸柳清风,芭蕉细雨,时有蝉声透(韵)。

忍顾当年初邂逅(韵),去无迹、梦魂依旧(韵)。
明月照人,流光万里,莫道身心瘦(韵)!

1. 雨中花令:词牌名。又名《送将归》。该词调有不同诸格体,如五十一字、五十二字、五十三字、五十四字、五十五字、五十六字、六十一字、七十字等,但俱为双调。字多者诸体为五十一字体、五十二字体加衬字所致。这首《雨中花令·莫道身心瘦》依毛滂体。双调,前、后片不同调,前、后片各五句,共五十二字。前、后片逢第一、二、五句押韵,押仄声韵。

2. 邂逅:偶然遇见。不期而遇。

2019年6月13日于石家庄

雨中花令·离恨天涯远

记得小园初见㊐,脉脉花丛游遍㊐。
月照西楼清露冷,惟有心相念㊐。

造化弄人愁不断㊐,更忍对、梦云流散㊐。
却正是、世间情未了,离恨天涯远㊐。

1. 雨中花令·离恨天涯远:这首《雨中花令·离恨天涯远》依晏殊体。双调,前、后片不同调,前、后片各四句,共五十一字。逢第一、二、四句押韵,押仄声韵。

2. 梦云流散:日有所思夜有所梦,但都依稀记不清了,全都烟消云散了。

2019年6月14日于石家庄

醉乡春·拂晓吟

鸟雀乱鸣声俏(韵),星月渐沉拂晓(韵)。
小院静,夜朦胧,窗外落花谁扫(韵)?

醉里且贪欢笑(韵),莫为名牵利扰(韵)。
世间事,总成空,一生坎坷知多少(韵)?

1. 醉乡春:词牌名。又名《添春色》。此调创自秦观。因其词有"醉乡广大人间小"句,故取作词调名。此小令为双调。前、后片各五句,共四十九字。前、后片逢第一、二、五句押韵,押仄声韵。

2. 星月渐沉拂晓:黎明时分,星月渐渐西沉,天快要亮了。拂晓:天快亮的时候。

2019年6月15日于石家庄

滴滴金·怜方寸

年年岁岁误花信㊀韵，东君去、落花尽㊀韵。
花开花谢自有时，闲来莫相问㊀韵。

华发苍颜摧双鬓㊀韵，伤漂泊、引离恨㊀韵。
一场春梦度年华，寂寞怜方寸㊀韵。

1. 滴滴金：词牌名。据宋代吴曾《能改斋漫录》云，该词调为驸马李遵勖（xù）所创。双调小令，前、后片各四句，共五十字。前、后片逢第一、二、四句押韵，押仄声韵。

2. 花信：古代有花信风之说，即风报花之消息。有十二花信风和二十四番花信风之说。十二花信为一年十二个月，每月对应一种花，共十二种花，分别是：梅花、杏花、桃花、蔷薇花、石榴花、荷花、凤仙花、桂花、菊花、芙蓉花、山茶花、水仙花。二十四番花信是从小寒到谷雨，共八个节气，五天为一候，每一个节气有三候，共二十四候，每一候对应一种花，共二十四种花。二十四番花信风以梅花为首，楝（liàn）花排在最后。楝花开罢，花事已了，以立夏为起点的夏季便来临了。

2019年6月17日于石家庄

黄金缕·别情

伫立青青河畔久㊊，遥想当年，送别相携手㊊。
玉笛声声闻折柳㊊，柔肠寸断君知否㊊？

无奈人生难聚首㊊，零落飘摇，寂寞心相守㊊。
漫道此身非我有㊊，梦魂飞上重霄九㊊。

1. 黄金缕：词牌名。双调，前、后片各五句，共六十字。前、后片除第二句不押韵外，其余各句都押韵，押仄声韵。这首《黄金缕·别情》写的是回忆当年送别友人，依依惜别的情景，以及别后思念的心境。

2. 玉笛声声闻折柳：远处传来了悠扬的笛声，哀怨的曲调在水面上飘荡。

3. 心相守：心心相印，心里总想着。

2019年6月18日于石家庄

望江东·别南浦

常忆当年别南浦(韵),恰正是、春将暮(韵)。
山高水远隔烟树(韵),怅望久、江南路(韵)。

年年岁岁情难诉(韵),却又被、风吹去(韵)。
依稀别梦断魂处(韵),怕只怕、流光误(韵)!

1. 望江东:词牌名。该调为宋黄庭坚所制。取黄词中“望不见,江东路”句作为词调名。双调小令,前、后片各四句,共五十二字。前、后片句句都押韵,押仄声韵。这首《望江东·别南浦》写的是离别南京时的情景及对南京的怀恋。南浦:古都金陵著名的渡口桃叶渡。桃叶渡是秦淮河上的一个古渡,位于秦淮河与古清溪水道合流处附近,又名南浦渡。桃叶渡是南京古名胜之一,位列金陵四十八景。这里用南浦代指南京。另,南浦又泛指送别的地方。

2. 烟树:远远望去,莽莽苍苍,被烟雾笼罩的树木森林。

2019年6月25日于北京

贺石头十二岁生日

春光一纪一回眸(韵),花样年华岁月流(韵)。
碧野苍茫骐骥跃,青冥浩荡凤凰游(韵)。
书山有路勤为径,学海无涯苦作舟(韵)。
且待薰风吹玉树,蟾宫折桂占鳌头(韵)。

1. 贺石头十二岁生日:小外孙小名石头,自小忠厚、善良、爱看书,小学成绩佼佼,今年考入北京市某重点中学重点班。欣喜之余,半月前曾作小词《少年游》以记之。今天又恰逢外孙十二周岁生日,遂即兴作此七律以贺。愿我的小外孙刻苦学习,六年以后更能蟾宫折桂、独占鳌头。

2. 春光一纪一回眸,花样年华岁月流:美好的春光已经过去十二年了,回首这十二年,伴随着岁月,小小少年的花样年华又将进入到一个新的阶段。一纪:十二年。古人以十二年为一纪。

3. 碧野苍茫骐骥跃,青冥浩荡凤凰游:赞颂语。骐骥:骏马;名马。浩荡:形容广阔。李白的长诗《梦游天姥吟留别》中有"青冥浩荡不见底,日月照耀金银台"句。

4. 书山有路勤为径,学海无涯苦作舟:这是两句联语,鼓励人勤奋学习、刻苦读书。这里将这两句话借用在诗中,是用其勉励小外孙要勤奋学习、刻苦读书。这两句话出自唐代著名文学家、唐宋八大家之首的韩愈的《古今贤文·劝学篇》。意思是:如果想要成功到达知识之山的山顶,勤奋就是那登顶的唯一路径。如果想在那无边无际的知识的海洋里畅游,耐心、尽力、刻苦的学习态度,将是一艘前行的船,能够载着你驶向成功的彼岸。在读书、学习的道路上,没有捷径可走,没有顺风船可驶。如果想要在广博的书山、学海中汲取更多更广的知识,“勤奋”和“刻苦”是两个必不可少的条件,也是最主要的条件。

5. 且待薰风吹玉树,蟾宫折桂占鳌头:期盼语。期盼六年以后的夏天,高考以后,小外孙能考上一所称心如意的好大学。玉树:借指男子漂亮、潇洒、矫健、帅气、风流倜傥的身躯。蟾宫折桂:科举时代比喻考取进士。蟾宫,月宫。折桂,攀折月宫里的桂花。比喻高中。占鳌头:独占鳌头,指科举时代考中状元,现在也比喻占首位或取得第一名。

2019年6月26日于北京

小宇晗

小小姑娘像朵花㊣，聪明乖巧美丫丫㊣。
眼波闪闪透灵气，脸蛋红红泛彩霞㊣。
善舞能歌广才艺，知书达理越年华㊣。
宇间少有人中凤，晗耀门楣到马家㊣。

1. 小宇晗：马宇晗，朋友家的小孙女，还不满六周岁。俊俏漂亮，聪明乖巧，能歌善舞，知书达理，善解人意，十分招人喜欢。今作此小诗以赞叹之。

2. 丫丫：对小女孩儿的爱称。

3. 知书达理越年华：小小年纪，学会的东西和懂事的程度都超过了她所在的年龄段。

4. 宇间少有人中凤，晗耀门楣到马家：此联嵌入了马宇晗的名字。晗：天将明。

2019年6月29日于北京

忆汉月·醉残阳

人世几回伤别(韵),美景良辰虚设(韵)。
天涯海角误年华,梦断旧游心折(韵)。

苍茫云海里,今又见、晚霞明灭(韵)。
一壶浊酒醉残阳,明月照人愁绝(韵)。

1. 忆汉月:词牌名。又名《望汉月》。原唐教坊曲名,后用作词调名。双调小令,前、后片各四句,共五十字。前片第一、二、四句和后片第二、四句押韵,押仄声韵。

2. 天涯海角误年华:一生奔波劳碌,四海飘零,青春年华都在天南海北的漂泊中消耗尽了。

3. 旧游:昔日的同事、朋友,过去经历的事情等。

4. 心折:心中摧折,形容悲伤至极。

5. 一壶浊酒醉残阳,明月照人愁绝:面对晚霞残照,感叹自己年华老去,即便有明月的照耀,依然不能消除这心中无尽的哀愁。

2019年7月1日于北京

思远人·别江东

朝暮晨昏情脉脉，魂梦绕江渚(韵)。
正烟波浩渺，青山凝秀，帆影伴鸥鹭(韵)。

年来别却江东去(韵)，日日忆南浦(韵)。
念故国六朝，春花秋月，流光为谁度(韵)？

1. 思远人：词牌名。调见宋晏几道《小山词》。有“千里念行客”句，取其意为词调名。双调小令，前、后片各五句，共五十二字。前片第二、五句和后片第一、二、五句押韵，押仄声韵。这首《思远人·别江东》为怀念南京风光及思念在南京的亲人而作。

2. 故国六朝：历史上曾有东吴、东晋、（南朝）宋、（南朝）齐、（南朝）梁、（南朝）陈六个朝代在南京建都，故称南京为六朝古都。

2019年7月2日于北京

后庭宴·思故园

风雨故园，百年庭院㊒。
望中犹记心心念㊒。
可怜萧瑟到而今，谁知从此难相见㊒。

浮生落拓飘摇，离恨引人兴叹㊒。
夜惊残梦，无奈云流散㊒。
寂寞在天涯，断魂归塞雁㊒。

1. 后庭宴：词牌名。明杨慎《词品》云："宋宣和中，掘地得石刻一词，唐人作也。本无题，后人名曰《后庭宴》。"该调为双调，前片五句，后片六句，共六十字。前片第二、三、五句和后片第二、四、六句押韵，押仄声韵。

2. 思故园：余家祖宅坐落在古城正定城内。近年来，古城正定先后数次进行城市改造，街道拓宽，余家祖宅宅院被拆迁殆尽。感叹世海之沧桑、人事之变迁，故作此《后庭宴·思故园》以追念之。

2019年7月3日于北京

解佩令·荷风吹过

荷风吹过，一池萍碎㊌。碧涟漪、鸳鸯戏水㊌。
鸥鹭翩飞，山色远、落霞飘坠㊌。
草烟低、嫣红嫩翠㊌。

波平似镜，兰舟独放，漫流连、疏狂一醉㊌。
如戏人生，却都是、凄凉憔悴㊌。
算而今、哪堪回味㊌！

1. 解佩令：词牌名。此调始见于宋晏几道《小山词》，以晏词《解佩令·玉阶秋感》为正体。调名取义于郑交甫遇汉皋神女解佩事。据汉刘向《列仙传》载："江妃二女者，不知何所人也。出游于江汉之湄。逢郑交甫，见而悦之，不知其神人也。谓其仆曰：'我欲下请其佩。'二女遂手解佩与交甫。交甫悦，受而怀之当心。趋去数十步，视佩，空怀无佩。顾二女忽然不见。"后世常以"解佩"为男女定情之词。该调为双调，前、后片各六句，共六十六字。前片第二、三、五、六句和后片第三、五、六句押韵，押仄声韵。

2. 解佩令·荷风吹过：此词写夏季游圆明园遗址观荷及对往事的回味。

2019年7月5日于北京

玉梅令·夏日观荷

丝丝细雨(韵),洒落荷塘浦(韵)。鱼儿戏、碧波深处(韵)。
看藕花十里,对蓼岸薰风,鸥鹭影,近翔远翥(韵)。

亭亭玉立,馨艳群芳妒(韵)。清香溢、粉娇绿妩(韵)。
泛彩舟吟赏,伴日暮霞飞,君子者、古今倾慕(韵)。

1. 玉梅令:词牌名。此调以宋姜夔《玉梅令·疏疏雪片》为代表,曲调为范成大所创,词为姜夔所填。因其词中“有玉梅几树”句,故取作词调名。调名本意为咏白梅花。双调,共六十六字。前片七句、四仄韵,后片六句、三仄韵。

2. 蓼(liǎo):一年生或多年生草本植物,多生长在水边,品种很多,如蓼蓝、水蓼等。这里用来代指水草。

3. 翥(zhù):鸟儿向上飞。这里就是指鸟飞。

4. 君子:人格、品德高尚的人。这里的君子,既指人格高尚的人也指荷花。荷花,又名莲花、藕花、芙蕖、水芙蓉、水华、水芝、泽芝等,有着“薰风第一花”的美誉,为十大名花之一。荷花为我国传统水生观赏植物,花大色艳,花型秀美,或白如雪,或粉似桃,或红如脂,碧叶翠盖,清香远溢,十分高雅,是点缀水景,绿化环境的名卉。人们在饱览群荷芳姿之余,更赞叹其“出淤泥而不染,濯清涟而不妖”的品格,荷花象征清白、高洁,代表品德高尚的人,故被誉为“花中之君子”。荷花又被佛教界尊为“圣花”。荷花的花语是:纯洁、清白、坚贞、信仰、忠贞和爱情。

2019年7月7日于北京

风光好·动离忧

动离忧，叹离忧平[韵]。
海角天涯忆旧游[韵]，苦淹留[韵]。

高山流水知音少仄[韵]，人情渺[韵]。
岁月蹉跎鬓已秋平[韵]，愿难酬[韵]。

1. 风光好：词牌名。此调为宋初陶榖(gǔ)所制。《南唐近事》载：陶榖学士奉使，恃上国势，下视江左，辞色毅然不可犯。韩熙载命妓秦弱兰诈为驿卒女，每日敝衣持帚扫地。陶榖悦之，与狎，因赠一词，名《风光好》。该小令为双调，前、后片各四句，共三十六字。前片第二、三、四句和后片第三、四句押平声韵，后片第一、二句押仄声韵。

2. 高山流水：本为著名的古琴曲名，这里用俞伯牙摔琴谢知音事来比喻人生知音难求。

2019年7月12日于北京

家山好·忆当年

断魂常寄旧家山㊍,心相念,梦相连㊍。
浮生落拓多风雨,苦缠绵㊍。
莫回首,不堪言㊍。

望中犹记孩提事,最怕忆当年㊍。
家徒四壁,清锅冷灶少炊烟㊍。
辛酸度日难㊍。

1. 家山好:词牌名。此调为宋刘述所制。有“水晶宫里家山好”句,故取作词调名。该小令为双调,前片七句,后片五句,共五十七字。前片第一、三、五、七句和后片第二、四、五句押韵,押平声韵。

2. 孩提:幼儿;幼儿时期。或指少年;少年时期。

2019年7月17日于北京

归去来·夏日寓思

楼外蝉鸣蛙噪[韵]，池水云光曜[韵]。
波碧荷香青青草[韵]，蝶儿戏、雀儿闹[韵]。

离恨添烦恼[韵]，伤流景、故人音渺[韵]。
依稀往事知多少[韵]？形孑立、影相吊[韵]。

1. 归去来：词牌名。调见宋柳永《乐章集》。因柳词中有“歌筵舞、且归去”句，调名取于此。该调为双调，前、后片各四句，共四十九字。前、后片句句押韵，押仄声韵。《归去来·夏日寓思》这首小令，是夏日在客寓南京的小院里因思念故旧往事的即兴之作，多有孤独惆怅之意。

2. 故人音渺：亲朋故旧音信渺茫。

3. 形孑立、影相吊：成语“形影相吊”。身体和影子互相安慰。形容十分孤独。晋李密《陈情表》：“茕茕孑立，形影相吊。”茕：孤单；孤独。孑：孤单。吊：慰问。

2019年7月21日于南京

眉峰碧·江南恋

眉黛青山见㊣，烟雨江南恋㊣。
碧野朱桥紫翠间，望不尽、情无限㊣。

溪水荷塘畔㊣，寂寞梧桐院㊣。
柳外楼高镇日闲，时时错把家山念㊣。

1. 眉峰碧：词牌名。双调小令，前、后片各四句，共四十七字。前片和后片第一、二、四句押韵，押仄声韵。

2. 眉黛青山：远远望去，山峦像美人的娥眉一样横亘于天际。黛：青黑色。古代女子画眉用的青黑色颜料。

3. 镇日：从早到晚；整天；终日。

4. 时时错把家山念：（因为江南太美了）时常错把江南当作故乡来思念。

2019年7月25日于南京

洞天春·小院清晓

蛩鸣槛外青草㊙,燕语莺啼斗巧㊙。
半亩荷塘睡莲小㊙,看云光缥缈㊙。

谁家小院静好㊙？却被熏风醉了㊙。
翠柳梧桐,蓼花萍叶,星沉清晓㊙。

1. 洞天春:词牌名。调见宋欧阳修《六一词》。盖赋院落之春景如洞天,故取为词调名。该调为双调小令,前片四句,后片五句,共四十八字。前片句句押韵,后片第一、二、五句押韵,均押仄声韵。这首《洞天春·小院清晓》写的是夏末江南小院拂晓时听到和看到的清丽景色。

2. 槛:栏杆。这里指门槛。

2019年7月27日于南京

花前饮·把酒花月间

月华如水似清昼(韵),弄花影、廊前亭后(韵)。
袅袅香气浮,夜寂静、听更漏(韵)。

阵阵蛩声碧纱透(韵),断魂处、初心依旧(韵)。
把酒花月间,向醉里、自为寿(韵)。

1. 花前饮:词牌名。双调小令,前、后片各四句,共五十字。前、后片第一、二、四句押韵,押仄声韵。这首《花前饮·把酒花月间》写的是月夜把酒观花事:月华如水,清明如昼,月移花影在廊前亭后慢慢移动。失眠的游子,手把酒杯在花前月下徘徊、流连。

2. 清昼:清明的白昼;白天。

3. 夜寂静、听更漏:在寂静的长夜,静听着钟表滴滴答答的走动声难以入睡。

4. 自为寿:自己为自己祝福。寿:祝福;祝寿。

2019年7月28日于南京

千秋岁·莫愁湖上念莫愁

莫愁湖畔㊞，杨柳依依恋㊞。
风乍起，波光潋㊞。
碧云垂倒影，水鸟怜飞燕㊞。
兰舟荡，夏荷风韵人人羡㊞。

昔日呈娇艳㊞，南陌桑中见㊞。
横塘路，秦淮岸㊞。
芳香兰桂质，云鬓金钗乱㊞。
人去也，六朝明月空相伴㊞。

1. 千秋岁：词牌名。又名《千秋节》《千秋万岁》。唐教坊曲有《千秋乐》，此调用旧曲另创新声。该调为双调，前、后片各八句，共七十一字。前、后片第一、二、四、六、八句押韵，押仄声韵。这首《千秋岁·莫愁湖上念莫愁》，上片写莫愁湖的宜人景色，下片写南朝梁时美女莫愁。莫愁，在各种版本的传说里，都是美貌、聪慧、勤劳、善良、忠贞的象征，为历代所传颂。莫愁湖也因莫愁而增添了许多迷人的气息。

2. 莫愁湖：莫愁湖位于南京市秦淮河西，是一座有着1500年悠久历史和丰富人文资源的江南古典名园。全园面积54公顷，湖面约37公顷。莫愁湖在六朝时称横塘，在宋、元时即负盛名，明朝定都南京后更是盛极一时。清乾隆年间，在园内建郁金堂，筑湖心亭，遂成为"金陵第一名湖"。有"江南第一名湖""金陵第一名胜"

“金陵四十八景之首”等美誉。乾隆皇帝曾有诗句赞道:“南邦何事最风流,乐府新词唱莫愁”。莫愁湖一年四季都有醉人的美:春天的海棠繁盛似朝霞,夏天的荷花荡凉风习习,秋天的桂花香沁人心脾,冬天的皑皑白雪更是妩媚妖娆。园内楼、轩、亭、榭错落有致,堤岸垂柳、海棠相间,湖水荡漾,碧波照人。胜棋楼、郁金堂、赏河厅、抱月楼、光华亭、水榭、曲径回廊等掩映在山石松竹、花木绿荫之中,是一处供人休憩游览、景色绝佳的江南名园。每年夏季,南京市都在莫愁湖举办“荷花节”,十顷荷花竞相开放,亭亭玉立,娇艳动人,莲叶田田,琼碧接天,美不胜收,令人流连忘返。

3. 潋:潋滟。水波相连的样子。

4. 南陌桑中见:相传勤劳善良的莫愁年轻时常到南陌采桑。南朝梁武帝萧衍的《河中之水歌》曾提到此事:“河中之水向东流,洛阳女儿名莫愁。莫愁十三能织绮,十四采桑南陌头,十五嫁为卢家妇,十六生儿字阿侯。卢家兰室桂为梁,中有郁金苏合香,头上金钗十二行,足下丝履五文章,珊瑚挂镜烂生光,平头奴子擎履箱。人生富贵何所望,恨不早嫁东家王。”

5. 横塘路,秦淮岸:莫愁湖位于南京秦淮河西,莫愁湖在六朝时称横塘。横塘和秦淮河是莫愁女生活和居住的地方。

2019年7月29日于南京

千秋岁·小塘晨风

小塘如鉴㊣,蒲苇青青岸㊣。
波纹细,云光散㊣。
田田莲叶碧,烁烁荷花艳㊣。
清风过,鸳鸯荻蓼丛中现㊣。

晨起朝霞灿㊣,信步溪桥畔㊣。
忆往昔,情无限㊣。
鬓边添白发,照水容颜换㊣。
长相对,悠悠往事人心乱㊣。

1. 千秋岁·小塘晨风:近日清晨,余夫妻常到住地附近的南京萧宏石刻公园散步。公园虽小,但环境清幽,亭桥怡然。公园中有一水塘,塘水清澈,水草丰茂,莲叶田田,荷花争艳,鸳鸯戏水,蜻蜓翩飞,蒲苇清风,朝霞灿烂。感叹余夫妻已年逾古稀,衰颜霜鬓,体弱多病。如今四目相对,出入相扶相携,悠悠往事涌上心头,故作此词以记之。

2. 小塘如鉴:清澈的小水塘像一面大镜子。

3. 田田莲叶:形容莲叶浮出水面,挨挨挤挤,重重叠叠,长得茂盛相连的样子。

4. 烁烁荷花:形容荷花亭亭玉立、光彩闪烁、妩媚娇艳。

5. 荻蓼:两种水草名。代指各种水草。

2019年7月30日于南京

千秋岁·烟雨江南醉

满园苍翠(韵),已见秋实坠(韵)。
梅雨过,蝉声碎(韵)。
飘零何处是？烟雨江南醉(韵)。
魂梦断,天涯海角人憔悴(韵)。

岁月如流水(韵),世海风云会(韵)。
情未了,辛酸泪(韵)。
烟霞随我老,谙尽愁滋味(韵)。
花月下,一壶浊酒空相对(韵)。

1. 烟雨江南醉:为烟雨江南的美景和柔情所陶醉。

2. 已见秋实坠:时已至夏末,树上尚未成熟的果实累累下垂,等待着秋天的收获。

2019年7月31日于南京

锦帐春·雨中江望

南国风光，惹人留恋㊎，正烟雨苍茫一片㊎。
鹧鸪飞，莺燕语。望荻芦汀畔㊎，群鸥惊散㊎。

世海浮沉，醉迷双眼㊎，有旧恨新愁无限㊎。
叹而今，归路远㊎。看云舒云卷㊎，烟霞羁绊㊎。

1. 锦帐春：词牌名。调见宋辛弃疾《稼轩词》。此调为双调，前、后片各七句，共六十字。前片第二、三、六、七句和后片第二、三、五、六、七句押韵，押仄声韵。

2019年8月1日于南京

为猫猫六岁生日作

依稀六载匆匆过，童稚长成美少年韵。
茹苦含辛防病患，殚精竭虑保平安韵。
幼苗出土春风里，玉树参天秋野间韵。
尔辈欣然逢盛世，中华圆梦史无前韵。

1. 猫猫：余的小外孙，乳名猫猫，2013年8月7日（农历七月初一）立秋日出生于北京，今天整整六周岁。

2. 茹苦含辛防病患，殚（dān）精竭虑保平安：余的这个小外孙聪明伶俐，乖巧可爱，且心地善良。但出生后体弱多病，受尽病痛的折磨。六年来，一家人为孩子的身体担惊受怕，小心谨慎，备尝辛苦。余时时祈祷，愿上苍保佑我的小外孙无灾无病、平安康健。殚：用尽；竭尽。

3. 幼苗出土春风里，玉树参天秋野间：春种秋收，春华秋实。儿童的成长，犹如娇嫩的幼苗长成参天大树。祝愿我的小外孙在阳光雨露的滋润下茁壮成长，将来成为国家和社会的有用之才。

4. 尔辈欣然逢盛世，中华圆梦史无前：感叹儿孙辈生长在巨龙腾飞、国泰民安、百业兴旺、生活幸福的美好时代，千百年来中华民族所梦想和期盼的中华盛世就要来到了。

2019年农历七月初一于南京

婆罗门引·登高览胜

登高览胜，暮云合璧晚霞红[韵]。
青山凝黛朦胧[韵]。
帆影云樯高挂，万里下江东[韵]。
看夕阳残照，鸥鹭飞鸣[韵]。

直如塞鸿[韵]，去路远、海天行[韵]。
风雨飘摇倦客，对景伤情[韵]。
旧游如梦，莫相问、寂寞阻归程[韵]。
应念我、一似飞蓬[韵]。

1. 婆罗门引：词牌名。又名《婆罗门》《望月婆罗门引》。唐时《教坊记》有《婆罗门》小曲。《宋史·乐志》有《婆罗门》舞队。词调名疑出于此。“引”原为乐府诗之一种，唐、宋时多用于大曲首段序之后，意为引入正文。此调为双调，前、后片各七句，共七十六字。前片第二、三、五、七句和后片第一、二、四、六、七句押韵，押平声韵。

2. 暮云合璧：暮云连成一片如白玉相合。原句出自李清照的词《永遇乐·落日熔金》。其词开头三句为：“落日熔金，暮云合璧，人在何处？”其意思是，落日的余晖像熔化的金子，傍晚的云彩像连成一片的白玉围合着红红的落日，壮美异常。这么好的景象，可人在哪里呢？感伤自己孤独无依。

3. 云樯：船上高高的桅杆。云，在这里形容高。

4. 海天行：远行在海角天涯。

5. 风雨飘摇倦客：厌倦了过风雨飘摇、居无定处、客居他乡这种生活的人。这里指笔者。

2019年8月2日于南京

蓦山溪·伤漂泊

世间情味，离恨伤漂泊[韵]。
海角望天涯，浪游尽、凄凉萧索[韵]。
长城内外，塞北到江南，
不忍见，鬓双华，阴差还阳错[韵]。

花前月下，把酒邀君酌[韵]。
一醉解千愁，却依稀、浮生梦觉[韵]。
随缘随分，聚散总销魂，
沉香袅，抚瑶琴，潇洒云中鹤[韵]。

1. 蓦山溪：词牌名。又名《上阳春》。双调，前、后片各九句，共八十二字。前、后片第二、四、九句押韵，押仄声韵。

2. 潇洒云中鹤：希望能像长寿的仙鹤那样在万里云天潇洒自由地飞翔。

2019年8月3日于南京

洞仙歌·夜游莫愁湖

苍茫暮色，正云霞飞散㊀。
淡淡荷香看花艳㊀。
夜鸣蝉、新月初照莲塘，
星空下，舟泛粼光一片㊀。

莫愁湖畔柳，风挽情丝，
似有离愁伴幽怨㊀。
燕泥郁金堂、机杼声声，
横塘路、往来千遍㊀。
凭谁问、洛阳旧家山？
却不道、金陵梦中魂断㊀！

1. 洞仙歌：词牌名。又名《洞仙歌令》《洞仙词》《洞中仙》《羽仙歌》等。原唐教坊曲名，后用作词调名。洞仙：仙人好居洞壑，故通称为洞仙。该调有多种格体，字数、句读、韵脚互有异同，而以苏轼的《洞仙歌·冰肌玉骨》为正体。双调，前片六句，后片七句，共八十三字。前片第二、三、六句和后片第三、五、七句押韵，押仄声韵。这首《洞仙歌·夜游莫愁湖》，上片写莫愁湖的夜景，下篇写南朝梁时美女莫愁。

2. 新月：农历每月月初天空的月亮，即上弦月，亦称初弦月，俗称月牙、弯月。今天是农历七月初三，故称新月。

3. 燕泥郁金堂、机杼(zhù)声声:郁金堂是莫愁女在南京的住所。莫愁十三四岁就能采桑养蚕、织绮刺绣、操持家计。这句是写莫愁在家织布的情景。在各种版本的传说里,莫愁都是美貌、聪慧、勤劳、善良的象征,为世人所传颂。机杼:机,织布机。杼,织布机的主要机件,形状像梳子。用以确定经纱密度,保持经纱位置,并把纬纱打紧,使经、纬纱交织成织物。

4. 横塘:莫愁湖在六朝时称横塘,莫愁在金陵的住地。

5. 洛阳旧家山:莫愁原居洛阳,家贫,父母亡故,后嫁金陵卢家。

2019年8月5日夜于莫愁湖

四犯令·七夕

日暮残霞如梦幻(韵),万里云光灿(韵)。
玉露金风初相见(韵),夜寂静、星空淡(韵)。

谁解悠悠牛女怨(韵),岁月常离散(韵)。
幸有鹊桥浮河汉(韵),今夕会、明朝盼(韵)。

1. 四犯令:词牌名。又名《四和香》。调见宋侯寘(zhì)《懒窟词》。《历代诗余》云:犯是歌时假借别调作腔,故有侧犯、尾犯、花犯、玲珑四犯等名。此四犯乃合四调而成。可惜无调名可考。该调为双调,前、后片各四句,共五十字。前、后片句句押韵,押仄声韵。

2. 玉露金风初相见:意为秋天刚刚到来。玉露金风:秋露秋风。

3. 牛女:民间神话传说中的牛郎织女。或指牛郎星和织女星。

4. 河汉:天上的银河。

5. 今夕会,明朝盼:牛郎织女今天晚上相会,明天就要分别,等待他们的又是整整一年的相思和期盼。

2019年农历七夕夜于南京

破字令·立秋晨吟

破晓星空淡韵，恰正有、金风拂面韵。
吴钩西坠夜清凉，看朝霞绚烂韵。

清秋酷暑今朝换韵，恋晨光、雀啼莺乱韵。
树凝碧玉，池盈绿水，翠华庭院韵。

1. 破字令：词牌名。调见《高丽史·乐志》。为宋赐高丽五羊仙队舞曲，名曰《唐乐》。此调为双调，前片四句，后片五句，共五十字。前片第一、二、四句和后片第一、二、五句押韵，押仄声韵。这首《破字令·立秋晨吟》，为立秋日晨练时，忽觉清风徐来，清爽宜人，小院也绿树浓荫，池盈碧水，倍感清明。欣欣然，故作此小词以记之。今年夏季，全国大多数地区气温较往年偏高，酷热难耐，人们盼望凉爽的秋天早日到来。今年8月8日立秋，交节的时辰为凌晨3点13分。农谚云：早立秋，凉飕飕；晚立秋，热死牛。今年是早立秋，据古人经验，立秋后天气就不会太热了，起码早晚还是会凉爽的，希望能如此。

2. 破晓：清晨，天将亮。

2019年8月8日（立秋）晨于南京

醉落魄·浮生如昨

浮生如昨[韵],天涯海角伤漂泊[韵]。
凄风苦雨添萧索[韵]。
岁月无痕,久负烟霞约[韵]。

应念沧桑愁病弱[韵],而今谙尽人情薄[韵]。
酒杯暂引销魂魄[韵]。
几度凭高,望断云中鹤[韵]。

1. 醉落魄:词牌名。即《一斛珠》。这首《醉落魄·浮生如昨》依李煜体。

2. 浮生如昨,天涯海角伤漂泊:人生的日子还跟过去一样,依然是四海漂泊,到处奔波。

3. 谙(ān):熟悉;明了。

4. 凭高:站在高处向远处看。

2019年8月9日于南京

秋夜雨·秋雨夜清凉

梧桐院落清秋节㊞,蛩鸣槛草幽咽㊞。
小塘垂倒影,似玉鉴、新莲如雪㊞。

清风阵阵西窗下,夜雨狂、啼鸟飞绝㊞。
又见云度月㊞,且喜是、丝丝凉彻㊞。

1. 秋夜雨:词牌名。调见宋蒋捷《竹山乐府》,蒋词题咏秋夜雨,因以为词调名。该调为双调,前、后片各四句,共五十一字。前片第一、二、四句和后片第二、三、四句押韵,押仄声韵。立秋第三天,8月10日凌晨,今年第9号强台风"利奇马"袭击东南沿海,南京也连降暴雨,连日来的酷热消退了。这首《秋夜雨·秋雨夜清凉》写的是夜雨前后在所居小院的所见所感。

2. 蛩鸣槛草幽咽(yè):蟋蟀在门槛外的草丛里轻轻地鸣叫。幽咽:形容微弱的哭声或轻轻的流水声。这里形容蟋蟀的鸣叫声断断续续。

3. 新莲如雪:小池塘里刚刚开放的睡莲洁白如雪。

4. 又见云度月:雨过天晴,半夜里月亮又从云层里忽隐忽现地露了出来。

2019年8月10夜日于南京

骤雨打新荷·骤雨初来

骤雨初来，有凉风阵阵，吹皱清波平㊍。
柳丝摇曳，一任舞婆娑㊍。
燕剪云光水影，掠湖岸、匆匆飞过仄㊍。
极目望，见群山浅黛，碧野烟萝平㊍。

年华暗中去也，对江山美景，休唱骊歌㊍。
旧游如梦，无奈苦蹉跎㊍。
但念书生意气，自应是、隽才良多㊍。
酷暑尽，金秋醉人，心镜重磨㊍。

1. 骤雨打新荷：词牌名。原名《小圣乐》。金元好问自度曲，见《遗山乐府》。取元词中“骤雨过，似琼珠乱撒，打遍新荷”句。此调为双调，前、后片各十句，共九十五字。前片第三、五、十句和后片第三、五、七、十句押韵，押平声韵；前片第七句押同部仄声韵，为平仄韵同部相协。

2. 群山浅黛，碧野烟萝：乌云笼罩，远方的群山呈现出浅淡的青黑色，碧野苍茫，烟聚萝缠。

3. 骊(lí)歌：告别的歌。

4. 蹉跎：时间白白地耽误过去。如：岁月蹉跎。

5. 隽才：隽士贤才。隽同俊。

6. 心镜重磨：心像一面镜子，照亮人生的道路。心镜重磨，意为调整好心态，积极面对生活。

2019年8月11日于南京

陌上花·风送归

清风送我归来，还是旧家池馆[韵]。
绿树浓荫，莺雀乱啼庭院[韵]。
一汪碧水鱼虾戏，更有嫩荷呈艳[韵]。
暮云开、但见一轮明月，桂华初绽[韵]。

算而今、叹浪游无际，已是身疲心倦[韵]。
海角天涯，寂寞水长山远[韵]。
落花滴尽离人泪，惟有相思无限[韵]。
误年华、岁月匆匆飘去，蹉跎慵懒[韵]。

1. 陌上花：词牌名。元陈秀民《东坡诗话》云："钱塘人好唱陌上花缓缓曲，盖吴越王遗事也。"调名取于此。此调为双调，前、后片各八句，共九十八字。前、后片第二、四、六、八句押韵，押仄声韵。

2. 桂华：月光。神话传说中月亮里有月宫，有桂花树，故将月光称为月华、桂华。

3. 浪游无际：漫无目标、漫无边际地到处游逛。

4. 落花滴尽离人泪，惟有相思无限：因见落花而伤感，勾起人对亲朋故旧的思念和对往事的回忆。离人，指自己。

5. 误年华、岁月匆匆飘去，蹉跎慵懒：岁月匆匆，年华老去，时间白白地流失了，大好的青春年华被耽误。人生的无奈主要是慵懒所致，等到迟暮之年空自叹息，其为时已晚。

2019 年 8 月 12 日于南京

悼英魂

决心共赴鬼门关㊙，花样年华去不还㊙。
意气风发进航校，英姿飒爽在云端㊙。
精忠誓死男儿志，奋勇杀敌赤子篇㊙。
血沃神州眠故土，魂归浩荡九重天㊙。

1. 悼英魂：今天是2019年8月15日，日本帝国主义无条件投降74周年。74年过去了，我们不能忘记，在抗日战争中，那1700个集体赴死的年轻人！他们出身名门望族，受过良好教育，有的是归国华侨，有的刚考上清华大学，有的正被爱情之火燃烧着，一个个英武潇洒、前途无量。他们中有中国第一代空军总教头高志航，有林徽因的三弟林恒，有南开大学校长张伯苓的幼子张锡祜(hù)，以及刘粹刚、乐以琴、李桂丹、闫海文、沈崇海、陈怀民、郑少愚、周志开、张大飞等。他们是真正的天之骄子，本拥有无数人艳美的一切，但为了抗击日本侵略者，却自愿成为“人肉炮弹”——他们是中国第一代空军战斗机飞行员！谁能想到，这些还是孩子的鲜活面孔，在抗战14年时间里，一个一个变成墓碑上冰冷的名字。74年了，他们耀眼的青春、无处安放的炽热爱情和那一段属于他们的“誓死报国不生还”的历史，今天读来更让人落泪！慨叹之余，作此《悼英魂》以悼念之。

2. 决心共赴鬼门关，花样年华去不还：1931年九·一八事变后，东北三省全部沦陷，中日全面战争随时可能爆发。1932年，在杭州笕(jiǎn)桥成立了为培育中国第一代飞行军官的“中央航空学校”。相信全世界再没有第二所学校会以这样的文字作为校训：“我们的身体、飞机和炸弹，当与敌人兵舰阵地同归于尽！”这是在日本侵略者步步逼近的时候，整个中华民族发出的吼声！这些誓要收复国土、斩断自己前程的有志青年们，除了学习苦练飞行与战斗技巧外，每天都在锻炼自己“必死”的决心！在后来的对日作战中，这些有为的年轻人，实践了航校的校训和自己的决心，在牺牲自己的同时，给予日本侵略者沉重打击，成为中国军人的骄傲。航校共有十六期毕业生，1700人冲天参战，击落日军敌机超过1200架，他们中的绝大多数人均已为国捐躯，平均年龄不到23岁。这些以身许国的青年英雄，这些甘愿用一腔热血缝补破碎苍穹的年轻人，以一曲气贯长虹的战歌震撼人心。他们血沃中华大地，他们的灵魂翱翔在祖国的蓝天白云之间。今天，让我们一起，向这群在国家和民族危难时刻挺身而出、壮志凌云的年轻人，致敬！民族英雄，永垂不朽！

2019年8月15日于南京

声声慢·秋到人间

蛩声断续，碧草庭阶，金秋又到人间㊗。
昨夜西风阵阵，细雨绵绵㊗。
朝来紫光苒苒，似含羞、笼罩云山㊗。
不忍见，雨打莲花落、玉露清圆㊗。

漫忆人生往事，但只愿、吟风弄月安闲㊗。
寂寞兰心蕙质，可有人怜㊗？
年华已然逝去，暗销魂、镜里苍颜㊗。
向醉里，看晚霞残照、更惜余年㊗。

1. 声声慢：词牌名。又名《胜胜慢》《人在楼上》《凤求凰》《寒松叹》等。慢，就是慢词，其名称从“慢曲子”而来，是指依慢曲子所填的调长拍缓的词。慢曲子大多是长调，这是因为它声调延长，字句也就跟着加长的缘故。声声慢，最早见于北宋晁补之的《胜胜慢》。宋蒋捷赋秋声，俱用“声”字为韵，故名《声声慢》。该词调有平韵、仄韵两体。平韵者以晁补之、吴文英、王沂孙词为正体。仄韵者以高观国的《声声慢·壶天不夜》为正体。仄韵体，古人多用入声韵。此调风格缓慢哽咽，如泣如诉，多写愁苦忧思题材，代表作如李清照的《声声慢·寻寻觅觅》等。这首《声声慢·秋到人间》为平韵体，依晁补之的《声声慢·朱门深掩》而填。双调，共九十九字，前片九句、四平韵，后片八句、四平韵。

2. 朝来紫光苒苒：清晨的阳光照射在紫金山紫红色的岩壁上，发出淡淡的柔和的紫光。苒苒：轻柔的样子。

3. 苍颜：衰老的容颜。

2019年8月17日于南京

声声慢·秋望

金风吹送，缥缈云开，世间多少英物㊗？
绿树婆娑，暮色正悬孤月㊗。
池中碧波垂影，夜鸣蝉、丝丝凉彻㊗。
蛩声促，似悠悠离恨，乱人心结㊗。

吴楚风光如画，残日下、江上落霞明灭㊗。
鸥鹭翩飞，放眼水天空阔㊗。
帆樯望中点点，又听得、汽笛声咽㊗。
长凝望，碧云天、游子伤别㊗。

1. 声声慢·秋望：前一首《声声慢·秋到人间》为平韵体，这首《声声慢·秋望》为仄韵体，用入声韵，依高观国体。双调，共九十七字，前片十句、四仄韵，后片八句、四仄韵。写的是在金陵所看到的秋日和秋夜的景象。

2. 英物：杰出的人和物。

2019年8月18日于南京

醉蓬莱·望三山

正清风吹过，玉宇无尘，秋阳呈艳㊙。
鹰击长空，任天高云淡㊙。
碧野葱茏，远山凝黛，伴澄江如练㊙。
故国风光，凭栏骋目，引人兴叹㊙。

莫问流年，天南地北，浪迹萍踪，一如孤雁㊙。
羁旅茫茫，有旧愁新怨㊙。
历尽沧桑，归宿何处？望三山魂断㊙。
夜色清凉，孤光自照，月明星暗㊙。

1. 醉蓬莱：词牌名。又名《雪月交光》《冰玉风月》。该调创自柳永，宫调，号《醉蓬莱》。双调，前片十一句，后片十二句，共九十七字。前片第三、五、八、十一句和后片第四、六、九、十二句押韵，押仄声韵。

2. 葱茏：草木茂盛的样子。

3. 练：白色的绢。

4. 三山：神话传说中的海上三仙山，蓬莱、方丈、瀛洲。泛指神仙居住的地方。

2019年8月19日于南京

万年欢·咏莲

淡雅无双㊣，正亭亭玉立，粉面初妆㊣。
翠叶田田，云光倒映湖塘㊣。
时有微风阵阵，涟漪起、暗送幽香㊣。
鱼儿戏、叶底清波，碧荷十里风光㊣。

周公自有真爱，羡濂溪水浅，莲韵绵长㊣。
谁解名文深意，世代流芳㊣。
且看淤泥不染，愧煞那、腐鼠贪狼㊣。
直须待、气正风清，天道煌煌㊣。

1. 万年欢：词牌名。又名《万年欢慢》。原唐教坊曲名，后用作词调名。此调为双调，前、后片各九句，共九十八字。前片第一、三、五、七、九句和后片第三、五、七、九句押韵，押平声韵。这首《万年欢·咏莲》是歌咏莲花的词，前片写莲花的娇姿，后片由莲花联想到宋周敦颐的名篇《爱莲说》，赞美莲花"出淤泥而不染，濯清涟而不妖"的高尚品格。

2. 翠叶田田：形容莲叶挨挨挤挤，重重叠叠，长得茂盛相连的样子。

3. 周公自有真爱，羡濂溪水浅，莲韵绵长：周敦颐最爱莲花，著有名篇《爱莲说》。文章托物言志，以莲喻人，通过对莲花的描写与赞美，歌颂它坚贞不渝，出淤泥而不染的高尚品质，表达了作者不慕名利、不与世俗同流合污的处世心态和洁身自好的美好情操。周敦颐为官清廉，因年老体弱辞官而去，在庐山西北麓创办“濂溪书院”，设堂讲学，收徒育人。他将书院门前的溪水命名为“濂溪”，并自号“濂溪先生”。因其一生酷爱莲花，便在书院内建造了一座爱莲堂，堂前凿一池，名曰“莲池”，以莲之高洁寄托自己毕生的心志。其在讲学研读之余，常漫步赏莲于堂前。后著《爱莲说》，佳句“出淤泥而不染，濯清涟而不妖”成为千古绝唱，至今仍脍炙人口。

《爱莲说》原文：水陆草木之花，可爱者甚蕃。晋陶渊明独爱菊。自李唐来，世人甚爱牡丹。予独爱莲之出淤泥而不染，濯清涟而不妖，中通外直，不蔓不枝，香远益清，亭亭净植，可远观而不可亵玩焉。予谓菊，花之隐逸者也；牡丹，花之富贵者也；莲，花之君子者也。噫！菊之爱，陶后鲜有闻。莲之爱，同予者何人？牡丹之爱，宜乎众矣！

4. 煌煌：光亮；明亮；光彩鲜明。

2019年8月20日于南京

鱼游春水·江南秋风起

江南秋风起㊐，最爱金秋花月里㊐。
青冥浩荡，一望蓝天如洗㊐。
碧野朱桥绿柳垂，飞瀑流泉山光旖㊐。
鸥鹭掠江，落霞如绮㊐。

岁月蹉跎有几㊐，愁对人生情何以㊐？
光阴似箭茫然，心神靡靡㊐。
梦中犹记滹沱岸，月照清波是淮水㊐。
年年望断，故园千里㊐。

1. 鱼游春水：词牌名。双调，前、后片各八句，共八十九字。前、后片第一、二、四、六、八句押韵，押仄声韵。这首《鱼游春水·江南秋风起》，前片写江南初秋景色，后片为岁月流逝和远离家园而感叹。

2. 绮：有花纹的丝织品。绮，绮丽，鲜艳美丽。

3. 岁月蹉跎有几，愁对人生情何以：岁月蹉跎，余生无几，愁当此际，情何以堪？情何以：情何以堪。人的感情又怎么能承受这种打击呢？词目出自《世说新语》庾信的《枯树赋》："昔年种柳，依依汉南。今看摇落，凄怆江潭。树犹如此，人何以堪。"也有作"物犹如此，人何以堪"。堪：承受。

4. 靡靡(mǐ)：柔弱；颓靡。不振作。

5. 梦中犹记滹沱岸，月照清波是淮水：余的故乡在河北正定，现客居江苏南京。滹沱，滹沱河，正定的母亲河；淮水，秦淮河，南京的母亲河。

2019年8月21日于南京

渡江云·凭栏骋目

正凭栏骋目，天高云淡，秋已到江南平韵。
看大江东去，浩瀚苍茫，万里水连天韵。
层峦叠嶂，望不尽、漠漠云烟韵。
鸥鹭飞、荻芦汀畔，霞映渡江船韵。

流连韵！山川形胜，故国重游，叹风云变幻仄韵。
忆往昔、干戈烽火，朝代更迁平韵。
而今国运昌隆日，切莫忘、苦难当年韵。
逢盛世、人生乐对天然韵。

1. 渡江云：词牌名。又名《三犯渡江云》。唐杜牧《红楼》诗有“谁惊一行雁，冲破渡江云”句，以此为词调名。该调为双调，前片十句，后片九句，共一百字。前片第三、六、八、十句和后片第一、六、八、九句押平声韵，后片第四句押同部仄声韵。平仄韵同部相协。这首《渡江云·凭阑骋目》，写的是秋日在金陵登高远眺山川形胜并抒发感慨。

2. 凭栏骋目：登上高楼，倚靠着栏杆骋目远眺。骋：奔跑；放开。这里是放开意。

3. 忆往昔、干戈烽火，朝代更迁：南京地理位置优越，山川形胜，虎踞龙蟠，物产富饶，人文荟萃。南京是六朝古都，历史上曾有十几个朝代在此建都。千百年来这里干戈烽火不断，朝代像走马灯似的频繁更迭。

2019年8月22日于南京

喜朝天·秋夜吟

夜风吹(韵),正云海茫茫,玉宇星垂(韵)。
阆苑游赏,凤箫声动,仙乐萦回(韵)。
遥想瑶台张宴,看飘飘仙袂下翠微(韵)。
清暑殿、盈盈笑语,声透帘帏(韵)。

蛩鸣断续哀泣,似旧愁新怨,惆怅伤悲(韵)。
宿鸟沉寂,月影笼碧,遍洒清辉(韵)。
缥缈星河淡淡,恰依稀、犹见彩云飞(韵)。
诚可叹、秋光如水,何事言归(韵)?

1. 喜朝天:词牌名。此调见宋张先《张子野词》,为送蔡襄还朝所作。唐教坊曲有《朝天曲》,《宋史·乐志》有《朝天乐曲》。此调乃借旧曲名另翻新声。此调以张先词为正体。双调,前、后片各十句,共一百零一字。前片第一、三、六、八、十句和后片第三、六、八、十句押韵,押平声韵。这首《喜朝天·秋夜吟》写秋夜景象。上片遥望星空,想象着天上神仙们在瑶台开宴的情景;下片是在月光的照耀下,寂静的小院秋夜的景象。

2. 飘飘仙袂下翠微:众神仙乘风从仙山上飘下来。

3. 月影笼碧:月影笼罩着碧绿的树木和原野。

2019年8月23日于南京

梦扬州·倚清秋

倚清秋(韵),正夕阳残照,霞映层楼(韵)。
极目楚天,碧野云光盈眸(韵)。
玉阑干外苍茫处,似巨龙、盘亘钟丘(韵)。
晴空下,澄江如练,远帆千里悠悠(韵)。

因念登临燕游(韵),思隽士贤才,酒侣诗俦(韵)。
故国六朝,尽览人间风流(韵)。
赏心乐事留人醉,误几回、天际归舟(韵)。
从别后,心心念念,多少闲愁(韵)?

1. 梦扬州:词牌名。此调为宋秦观所创,见《淮海居士长短句》。取其词结句"频梦扬州"作为词调名。该调为双调,前、后片各十句,共九十九字。前、后片第一、三、五、七、十句押韵,押平声韵。这首《梦扬州·倚清秋》写秋日黄昏,登高远眺,但见:晴空如洗,沃野呈碧,澄江似练,远山凝黛,夕阳残照,霞映云流。秋景历历在目,不仅勾起人对亲朋故旧的思念和对往事的回忆。

2. 似巨龙、盘亘钟丘:钟山龙蟠意。钟山像一条巨大的苍龙蟠伏在金陵东南。盘亘:山与山相互连接;绵延。钟丘:钟山;紫金山。钟山主峰北高峰海拔448.9米,低于海拔500米,严格来说,属于丘陵,不能称为山,而应称为丘。这里是为协韵,故称钟山为钟丘。

3. 燕游:快乐的游玩。燕:安乐。

2019年8月25日于南京

南浦·风雨催迟暮

金兽爇兰香，夜色浓，琴音脉脉如诉㊀。
明月洒瑶窗，金波淡、曾照玉人归处㊀。
清风送爽，断魂犹在秦淮渡㊀。
桂香欲吐㊀，怜灯影桨声，水流南浦㊀。

凭谁为问何如？恰天上流云，空中飞絮㊀。
忆昔少年时，韶华梦、相伴晚霜晨露㊀。
浮生梦觉，奈何乖蹇流年误㊀。
栉风沐雨㊀，嗟岁月蹉跎，催人迟暮㊀！

1. 南浦：词牌名。唐《教坊记》有《南浦子》曲，此为宋人借旧曲名另倚新声。该调有平韵、仄韵两体，宋人多填仄韵体。这首《南浦·风雨催迟暮》亦为仄韵体。双调，前、后片各十句，共一百零五字。前、后片第三、五、七、八、十句押韵，押仄声韵。这首词写的是：在月色融融的秋夜，清风送来悠扬的琴声，勾起我对故国金陵的留恋和对浮生若梦、岁月蹉跎的慨叹。

2. 金兽爇(ruò)兰香：在兽形的铜香薰里点燃着名贵的香料，沁人心脾。爇：点燃；焚烧。

3. 金波：月光。融融的月光。

4. 桂香欲吐(tǔ)：农历八月，又称桂月。八月桂花开，桂花浓浓的香气就要散开来了。

5. 南浦:南浦渡。即桃叶渡。桃叶渡是秦淮河上的一个古渡,位于秦淮河与古清溪水道合流处。桃叶渡是南京古名胜之一,位列金陵四十八景。从六朝到明清,桃叶渡处均为繁华地段,河舫竞立,灯船萧鼓。金陵秦淮河的桃叶渡与杭州西湖的断桥和扬州瘦西湖的二十四桥一样,都极具浪漫色彩,演绎出了无数浪漫的传说和催人泪下的故事。

6. 栉风沐雨:也说沐雨栉风。意思是大雨洗发,疾风梳头。后用以形容经常在外奔波劳碌,吃尽风霜之苦。栉:梳。也指梳子、篦子等梳头发的用具。

2019年8月27日于南京

长城十三关(绝句十三首)·其一　山海关

万里长城第一关(韵),神龙昂首欲飞天(韵)。
依山襟海咽喉地,要塞威名世代传(韵)。

1. 长城十三关:长城,又称万里长城,世界十大奇迹之一。长城是我国古代保境安民的军事防御工程,工程浩大艰巨,蔚为壮观。长城,犹如一条巨龙蜿蜒在中国北方。明长城总长度为8858.1千米,秦汉及早期长城超过1万千米,长城总长度超过2.1万千米。据国家文物局公布的《中国长城保护报告》显示,长城墙壕遗存总长度为21196.18千米。仅东起山海关西至嘉峪关的长度就有6300公里。各时代的长城资源分布于北京、河北、山西、陕西、甘肃等15个省(自治区、直辖市),404个县(市、区)。长城有许多关口,最著名的有十三关:山海关、黄崖关、居庸关、紫荆关、倒马关、平型关、偏头关、雁门关、娘子关、杀虎口关、嘉峪关、阳关、玉门关。

2. 山海关:山海关古称榆关、渝关、临渝关、临闾关。位于河北省秦皇岛市东北15公里,是万里长城的入海处。1381年,明太祖朱元璋下令在此筑城建关,这里遂成为扼东北、华北咽喉要塞的军事重镇。因其北倚燕山,东连渤海,故得名山海关。山海关长城包括:老龙头长城、南翼长城、北翼长城、关城长城、角山长城、三道关长城及九门口长城等地段。老龙头长城是长城入海的端头部,称为"老龙头"。山海关关城周长约4000米,与长城相连,以城为关,城高14米,厚7米,有4座主要城门,多种防御建筑。包括"天下第一关"箭楼、靖边楼、牧营楼、临闾楼及瓮城等。山海关有"天下第一关"的美誉。从地理位置上,为万里长城东部起点的第一座关隘;从地理形势上,依山襟海,雄关锁隘,易守难攻。其牌匾为明代著名书法家萧显所书,也有一说为明代奸相严嵩所书。抗倭名将戚继光在《出榆关》诗中赞道:"两京锁钥无双地,万里长城第一关"。

2019年8月31日于南京

长城十三关(绝句十三首)·其二　黄崖关

黄崖晚照耀津门㉆,万道金光蓟北临㉆。
险隘雄关呈古韵,名扬海内壮军魂㉆。

1. 黄崖关:黄崖关又称“小雁门关”,为津门十景之一的蓟北雄关。位于蓟县最北端30公里处的东山上。北齐时建,明代抗倭名将戚继光任蓟镇总兵时,曾重新设计,包砖大修。黄崖关关城东西两侧崖壁如削,山石陡峭雄伟,有“一夫当关,万夫莫开”之势,是著名的雄关险隘。黄崖关城侧山崖的岩石多为黄褐色,每当夕阳映照,万道金光,金碧辉煌,素有“晚照黄崖”之称,故名黄崖关。其游览区有“黄崖夕照”“二龙戏珠”和“云海烟波”三大奇观,具有雄、险、秀、古四大特色。

2. 黄崖晚照耀津门,万道金光蓟北临:这两句点明黄崖关的位置,临近蓟北,并指出“黄崖晚照”这一奇观为津门十景之一。

3. 名扬海内壮军魂:这句是对抗倭名将戚继光及其率领的“戚家军”在抗击外来入侵的战斗中所建立的不朽功勋的赞扬。

2019年8月31日于南京

长城十三关(绝句十三首)·其三　居庸关

居庸叠翠咏诗篇[韵],险峻峥嵘谷隘间[韵]。
拱卫京师观霸业,沧桑阅尽一雄关[韵]。

1. 居庸关:居庸关有"天下第一雄关"之称。位于距北京市区50余公里外的昌平区境内。居庸关得名始自秦代,相传秦始皇修筑长城时,将囚犯、士卒和强行征调的民夫徙居于此,后取"徙居庸徒"之意,故名居庸关。居庸关形势险要,自古为兵家必争之地。燕国时已成为军事要隘,汉代已颇具规模,此后历经唐、辽、金、元数朝,居庸峡谷都有关城之设。成吉思汗灭金即入此关。现存关口建于明洪武年间。居庸关有南北两个关口,南名"南口",北称"居庸关"(八达岭口)。居庸关两旁山势雄奇,中间有长达18公里的溪谷,俗称"关沟"。这里清流萦绕、翠峰重叠、花木蓊郁、山鸟争鸣,被列为"燕京八景"之一。北京著名的"燕京八景",又称"燕山八景""燕台八景""京师八景""京畿八景"等。这一提法产生于金代,元、明、清历代互有变化,但大同小异。清乾隆十六年(1751年),乾隆皇帝御定的八景为:太液秋风、琼岛春阴、金台夕照、蓟门烟树、西山晴雪、玉泉趵突、卢沟晓月、居庸叠翠。

2. 居庸叠翠咏诗篇:居庸叠翠为"燕京八景"之一,历代吟咏居庸关的诗词篇章很多。乾隆皇帝多次游览居庸关,曾先后写过两首居庸叠翠诗,其中一首为:"居庸天险列峰连,万里金汤固九边。雄峻莫夸三峡险,崎岖疑是五丁穿。岚拖千岭浮佳气,日上群峰吐紫烟。盛世只今无战伐,投戈戍卒艺山田。"并题写"居庸叠翠",立碑于居庸关东南大道旁。

3. 险峻峥嵘谷隘间:居庸关雄踞于险峻雄奇的居庸峡谷之内。谷隘:峡谷。险要的峡谷。这里即为居庸峡谷。

2019年8月31日于南京

长城十三关(绝句十三首)·其四　紫荆关

紫荆岭上望京华(韵),山谷崎岖血染花(韵)。
战事频仍关下看,忠魂铁骨不还家(韵)。

1. 紫荆关:紫荆关位于河北省保定市易县城北45公里的紫荆岭上,城东为万仞山,城西有犀牛山,城北为拒马河,城南是黄土岭,一向被称为“畿南第一雄关”。南面以十八盘道为险阻,北面以浮屠隘口为门户,一关雄踞中间,群险翼庇于外,山谷崎岖,易于戍守,有“一夫当关,万夫莫前”之险。紫荆关关墙有1800多米,共有城门9座,气势壮观。紫荆关自古以来就是军事要塞,始建于战国时期,东汉名五阮关,宋朝时名为金陂关,与居庸关和倒马关合称内三关,是内长城的重要关口。后因山上多紫荆树而改名为紫荆关。作为重要关口,紫荆关历经战争140多次,饱经沧桑和战火洗礼,见证了悠久的历史和战争的残酷。

2. 频仍:连续不断(多用于坏的方面)。如:灾难频仍。

3. 忠魂铁骨不还家:历朝历代为国戍边的将士战死沙场,尸骨被黄沙掩埋,或埋骨在关外的荒山野岭,忠魂铁骨再也回不到故乡了。

2019年8月31日于南京

长城十三关(绝句十三首)·其五　倒马关

崎岖险峻路难行㊣,战马嘶鸣倒地惊㊣。
铁血男儿征战苦,三关要塞显威名㊣。

1. 倒马关:倒马关位于河北省唐县西北60公里的倒马村,为河北平原进入太行山的要道之一。因山路险峻,战马到此经常摔倒而得名。明代以后通称倒马关。现存倒马关始建于明景泰年间,现只剩断壁残垣可略辨残迹。

2. 三关:居庸关、紫荆关和倒马关合称为长城内三关。

2019年8月31日于南京

长城十三关(绝句十三首)·其六　平型关

平型岭上起雄关㊗,战役闻名一世间㊗。
誓灭顽敌驱虏寇,民心振奋举国欢㊗。

1. 平型关:平型关位于山西大同市灵丘县白崖台乡。明正德年间修筑内长城时经过平型岭,并在岭上修建关楼。平型关城虎踞于平型岭南麓,古称瓶形寨,因周围地形如瓶而得名。金时为瓶形镇,明、清称平型岭关,后改为平型关。历史上很早就是戍守之地。平型关又因发生了举世闻名的平型关战役而闻名。1937年9月25日,日本最精锐的坂垣师团主力在平型关遭到了林彪率领的八路军的全力攻击,在此一举歼灭日军近千人,毁敌汽车100辆,大车200辆,缴获步枪1000多支,轻重机枪20多挺,战马53匹,以及其他大量战利品。平型关战役重创了日本侵略者的嚣张气焰,极大地鼓舞了抗日军民的热情。

2019年8月31日于南京

长城十三关(绝句十三首)·其七　偏头关

入晋黄河南转处,西伏东仰是偏关㊎。
雁门宁武三雄镇,保境安民解倒悬㊎。

1. 偏头关:偏头关位于山西省忻州市偏关县黄河边,地处黄河入晋南流之转弯处,因其地势东仰西伏而得名。偏头关历史悠久,为历代兵家争夺之重地,其与雁门关、宁武关合称“三关”(外三关)。现存建筑为明洪武年间修筑。明朝时,偏头关既是晋北门户,也是晋北与内蒙古互市的通商口。

2. 倒悬:头向下脚向上地悬挂着。比喻处境非常困苦。解倒悬:解民倒悬。即解救百姓因战乱而背井离乡、流离失所的痛苦之意。

2019年8月31日于南京

长城十三关(绝句十三首)·其八　雁门关

过雁穿云戍汉边(韵),依山傍险扫狼烟(韵)。
旌旗猎猎秋风起,九塞尊崇第一关(韵)。

1. 雁门关:雁门关位于山西省忻州市代县县城西北大约20公里的雁门山(古称勾注山)上,又名"西陉关",是长城上的重要关隘,与宁武关、偏关合称"外三关"。雁门关以险著称,被誉为"中华第一关",有"天下九塞,雁门为首"之说,历来都是拱卫京师、屏护中原的兵家重地。雁门关周长二里,墙高二丈,石座砖身,雉堞为齿。雄关依山傍险,高踞勾注山上。东西两翼,犹如大雁展翅。重峦叠嶂,山峦起伏,山脊长城,其势蜿蜒。关有东、西二门,皆以巨砖叠砌,过雁穿云,气度轩昂。门额分别雕嵌"天险""地利"二匾。东西二门上曾建有城楼,巍然凌空,内塑杨家将群像,并在东城门外,为李牧建祠立碑。可惜城楼与李牧祠,均在日寇侵华时被焚毁。遥想当年,雁门关外,旌旗猎猎,鼓角声闻,狼烟弥漫,杀声震天,场面何等惨烈。战与和,时光的轮回,都一字不漏的刻在这关隘沧桑的石碑上。从战国时期的赵武灵王起,历代都把此地看作战略要地。赵置雁门郡,此后多以雁门为郡、道、县建制戍守。

2. 过雁穿云:形容雁门关地势险要。雁门关所在的勾注山地势险要,重峦叠嶂,两山对峙,其形如门,大雁穿飞其间。

2019年8月31日于南京

长城十三关（绝句十三首）·其九　娘子关

晋冀咽喉行路难㊎，太行连亘到绵山㊎。
英姿飒爽传天下，苍翠玲珑第九关㊎。

1. 娘子关：娘子关位于山西省平定县东北的绵山山麓，太行山脉西侧河北省井陉县西口。地处太行八陉之一的井陉口，是河北通往山西最重要的咽喉要塞，道路崎岖难行。娘子关原名“苇泽关”，因唐平阳公主曾率女兵驻守于此，平阳公主的部队当时人称“娘子军”，故得此名。现存关城建于明代，有万里长城第九关之称，为历代兵家必争之地。

2. 连亘：接连不断。

2019年8月31日于南京

长城十三关(绝句十三首)·其十　杀虎口关

塞上连年起战端㊥,农耕游牧两相残㊥。
胡关远眺三千里,北望阴山去不还㊥。

1. 杀虎口关:杀虎口关位于山西与内蒙古交界处,是雁北外长城最重要的关隘之一。杀虎口是晋北山地与内蒙古高原的边缘地区,也是从内蒙古草原南下山西中部盆地,或转下太行山的必经地段。明时称"杀胡口",后因民族融合,胡汉一家,遂改为"杀虎口"。明朝时,蒙古军队南侵长城,多次以此口为突破点。杀虎口关在古代战事频仍,烽烟不断。

2. 胡关:杀虎口关。杀虎口在明代称"杀胡口",此关即称为"杀胡口关"。

2019年8月31日于南京

长城十三关(绝句十三首)·其十一　嘉峪关

丝路要冲嘉峪关㊗,关楼相望翼相连㊗。
河西自古称雄地,戈壁黄沙远到天㊗。

1. 嘉峪关:嘉峪关位于甘肃省嘉峪关市向西5公里处,是明代万里长城的西端起点,明长城西端第一重关,也是古代"丝绸之路"的交通要冲。嘉峪关始建于明洪武五年(1372年),先后经过168年时间的修建,成为万里长城沿线最为壮观的关城,是明代长城沿线九镇所辖千余个关隘中最为雄险的一座,且至今保存完好。嘉峪关关城位于嘉峪关最狭窄的山谷中部、地势最高的嘉峪山上,城关两翼的城墙横穿戈壁沙漠,向北8公里连黑山悬臂长城,向南7公里接天下第一墩(天下第一墩是明代万里长城从西向东的第一座墩台,是明代长城的西端起点),自古为河西第一隘口。嘉峪关关城由内城、外城、城壕三道防线形成重叠并守之势,壁垒森严,与长城连为一体。嘉峪关关城有三个大城楼:光化楼、柔远楼和嘉峪关楼。两个瓮城:东瓮城、西瓮城。内城墙上还建有箭楼、敌楼、角楼、阁楼、闸门楼等共14座。关城内建有游击将军府、文昌阁、关帝庙、井亭、牌楼、戏楼等。整个建筑布局精巧,气势雄浑,与远隔万里的"天下第一关"山海关遥相呼应。城墙外,戈壁、草原泾渭分明,荒废的古长城绵延千里。嘉峪关自建造以来,屡有战事。直到1539年嘉峪关建成为一座完整的军事防御工程后,才真正成为固若金汤的天下第一关。

2. 关楼相望翼相连:嘉峪关的三个大关楼和其他14个箭楼、敌楼、角楼等互相关照,互相瞭望,相互映衬,其两翼城墙横穿戈壁沙漠与长城相连,构成一座完整的军事防御工程,成为雄踞在河西走廊上固若金汤的天下第一关。

2019年8月31日于南京

长城十三关(绝句十三首)·其十二　阳关

阳关故址久无存㊗,一片黄沙论古今㊗。
丝路迢迢必经地,驼商队队往来频㊗。

1. 阳关:阳关是古代陆路对外交通的咽喉之地,是丝绸之路南路必经的关隘,位于甘肃省敦煌市西南的古董滩附近。西汉置关,因在玉门关之南,故称阳关,和玉门关同为当时对西域交通的门户。阳关建于汉元封四年(1081年),自汉至唐,一直是丝绸之路南道上的必经关隘。

2. 阳关故址久无存,一片黄沙论古今:一提起阳关,立刻让人想起唐代诗人王维的《渭城曲》:"渭城朝雨浥轻尘,客舍青青柳色新。劝君更尽一杯酒,西出阳关无故人。"这美妙的诗句,引发了人们对阳关的向往。多年前,余曾作西北行,游嘉峪关、敦煌莫高窟、鸣沙山月牙泉及阳关、玉门关故址。阳关故址久已无存,一眼望不到边的茫茫黄沙与天际相连。一块巨石兀立在沙漠之中,上刻"阳关故址"四个隶书大字,勾起人对古阳关的想象:驼商队队,商贾云集,奇珍异宝,琳琅满目,歌舞声、叫卖声混杂在一起,一片热闹繁华景象。如今,昔日中原通往西域的重要陆路关隘早已荡然无存,只留下一片茫茫黄沙,好像是在向人们诉说昔日的辉煌。

2019年8月31日于南京

长城十三关(绝句十三首)·其十三　玉门关

汉家开业玉石来㊣,小小方城览盛衰㊣。
远眺雄关秋月里,心中百感久徘徊㊣。

1. 玉门关:说起玉门关,人们马上会想起一首脍炙人口的唐诗,这就是王之涣的《凉州词》:“黄河远上白云间,一片孤城万仞山。羌笛何须怨杨柳,春风不度玉门关。”诗中那悲壮苍凉的情绪,引发人们对这座古老关塞的向往。玉门关始置于汉武帝开通西域道路、设置河西四郡(武威、张掖、酒泉、敦煌)之时。因西域向中原输入玉石时,取道于此而得名,又称小方盘城。关城呈方形,四周城垣保存完好,为黄胶土夯筑,开西、北二门。城墙高达10米,上宽3米,下宽5米,上有女墙,下有马道,人马可直达顶部。登上古关,举目远眺,长城蜿蜒、烽燧兀立、沟壑纵横、沼泽遍布、胡杨挺拔、芦苇摇曳,与古关雄姿交相辉映。令人心旷神怡,百感交集,怀古之情,油然而生。

2. 汉家开业玉石来:汉武帝时期,开通西域道路,设置武威、张掖、酒泉、敦煌等河西四郡,西域的玉石等宝物开始来到中原。开业:开拓基业,开拓疆域意。

3. 小小方城:玉门关,又称小方盘城。

2019年8月31日于南京

猫猫入学

小小儿郎喜气扬(韵),金秋九月入学忙(韵)。
今朝踏上成才路,明日腾飞圆梦堂(韵)。
遥望吴山山色远,近观楚水水流长(韵)。
人生六岁新伊始,且看他年作栋梁(韵)。

1. 猫猫入学:小外孙全奕行,乳名猫猫,今年6岁,南外幼儿园毕业,经过考核选拔,被南京外国语学校仙林分校录取为小学一年级新生,今天正式开学。

2. 腾飞圆梦堂:人生腾飞,圆梦在大雅之堂。或说,在圣洁的殿堂,伴随着中华民族伟大复兴的中国梦而展翅高飞。

3. 遥望吴山山色远,近观楚水水流长:这两句指出孩子学习成长的地方是在江南吴山楚水之间,即有着“江南佳丽地,金陵帝王州”之誉的古都南京。

2019年9月1日于南京

莫忘九月三

苍茫大地起狼烟㊈,艰苦卓绝十四年㊈。
生死存亡华夏在,乾坤颠倒九州悬㊈。
英雄百战身先去,壮士一息家不还㊈。
功业千秋君莫忘,峥嵘岁月看今天㊈。

1. 九月三:1945年8月15日日本宣布无条件投降,1945年9月2日,日本向盟军投降仪式在东京湾密苏里号军舰上举行。至此,抗日战争胜利结束,宣告日本帝国主义彻底失败,世界反法西斯战争取得了完全胜利。这是近代以来反侵略历史上的第一次全面胜利,也为世界反法西斯战争的胜利做出了巨大贡献。之后每年的9月3日,被确定为抗日战争胜利纪念日。今天,是抗日战争胜利74周年,中国人民始终没有忘记那段血泪写就的历史和在战争中失去生命的同胞。

2. 艰苦卓绝十四年:从1931年九·一八事变东北沦陷,1937年七七事变全面抗战爆发,到1945年9月3日抗日战争胜利结束,历经14年漫长而艰苦卓绝的斗争,最终取得了抗日战争的伟大胜利。

3. 生死存亡华夏在,乾坤颠倒九州悬:抗日战争时期,中华民族正处在生死存亡、命悬一线的危险境地,时刻有亡国灭种的危险。

4. 英雄百战身先去,壮士一息家不还:在面临亡国灭种的民族危亡时刻,中华民族普遍意识到,除了抵抗已无路可走,只有拿起武器,全民一心,用我们的血肉之躯,筑成一道新的长城!亿兆一心,战则必胜。素来温和、宽容、善良的中华民族,被迫用以血还血的悲壮,投身到血战到底的抗争。多少英雄壮士,用鲜血和生命谱写了一曲救亡图存的悲壮战歌。14年艰苦卓绝的斗争,以伤亡3588万人的惨重代价,最终取得了抗日战争的伟大胜利。一息:一口气。

2019年9月3日于南京

十大名花(绝句十首)·其一　梅花

玉蕊寒枝寂寞开(韵),凌霜傲雪异香来(韵)。
孤芳自有精神在,敢作东君第一差(韵)。

1. 十大名花:中国是花的故乡,中国人爱花,自古就有种花、养花、品花、赏花、咏花的风尚。古往今来,人们还选出了中国的十大名花。十大名花自古就有定论,以梅花、牡丹、菊花、兰花、月季、杜鹃、荷花、茶花、桂花、水仙为公认,只不过不同时期人们的排序不同而已。排序不同,其焦点集中在是以牡丹为首还是以梅花为魁。时代不同,风尚各异,仁者见仁,智者见智,大可不必过于拘泥。中国又是诗的王国,花与诗有不解之缘。花中有诗,以诗写花,从古至今,吟咏花的诗篇不计其数。

2. 梅花:梅花,蔷薇科李属落叶乔木。原产于我国西南及长江以南地区,可以露地栽培,北方多做室内盆栽。梅花树干紫褐色或灰褐色,小枝绿色,叶卵形至阔卵形。早春叶前可开花,花瓣多为5片(也有例外,梅花种植基地——南京梅花山的镇山之宝名"别角晚水",其花为复瓣,一朵梅花的花瓣竟有40多片之多)。根据花色,梅花可分为白梅、绿梅、红梅、粉梅、黄梅等几种。梅花清雅芳香,有花中傲骨之称,梅花凌寒傲雪,是"二十四番花信"之首,更被誉为"万花敢向雪中出,一树独先天下春"的花魁。她那迎雪吐芬、凌寒流芳、铁骨苍劲、疏影清雅的形象,诠释了中华民族坚韧不拔、不屈不挠的崇高品质,象征着中华民族坚贞不屈的伟大气节和铮铮风骨。

3. 敢作东君第一差:敢于冒严寒做上天向人间报告春天信息的第一个差使。即梅花报春之意。

2019年9月7日于南京

十大名花(绝句十首)·其二　牡丹

人言国色复天香(韵),谁料当年触女皇(韵)。
魏紫姚黄冠天下,洛阳从此是花乡(韵)。

1. 牡丹:牡丹,芍药科芍药属落叶灌木。以河南洛阳、山东菏泽(古称曹州)为栽培中心,园艺品种约有500余个。花期在4月至5月,果熟期为9月。牡丹株高一两米,花形美丽,花色丰富,花色有红、粉、黄、白、绿、紫等。其花大、形美、色艳、香浓,为历代人们所称颂,具有很高的观赏和药用价值。牡丹雍容华贵,被人们誉为“花中之王”,有总领群芳之说,是中华民族兴旺发达、幸福美好的象征,人们称其为国花。

2. 国色天香:自古以来人们对牡丹的赞誉,称其为“国色天香”。

3. 谁料当年触女皇:民间传说,女皇武则天在一个隆冬大雪纷飞的日子饮酒作诗,乘酒兴醉笔写下诏书:“明朝游上苑,火速报春知。花须连夜发,莫待晓风吹。”百花慑于女皇圣命,一夜之间竞相开放,唯有牡丹不违时令抗旨不开。武则天大怒,遂将牡丹贬至洛阳。刚强不屈的牡丹一到洛阳却盛开怒放,这更是激怒了武则天,便又下令将牡丹烧死。牡丹枝干虽被烧焦,但到第二年春,反而开得更加茂盛。这种牡丹在烈火中骨焦心刚,矢志不渝,人们赞其为“焦骨牡丹”。洛阳百姓感叹牡丹的风骨,家家户户种植牡丹,经过长期的精心培育,牡丹更红更艳,人们便为其起名叫“洛阳红”,洛阳牡丹遂冠绝天下。北宋靖康年间,金兵攻破洛阳,牡丹从此衰落。这则传说,表现了牡丹不畏权势、英勇不屈的品格。自从洛阳牡丹享誉之后,洛阳牡丹便流传全国,遂有“洛阳牡丹甲天下”之说。在以后出现的几处牡丹产地,无不与洛阳牡丹有着渊源关系。触:触动。这里为触犯、触怒意。

4. 魏紫姚黄:牡丹家族里最负盛名的两个品种,花王姚黄,花后魏紫。这里用姚黄魏紫代指众多的牡丹品种。

2019年9月7日于南京

十大名花(绝句十首)·其三　菊花

西风飒飒百花杀(韵),独立冰霜夜露华(韵)。
玉蕊金英秋后俏,东篱绚烂是陶家(韵)。

1. 菊花:菊花,菊科菊属多年生宿根草本植物。按植株形态可分为3个类型,一为独本栽菊,花头大,植株健壮;二为切花菊,世界各国广为栽培;三为地被菊,植株低矮,花朵小,抗性强。菊花园艺品种较多,常见栽培的有黄、白、绿、玫红、紫红、墨红等花色,也有一花两色或多色品种。近年,河南开封还培育出"七彩菊",艳丽无比。菊花花期在10月至12月。菊花为短日照植物,每日8~10小时日照,70天左右能开花。菊花的花可入药,有清热、明目、降血压之效。菊花独立寒秋、凌霜绽妍、坚贞不屈,广受人们的青睐与赞颂,是我国传统名花。有"花中君子""花中隐士"之称。

2. 东篱绚烂是陶家:晋朝大诗人陶渊明一生爱菊、种菊、赏菊、咏菊,写了不少有关菊花的诗,其中最有名的一首是田园诗《饮酒》二十首之五:"结庐在人境,而无车马喧。问君何能尔,心远地自偏。采菊东篱下,悠然见南山。山气日夕佳,飞鸟相与还。此中有真意,欲辩已忘言。"因陶渊明最爱菊,又最先咏菊,故后世文人就将菊花称为陶菊,凡写菊花又必称东篱,民间也将陶渊明称为十二花神中的九月(农历)菊花花神了。

2019年9月7日于南京

十大名花(绝句十首)·其四　兰花

山谷小溪玉井凉[韵],馨香浮动韵流长[韵]。
一丛淡雅人人爱,常置书窗笔砚旁[韵]。

1. 兰花:兰花,兰科兰属多年生宿根草本植物。兰花是一个大家族,有非常多的品种。中国兰又名地生兰,按其形态,可分为春兰、蕙兰、建兰、墨兰、寒兰等。我国云南、四川、广东、福建及中原和华北山区均有野生兰花。兰花喜温暖、湿润、半阴环境,适宜在疏松的腐殖质土中生长,要求适量施肥和及时浇水。兰花可以装点书房和客厅,还能净化空气。兰花从容优雅,花香馥郁,素有"花中雅士""王者之香"的美誉,为"君子之花"。

2. 山谷小溪玉井凉:指在各种环境里都有兰花生长,都能见到兰花优美的风姿。

3. 馨香:香气。散布很远的香气。

4. 常置书窗笔砚旁:文人雅士对兰花更是情有独钟。一盆散发着幽幽香气的兰花,尽显高雅。

2019年9月7日于南京

十大名花(绝句十首)·其五　月季

四季嫣红姹紫生(韵),枝繁叶茂舞清风(韵)。
只因月月花开遍,忘却珍惜一段情(韵)。

1. 月季:蔷薇科蔷薇属常绿(也有的落叶)灌木。枝干特征因品种而不同。有高达100~150厘米直立向上的直生型;有高度60~100厘米枝干向外侧生长的扩张型;有高不及30厘米的矮生型或匍匐型;还有枝条呈藤状依附它物生长的攀缘型。月季的枝干除个别品种光滑无刺外,一般均有皮刺。叶互生,由3~7枚小叶组成奇数羽状复叶,卵形或长圆形,有锯齿。花单生或丛生于枝顶,花型及瓣数因品种而有很大差异。花的色彩丰富,有些品种有淡香或浓香。月季月月开花,常年花繁叶茂,堪称"花中皇后",被北京等40多个城市选为市花。

2. 忘却珍惜一段情:物以稀为贵。昙花一现,人们感到珍贵。月季月月开花,常年花繁叶茂,人们反倒不珍惜了。

2019年9月7日于南京

十大名花(绝句十首)·其六　杜鹃

繁花似锦彩如虹[韵],绚丽多姿岭上风[韵]。
望帝春心多少泪？漫山遍野映山红[韵]。

1. 杜鹃：杜鹃花，别名“映山红”，杜鹃花科杜鹃花属常绿或半常绿灌木。杜鹃花为世界著名观赏花卉。据不完全统计，全世界杜鹃花属植物约有800余种(有说1000余种)，而原产我国的就有650种之多。近年来，我国引进大量西洋杜鹃。西洋杜鹃株型低矮，花朵密集，花色丰富，适宜室内盆栽，花期正值春节之际，受到花卉爱好者的青睐。杜鹃花喜温暖、半阴环境，宜于酸性腐殖土生长。杜鹃花可入药，有去风湿、调经和血、安神去燥之功效，尤其是东北、华北野生的映山红，疗效十分显著。杜鹃花繁花似锦、绚丽多姿，有“花中西施”之称。

2. 望帝春心多少泪？漫山遍野映山红：这两句是关于“杜鹃啼血”的传说。杜鹃啼血：相传古蜀帝杜宇，号望帝。在亡国后死去，其魂化为“子规”，即杜鹃鸟。他死后化为杜鹃鸟仍对故国念念不忘，每每深夜在山中哀啼，其声悲切，以至于泪尽啼血。而啼出的血，便化成了杜鹃花，就是满山遍野的映山红。唐朝诗人李商隐在他的《锦瑟》诗中写道：“锦瑟无端五十弦，一弦一柱思华年。庄生晓梦迷蝴蝶，望帝春心托杜鹃。沧海月明珠有泪，蓝田日暖玉生烟。此情可待成追忆，只是当时已惘然。”其“望帝春心托杜鹃”即指此典。

2019年9月7日于南京

十大名花(绝句十首)·其七　荷花

亭亭玉立满湖塘[韵],妩媚清新淡雅妆[韵]。
翠叶田田尘不染,薰风阵阵送花香[韵]。

1. 荷花:荷花,又名莲花、水芙蓉,为莲科莲属多年水生草本植物。荷花是我国著名水生花卉,栽培历史悠久。荷花根茎肥大、有节,俗称“莲藕”,叶盾形,分为“浮叶”和“立叶”两种。花有单瓣和重瓣之分,花色有粉红、桃红、白色、黄色等,亦有复色品种。荷花在我国各地多有栽培,有的可观花,有的可生产莲藕,有的专门生产莲子。荷花是布置水景园的重要水生花卉,它与睡莲、水葱、蒲草配植,使水景园格外秀丽壮观。其花期在7月至8月,果熟期为9月。莲藕、莲子可食用,莲蓬、莲子心可入药,有清热、安神之效。荷花亭亭玉立,娇姿妩媚,清新脱俗,香远益清,出淤泥而不染,有“花中仙子”之称。荷花被佛教界尊为圣花。

2. 田田:枝叶挨挨挤挤,层层叠叠,形容荷花生长得很茂盛。

2019年9月7日于南京

十大名花(绝句十首)·其八　茶花

淡抹浓妆绿映红[韵],花中娇客醉春风[韵]。

缤纷艳丽娇无那,更有芬芳满院生[韵]。

1. 花中娇客醉春风:在十大名花中,茶花为“花中娇客”。醉春风,即茶花开在春天,迎着春风绽放。2018年元宵节,余阖家游厦门,曾见到过一株粉茶花,其花朵硕大艳丽,奇香无比。

2019年9月7日于南京

十大名花(绝句十首)·其九　桂花

月中仙桂殿生光㊕,散落人间九里香㊕。
玉露金风秋夜里,芳醇馥郁世无双㊕。

1. 九里香:桂花的美称。喻其香气浓郁绵长。

2. 馥郁:香气浓厚。

2019年9月7日于南京

十大名花(绝句十首)·其十　水仙

仙子凌波不胜寒(韵),婀娜倩影自相怜(韵)。
芳香馥郁清新处,多少生机碧水间(韵)?

1. 水仙:石蒜科水仙属多年生草本植物。水仙性喜温暖、湿润,已有1000多年的栽培历史,为传统观赏花卉。漳州水仙最负盛名,鳞茎大、形态美、花朵多、馥郁芳香,深受人们喜爱。水仙是冬季观赏花卉,可以用水泡养,亦能盆栽。常见栽培品种有“金盏银台”(单瓣花)和“玉玲珑”(重瓣花)。水仙茎叶清秀,花香宜人,可用于装点书房、客厅,格外生机盎然。水仙茎叶多汁有小毒,不可误食。鳞茎捣烂外敷,可以治疗疮痈肿。水仙素有“凌波仙子”的雅称,是我国传统名花。宋代理学大家朱熹就用“水中仙子来何处,翠袖黄冠白玉英”来赞美水仙花。

2. 凌波仙子:水仙花的雅称。

2019年9月7日于南京

诗话古代名桥(绝句十二首)·其一
赵州桥

洨河静静月华开㊞,一抹彩虹天上来㊞。
碧水映桥云度影,千年凝聚古人才㊞。

1. 中国古代名桥:桥,连接河的两岸以供通行。随着时间的推移,桥也开始从功能性逐渐升级,其美观和实用性都在不断增加,而最终成了一种文化的象征。中国是桥的故乡,自古就有“桥的国度”之称。中国历代能工巧匠建造的桥梁不计其数,有的已达上千年之久,这些桥梁流传至今,是中国悠久历史的见证。社会上早就有“中国古代十大名桥”之说,但众说纷纭,莫衷一是。仁者见仁,智者见智,莫可厚非 。余以为,既然是古代名桥,其一是“古”,年代要久远,起码应在清代以前为宜;其二是“名”,即从功能性、实用性、艺术性、建造的规模和难易程度及影响力等方面来考量。这里用小诗的形式赞美中国古代名桥,共列有古代名桥十二座,大致上是以建造的时间先后为序。它们是:赵州桥、洛阳桥、广济桥、卢沟桥、宝带桥、十字桥、安平桥、彩虹桥、泸定桥、五亭桥、五音桥、玉带桥。其中前四座桥,即赵州桥、洛阳桥、广济桥、卢沟桥为中国古代四大名桥。

2. 赵州桥:赵州桥,又名安济桥(宋哲宗赐名,意为“安渡济民”),因桥体全部用石料建成,当地称做“大石桥”,位于河北省赵县洨(xiáo)河上。赵州桥建于隋朝年间(595—605年),由著名匠师李春设计建造,距今已有1400多年的历史,是世界上现存最早、保存最完好的古代敞肩单孔石拱桥。被誉为“华北四宝之一”,为中国古代四大名桥之一。1961年被国务院列为第一批全国重点文物保护单位;1991年美国土木工程师学会将其选定为世界第十二处“国际土木工程历史古迹”;入选中国世界纪录协会世界最早的敞肩石拱桥,创造了世界之最。赵州桥桥长50.82米,跨径37.7米,券高7.23米,两端宽9.6米,中间略窄,宽9米。桥两端肩部各有两个小孔,称敞肩型,这是世界造桥史的一个创造。桥上雕有许多装饰,类型众多,丰富多彩,华美异常。

2019年9月12日于南京

诗话古代名桥(绝句十二首)·其二
洛阳桥

长虹亘海洛阳桥㊊,梁式筏基蛎固牢㊊。
万古安澜天堑变,千秋感念蔡州曹㊊。

1. 洛阳桥:原名“万安桥”,位于福建省泉州市东郊的洛阳江入海口,是著名的跨海梁式大石桥,素有“海内第一桥”之誉,是中国古代四大名桥之一。桥长834米,宽7米。为全国重点文物保护单位。由北宋泉州太守蔡襄主持建造,至今已有900多年历史。作为中国现存最早的跨海石桥,其创造的“筏型基础”“种蛎固基法”,是中国乃至世界造桥技术的创举。此桥在福建泉州,为何叫“洛阳桥”呢?据有关资料记载,早在唐、宋之前,由于社会动荡不安,时有战乱爆发,所以造成大量中原人南迁,迁到泉州及闽南一带的多数为河南和黄河、洛水一带的人士,泉州乃至整个闽南地区所用的语系称为河洛语,也就是现在所说的闽南语。这些中原人来到泉州,看到这里的山川地势很像古都洛阳,就把这个地方也取名为洛阳,江为洛阳江,此桥也以此而命名。

2. 长虹亘海洛阳桥:洛阳桥像一条长长的彩虹横亘在洛阳江入海口,一眼望去,连绵不断。

3. 梁式筏基蛎固牢:梁式指梁式桥。筏基、蛎固是当时造桥时创造的两种造桥技术,即“筏型基础”和“种蛎固基法”,是中国乃至世界造桥技术的创举,充分显示了古代劳动人民的非凡智慧。洛阳桥的建造是中国造桥史上的一座丰碑,成为人们千古传颂的佳话。

4. 蔡州曹:蔡襄,字君谟,仙游人(福建莆田),宋代“四大书法家之一”。两度出任泉州知府,主持建造洛阳桥,其功至伟。

2019年9月12日于南京

诗话古代名桥(绝句十二首)·其三
广济桥

虹跨韩江胜景娆㊞,梁浮启闭共观潮㊞。
冰壶玉鉴华亭秀,济美联芳锁画桥㊞。

1. 广济桥:古称康济桥、丁侯桥、济川桥,俗称湘子桥,位于广东省潮州市古城东门外,横跨韩江,联结东西两岸,为古代广东通向闽、浙之交通要津,是潮州八景之一,是潮汕地区著名的文化旅游胜地,全国重点文物保护单位,中国古代四大名桥之一。该桥始建于南宋乾道七年(1171年),至明朝嘉靖九年(1530年),历经宋、元、明三个朝代,共历时359年,最终形成"十八梭船廿四洲"的格局。广济桥为浮、梁结合结构,由东西两段石梁桥和中间一段浮桥组合而成。梁桥由桥墩、石梁和桥亭三部分组成。东边梁桥长283.35米,有桥墩12个和桥台一座,桥孔12个,西边梁桥长137.3米,有桥墩8个,桥孔7个,石梁宽5米。中间浮桥长97.3米,由18只木梭船连接而成。根据潮水大小和时间,浮桥可开启和闭合。梁桥上共建有各式精美桥亭30个,其中12个为殿阁式,18个为杂式亭台。广济桥集梁桥、浮桥、拱桥于一体,是我国古桥的孤例,被著名桥梁专家茅以升誉为"世界上最早的启闭式桥梁"。远远望去,长桥卧波,亭阁连绵,美不胜收。

2. 梁浮启闭共观朝:广济桥为浮、梁结合结构,浮桥可开启和闭合。

3. 冰壶玉鉴:广济桥共有24个石洲(石墩),石洲上建有桥亭。其中早期两个石洲上的桥亭名"冰壶""玉鉴"。这里用其代表桥上华美的桥亭。

4. 济美联芳锁画桥:广济桥上有众多华美的桥亭将大桥装饰的美轮美奂。

2019年9月12日于南京

诗话古代名桥(绝句十二首)·其四
卢沟桥

卢沟晓月映狮桥(韵),如画江山曙色娇(韵)。
烽火狼烟从此始,七七事变起狂飙(韵)。

1. 卢沟桥:亦称芦沟桥,位于北京市西南约15公里的永定河上,为北京现存最古老的联拱石桥。卢沟桥始建于金大定29年(1189年),建成于金明昌3年(1192年),元、明两代曾经修缮,清康熙37年(1698年)重修。桥全长212.2米,为华北最长的古代石桥。桥有11孔,各孔的净跨距和矢高均不相等,边孔小、中孔逐渐增大。全桥有十个桥墩,宽度为5.3米至7.25米不等。桥面两侧筑有石栏,柱高1.4米,各柱头上刻有石狮,或蹲、或伏,或大抚小,或小抱大,形态各异,共有485只。石柱间嵌石栏板,高85厘米。桥两端各有华表、御碑亭、碑刻等。卢沟桥以其精美的石刻艺术享誉于世。卢沟桥为中国古代四大名桥之一。另外,"卢沟晓月"是古时北京八景之一,其意境是由远山、近水、美桥、晓月共同组成的一幅绝美的画面,岁月静好,恬淡而宁静。1937年7月7日,日本帝国主义在此发动全面侵华战争,史称"卢沟桥事变"(亦称"七七事变")。中国抗日军队在卢沟桥打响了全面抗战的第一枪。

2. 狮桥:卢沟桥上雕刻有形态各异的石狮485只,故称其为"狮桥"。

3. 狂飙(biāo):暴风。这里用以形容举国上下全面抗战的怒潮。

2019年9月12日于南京

诗话古代名桥(绝句十二首)·其五
宝带桥

多孔联翩映水中(韵),苍龙绵亘带临风(韵)。
长虹飘落涛声起,漕运繁忙屡废兴(韵)。

1. 宝带桥:宝带桥又名长桥,是古代桥梁建筑的杰作,位于江苏省苏州市吴中区长桥镇,傍京杭大运河西侧,跨澹台湖口,是驰名中外的多孔石拱桥,与赵州桥、卢沟桥等合称为中国十大名桥。全桥用金山石筑成,桥长316.8米,桥有53孔,是中国现存的古代桥梁中,最长的一座多孔石桥。该桥始建于唐元和十一年至十四年(816—819年),为刺史王仲舒主持建造。为筹措建桥资金,王仲舒带头将自己的玉质宝带捐出,宝带桥之名由此而来。又说因桥似宝带浮于水上而得名。宝带桥是横跨在澹台湖口的纤道建筑。古时每逢漕运,古运河内满载货物的船只挽舟拉纤顺利通过300多米宽的澹台湖口,加快了漕粮北运的速度。后经历代多次重修,明代建成53孔石拱桥,现存桥为清同治十一年(1872年)重建,1956年修葺恢复旧观。2001年被列为第五批全国重点文物保护单位,2014年作为中国大运河重要遗产点列入世界遗产名录。

2. 苍龙绵亘带临风:形容宝带桥像一条长长的巨龙连绵跨越在澹台湖口,又像一条长长的玉带临风飘落在水面上。绵亘:连接;绵延。

2019年9月12日于南京

诗话古代名桥(绝句十二首)·其六
十字桥

鱼沼飞梁举世无㊃,大鹏展翅晋泉出㊃。
桥呈十字奇思妙,南北东西任自如㊃。

1. 十字桥:十字桥,又称"鱼沼飞梁"。位于山西省太原市晋祠内的主体建筑圣母殿前,北宋崇宁元年(1102年)建。桥梁为十字形,如大鹏展翅。该桥形状典雅大方,造型独特,是国内现存古桥梁中仅有的一例。全桥由34根铁青八角石支撑,柱顶有柏木斗拱与纵、横梁连接,上铺十字桥面,汉白玉栏杆,方砖铺面,南来北往、东去西行的游人都可以通过。因这桥构造奇巧,民间传说是鲁班建造。桥梁多年经风雨,材质坚固,为中国古代十大名桥之一。

2. 大鹏展翅晋泉出:十字桥又名"鱼沼飞梁",即飞梁架在鱼池上。桥梁为十字形,如大鹏展翅。晋祠内有"三晋名泉"。"天下第一泉",又称"难老泉",为晋水之主源,泉流昼夜不息,滔滔泉水从宋殿旁的龙口喷出,形成六、七尺的瀑布,下注池中,清澈见底。沼,水池。

2019年9月12日于南京

诗话古代名桥(绝句十二首)·其七
安平桥

天下无桥长此桥[韵],连梁石板入云霄[韵]。
海湾飘落金丝带,百业兴隆路一条[韵]。

1. 安平桥:安平桥,位于福建省晋江市安海镇和南安市水头镇之间的海湾上,为中国现存古代最长的石桥,是古代桥梁建筑的杰作,享有"天下无桥长此桥"之誉。因安海镇古称安平道,由此得名。又因桥长约5华里,俗称五里桥。安平桥属于中国古代连梁式石板平桥,始建于南宋绍兴八年(1138年),历时十四年建成。明清两代曾多次重修。该桥是中古时代世界上最长的梁式石桥,也是中国现存最长的海港大石桥。安平桥全长2070米,桥面宽3~3.8米,共有361个桥墩。桥墩用花岗岩条石横直交错叠砌而成,有3种不同形式:长方形、单边船形和双边船形。桥上筑憩亭5座,桥两侧水中建有4座方形石塔和1座圆塔,桥的入口处筑有1座白塔,高22米,砖砌,五层,平面呈六角形,空心。安平桥显示了古代劳动人民的聪明才智和桥梁建造的辉煌成就,为1961年国家公布的第一批全国重点文物保护单位。

2. 连梁石板入云霄:安平桥的形制为连梁式石板平桥,桥跨海湾,一眼望不到头,直入云霄。

2019年9月12日于南京

诗话古代名桥(绝句十二首)·其八
彩虹桥

最美廊桥看婺源㊀,彩虹飘落两山连㊀。
一湾碧水悠悠去,览尽风光数百年㊀。

1. 彩虹桥:婺源有一种颇有特色的桥——廊桥,所谓廊桥就是一种带顶的桥,这种桥不仅造型优美,最关键的是,它可以在雨天里供行人歇脚。彩虹桥是婺源廊桥的代表作,是中国历史上最悠久的廊桥,建于南宋时期(1137年),至今已有800多年的历史。这座桥以唐诗"两水夹明镜,双桥落彩虹"的意境取名。从和尚胡济祥化缘募集资金到桥建成,历时近十年,在完工时,雨过天晴,蓝天上挂着一道美丽的彩虹,当地人认为这是吉祥的好兆头,因此将此桥命名为彩虹桥。桥长140米,桥面宽3米多,4墩5孔,由11座廊亭组成,廊亭中有石桌石凳。该桥设计科学,保存完好,被众多媒体誉为最美的廊桥,是绝美乡村——婺源的标志性建筑。

2. 览尽风光数百年:彩虹桥周围景色优美,青山如黛,碧水澄清,坐在这里稍做休憩,浏览四周风光,会让人深深体验到婺源之美。站在桥上,往上游眺望,有五座连绵的山峰,形如笔架,称为笔架山。山脚下是碧波荡漾的文彭小西湖。关于文彭小西湖之名的来历,有如下说法:明朝嘉靖年间,吴派篆刻祖师文彭,应学生何震(婺源人,徽派篆刻祖师。篆刻史上将二人称为"文何")之邀,乘竹筏逆流而上,见这一带碧波潋滟、风光旖旎,蜿蜒的古驿道在千年的古林中延伸,青山、碧水、庙宇、村落、古桥、河道构成一幅美丽的山水画卷,文彭情不自禁地赞叹道:"此乃小西湖也!"并在临水石壁上题刻"小西湖"。此后,人们遂称这里为"文彭小西湖"。八百多年过去了,这里依然美的让人心醉。

2019年9月12日于南京

诗话古代名桥(绝句十二首)·其九
泸定桥

大渡桥横铁索寒㊙,悠悠天堑贯西南㊙。
边陲安定民和睦,惊险奇绝世代传㊙。

1. 泸定桥:泸定桥又称大渡桥、铁索桥,是中国古代桥梁建筑的杰作。泸定桥是四川省西部甘孜藏族自治州泸定县泸桥镇境内的一座跨大渡河的铁索桥。相传康熙帝统一中国后,为了加强川藏地区的文化经济交流而御批修建此桥。该桥始建于清康熙四十四年(1705年),建成于康熙四十五年。康熙御笔题写"泸定桥",并立御碑于桥头。泸定桥桥长103.67米,宽3米,由13根碗口粗的铁链固定在两岸桥台落井里,9根作底链,4根分两侧作扶手,共有12164个铁环相扣,全桥铁件重40余吨。两岸桥头堡为木结构古建筑,风貌独特系国内独有。在漫长的历史中,泸定桥是四川和西藏之间茶马古道的交通咽喉,是中华边陲民族和睦、国家统一的安定之桥。曾有对联题道:"东环泸水三千里,西出盐关第一桥。"自清代以来,泸定桥为四川入藏的咽喉要道和军事要津。1961年,泸定桥被国务院公布为第一批全国重点文物保护单位。

2019年9月12日于南京

诗话古代名桥（绝句十二首）·其十 五亭桥

瘦西湖上月当头㊀，五朵莲花映碧流㊀。
画舫兰舟桥下过，箫声阵阵拂玉楼㊀。

1. 五亭桥：五亭桥有“中国最美的桥”之称，是古代桥梁建筑的杰作，位于国家5A级景区——江苏省扬州市瘦西湖内。五亭桥始建于清乾隆二十二年(1757年)，是仿北京北海的五龙亭和十七孔桥而建，具有极高的桥梁工程技术和艺术水平。其最大的特点是阴柔阳刚的完美结合，南秀北雄的有机融合。该桥建于莲花堤上，所以又叫“莲花桥”。桥的造型秀丽，上建五亭，挺拔秀丽的风亭就像五朵冉冉出水的莲花，黄瓦朱柱，配以白色栏杆，亭内彩绘藻井，富丽堂皇。桥下列四翼，共有十五个券(xuàn)洞，彼此相通。每当皓月当空，各洞衔月，金色荡漾，众月争辉，倒挂湖中，令人不可捉摸。正如清人黄惺庵赞道：“扬州好，高跨五亭桥。面面清波涵月镜，头头空洞过云桡。夜听玉人箫。”唐杜牧的诗写道：“青山隐隐水迢迢，秋尽江南草未凋。二十四桥明月夜，玉人何处教吹箫。”如果把瘦西湖比做一个婀娜多姿的少女，那么五亭桥就是少女身上那条华美的腰带。五亭桥不但是瘦西湖的标志，也是古城扬州的象征。

2. 五朵莲花：指五亭桥的五个风亭。挺拔秀丽的风亭就像冉冉出水的五朵莲花，竞秀在瘦西湖上。

2019年9月12日于南京

诗话古代名桥(绝句十二首)·其十一
五音桥

东陵一景五音桥(韵),徵羽宫商任尔敲(韵)。
方解石材堪妙用,洁白玉润细工雕(韵)。

1. 五音桥:五音桥是古代桥梁建筑的杰作,位于河北省遵化市清东陵顺治皇帝孝陵神道上。桥长110.6米、宽9.1米,桥上有石望柱128根,抱鼓石4块,两边安设有方解石栏板126块,每块栏板的形状和大小相同,如果顺着敲击,会发出叮叮咚咚不同的声音,是一座能发出音响的建筑物。声音包括中国古代声乐中宫、商、角、徵、羽五音,所以称为"五音桥"。敲击时需用木质敲击器,以获得最佳效果。"七孔五音桥"是清东陵顺治皇帝陵区里众多石桥中最大、最奇特、最神秘而有趣的一座桥梁。

2. 方解石:作为板材,能发出声音的一种石材。

2019年9月12日于南京

诗话古代名桥(绝句十二首)·其十二
玉带桥

玉带轻盈似彩虹㊣,桥涵倒映月玲珑㊣。
碧波荡漾湖中影,疑是蓬莱海上风㊣。

1. 玉带桥:全国各地有许多桥梁名叫“玉带桥”,而其中最著名的一座位于北京颐和园昆明湖长堤上。该桥建于清乾隆年间(1736—1795年),距今已有200多年的历史。该桥为单孔桥,净跨度11.38米,矢高约7.5米,全部用玉石琢成,桥面呈双反向曲线,组成波形线桥型,配有精制白石栏板,显得格外富丽堂皇。玉带桥是颐和园里著名的建筑物之一,在西堤六桥中是极令人喜爱的一座,是西堤上唯一的高拱石桥,桥身、桥栏用青白石和汉白玉雕砌,洁白如玉,宛如玉带。洁白的桥栏望柱上,雕有各式向云中飞翔的仙鹤,雕工精细,形象生动。玉带桥拱高而薄,弧形的线条十分流畅。半圆的桥洞与水中的倒影,构成一轮透明的圆月,四周桥栏望柱倒影参差,在绸缎般的水面上浮动荡漾,景象十分动人。此桥旧名“穹桥”,俗称“驼峰桥”,均以形象命名。玉带桥的造型具有我国长江三角洲地区石拱桥的风格,以纤秀、挺拔、轻巧为其特色。桥下原为玉泉山泉水注入昆明湖的入水口,也是帝后乘船至玉泉山的通道。

2. 桥涵倒映月玲珑:玉带桥半圆的桥洞和它在水面上的倒影,共同组成一个玲珑的圆月形。兰舟画舫从桥洞中穿过,远远望去,恰如进入圆月之中,美妙绝伦,给人以无穷的遐想。

2019年9月12日于南京

醉中秋

高楼望月月华明㊞,遍洒清辉照后庭㊞。
案列珍馐山笋绿,厨烹佳脍海虾红㊞。
金风送爽星光淡,丹桂飘香玉露浓㊞。
阶下蛩鸣声断续,中秋夜宴醉朦胧㊞。

1. 珍馐佳脍:美味的食品,珍贵的菜肴。

2019年中秋夜于南京

月到中秋

清风淡淡桂香流(韵),月到中秋分外柔(韵)。
岁岁年年同守望,愁思一片在心头(韵)。

2019年中秋夜于南京

台城怀古

金陵梦断古城头㊖，览尽人间风雨愁㊖。
十代繁华留胜迹，六朝泯灭见荒丘㊖。
干戈霸业茫然去，烟月楼台寂寞休㊖。
却笑当年陈后主，江山岂在井中求㊖？

1. 金陵梦断古城头，览尽人间风雨愁：台城为六朝时历代王朝的后宫禁城，是东晋和南朝诸代政治、军事和思想文化的中心。千百年来，干戈烽火、朝代更迁都发生在这里。成败荣辱，风雨忧愁都与这里休戚相关、紧密相连。

2. 却笑当年陈后主，江山岂在井中求：南朝末年，陈后主苟安江南，与美女、佞臣游宴赋诗，通宵达旦，把国事置之一边。隋开皇九年(589年)，隋文帝杨坚统一北方后，发兵伐陈。陈叔宝自恃长江天堑可守，依然沉湎于酒色，犹奏乐府吴声《玉树后庭花》《临春曲》。直到台城被攻破，陈叔宝才酒醒，慌忙携宠妃张丽华、孔贵嫔隐匿于景阳殿侧的枯井中，后被隋兵发现。据传，将他们三人从井中吊上来时，粉面黛目的妃嫔涕泪俱下，胭脂沾满井石栏，以帛拭之不去，遂留下胭脂痕迹，故名“胭脂井”，又叫“辱井”。据《景定建康志》《至正金陵新志》记载，胭脂井原名“景阳井”，在台城内，后淹没。为了让人们记住陈后主奢淫亡国的教训，遂在法宝寺(今鸡鸣寺)侧再立胭脂井。宋朝进士曾巩写了《辱井铭》，书篆文刻于石井栏之上，铭曰：“辱井在斯，可不戒乎。”宰相王安石也曾留诗一首：“结绮临春草一丘，尚残宫井戒千秋。奢淫自是前王耻，不到龙沉亦可羞。”后人遂将《玉树后庭花》称为亡国之音。

2019年9月15日于南京

诗话古代名楼(绝句十三首)·之一
黄鹤楼

秀美雄姿岁月流(韵),形如黄鹤楚天游(韵)。
烟波浩渺连云去,天下江山第一楼(韵)。

1. 中国古代名楼:中国是楼的国度,古往今来,历朝历代,上承皇帝,下至道、府、州、县地方官吏,都喜欢修建楼阁。中国古代的楼阁,或用来纪念大事、或用来宣扬政绩、或用来求神拜佛、或用来镇妖伏魔、或倡导文教提倡文风、或观赏风景、或用于藏书,以及用来进行军事防御的城楼、报时的钟鼓楼等,不一而足。在现代人编辑的《中华名楼大观》里,就收录了古代名楼170余座,可谓洋洋大观。中国历来有“三大名楼”“四大名楼”“八大名楼”“十大名楼”之说。各种说法互为参差,仁者见仁,智者见智,莫衷一是。而中国历史上公认的只有三大名楼,以其成名的时间先后为:滕王阁(因王勃的《滕王阁序》而闻名)、黄鹤楼(因崔颢的《黄鹤楼》诗而闻名)、岳阳楼(因范仲淹的《岳阳楼记》而闻名)。而四大名楼之说,就是在这三大名楼之外再加上自己以为可以与之相匹敌的古楼而成。所以各地都有不同的四大名楼之说。常见的有以下几种说法:①黄鹤楼、岳阳楼、滕王阁、蓬莱阁(因苏轼的《海市诗》及传奇神话《八仙过海》而闻名);②黄鹤楼、岳阳楼、滕王阁、鹳雀楼(因王之涣的《登鹳雀楼》诗而闻名);③黄鹤楼、岳阳楼、滕王阁、越王楼(因杜甫的《越王楼歌》而闻名),等等。而八大名楼及十大名楼之说也是如此。中国古代名楼,每一座楼阁都精美绝伦,具有极高的工程技术和艺术水平,充分反映了中国古代劳动人民的聪明才智和非凡的创造力,给人以美的享受。这里以小诗的形式赞美古代十三座名楼：黄鹤楼、岳阳楼、滕王阁、蓬莱阁、鹳雀楼、越王楼、大观楼、甲秀楼、烟雨楼、太白楼、望江楼、镇海楼、八咏楼。

2. 黄鹤楼：黄鹤楼，位于湖北省武汉市长江南岸的武昌蛇山峰岭之上，为国家5A级旅游景区，享有“天下江山第一楼”“天下绝景”之称。黄鹤楼是武汉市标志性建筑，与晴川阁、古琴台并称武汉三大名胜。为中国古代四大名楼之一。黄鹤楼坐落在海拔61.7米的蛇山顶上。楼高5层（内部实为九层），总高度52.6米，建筑面积3219平方米。72根圆柱拔地而起，雄浑稳健。60个翘角凌空舒展，恰似黄鹤腾飞。楼的屋面用10多万块黄色琉璃瓦覆盖。屋顶错落，翼角嶙峋，气势雄壮。在蓝天白云的映衬下，黄鹤楼色彩绚丽，雄奇多姿。远远望去，整座楼形如黄鹤展翅欲飞。黄鹤楼始建于三国时吴黄武二年（223年）。唐代著名诗人崔颢在此题下《登黄鹤楼》一诗：“昔人已乘黄鹤去，此地空余黄鹤楼。黄鹤一去不复返，白云千载空悠悠，晴川历历汉阳树，芳草萋萋鹦鹉洲。日暮乡关何处是，烟波江上使人愁。”该诗已成为千古绝唱，从而使黄鹤楼名声大噪。而李白的《与史郎中钦听黄鹤楼上吹笛》：“一为迁客去长沙，西望长安不见家。黄鹤楼中吹玉笛，江城五月落梅花”，更是为武汉“江城”的美誉奠定了基础。

2019年9月21日于南京

诗话古代名楼(绝句十三首)·之二
岳阳楼

木叶君山下洞庭㊎,城楼遥望水云中㊎。
巴陵胜概独无二,传记名扬海内雄㊎。

1. 岳阳楼:位于湖南省岳阳市古城西门城墙之上,下瞰洞庭,前望君山,自古有“洞庭天下水,岳阳天下楼”之美誉。岳阳楼与湖北武汉黄鹤楼、江西南昌滕王阁并称为“江南三大名楼”。1988年1月被国务院确定为全国重点文物保护单位。岳阳楼始建于公元220年前后,距今已有1800年的历史。其前身相传为三国时期东吴大将鲁肃的“阅军楼”,晋和南北朝时称“巴陵城楼”。岳阳楼坐西朝东,构造古朴独特。台基以花岗岩围砌而成,主楼高19.42米,进深14.54米,宽17.42米,为三层、四柱、飞檐、斗拱、盔顶、纯木结构。楼中四根楠木金柱直贯楼顶,周围绕以廊、枋、椽、檩互相榫(sǔn)合,结为整体。岳阳楼作为三大名楼中唯一保持原貌的古建筑,其独特的盔顶结构,更是体现古代劳动人民的聪明智慧和能工巧匠的精巧设计与技能。北宋范仲淹脍炙人口的《岳阳楼记》,更使岳阳楼著称于世。

2. 木叶君山下洞庭:秋风里万木凋零,君山上落叶纷飞,浩浩荡荡的洞庭湖水与长天一色,旷远迷茫。这句化用屈原《九歌·湘夫人》中“袅袅兮秋风,洞庭波兮木叶下”的句意。另外,宋代画家、词人张舜民有词《卖花声·题岳阳楼》,其首句也用到“木叶下君山”,其全词为:“木叶下君山,空水漫漫。十分斟酒敛芳颜。不是渭城西去客,休唱阳关。醉袖抚危阑,天淡云闲。何人此路得生还?回首夕阳红尽处,应是长安。”

2019年9月21日于南京

诗话古代名楼(绝句十三首)·之三
滕王阁

滕阁丽影赣江边㊎,华美雄文世代传㊎。
秋水长空浑一色,彩霞飘落九重天㊎。

1. 滕王阁:滕王阁,中国古典建筑的巅峰代表,与湖北武汉的黄鹤楼、湖南岳阳的岳阳楼并称为“江南三大名楼”。位于江西省南昌市西北部赣江东岸。始建于唐永徽四年(653年),为唐高祖李渊之幼子李元婴(封滕王)任洪州都督时所建,为南方现存唯一的一座皇家建筑。历史上的滕王阁先后共重建达29次之多,屡毁屡建。第二十九次重建的滕王阁于1989年10月8日重阳节胜利落成。新建的滕王阁主体建筑净高57.5米,建筑面积13000平方米。其下部为象征古城墙的12米高台座,分为两级。台座以上的主阁取“明三暗七”格式,加台座共为九级。滕王阁旅游区为国家5A级旅游景区。“时来风送滕王阁”,滕王阁因“初唐四杰”之首的王勃的一篇骈(pián)文——《秋日登洪府滕王阁饯别序》(简称《滕王阁序》)而名贯古今,誉满天下。文以阁名,阁以文传,历千载沧桑而盛誉不衰。滕王阁因王勃的名句“落霞与孤鹜齐飞,秋水共长天一色”而流芳后世。自王勃的“千古一序”之后,王绪曾为滕王阁作《滕王阁赋》,王仲舒又作《滕王阁记》,传为“三王记滕阁”的佳话。后大文学家韩愈又作《新修滕王阁记》。于是,由王勃、韩愈等人开创了“诗文传阁”的先河,致使后来的文人学士登阁题诗作赋相沿成习。1599年,明代大戏剧家汤显祖首次在滕王阁上排演戏剧《牡丹亭》,又开创了滕王阁上演戏曲的先例。

2. 华美雄文世代传：指王勃的《滕王阁序》，以及王绪的《滕王阁赋》、王仲舒的《滕王阁记》和韩愈的《新修滕王阁记》等。

3. 彩霞飘落九重天：赞美滕王阁的恢宏与壮美。滕王阁像一片美丽的彩霞从九天上飘落在赣江边。

2019年9月21日于南京

诗话古代名楼(绝句十三首)·之四
蓬莱阁

人间仙境话蓬莱㊛,海市蜃楼晴日开㊛。
虎踞丹崖观万象,秦皇汉武几徘徊㊛。

1. 蓬莱阁:位于山东省蓬莱市区西北的丹崖山上,是一处凝聚着中国古代劳动人民智慧和艺术结晶的古建筑群。蓬莱阁的主体建筑建于宋嘉佑六年(1061年),素以“人间仙境”著称于世,其“八仙过海”的传说和“海市蜃楼”奇观享誉海内外。蓬莱阁是由包括三清殿、吕祖殿、苏公祠、天后宫、龙王宫、蓬莱阁、弥陀寺等几组不同的祠庙、殿堂、楼阁、亭坊组成的建筑群,统称为蓬莱阁,面积达32800平方米。蓬莱阁与黄鹤楼、岳阳楼、滕王阁一起,并称为中国古代四大名楼,为全国重点文物保护单位。蓬莱阁历经风雨沧桑,如今已发展成为以古建筑群为中轴,蓬莱水城和田横山为两翼,四种文化(神仙文化、精武文化、港口文化、海洋文化)为底蕴,山(丹崖山)海(黄渤二海)城(蓬莱水城)阁(蓬莱阁)为格局,登州博物馆、古船博物馆、田横山、合海亭及黄渤海分界坐标等20余处景点为点缀,融自然风光、历史名胜、人文景观、休闲娱乐为一体的风景名胜区和休闲度假胜地。

2. 人间仙境话蓬莱:蓬莱素有仙境之称。在中国古代流传下来的神话中,有两个重要系统:一个是昆仑神话系统,一个是蓬莱神话系统。昆仑神话系统发源于西部高原地区,瑰丽的故事传到东方以后,与浩瀚的大海这一自然条件相结合,形成了蓬莱神话系统。蓬莱也就成为东方神话的策源地。《山海经》和《封禅书》中,都把蓬莱、方丈、瀛洲三座神山描绘得活灵活现,于是便引得齐威王、燕昭王派出探险家到海中寻求神山，秦始皇东巡求药，汉武帝御驾访仙。据史籍记载，蓬莱城北海面常出现海市，散而成气，聚而成形，虚无缥缈，变幻莫测。那些好事的方士便以海市的虚幻神奇，更进一步演绎了海上三神山的传说，惟妙惟肖地描绘出一个令世人向往的神仙世界。后来，广为流传的“八仙过海”的神话，也源于此。相传吕洞宾、铁拐李、张果老、汉钟离、曹国舅、何仙姑、韩湘子、蓝采和八位神仙，在蓬莱阁醉酒后，凭借各自的宝器，凌波踏浪、漂洋渡海而去，留下“八仙过海、各显其能”的美丽传说。蓬莱被称为“人间仙境”也就不足为奇了。

3. 海市蜃楼晴日开：“海市蜃楼”为一大奇观。每当春夏、夏秋之交，空晴海静之日，蓬莱阁前海面上时有“海市蜃楼”奇观出现。海上劈面立起一片山峦，或奇峰突起，或琼楼迭现，时分时聚，梦幻迷离，缥缈难测，不由人不心醉神迷。苏东坡的《海市诗》中写道：“东方云海空复空，群仙出没空明中。荡摇浮世生万象，岂有贝阙藏珠宫”，袁可立的《海市诗》中“纷然成形者，或如盖，如旗，如浮屠，如人偶语，春树万家，参差远迩，桥梁洲渚，断续联络，时分时合，乍现乍隐，真有画工之所不能穷其巧者”的描绘，正是“海市蜃楼”这一奇景的生动写照。

4. 丹崖观万象：丹崖，蓬莱阁所在的丹崖山。观万象，观看“海市蜃楼”这一海上奇观的万象纷纭。

2019年9月21日于南京

诗话古代名楼(绝句十三首)·之五
鹳雀楼

胜概名扬鹳雀楼㊖,望秦立晋锁中州㊖。
登临骋目青山远,滚滚黄河脚下流㊖。

1. 鹳雀楼:鹳雀楼,又名鹳鹊楼,因时有鹳雀栖其上而得名。鹳雀楼位于山西省永济市蒲州古城西面的黄河东岸,始建于北周(557—580年)。1997年12月,该楼的复建工程开始,2002年9月26日,新鹳雀楼落成并开始接待游人。新建的鹳雀楼是现存最大的仿唐建筑,外观四檐三层,内分六层,总高73.9米,总建筑面积达33206平方米,总重量58000吨,在建筑形制上充分体现了唐代风格。鹳雀楼楼体壮观,结构奇巧,高台重檐,黑瓦朱楹,占河山之胜,据柳林之秀,在唐、宋时期就被誉为中州大地的登高胜地。鹳雀楼立晋望秦,独立于中州,前瞻中条山秀,下瞰大河奔流,紫气度关而西入,黄河触华而东汇,龙盘虎视,下临八州,吸引了历代名流登临题诗作赋,以唐代诗人王之涣的《登鹳雀楼》最负盛名:"白日依山尽,黄河入海流。欲穷千里目,更上一层楼。"该诗使鹳雀楼名扬天下。唐人留诗者甚多,又如李益的《登鹳雀楼》:"鹳雀楼西百尺樯,汀洲云树共茫茫,汉家箫鼓空流水,魏国山河半夕阳。事去千年犹恨速,愁来一日即为长。风烟并起思乡望,远目非春亦自伤。"畅当的《题鹳雀楼》:"迥临飞鸟上,高出世尘间。天势围平野,河流入断山。"

2. 望秦立晋锁中州:鹳雀楼位于山西省永济市蒲州古城西面的黄河东岸,地处晋南门户,西望八百里秦川,南锁中原大地,据大河之险,下临八州,自古乃形胜之地。

2019年9月21日于南京

诗话古代名楼(绝句十三首)·之六
越王楼

霸气凌空冠九州(韵),龟山雄峙蜀江流(韵)。
唐家帝子揽才俊,天下诗文第一楼(韵)。

1. 越王楼:越王楼,位于四川省绵阳市龟山之巅,是唐太宗李世民第八子越王李贞任绵州刺史时所建,始建于唐高宗显庆年间(656—661年),距今已有1350多年的历史。越王楼是与黄鹤楼、岳阳楼、滕王阁齐名的唐代文化名楼,其规模宏大、富丽堂皇,楼高十丈,时居四大名楼之首(滕王阁高九丈,黄鹤楼高六丈,岳阳楼高三丈)。故有"越王楼霸气、黄鹤楼大气、滕王阁才气、岳阳楼秀气"之说。越王楼曾数度毁损,几经重建。恢复重建的越王楼仍建造于龟山遗址,占地面积84.2亩,呈唐式昂斗飞檐歇山式,底层东西长66米,南北宽88米,主楼高99米(滕王阁高57.5米,黄鹤楼高52.6米,鹳雀楼高73.9米,岳阳楼总高32米),共15层,建筑面积22207平方米,集阁、楼、亭、殿、廊、塔于一体。重建的越王楼在高度、形态和面积上均属国内仿古建筑之最。

2. 蜀江:蜀地的江水。这里的蜀江指涪(fú)江,嘉陵江的支流。越王楼踞龟山傍涪水。

3. 唐家帝子揽才俊:帝子,指越王李贞。在皇族诸王中,李贞以"才王"闻名,文武兼备,富有才干。公元656年,越王李贞以执政皇帝唐高宗的兄长身份任绵州刺史,坐镇大西南,防御吐蕃东侵。唐王朝从国库拨银50万两修建越王楼,其初衷之一是为加强防御,更重要的是栽梧桐引凤凰,广招天下人才。

4. 天下诗文第一楼：越王楼是天下诗文收录最丰富的名楼，共收录包括李白、杜甫、王勃、陆游等历代大诗人题咏越王楼的诗篇多达154篇（黄鹤楼112篇，滕王阁86篇，岳阳楼、鹳雀楼虽有名诗文，但并不多），可谓“一座越王楼，半部中国文学史”。诗文作者的档次也最高，除诗仙李白、诗圣杜甫外，几乎涵盖唐代以后的著名诗坛泰斗，故有“天下诗文第一楼”之誉。

2019年9月21日于南京

诗话古代名楼(绝句十三首)·之七
大观楼

滇池岸浦起琼楼㊎,万里云山几度秋㊎。
绝世长联辉日月,沧桑阅尽览风流㊎。

1. 大观楼:位于云南省昆明市滇池畔的近华浦南面,为三重檐琉璃戗(qiàng)角木结构建筑。清康熙二十九年(1690年)由巡抚王继文兴建。乾隆年间,布衣孙髯翁为大观楼撰写了180字长联,被誉为"天下第一长联",由名士陆树堂书写刊刻。大观楼因长联而成为与黄鹤楼、岳阳楼、鹳雀楼齐名的中国四大名楼。大观楼1983年被公布为云南省重点文物保护单位,2013年被公布为第七批全国重点文物保护单位。

2. 绝世长联:即昆明大观楼长对联,为清代处士孙髯翁所作。此联被誉为"天下第一长联""海内第一长联""古今第一长联"等。布衣寒士孙髯翁,一扫俗唱,挥就惊世骇俗的180字长联。上联写登大观楼游目骋怀,所见到"五百里滇池"的四周风光,下联抒发对云南"数千年往事"的无限感慨,情景交融,对仗工整,气魄宏大。长联挂在"五百里滇池"岸边的大观楼前300余年,为古今众多名士及广大游人所仰慕及推崇,一直流传不衰。长联使大观楼名扬四海,大观楼因长联而驰誉九州,成为与黄鹤楼、岳阳楼及鹳雀楼齐名的我国四大名楼之一。上联:五百里滇池奔来眼底,披襟岸帻,喜茫茫空阔无边。看,东骧神骏,西翥灵仪,北走蜿蜒,南翔缟素。高人韵士何妨选胜登临。趁蟹屿螺洲,梳裹就风鬟雾鬓;更苹天苇地,点缀些翠羽丹霞。莫辜负,四围香稻,万顷晴沙,九夏芙蓉,三春杨柳。下联:数千年往事注到心头,把酒凌虚,叹滚滚英雄谁在?想,汉习楼船,唐标铁柱,宋挥玉斧,元跨革囊。伟烈丰功费尽移山心力。尽珠帘画栋,卷不及暮雨朝云;便断碣残碑,都付与苍烟落照。只赢得,几杵疏钟,半江渔火,两行秋雁,一枕清霜。

2019年9月21日于南京

诗话古代名楼(绝句十三首)·之八
甲秀楼

鳌矶浮玉对芳洲[韵],翘角飞甍甲秀楼[韵]。
涵碧悠悠留倩影,南明河上竞风流[韵]。

1. 甲秀楼:著名古楼阁甲秀楼矗立在贵州省贵阳市南明河中的鳌矶石上(这块石头酷似传说中的巨鳌)。甲秀楼始建于明万历二十六年(1598年),至今已有400多年历史。明万历年间(1573—1620年),巡抚江东之于此筑堤联结南岸,并建一楼以培风水,名曰“甲秀”,取“科甲挺秀”之意。后楼毁重建,改名“来凤阁”。清代甲秀楼多次重修,并恢复原名。现存建筑是宣统元年(1909年)重建的。清代贵阳八景之一的“鳌矶浮玉”即为甲秀楼。楼高约22.9米,为木结构楼阁,三层三檐四角攒尖顶,画甍翘檐,红棂雕窗,白石巨柱托檐,雕花石栏相护,层层收进,这种构造在古建筑史上也是独一无二的。南明河从楼前流过,汇为涵碧潭。楼侧由九孔石拱桥“浮玉桥”连接两岸,桥上原有一座小亭名“涵碧亭”。甲秀楼朱梁碧瓦,四周水光山色,名实相符,堪称甲秀。2006年5月25日,甲秀楼作为明代古建筑,被列为第六批全国重点文物保护单位。

2. 鳌矶浮玉对芳洲:清代贵阳八景之一的“鳌矶浮玉”即为甲秀楼与其下的浮玉桥。浮玉桥有九孔,桥西侧有沙洲名芳杜洲,洲上花木缤纷。月朗星稀时,桥与沙洲相映成趣,名“九眼照沙洲”。

3. 甍:屋脊。

4. 涵碧:指甲秀楼下的涵碧潭和涵碧亭。

2019年9月21日于南京

诗话古代名楼(绝句十三首)·之九
烟雨楼

烟雨江南烟雨楼(韵),南湖景色雾中游(韵)。
倚栏眺望朦胧处,垂钓鳌矶文运留(韵)。

1. 烟雨楼:烟雨楼是浙江嘉兴南湖湖心岛上的主要建筑,现已成为岛上整个园林的泛称。烟雨楼正楼,楼两层,高约20米,建筑面积640余平方米,重檐画栋,朱柱明窗,在绿树掩映下,更显雄伟。烟雨楼,以唐代诗人杜牧“南朝四百八十寺,多少楼台烟雨中”的诗意而取名。烟雨楼始建于五代后晋年间(936—947年),初位于南湖之滨,吴越国广陵郡王钱元锿“台筑鸳湖之畔,以馆宾客”,为游观登眺之所。其时并无“烟雨楼”之名。据《至元嘉禾志》载,“烟雨楼”三字始见于南宋吴潜《水调歌头·题烟雨楼》词。后楼毁遗址无存。明嘉靖二十七年(1548年),嘉兴知府赵瀛疏浚市河,所挖河泥填入湖中,遂成湖心小岛。第二年,仿烟雨楼旧貌建楼于岛上。后经扩建、重建,逐渐成为具有园林特色的江南名楼。主楼坐南朝北,面对城垣。到乾隆帝南巡时,烟雨楼改建为南向而北负城郭。登烟雨楼望南湖景色,别有情趣。夏日倚栏远眺,湖中接天莲叶无穷碧,春天细雨霏霏,湖面上下烟雨朦胧,景色全在烟雾之中。

2. 垂钓鳌矶文运留:明隆庆五年沈奎修烟雨楼时,在楼前垒一石台,以“极目从游,浩然远适”。明万历年间嘉兴知府龚勉主持重修烟雨楼时,龚勉又把这石台增高,列级而降,可以临湖垂钓。龚勉把这一石台命名为“钓鳌矶”。钓鳌,出自《列子·汤问》:“龙伯之国有大人,举足不盈数步而暨五山之所,一钓而连六鳌,合负而趣归其国。”后用钓鳌比喻事业非凡。龚勉亲自写下了“钓鳌矶”三个大字，刊成石碑，嵌在石台之下。期望嘉兴府城中的读书人，在进京赴试时都能得中功名，独占鳌头。有意思的是，钓鳌矶筑成的下一年，即万历十一年（1583年），秀水县举人朱国祚得中状元，果然应了“钓鳌”的吉兆。从此之后，烟雨楼不再仅仅作为登临游览的胜地，而是成为“有关一郡文运”的象征了。

2019年9月21日于南京

诗话古代名楼(绝句十三首)·之十
太白楼

诗仙醉圣日登楼㊙,把酒临风胜迹留㊙。
梦断愁消荣辱忘,白云千载总悠悠㊙。

1. 太白楼:太白楼在中国一共有四处,分别是济宁太白楼、马鞍山太白楼、歙县太白楼、四川省江油市青莲镇李白故居太白楼。四处各具风格。其中李白在济宁生活二十余年,日日在太白楼上饮酒赋诗。李白在此得到玄宗皇帝的征召赴长安,后又受到玄宗皇帝的赐还后仍归于此,所以济宁太白楼与李白最为密切。济宁太白楼即“太白酒楼”,是唐代贺兰氏经营的酒楼,原址坐落在古任城东门里。李白于唐玄宗开元二十四年(736年)同夫人许氏及女儿平阳由湖北安陆移家至任城(济宁),居住在酒楼之前,“常在酒楼日与同志荒宴”。李白去世近百年时,唐懿宗咸通二年(861年),吴兴人沈光过济宁时为该楼篆书“太白酒楼”匾额,作《李翰林酒楼记》一文,从此“太白酒楼”成名并传颂于后世。明洪武二十四年(1391年),济宁左卫指挥使狄崇重建太白楼,以“谪仙”的寓意,依原楼的样式,移迁于南门城楼东城墙之上(即现址),并将“酒”字去掉,更名为“太白楼”,流传至今。太白楼建在三丈八尺高的城墙上,坐北朝南,系古楼阁式两层重檐歇山式建筑,斗拱飞檐,雄伟壮观。该楼面宽7间,东西长80米,南北进深13米,高15米,青砖灰瓦,朱栏游廊环绕,占地4000多平方米。楼上有李白塑像,碑碣林立,并嵌有李白、杜甫、贺知章全身阴线镌刻的“三公画像石”。楼内藏有珍贵的李白手书“壮观”斗字方碑和唐天宝元年(742年)李白醉书的《清平调》三首狂草横轴等珍贵文物。

2. 诗仙醉圣:指李白。

2019年9月21日于南京

诗话古代名楼(绝句十三首)·之十一
望江楼

望江楼上望江流(韵),江上望楼几代秋(韵)。
片片红笺飞锦绣,云光竹影伴人愁(韵)。

1. 望江楼:望江楼位于四川省成都市望江楼公园内,面积176.5亩,主要建筑有崇丽阁、濯锦楼、浣笺亭、五云仙馆、流杯池和泉香榭等。望江楼建于清光绪十五年(1889年),是明、清两代为纪念唐代女诗人薛涛而建。望江楼,又名崇丽阁,是望江楼公园最宏丽的建筑,屹立于锦江畔,高39米,共4层,每层四柱,阁廊宽敞,朱柱碧瓦,雕梁画栋,翘角飞檐,宝顶鎏金,金碧辉映。既有北方建筑的稳健雄伟,又有江南楼亭的秀丽玲珑。因其位于锦江边,故名"望江楼"。崇丽阁之名是取晋人左思《蜀都赋》中的名句"既丽且崇,实号成都"而命名,现已成为成都市的标志性建筑。薛涛一生爱竹,常以竹子的"苍苍劲节奇,虚心能自持"的美德来激励自己,后人便在望江楼公园内遍植各类佳竹,遂成国内名竹荟萃之地,也被称为"竹子公园"或"锦城竹园"。望江楼公园是国内最大的竹类公园,在全世界也属罕见。步入园中,但见幽篁森森,翠筠拂拂,竹类品种多达150余个。除原产于四川的各种竹子外,还从省外、国外引进了许多竹种。千姿万态,林林总总,让人大开眼界。园内有薛涛墓冢。

薛涛,字洪度,长安(今属陕西西安)人。随父宦居蜀中,自幼聪颖好学,才智出众。父丧后,因家贫,十五岁编入乐籍。她能诗善文,又谙音律,得当时西川节度使韦皋的赏识,能出入官府,曾做过校书郎,时称女校书。据记载,薛涛有诗五百首，同时期的著名诗人如元稹、白居易、令狐楚、裴度、杜牧、刘禹锡、张籍等都对她十分推崇，并写诗互相唱和。可惜这些诗歌大多散失，流传至今仅存九十余首。

2. 片片红笺飞锦绣：薛涛曾在住地碧鸡坊自制一种深红色小笺，其色彩绚丽且又精致，世称“薛涛笺”，风靡一时，历代多有仿制。

2019年9月21日于南京

诗话古代名楼(绝句十三首)·之十二
镇海楼

一阁飞峙傲蟠龙(韵),雄镇海疆壮楚庭(韵)。
五岭北来称胜览,摘星摩斗锁南溟(韵)。

1. 镇海楼:又名望海楼,坐落在广东省广州市越秀山(越秀公园)小蟠龙冈上,为广州市标志性建筑之一。全楼高25米,呈长方形,阔31米,深16米。下面两层围墙用红砂岩条石砌造,三层以上为砖墙,外墙逐层收减,有复檐5层,绿琉璃瓦覆盖,饰有石湾彩釉鳌鱼花脊,红墙绿瓦砌成,巍峨壮观,被誉为"岭南第一胜览"。明洪武十三年(1380年),永嘉侯朱亮祖扩建广州城,把城墙扩展到越秀山上,并在山顶建楼五层,俗称五层楼。因当时珠江水面宽阔,登楼而望,水波荡漾,蔚为壮观,故称"望海楼"。后取其"雄镇海疆"之意,又称"镇海楼"。1929年成为广州市市立博物馆。1950年改名为广州博物馆,分朝代陈列广州城2000多年发展的文物史料。2013年3月,镇海楼被列为第七批全国重点文物保护单位。1883年,中法战争爆发,清兵部尚书彭玉麟奉命到广东督师抗法,以镇海楼为海陆两军指挥部,筹边御敌。1885年,冯子材、刘永福大败法军,清廷趁机议和。作为主战派的彭玉麟反对议和,心有不忿,感慨油生,在镇海楼上题联:"万千劫,危楼尚存,问谁摘斗摩星,目空今古;五百年,故侯安在,使我凭栏看剑,泪洒英雄。"此联气魄宏大,格调高昂,被誉为"广州第一名联"。

2. 蟠龙:越秀山小蟠龙岗。镇海楼傲立其上。

3. 楚庭:广州市最早、最古老的称谓。

4. 南溟:南海。这里指岭南等南方地区。

2019年9月21日于南京

诗话古代名楼(绝句十三首)·之十三
八咏楼

八咏诗篇八咏楼(韵),风光秀美耀神州(韵)。
双溪水作青丝带,千古文坛一脉流(韵)。

1. 八咏楼:八咏楼原名玄畅楼,后改名元畅楼。位于浙江省金华市城区东南隅,坐北朝南,面临婺江,楼高数丈,屹立于高8.7米的石砌台基上,有石级百余。建筑共四进,依次为楼阁、前厅、二厅和楼屋。登楼远眺,蓝天万里,白云朵朵,南山连屏,双溪蜿蜒,美景尽收眼底。此楼系南朝齐隆昌元年(494年),东阳郡太守、著名史学家和文学家沈约建造。竣工后沈约曾多次登楼赋诗,写下了不少脍炙人口的诗篇,其中有一首《登玄畅楼》:"危峰带北阜,高顶发南岑。中有陵风榭,回望川之阴。岸险每增减,湍平互浅深。水流本三派,台高乃四临。上有离群客,客有慕归心。落晖映长浦,焕景烛是浔。云生岭乍黑,日下溪半阴。信美非吾土,何事不抽簪。"接着他又写了《八咏诗》:"登台望秋月,会圃临春风。岁暮愍衰草,霜来悲落桐。夕行风衣鹤,晨征听晓鸿。解佩去朝市,被褐守山东。"沈约写完此诗,意犹未了,于是又将诗中的每句为题,扩写为八首诗歌。这八首诗,诗无定句,句无定字,合计1803字,是当时文坛上的长篇杰作。所以从唐代起人们遂据诗名改玄畅楼为八咏楼,以志纪念。八咏楼以形佳取胜,以绝唱闻名,从此成为历代诗人骚客会文吟诗之处,留下了不少绘景抒情的名篇。南宋绍兴五年(1135年),著名女词人李清照曾作《题八咏楼》诗:"千古风流八咏楼,江山留与后人愁。水通南国三千里,气压江城十四州。"现存八咏楼为清嘉庆年间(1796—1820年)重建,1984年大修。

2. 八咏诗篇八咏楼：从唐代起人们因沈约的《八咏诗》而将玄畅楼改称为八咏楼，以志纪念。

3. 双溪：义乌江和武义江汇流于八咏楼下，名双溪，俗称婺江。这里风光秀美，景色天成。

2019年9月21日于南京

诗话古刹名蓝(绝句十三首)·之一
白马寺

白马驮经到洛阳㊞,神州从此耀佛光㊞。
其功至伟释源地,梵曲禅音流汉邦㊞。

1. 古刹名蓝:古刹,意为年代久远的寺庙。东汉初年,佛教传入中国,至今已有约2000年的历史。佛寺,是佛教和佛学的重要载体。佛教传入中国以后不断发展壮大,建起了大量的佛寺。据数据显示,大陆佛教界开放的宗教活动场所有13000余座,其中汉传佛教寺院8400余座,藏传佛教寺院3000余座,南传佛教寺院1600余座。在这些浩如烟海的佛教寺院中,有许多古刹名蓝。在这些为世人所公认的古刹名蓝中,有的以年代久远而闻名,有的以建筑规模宏大奇特著称,有的以在佛教界的影响和对佛教传播的贡献或高僧辈出而为世所重,有的以佛教传说或神话故事而为世人所津津乐道,有的则因文人墨客的诗赋题刻而名扬天下。凡此种种,不一而足。这里以小诗的形式列出了古代佛教名寺十三座:洛阳白马寺、宝鸡法门寺、嵩山少林寺、杭州灵隐寺、正定隆兴寺、镇江金山寺、苏州寒山寺、庐山东林寺、扬州大明寺、济南灵岩寺、南京栖霞寺、天台国清寺、当阳玉泉寺。

2. 白马寺:白马寺,位于河南省洛阳市老城以东12公里的白马寺镇。创建于东汉永平十一年(68年),中国第一古刹,世界著名伽蓝,是佛教传入中国后兴建的第一座官办寺院,有中国佛教的“祖庭”和“释源”之称,距今已有1900多年的历史。现存的遗址古迹为元、明、清时所留。寺内保存了大量元代夹纻干漆造像,如三世佛、二天将、十八罗汉等,弥足珍贵。1961年,白马寺被中华人民共和国国务院公布为第一批全国重点文物保护单位。2001年1月，白马寺被国家旅游局命名为首批4A级景区。

3. 白马驮经到洛阳：东汉永平七年(64年)，汉明帝刘庄(刘秀之子)夜宿南宫，梦见一个身高六丈，头顶放光的金人自西方而来，在殿庭飞绕。次日晨，汉明帝将此梦告诉给大臣们，博士傅毅启奏说："西方有神，称为佛，就像您梦到的那样。"汉明帝听罢大喜，派大臣蔡音、秦景等十余人出使西域，拜求佛经、佛法。永平八年(65年)，蔡、秦等人告别帝都，踏上"西天取经"的万里征途。在大月氏国遇到印度高僧摄摩腾、竺法兰，见到了佛经和释迦牟尼佛白毡像，恳请二位高僧东赴中国弘法布教。永平十年(67年)，二位印度高僧应邀和东汉使者一道，用白马驮载佛经、佛像同返国都洛阳。汉明帝见到佛经、佛像，十分高兴，对二位高僧极为礼重，亲自予以接待，并安排他们在当时负责外交事务的官署"鸿胪寺"暂住。永平十一年(68年)，汉明帝敕令在洛阳西雍门外三里御道北兴建僧院。为纪念白马驮经，取名"白马寺"。"寺"字即源于"鸿胪寺"之"寺"字，后来"寺"字便成了中国寺院的一种泛称。摄摩腾和竺法兰在此译出《四十二章经》，为现存中国第一部汉译佛典。从此，佛教便在中国流传并兴盛起来。

2019年9月27日于南京

诗话古刹名蓝(绝句十三首)·之二
法门寺

地宫沉寂越千年㊊,至宝重光盛世间㊊。
塔庙关中称始祖,真身舍利仰名蓝㊊。

1. 法门寺:法门寺,又称法云寺,位于中国陕西省宝鸡市扶风县法门镇,有“关中塔庙始祖之称”。据传,法门寺始建于东汉明帝永平十一年(68年),周魏以前原名“阿育王寺”,隋改称“成实道场”,唐初改名为“法门寺”,被誉为“皇家寺庙”,因安置释迦牟尼佛指骨舍利而成为举国仰望的佛教圣地。

2. 地宫沉寂越千年,至宝重光盛世间:1987年4月3日发现法门寺唐代地宫,在地下沉睡1113年辉煌灿烂的唐代文化宝藏——2499件大唐国宝重器,簇拥着佛教界千百年来梦寐以求的佛祖释迦牟尼真身指骨舍利重回人间!这些奇珍异宝数量之多、品类之繁、等级之高、保存之完好是极为罕见的。地宫内出土的稀世珍宝,在社会政治史、文化史、科技史、中外交流史、美术史等方面,都具有极其重要的价值。法门寺因安置佛祖释迦牟尼指骨舍利,为历代王朝所拥戴而成为古代四大佛教圣地之一。唐代尊奉法门寺佛指舍利为护国真身舍利,曾有八位皇帝每三十年开启一次法门寺地宫,迎舍利于皇宫供养。

2019年9月27日于南京

诗话古刹名蓝(绝句十三首)·之三
少林寺

初创禅宗号祖庭㊀,一花五叶遍寰中㊀。
武功绝世传千载,海内名扬天下雄㊀。

1. 少林寺:位于河南省郑州市登封市嵩山五乳峰下,因坐落于嵩山腹地少室山的茂密丛林之中,故名“少林寺”。始建于北魏太和十九年(495年),少林寺常住院建筑在河南登封少溪河北岸,从山门到千佛殿,共七进院落,总面积约57600平方米。主要包括常住院、塔林和初祖庵等。常住院的建筑沿中轴线自南向北依次是山门、天王殿、大雄宝殿、藏经阁(法堂)、方丈院、立雪亭、千佛殿。另外,寺西有塔林,北有初祖庵、达摩洞、甘露台,西南有二祖庵,东北有广慧庵。寺周还有古塔十余座。少林寺是世界著名的佛教寺院,禅宗祖庭,在中国佛教史上占有重要地位,被誉为“天下第一名刹”。因其历代少林武僧潜心研创和不断发展的少林功夫而名扬天下,素有“天下功夫出少林,少林功夫甲天下”之说。2010年8月1日,在第34届世界遗产大会上被联合国教科文组织审议通过,天地之中历史建筑群被列为世界文化遗产。天地之中历史建筑群包括:少林寺(常住院、初祖庵、塔林)、东汉三阙(太室阙、少室阙、启母阙)、中岳庙、嵩岳寺塔、会善寺、嵩阳书院、观星台等。

2. 初创禅宗号祖庭,一花五叶遍寰中:北魏孝明帝孝昌三年(527年),释迦牟尼佛第二十八代徒菩提达摩来到少林寺,他广集信徒,传授禅宗,从此禅学在少林寺落迹流传。达摩开创的禅宗教派在唐朝兴盛,是唐代佛教的最大宗派。后人便尊达摩为禅宗初祖,尊少林寺为禅宗祖庭。一花五叶:菩提达摩说:“我本来兹土,传法救迷情。一花开五叶，结果自然成”。其中“一花开五叶”，有两种不同的解释。第一种解释：“一花五叶”指佛教禅宗宗派的源流。“一花”指禅宗之源，即由达摩传入中国的“如来禅”；“五叶”指禅宗之流，即六祖惠能门下的五个宗派：沩（wéi）仰宗、临济宗、曹洞宗、法眼宗、云门宗。这叫作“一花开五叶”。第二种解释：禅宗从菩提达摩之后，又传承了五个祖师。这也叫作“一花开五叶”。即：初祖达摩、二祖慧可、三祖僧璨、四祖道信、五祖弘忍、六祖惠能。以六祖惠能的建树和影响最大。

3. 武功绝世：少林功夫是中国武术中体系最庞大的门派，武功套路多达七百种以上，又因以禅入武，习武修禅，禅武合一，又有“武术禅”之称。“少林”一词成为中国传统武术的象征。少林功夫包含少林七十二绝技、少林拳术、少林派棍术、少林派枪术、少林派刀术、少林派剑术等。气功也是少林功夫的一大类，少林寺流传的气功有易筋经、小武功、站桩功、益寿阴阳法、混元一气功等。另外，软硬功夫练法有多种，有卸骨法、擒拿法、点穴秘法、短打手法、各种用药法、救治法等。少林功夫可称得上中国功夫之绝学。

2019年9月27日于南京

诗话古刹名蓝(绝句十三首)·之四
灵隐寺

飞来峰下一伽蓝㊊,灵隐盛名四海传㊊。
历尽沧桑劫难后,禅宗一脉五山连㊊。

1. 灵隐寺:灵隐寺,又名云林寺,位于浙江省杭州市,背靠北高峰,面朝飞来峰,始建于东晋咸和元年(326年),占地面积87000平方米。灵隐寺开山祖师为西印度僧人慧理和尚,南朝梁武帝赐田并扩建。五代吴越王钱镠(liú)命请永明延寿大师重兴开拓,并赐名灵隐新寺。宋宁宗嘉定年间,灵隐寺被誉为江南禅宗"五山"之一。清顺治年间,禅宗巨匠具德和尚住持灵隐寺,筹资重建,仅建殿堂就历时十八年之久,其规模之宏伟跃居"东南之冠"。清康熙二十八年(1689年),康熙帝南巡时,赐名"云林禅寺"。灵隐寺主要以天王殿、大雄宝殿、药师殿、法堂、华严殿为中轴线,两边附以五百罗汉堂、济公殿、华严阁、大悲楼、方丈楼等建筑而构成。杭州灵隐寺为全国重点文物保护单位 。

2. 飞来峰:飞来峰为灵隐寺前的一座山峰。作为禅宗五山之首,飞来峰石刻造像是南方石窟艺术的重要作品,这些雕琢于石灰岩上的佛像,时代跨度从五代十国至明代,在470多尊造像中,保存完整和比较完整的有335尊,妙相庄严,弥足珍贵。关于飞来峰,相传是由西天灵鹫山飞来的,流传着与济公和尚有关的传说。济公成佛后的尊号长达28个字:"大慈大悲大仁大慧紫金罗汉阿那尊者神功广济先师三元赞化天尊",其集佛、道、儒于一身,堪称神化之极。灵隐寺建有道济禅师殿,香火鼎盛。

3. 禅宗五山:江南地区佛教禅宗五座名刹,均在浙江:杭州径山寺、杭州灵隐寺、杭州净慈寺、宁波天童寺、宁波阿育王寺。

2019年9月27日于南京

诗话古刹名蓝(绝句十三首)·之五
隆兴寺

隆兴古刹冠京南[韵],佛脉悠悠世代传[韵]。
圣像雄奇惊梵宇,三摩妙地耀人寰[韵]。

1. 隆兴寺:别名大佛寺,位于河北省石家庄市正定县城内,寺院建于隋文帝开皇六年(586年),时称龙藏寺,唐朝改为龙兴寺,清朝改为隆兴寺。寺院占地面积82500平方米,大小殿宇十余座,主要建筑分布于一条南北中轴线及其两侧。寺前迎门有一座高大的琉璃照壁,经三路三孔石桥向北,依次是:天王殿、大觉六师殿(遗址)、摩尼殿、牌楼、戒坛、慈氏阁、转轮藏阁、康熙御碑亭、乾隆御碑亭、大悲阁、御书楼(遗址)、集庆阁(遗址)、弥陀殿、毗卢殿等。在寺院围墙外东北角,有一座龙泉井亭。寺院东侧的方丈院、雨花堂、香性斋等是隆兴寺的附属建筑。隆兴寺自宋代奉敕扩建后,宋、元、明、清历代都由皇帝敕令重修,颇受重视,成为北方著名的佛教寺院,因此设有戒坛。隆兴寺戒坛是我国北方三大坛场之一,其余两处分别在北京戒台寺和五台山清凉寺。主殿大悲阁高33米,阁内矗立着一尊由宋太祖赵匡胤敕令铸造的铜铸大菩萨,称"大悲菩萨",又称"千手千眼观音",周身有42只手臂,高19.2米,立于2.2米高的须弥石台之上。铜像身躯高大,比例适度,其形体之巨、雕工之细实为罕见,是现存最好、最高、最大的铜铸观音菩萨像,也是世界上古代铜铸佛像中最高大、最古老的千手千眼观世音菩萨像。隆兴寺内有六处国内寺庙之最:形制最奇特的摩尼殿、最美五彩悬朔倒坐观音像、最古老的转轮藏、现存最早的楷书碑刻隋《龙藏寺碑》、最高大最古老的铜铸千手千眼观音、古代最精美的铜铸毗卢佛。隆兴寺为中国十大名寺之一，是1961年国务院颁布的第一批全国重点文物保护单位，国家4A级旅游景区。其建筑是研究宋代佛教寺院建筑布局的重要实例。

2. 圣像：指大悲阁内铜铸“千手千眼观音”塑像。

3. 三摩妙地：正定隆兴寺大悲阁上的匾额题为“三摩妙地”，三摩妙地即为“三摩地”。三摩地又称三昧、三昧地、三摩提、三摩帝等，意译为“定”，即住心于一境而不散乱之意。在佛教里，三摩地就是那不生不灭、不增不减之处，或可理解为佛国极乐世界。这里将“三摩地”加一“妙”字，其用心也妙。

2019年9月27日于南京

诗话古刹名蓝(绝句十三首)·之六
金山寺

芙蓉一朵俏江滨㊙,寺裹金山月照临㊙。
滚滚波涛东入海,妙高台上问禅心㊙。

1. 金山寺:金山系国家级风景名胜区、国家5A级旅游景区“三山”风景名胜之一。金山晋代因其孤立江心,名为“泽心”。唐时相传法海和尚掘土得金,故称“金山”。宋以前又曾叫“紫金山”,真宗时改名“龙游山”。历史上还一度叫过“妙高峰”和“伏牛”“青螺”“金鳌”等,自唐至今统称“金山”。金山海拔43.7米,原是长江江心中的一个岛屿,后来长江北移,清光绪年间与南边的陆地相连。金山以绮丽著称,最有名的胜迹是金山寺。金山寺,始建于东晋元帝大兴年间(约320年),距今已有约1700年的历史。南梁天监四年(505年)梁武帝萧衍在这里主持水陆法会,于是金山寺成了水陆法会的发源地。金山寺原名泽心寺,清初改名为江天禅寺,唐以来通称金山寺。寺庙的殿宇楼阁全部依山而建,层层叠叠,寺宇金碧辉煌,一塔拔地而起,直指云天,无论近观远眺,总见寺而不见山,故有“金山寺裹山”之说。金山寺“塔拔山高”的建筑风格,在古代建筑史上独树一帜。早在唐代金山寺即已驰名中外。白娘子水漫金山寺、梁红玉击鼓抗金兵、道月为岳飞解梦等民间故事传说,更使金山寺妇孺皆知,家喻户晓。金山上除寺院外,还有慈寿塔、观音阁、妙高台、楞伽台(又名苏经楼)、留云亭(又名“江天一览亭”)、夕照阁 、佛印山房、七峰亭、白龙洞、古法海洞等,附近还有文宗阁、玉带桥、芙蓉楼、天下第一泉中泠泉、郭璞墓等名胜古迹,共30余处。

2. 芙蓉一朵俏江滨：这是对金山的赞誉。金山原是扬子江江心的一个岛屿，自古有“江心一朵芙蓉”之美称。宋代沈括“楼台两岸水相连，江南江北镜里天”的诗句，就是对当年金山的写照。后来江水曲流，清光绪年间与南边的陆地相连，成为江南岸一座秀美的山峰。

3. 妙高台：妙高台，又称晒经台。“妙高”是梵语“须弥”之意译。妙高台在金山寺伽蓝殿后，宋元祐年间由僧佛印凿崖为之，高逾十丈，上有阁，一称晒经台。妙高台东南西三面均是峭壁，云雾四合，如置仙境。金山在江中时，可以俯视四面长江，滚滚东流的江水至此，被碧玉浮江的金山迎头劈开，分为两股，向东奔腾而去，气象万千。苏东坡与佛印和尚是挚友，常游金山。一次，适逢中秋佳夕，天宇四垂，一望无际，江流倾涌，月色如昼，遂共登金山山顶之妙高台，命(袁)绹歌其词《水调歌头》曰：“明月几时有？把酒问青天。不知天上宫阙、今夕是何年……”歌罢，东坡起舞，而顾问曰：“此便是神仙矣。”如今妙高台边的墙壁上，仍勒有苏轼这首著名的《水调歌头》词。

2019年9月27日于南京

诗话古刹名蓝(绝句十三首)·之七
寒山寺

寒山古寺起钟声（韵），红叶枫桥月照明（韵）。
玉露金风潜入夜，和合流美享太平（韵）。

1. 寒山寺：寒山寺，位于苏州市姑苏区，始建于南朝梁天监年间(502—519年)，初名“妙利普明塔院”。寒山寺占地面积约13000平方米，建筑面积3400余平方米。寒山寺属于禅宗中的临济宗，由唐代名僧寒山、著名禅师希迁两位高僧先后创建。寒山寺因唐代诗人张继的《枫桥夜泊》诗而闻名天下：“月落乌啼霜满天，江枫渔火对愁眠。姑苏城外寒山寺，夜半钟声到客船。”历史上寒山寺曾为中国十大名寺之一。寺内古迹甚多，有张继诗的石刻碑文，寒山、拾得的石刻像，文徵明、唐寅所书碑文残片等。寒山寺殿宇大多为清代建筑，主要有大雄宝殿、藏经楼、钟楼、碑廊、枫江楼、霜钟阁等。寒山寺的建筑布局没有严格的中轴线。寒山寺山门前面的石拱古桥是江村桥，桥堍与山门之间那垛黄墙称照壁，山门两旁有两棵古樟，黄墙内古典楼阁飞檐翘角，右为枫江楼，左为霜钟阁，均源于枫桥夜泊诗。由清末著名学者俞樾书写的《枫桥夜泊》诗碑，已成为寒山寺一绝。

2. 和合流美：民间有“和合二仙”的传说，和合二仙的原型即为寒山寺高僧寒山、拾得。相传，和合二仙为了点化迷惘的世人，化身寒山、拾得来到人间，倡导人间“和合”。寒山寺供奉的佛像是寒山、拾得，可见由他俩首倡的“和合”思想已深入人心，已经成为传统文化中的重要组成部分。

2019年9月27日于南京

诗话古刹名蓝(绝句十三首)·之八
东林寺

白莲结社起莲宗㊞,净土法门开祖庭㊞。
三笑虎溪听虎啸,堂前喜见六朝松㊞。

1. 东林寺:东林寺,位于庐山北麓,因处于西林寺以东,故名东林寺。是佛教净土宗(又称“莲宗”“白莲宗”)发祥地,系东晋名僧慧远于太元十一年(386年)创建,为庐山历史悠久的寺院之一,汉唐时为中国佛教八大道场之一。唐代高僧鉴真曾至此,将东林教义携入日本,至今日本东林教仍以慧远为始祖。东林寺被日本佛教净土宗和净土真宗视为祖庭。东林寺自创建以来已有1600多年的历史,历尽沧桑,屡废屡兴,现寺内诸殿及聪明泉等名胜均已修复。1983年,东林寺被国务院列为汉族地区佛教全国重点寺院,为国家著名佛教道场,江西省三大国际交流道场之一。

2. 白莲结社起莲宗:慧远大师率刘遗民等123人,在庐山般若台精舍无量寿佛像前,建斋发誓:“众等齐心潜修净土法门,以期共生西方极乐世界”。并约定:“因众人根器不同,福德有别,先得往生极乐净土者,需帮助提携后进者,以达到同生无量寿佛极乐国土之目的”。此次集会前,大师曾率众于东林寺前凿池种植白莲,中国佛教史上称此集结为“结白莲社”,或简称“结莲社”,并确认为净土宗之始,佛教净土宗也因之而称为“莲宗”。

3. 虎溪三笑:虎溪三笑之说始自唐代。东晋高僧慧远,曾住在庐山东林寺中,潜心研究佛法,为表示决心,就以寺前的虎溪为界,立一誓约:“影不出户,迹不入俗，送客不过虎溪桥。”不过，有一次大诗人陶渊明和道士陆修静过访，三人谈得极为投契，不觉天色已晚，慧远送出山门，怎奈谈兴正浓，依依不舍，于是边走边谈，送出一程又一程，忽听山崖密林中虎啸风生，悚然间发现，早已越过虎溪界限了。三人相视大笑，执礼作别。后人在他们分手处修建“三笑亭”以示纪念，并作对联云：“桥跨虎溪，三教三源流，三人三笑语；莲开僧舍，一花一世界，一叶一如来。”千百年来，“虎溪三笑”的故事广为流传，正如联语中所揭示的，是当时思想界佛、道、儒三教融和趋势的一种反映。据考证，高僧慧远与陶渊明约略为同时代人，交往或有可能，而陆修静所处时代晚约近百年，所以“三笑”之说纯属虚构。但这个题材日益成为象征三教合流的美谈而脍炙人口。

4. 六朝松：东林寺三笑堂前有古松一棵，虬枝盘结、树影婆娑。传说此松为慧远大师亲手所植，已有1600多年历史，本名“罗汉松”，因植于东晋，故称“六朝松”，有人将它誉为“庐山第一松”。据传此松颇具灵性，几度荣枯皆与东林寺兴衰息息相关：寺兴树则荣，寺衰树则枯。如今又见六朝老松枝繁叶茂，当知国运绍隆，东林祖庭亦必道场再兴。

2019年9月27日于南京

诗话古刹名蓝(绝句十三首)·之九
大明寺

栖灵古寺塔玲珑[韵],相伴云光入画屏[韵]。
喜饮五泉泉水碧,平山堂外诵经声[韵]。

1. 大明寺:大明寺,雄踞在古城扬州北郊蜀冈中峰之上。初建于南朝刘宋孝武帝大明年间(457—464年),故名“大明寺”。唐朝鉴真法师曾任大明寺住持,使大明寺成为中日佛教文物关系史上的重要古刹。大明寺及其附属建筑,因其集佛教庙宇、文物古迹和园林风光于一体而历代享有盛名,是一处历史文化内涵十分丰富的民族文化宝藏。1500余年来,大明寺寺名多有变化,如隋代称“栖灵寺”“西寺”,唐末称“秤平寺”等。清代,因讳“大明”二字,一度沿称“栖灵寺”,乾隆帝亲笔题书“敕题法净寺”。1980年,大明寺恢复原名。大明寺的建筑主要有:牌楼、天王殿、大雄宝殿、藏经楼、平远楼、平山堂、西园、鉴真纪念堂等。

2. 栖灵古寺塔玲珑:栖灵古塔,即为大明寺的“栖灵塔”,又称“蜀冈塔”。隋仁寿元年(601年),隋文帝杨坚为庆贺其生日,下诏于全国建塔30座,以供养佛骨,该寺遂建“栖灵塔”,塔高九层,宏伟壮观,故寺又称“栖灵寺”。在扬州瘦西湖上远望栖灵塔,塔影玲珑,巍巍然高耸入云端。

3. 五泉:天下第五泉。大明寺西园是一座富有山林野趣的古典园林。西园一名御苑,又名芳圃。园中古木参天,怪石嶙峋,池水潋滟,亭榭典雅,山中有湖,湖中有“天下第五泉”。人们游历大明寺,仍以饮天下第五泉泉水为乐事。

4. 平山堂:平山堂是北宋大文学家欧阳修任扬州太守时所建。堂前花木扶疏,庭院幽静,凭栏远眺江南诸山,恰与视线相平,“远山来与此堂平”,故称“平山堂”。

2019年9月27日于南京

诗话古刹名蓝(绝句十三首)·之十
灵岩寺

古寺灵岩傍泰山㊞,石中含窍蕴名泉㊞。
辟支塔冠层峦上,清帝南巡八驻銮㊞。

1. 灵岩寺:位于山东省济南市西南泰山北麓长清县灵岩峪方山之阳。东晋时,佛图澄的高足僧朗在此建寺,距今已有1600多年的历史。唐、宋、元、明各代为寺院兴盛期,最盛时有僧侣500余人,殿宇50余座,形成规模宏大的古建筑群。驻足灵岩胜境,你会看到,这里群山环抱、岩幽壁峭、柏檀叠秀、泉甘茶香、古迹荟萃、佛音袅绕。这里不仅有高耸入云的辟支塔,传说奇特的铁袈裟,隋唐时期的般舟殿,宋代的彩色泥塑罗汉像,亦有“镜池春晓”“方山积翠”“明孔晴雪”等自然奇观。故明代文学家王世贞有“灵岩是泰山背最幽绝处,游泰山不至灵岩不成游也”之说。该寺历史悠久,佛教底蕴丰厚,自唐代起就与江苏南京栖霞寺、浙江天台国清寺、湖北江陵玉泉寺并称为“海内四大名刹”,被誉为“域内四绝”,并名列其首。灵岩寺现为世界自然与文化遗产泰山的重要组成部分,是全国重点文物保护单位,国家级风景名胜区。

2. 石中含窍蕴名泉:灵岩寺景区石中含窍,地下藏机,泉水飞瀑不胜枚举。除名泉卓锡泉、袈裟泉、檀抱泉被列入济南七十二名泉外,甘露泉、白鹤泉、双鹤泉、黄龙泉、饮虎泉、飞泉、上方泉、朗公泉等亦被载入济南名泉之列。

3. 辟支塔:辟支佛塔,灵岩寺标志性建筑。唐代高僧慧崇组织修建,并于宋淳化五年(994年)重建,竣工于嘉祐二年(1057年),历时63年完工。辟支塔为一座八角九层楼阁式砖塔，塔高55.7米，塔基为石筑八角，上有浮雕，镌刻有古印度孔雀王朝阿育王皈依佛门等故事。

4. 清帝南巡八驻銮：灵岩寺自然景色壮美，这里石秀、岩峭、洞幽、泉甘、树奇。清乾隆帝在灵岩寺建有行宫，其巡视江南时曾8次驻跸灵岩。銮：銮驾。皇帝出行的仪仗队。

2019年9月27日于南京

诗话古刹名蓝(绝句十三首)·之十一
栖霞寺

栖霞古寺摄山藏[韵],三论宗庭流韵长[韵]。
舍利塔高灵气在,千佛岩上铸辉煌[韵]。

1. 栖霞寺:栖霞寺,位于南京市东北栖霞山中峰西麓,三面环山,北临长江,地处南京风景最佳处。栖霞寺规模宏大,殿宇气派非凡,是南京地区最大的佛寺,是中国四大名刹之一,江南佛教“三论宗”的发源地,南北朝时期中国的佛教中心,南朝时期与江南鸡鸣寺、江北定山寺齐名。栖霞寺始建于南齐永明七年(489年),梁僧朗于此弘扬三论教义,被称为江南三论宗初祖。隋文帝杨坚于八十三州造舍利塔,其立舍利塔诏以蒋州栖霞寺为首。唐代时称功德寺,规模浩大,与山东济南的灵岩寺、浙江天台的国清寺、湖北当阳的玉泉寺,并称为天下四大丛林。栖霞寺几经毁坏,现寺为1919年重建。鉴真和尚第五次东渡日本未成,归途曾驻锡于此。清乾隆皇帝六下江南,五次俱设行宫于栖霞,益增殊胜。1983年4月,栖霞寺被确定为汉族地区佛教全国重点寺院,同年创建中国佛学院栖霞山分院。1988年1月,被列为全国重点文物保护单位。

2. 摄山:栖霞山。栖霞山盛产药草,可以摄养身体,所以古称摄山。

3. 舍利塔:栖霞寺舍利塔为南唐遗物,是长江以南最古石塔之一,是中国最大的舍利塔。建于隋代,隋仁寿二年(602年),隋文帝命天下八十三州建仁寿舍利塔,栖霞寺有其一,10世纪南唐时重建,是栖霞寺内最有价值的古建筑。石塔八角五级,高约15米。基座之上为须弥座,座八面刻有释迦牟尼佛的“八相成道图”。

宝塔图像严谨自然，形象生动，雕刻十分精致，构图颇富有中国画的风格，为五代时期佛教艺术的杰作。历经千年风雨，虽有部分石檐毁坏，仍巍然屹立，成为金陵佛气极盛的见证。

4. 千佛岩：千佛岩在栖霞寺的后山，是具有1500多年历史的南朝佛教石窟，素有“江南云岗”之美誉。现存石窟254个，佛像553尊，号称千佛崖。

2019年9月27日于南京

诗话古刹名蓝(绝句十三首)·之十二
国清寺

智者天台梦寺成㊔,开宗妙法号国清㊔。
古梅疏影流隋韵,碑刻诗文墨宝雄㊔。

1. 国清寺:位于浙江省台州市天台县城关镇,始建于隋开皇十八年(598年),初名天台寺,后改名为国清寺。现存建筑为清雍正十二年(1734年)奉敕重修,占地面积73000平方米。国清寺依山就势,层层递高,按四条南北轴线布列600多间古建筑,主要有:弥勒殿、雨花殿、大雄宝殿、药师殿、观音殿、伽蓝殿、三圣殿、聚贤堂、妙法堂(上为藏经楼)、罗汉堂、钟鼓楼、方丈楼、文物室、放生池等。隋代高僧智顗在国清寺创立天台宗,为佛教宗派天台宗的发源地,影响远及国内外。鉴真东渡时曾朝拜国清寺。日本留学僧最澄至天台山取经,从道邃学法,回国后在日本比睿山兴建沿历寺,创立日本天台宗,后尊浙江天台山国清寺为祖庭。浙江天台国清寺与济南灵岩寺、南京栖霞寺、当阳玉泉寺并称为中国寺院四绝。该寺曾驻锡不少有名高僧,包括唐一行法师、寒山、拾得、济公和尚、日本东密开宗祖师空海大师、日本台密开宗祖师最澄大师等。2006年,国清寺被国务院批准为第五批全国重点文物保护单位。

2. 智者天台梦寺成:据传,隋代高僧智顗(世称“智者大师”)修禅于天台山,为弘扬佛法想新建一座寺庙,梦其师高僧定光告曰:“寺若成,国即清”。智者依师父的话找到一块福地,并亲手绘制了寺宇的式样,后由徒弟灌顶将寺庙建成,寺名就叫“国清寺”。

3. 开宗妙法：陈、隋之际，智者大师（538—597年）在天台山创立了中国汉化佛教第一宗——天台宗（又名“法华宗”），教义主要为《妙法莲花经》等。

4. 古梅：国清寺有隋梅一株，在大雄宝殿右侧，由隋代高僧、天台宗五祖章安灌顶大师手植。距今已有1300多年的历史，是国内三株最古老的梅树之一。现代诗人邓拓曾写《题梅》诗赞道：“剪取东风第一枝，半帘疏影坐题诗。不须脂粉绿颜色，最忆天台相见时。”

5. 碑刻诗文墨宝雄：国清寺是一座历史文化古刹。历代文人雅士如孟浩然、李白、贾岛、皮日休、陆龟蒙、杜荀鹤、洪适、邓拓、赵朴初等均在此留下墨宝，有王羲之、柳公权、黄庭坚、米芾、朱熹的摩崖手迹，另有纪念唐代天文学家僧一行为编制《大衍历》至国清寺求算学的“一行到此水西流”碑及“一行禅师之塔”等。群星荟萃，光辉灿烂。

2019年9月27日于南京

诗话古刹名蓝(绝句十三首)·之十三
玉泉寺

铁塔高标证古今㊖,玉泉荆楚冠丛林㊖。
传灯续焰诸宗秀,各派流光法脉存㊖。

1. 玉泉寺:玉泉寺位于湖北省当阳市城西南12公里的玉泉山东麓。相传东汉建安年间,僧人普净结庐于此。南朝梁时,梁宣帝敕玉泉为"覆船山寺",隋代改为"玉泉寺"。玉泉寺大雄宝殿为中国南方最大的一座古建筑。殿侧有石刻观音画像一通,传为唐代画圣吴道子手迹。寺内的玉泉铁塔是我国现存最高、最重、最完整的一座铁塔。玉泉寺的主要建筑布置在一条东西轴线上,由东而西有三大建筑:天王殿、大雄宝殿、毗卢佛殿。玉泉寺为佛教天台宗祖庭之一,与山东济南灵岩寺、江苏南京栖霞寺、浙江天台国清寺并称为"天下四绝",被誉为"三楚名山"。玉泉寺也是伽蓝菩萨道场、关公信仰的发源地。1982年,玉泉寺及铁塔被列为全国重点文物保护单位。

2. 铁塔:玉泉铁塔。玉泉铁塔塔身上著有铭文1397字,记载了塔名、塔重、铸建年代及有关史迹,还铸有佛像2279尊,俨然一副铁铸佛国世界图。铁塔通体不施榫扣,不加焊粘,逐件叠压,自重以固。外形俊秀挺拔,稳健玲珑,如玉笋凌空。玉泉铁塔是我国现存最高、最重、最完整的一座铁塔,它对研究中国古代冶金铸造、金属防腐、营造法式、建筑力学、铸雕艺术及佛教史具有十分重要的价值。

3. 传灯续焰诸宗秀,各派流光法脉存:自唐以来,玉泉寺是教、律、密、禅、净兼修,诸宗竞秀,各派流光,高僧辈出。仅见诸记载的就有120多位大德高僧,其中被历代帝王封为"大师"和"国师"称号的就有十人之多。自智顗开始,下传章安灌顶,再传道素、弘景、惠真、承远、法照等,以次传灯,法脉长存,延及后世。

2019年9月27日于南京

十一随想

太平盛世七十载，回首征程大有年㊣。
西盗烟枪国运退，东倭炮舰版图残㊣。
惊雷叱咤龙腾起，浴火重生凤涅槃㊣。
继往开来风破浪，中华圆梦史无前㊣。

1. 十一随想：今天是伟大祖国七十周年华诞。七十年太平盛世，七十年风雨征程。祖国一天比一天强大，一天比一天富强，人民生活一天比一天更美好、幸福。作为一个中国人，我感到自豪，我为祖国骄傲！回想近200年来，多灾多难的中华民族，遭受了多少苦难，遭受了帝国主义列强多少霸凌和屈辱？然而今天，我们却能以大国的雄姿屹立于世界民族之林。中华民族，又有哪一个时代能像今天这样更接近于民族的伟大复兴？衷心祝愿伟大祖国繁荣富强、长治久安、民族兴旺、人民幸福！

2. 西盗烟枪国运退，东倭炮舰版图残：自1840年鸦片战争以来，100多年来，中华民族长期遭受西方列强和日本帝国主义的侵略、瓜分、掠夺和奴役。强盗叩门，豺狼当道，后门虎走，前门狼来，国运衰微，主权沦丧，民不聊生，生灵涂炭，甚至到了亡国灭种的危急关头。

3. 惊雷叱咤龙腾起，浴火重生凤涅槃：比喻中华民族奋起反抗帝国主义的侵略，同仇敌忾，用以血还血的方式进行艰苦卓绝的斗争，最终，凤凰涅槃浴火重生，赶走了侵略者，收回了主权，建立了中华人民共和国。

凤凰涅槃浴火重生：在传说中，凤凰是人世间幸福的使者。每500年，它就要背负着积累于人间的所有痛苦和恩怨情仇,投身于熊熊烈火中自焚,以生命和美丽的终结换取人世的祥和与幸福。同样在肉体经受了巨大的痛苦和轮回后才能得以重生。垂死的凤凰投入火中,在火中浴火重生,其羽更丰,其音更清,其神更髓,成为美丽辉煌永生的火凤凰。此典故寓意不畏痛苦、义无反顾、不断追求、提升自我的执着精神。在佛经中,凤凰涅槃又被称为"涅槃"。涅槃是佛教教义,其为音译,意译为灭、灭度、寂灭、安乐、无为、不生、解脱、圆寂等。粗浅地讲,涅槃就是除尽了烦恼,达到不生不灭、永久安全和平、快乐宁静的境界。

2019年10月1日(国庆)于南京

夜游浦江

五彩斑斓夜色浓[韵],高楼林立入苍穹[韵]。
朦胧幻影迷珠阙,闪烁霓虹耀贝宫[韵]。
画舫穿梭秋水碧,兰舟迤逦浦江红[韵]。
美轮美奂如仙境,绚丽奢华第一城[韵]。

1. 夜游浦江:金秋十月,祖国七十华诞,携小外孙夜游上海外滩、陆家嘴。但见:高楼林立,摩天摘星,势如环城;霓虹闪烁,流光溢彩,梦幻迷离;江水悠悠,兰舟漂浮,画舫穿梭;游人如织,熙熙攘攘,其乐融融。大气磅礴之势,绚丽奢华之度,令人震撼,真乃东方第一城也!

2. 高楼林立:上海是著名大都会,高楼林立,摩天大厦数不胜数。豪华壮观的高楼多集中在外滩和陆家嘴一带。这里有高468米的东方明珠塔和上海最高的三座摩天大厦:亚洲第一、世界第二,高632米125层的上海中心大厦;高492米101层的上海环球金融中心;高420.5米88层的金茂大厦。站在陆家嘴向四周环顾,仿佛置身于高楼组成的围城里,给人以梦幻般的震撼。

3. 珠阙贝宫:贝阙珠宫。壮美的宫殿,豪华的建筑。这里用以形容上海外滩、陆家嘴一带壮美的高楼大厦和豪华建筑。

2019年10月3日夜于上海

秋游山村

云峰叠砌似环城[韵],丽日晴光陌上行[韵]。
溪水盈盈秋草碧,远山隐隐落霞红[韵]。
残荷池畔野菊笑,败柳枝头乱鸟鸣[韵]。
最爱农家新酿酒,举杯邀月醉朦胧[韵]。

1. 秋游山村:秋日携外孙游南京江宁山村。但见:丽日阳和,晴光万里,云山叠砌,势若环城,山路崎岖,溪水潺湲,清风习习,山花烂漫。好一派江南山村秋日的美丽风光!

2. 云峰叠砌似环城:蓝天白云,秋高气爽。在澄明如水、瓦蓝瓦蓝的天空上,大片大片洁白的云朵像一座座山峰聚集叠砌在一起,恰似由云彩围成的城堡,排山倒海,气势磅礴,变幻莫测,梦幻迷离。

2019年10月5日于南京

重阳登高偶题

重阳丽日漫登楼(韵),极目云天好个秋(韵)。
指点江山观胜概,评说史迹论王侯(韵)。
烟霞有意留人醉,岁月无痕伴客愁(韵)。
莫问韶华何处去,琴心剑胆也风流(韵)!

1. 胜概:美好景象。或指风景优美而负有盛名的地方。

2. 史迹:历史遗迹。

3. 琴心剑胆:又说"剑胆琴心"。"琴心剑胆",琴心指的是内心丰富、善良、敏感;剑胆指的是态度凌厉、果决,该出手时就出手。形容一个人的内外修为已经到了一个相当高的境界,比喻既有情致又有胆识。多用来形容能文能武的才子。

2019年10月7日(重阳节)于南京

游江北定山寺

夜来秋雨转初晴㊙,风送定山古寺行㊙。
一苇渡江传妙幻,九年面壁化空灵㊙。
卓锡泉映狮峰秀,宴坐石趺掌印明㊙。
梵宇至今留法像,禅宗释脉自然成㊙。

1. 定山寺:位于江苏省南京市浦口区狮子峰下,是中国禅宗的重要寺院,被誉为“达摩第一道场”和南朝四百八十寺之首,也是中国禅宗发祥地和最初祖庭之一。定山寺始建于南梁天监二年(503年),由梁武帝萧衍拨款建造,赐名定山寺并赠与高僧法定,六合山也随之更名为定山。六合山因有狮子峰、妙高峰、芙蓉峰、石人峰、寒云峰、双鸡峰,六峰环合,互相拱抱而得名。六合名即出于此(浦口在明洪武九年前隶属于六合县,今六合区)。“定山之名,实肇自法定”,今之顶山,系“定”字谐音之讹。定山寺时为江北第一古刹,与江南的栖霞寺、鸡鸣寺齐名。定山寺是禅宗始祖达摩于南梁普通元年(520年)一苇渡江后的驻锡之地,其在此修炼传承禅宗之法,面壁修行。寺内现在尚有达摩岩、宴坐石、卓锡泉、一苇渡江碑等重要遗迹。明弘治四年(1491年),80岁高龄的临济宗32世住持洁云禅师在寺内立达摩造像碑一块,此碑是中国最早的达摩造像碑,比嵩山少林寺的祖师碑还早120多年。定山寺现正在修复重建中。

2. 一苇渡江:一苇渡江是关于达摩祖师的故事。印度高僧菩提达摩,系南天竺香至国的三王子,时传教于广州,受南朝梁武帝邀请至国都建康(南京)询问佛学,因教乘不合,达摩于梁普通七年(526年)离梁北上。传说达摩渡过长江时不是乘船，而是在江岸折了一根芦苇，其立在芦苇上过江的。折荻渡江至长芦寺，后又至定山如禅院驻锡。现在少林寺尚有达摩“一苇渡江”的石刻画碑。

3. 九年面壁：达摩后离开定山寺到达北魏，住少林寺。嵩山五乳峰中峰的上部，离峰顶不远的地方，有一个天然石洞，高约3米，深约5米。达摩在石洞里面壁9年，当他离开石洞的时候，坐禅对面的那块石头上，竟留下了他面壁姿态的形象，衣褶皱纹，隐约可见，宛如一幅淡色的水墨画像。人们把这块石头称为“达摩面壁影石”，把这个石洞称为“达摩面壁洞”。达摩面壁九年，悟得大道，开创大乘佛教禅宗一脉，人们称达摩为禅宗初祖。

4. 卓锡泉：卓锡泉在定山寺狮子峰下，本为自然风物，但民间传说达摩驻锡定山寺，因思念家乡之水，用锡杖卓地，泉水汩汩而出，故而得名，为它赋予了神话色彩。此泉至今清澈见底，冬暖夏凉，水质仍佳，当地人饮泉为习。

卓锡：卓，植立；锡，锡杖，僧人外出所用。法师云游时皆随身执持锡杖。因此，名僧挂单某处，便称为“卓锡”或“驻锡”，即立锡杖于某处之意。

5. 宴坐石：在定山狮子峰下，有一突出的崖石，后人称为“达摩岩”。在达摩岩下的“面壁处”留有达摩“宴坐石”，石上达摩的趺痕、掌痕清晰可见。

6. 法像：指定山寺里的达摩造像碑及嵩山少林寺的达摩“一苇渡江”石刻画碑。

2019年10月11日于南京定山寺

秋日重登赏心亭

赏心亭上又重游㊔,烟月迷人胜景留㊔。
远眺钟山凝紫气,近观淮水绕云楼㊔。
六朝金粉笙歌地,十代繁华佳丽州㊔。
吊古抒怀追往事,阑干拍遍也含愁㊔。

1. 秋日重登赏心亭:余曾于2018年7月28日登南京赏心亭,并效辛弃疾作词《水龙吟·登金陵赏心亭》和作七律《赏心亭怀古》,今日,丽日阳和,金风送爽,余心淡身闲,重游南京西水关赏心亭,故言重登赏心亭。

2. 烟月:借指风光、风景。

3. 云楼:高楼。高耸入云的高楼大厦。

2019年10月12日于南京赏心亭

秋游古瓦官寺

瓦官古寺越千年㊞,智者开宗妙卷传㊞。
异鸟曾来呈瑞相,凤台从此瞰江澜㊞。
法华一脉流东土,梵刹三绝耀楚天㊞。
今日闲游临胜境,清心寡欲近佛前㊞。

1. 智者开宗妙卷传:瓦官寺历代高僧辈出,陈、隋时天台宗创始人智顗(538—597年),又称智者大师,于南朝陈光大元年(567年),卓锡瓦官寺,直到太建七年(575年)入天台山,在此住了八年。他在瓦官寺弘扬佛法,宣讲《妙法莲华经》《大智度论》《次第禅门》等佛教经典,最终形成以“一念三千”和“三谛圆融”为中心思想的独立学派,为天台宗的创立奠定了理论基础,故后人尊瓦官寺为天台宗祖庭。

2. 异鸟曾来呈瑞相,凤台从此瞰江澜:南朝宋元嘉十六年(439年),有三只状似孔雀的大鸟——百鸟之王凤凰,飞落在金陵永昌里李树上,招来大群各种鸟类随其比翼飞翔,呈现百鸟朝凤的盛世景象。为庆贺和纪念此奇事,将百鸟翔集的永昌里改名为凤凰里,并在保宁寺后的山上筑台,名曰凤凰台。当年,登凤凰台可见浩瀚长江奔流北去,蔚为壮观。瓦官寺和凤凰台一带是南京文脉之地,六朝风物俯拾皆是。历代许多诗人墨客来此凭吊吟咏,李白、杜甫、陆游、刘克庄、周邦彦、王世贞等都留下了不朽的篇章。特别是李白的著名诗篇《登金陵凤凰台》已成为传颂千古之绝唱。

3. 法华一脉:佛教天台宗,又称法华宗。

4. 梵刹三绝：瓦官寺在晋代就号称藏有“三绝”：一是狮子国(今斯里兰卡)所赠四尺二寸高的玉佛像；二是东晋雕塑家戴逵(约326—396年)、戴颙(378—441年)父子所铸丈六铜像和用其所创的干漆夹纻塑造的佛像；三是东晋大画家顾恺之(345—406年)所绘《维摩诘示疾图》壁画。戴逵父子的佛像、顾恺之的壁画，都是载入中国艺术史册的杰出创作。

2019年10月13日于南京瓦官寺

游大报恩寺遗址

江南首寺起东吴[韵],梵刹雄奇号建初[韵]。
地近秦淮香火盛,名扬海内世间殊[韵]。
佛陀舍利惊禅界,宝塔华光耀古都[韵]。
岁月沧桑兴废处,千年胜迹绘新图[韵]。

1. 大报恩寺:南京大报恩寺是中国历史上最为悠久的佛教寺庙之一,其前身是东吴赤乌年间(238—251年)建造的“建初寺”。建初寺是中国南方建立的第一座佛寺,明、清时期成为中国的佛教中心,与灵谷寺、天界寺并称为金陵三大寺。历史上,大报恩寺曾名长干寺、天禧寺等。大报恩寺是明成祖朱棣为报答父母(父亲朱元璋、生母硕妃和养母马皇后)之恩而建。大报恩寺施工极其考究,完全按照皇宫的标准来营建,金碧辉煌,昼夜通明。大报恩寺以佛殿(即大雄宝殿,又称硕妃殿)、天王殿、宝塔为主体,包括金刚殿、左右碑亭、天王殿、大殿、佛殿、大禅殿、后禅殿、左右观音殿、法堂、祖师堂、无梁殿、伽蓝殿、藏经前殿、藏经殿、左右贮经廊、轮藏殿、禅堂、韦驮殿、经房、东西方丈、三藏殿、钟楼等,僧院一百四十八房,东西画廊廊房一百一十八间,经房三十八间,规模极其宏大。大报恩寺最辉煌的建筑是报恩寺塔,其前身是东吴时期建的阿育王塔。大报恩寺琉璃宝塔高达78.2米,通体用琉璃烧制,自建成至损毁一直是中国最高的建筑,也是世界建筑史上的奇迹,位列中世纪世界七大奇迹,被当时西方人视为代表中国文化的标志性建筑之一,被称为“天下第一塔”。2012年11月,大报恩寺作为海上丝绸之路项目遗产点之一,列入文化遗产预备名单。2013年5月,大报恩寺遗址被国务院定为全国重点文物保护单位。

2. 地近秦淮:大报恩寺位于南京中华门外雨花路东侧秦淮河畔长干里。

3. 佛陀舍利惊禅界：2008年8月7日，在南京大报恩寺遗址出土的铁函中发现了七宝阿育王塔，内藏“佛顶真骨”。这是世界现存唯一一枚佛祖真身顶骨舍利。佛顶骨舍利是佛祖释迦牟尼涅槃后留下的最为珍贵的头顶骨真身舍利，是佛教界无上珍贵的圣物。当时盛放这枚舍利的共有五重容器，从外向内依次是石函、铁函、阿育王塔、银椁和金棺。2010年6月12日9时15分，南京大报恩寺佛顶骨舍利盛世重光活动在南京栖霞寺隆重举行，在海内外108位大德高僧见证下，大报恩寺阿育王塔中的佛顶真骨千年后重现人间。佛顶骨舍利浅褐色，呈蜂窝状。佛顶骨舍利在栖霞寺法堂供奉的一个月里，有近20万人前往瞻礼。

4. 宝塔华光耀古都：在大报恩寺中，琉璃塔是最著名的单体建筑，九级八面，高达78.2米，是当时全国最高的建筑，而且遍体以五彩琉璃为装饰，有“天下第一塔”之美誉。琉璃塔最顶部是用纯金制成的宝珠，直径约为4米，重达2000余两，每层的檐角下都悬挂铜制风铃，从上至下共152只，即使在轻轻的微风之中，清脆的铃声也可声闻数里。每当夜幕降临，琉璃塔上就会点燃144盏如火炬般明亮的油灯，几十里外可见，彻夜不熄。无论是月落星稀的傍晚，还是风雨如注的黑夜，无论是在钟山脚下的丛林之中，还是在大江之上的渔舟之内，都能够看见这座高塔上永不熄灭的灿烂灯光。人们称赞琉璃塔“白天似金轮耸云，夜间似华灯耀月”，为古都金陵之一大胜景。大报恩寺琉璃塔与罗马大斗兽场、比萨斜塔、万里长城等被称为中世纪世界七大奇迹。

5. 岁月沧桑兴废处，千年胜迹绘新图：自东吴建造建初寺到明代修建大报恩寺，岁月沧桑，朝代更迭，该寺屡废屡建，薪尽火传，生生不息。自2004年起，南京市政府开始筹划复建事宜。2007年年初，大报恩寺遗址公园正式启动建设。大报恩寺遗址公园在原址废墟上重建，总占地面积260.5亩，总建筑面积15万平方米，投资50.25亿元，遗址重建工程主要包括遗址博物馆、南京佛教文化博物馆、报恩新塔、佛教文化创意工坊等。2015年12月16日，大报恩寺遗址公园开园。并且，还将在大报恩寺遗址上复建建初寺，为这一江南古刹名蓝描绘新的盛世蓝图。

2019年10月15日于南京

秋夜题

蛩鸣断续夜空秋㊕,瑟瑟寒声飞上楼㊕。
塞北风吹归雁叫,江南雨打落花愁㊕。
韶华易逝容颜改,夙愿难酬岁月流㊕。
顾影伤怀思往事,千丝万缕挂心头㊕。

1. 蛩鸣断续夜空秋:秋之将尽,蟋蟀有气无力、断断续续、凄切的鸣叫声在晚秋清凉的夜空里飘荡。

2. 瑟瑟寒声:轻微的、颤抖的、凄凉寒冷的声音。这里指蟋蟀断续凄切的鸣叫声。

3. 顾影:顾影自怜。望着自己的影子,自己怜惜自己。形容孤独失意的样子。

2019年10月18日于南京

思乡吟

故乡记忆久朦胧[韵]，雄镇燕南一古城[韵]。
沱水东流归大海，太行西望入青冥[韵]。
浮屠高耸晨钟响，梵刹清幽暮鼓听[韵]。
少小离家游子梦，人生往事意难平[韵]！

1. 思乡吟：吟诵思念故乡的诗句。余的故乡，河北省正定县。古城正定，地处冀中平原南部，北拱京师、南临滹沱、西望太行、东极沧海，历史上曾与北京、保定并称为“北方三雄镇”，素有“燕南古郡，京师屏障”之称。正定南城门城楼上至今还镶有“三关雄镇”的石刻匾额。正定为古鲜虞国、古中山国之地，历史上曾称真定、恒山、常山、恒州、镇州、镇定等，历来为郡、府、州、县治所。正定历史悠久，名胜古迹众多，享有“古建筑宝库”之美誉，为国家级历史文化名城。这里物产丰饶，民风淳朴，人文荟萃，文化积淀深厚，多慷慨悲歌之士。正定是百岁帝王赵佗的故里，三国名将、常胜将军赵云的家乡。

2. 浮屠、梵刹：佛塔；佛寺。正定古城多寺庙，据传，在历史上的鼎盛时期，正定有大小寺庙72座。

2019年10月20日于南京

阮郎归·秋思

年年作客海天长㊙,江南似故乡㊙。
水云深处起鸣榔㊙,扁舟载酒狂㊙。

风雨细,露成霜㊙。东篱菊正黄㊙。
长空万里雁成行㊙,愁思欲断肠㊙!

1. 阮郎归:词牌名。又名《碧桃春》《宴桃源》等。双调,共四十七字。前片四句、四平韵,后片五句、四平韵。此调以李煜《阮郎归·呈郑王十二弟》为正体,另有变格体。

阮郎,指阮肇。相传东汉永平年间,浙江剡(shàn)县人刘晨和阮肇到天台山采药迷路,遇到两个仙女,被邀至家中。半年后回家,子孙已过七代。他们重入天台寻访仙女,却杳无踪迹。见《太平广记》卷六十一。

2. 海天:海角天涯。这里指离家很远的地方。

2019年10月25日于石家庄

临江仙·茕茕江海客

忍顾茕茕江海客，年年岁岁飘零㊞。
凄凉萧瑟任平生㊞。
风云多变幻，南北复西东㊞。

漫道依稀家国梦，奈何乖蹇频仍㊞。
心心念念为谁情㊞？
一壶浊酒醉，放浪寄流形㊞。

1. 这首《临江仙·晚秋伤怀》为六十字体。

2. 江海客：江河湖海四处漂泊之人。

3. 放浪寄流形：忘却烦恼，无拘无束，放浪于形骸之外。

2019年10月26日于石家庄

浪淘沙·秋望塞雁归

细雨伴人愁㊀,寒意悠悠㊀。
风吹落叶晚来秋㊀。
遥望苍茫云度处,缭乱心头㊀。

雁阵远人眸㊀,万里何求㊀?
蹉跎岁月愿难酬㊀。
浊酒一杯迟暮里,魂断西楼㊀!

1. 雁阵远人眸:大雁排成“一”字或“人”字形从蓝天上飞过,人们极目遥望大雁飞向远方,消失在天之尽头。

2019年10月27日于石家庄

相见欢·又见南飞雁

青冥浩荡云流平韵,倚清秋韵。
碧野苍茫空阔乱心眸韵。

今又见仄韵,南飞雁韵,动离忧平韵。
谁料人生无奈许多愁韵!

1. 相见欢:词牌名。又名《乌夜啼》《秋夜月》《上西楼》等。唐教坊曲名。双调,共三十六字。前片三句、三平韵,后片四句、两平韵,过片错叶两仄韵。两结句为九言句,宜于第二字略停顿,有的词谱作上六下三句式。

2019年10月28日于石家庄

乌夜啼·惊乌啼月

阶前寒露凝霜平韵，夜茫茫韵。
何处惊乌啼月送凄凉韵？

漏声碎仄韵，人不寐韵，起忧伤平韵。
争奈浮生如梦说荒唐韵！

1. 乌夜啼：词牌名。即《相见欢》。

2. 争奈：怎奈；无奈。

2019年10月29日于石家庄

蝶恋花·庭院秋暮

庭院深深深几许(韵)？昨夜西风，吹落丝丝雨(韵)。
露冷霜滑寒气注(韵)，阶前黄叶无穷数(韵)。

常叹人生漂泊路(韵)。海角天涯，一任流年误(韵)。
梦里不知离恨苦(韵)，断魂犹在相思处(韵)！

1. 蝶恋花：词牌名。原为唐教坊曲，本名《鹊踏枝》，后改为《蝶恋花》。又名《黄金缕》《凤栖梧》《卷珠帘》《明月生南浦》等。双调，上、下片同调，共六十字。上、下片各五句、四仄韵。此调以南唐冯延巳《蝶恋花·六曲阑干偎碧树》为正体，另有变格体。

2019年11月1日于石家庄

鹧鸪天·莫作春花秋月愁

莫作春花秋月愁㊖,人生不过百年游㊖。
功名利禄终虚幻,富贵荣华几到头㊖?

君不见,大江流㊖。波涛滚滚送行舟㊖。
闲云野鹤飘然去,自在逍遥莫浪求㊖!

1. 自在逍遥莫浪求:世海沧桑,岁月如流,光阴荏苒,年华老去。阅尽人间百态、尝遍人生的苦辣酸甜之后,对于迟暮之人来说,一切都是过眼烟云终将归去。只望在余下的有生之年,少一些离散,多一些团聚,少一些俗务,多一些安闲,能过几天安逸闲适、自在逍遥的日子。唯愿如此,夫复何求?

2019年11月2日于石家庄

破阵子·细雨清风秋韵浓

昨夜丝丝细雨，今朝淡淡清风韵。
菊蕊凌寒花带露，枫叶经霜树染红韵。
秋光秋韵浓韵。

世海沧桑一度，人间际会千重韵。
少小曾怀家国梦，迟暮犹思社稷情韵。
可怜华发生韵！

1. 破阵子：词牌名。又名《十拍子》等。唐教坊曲名。唐教坊曲《秦王破阵乐》为唐开国时所创大型武舞曲，震惊一世。后用作词调名。此调当是截取舞曲中之一段而为之。此调为双调，上、下片同调，共六十二字。上、下片各五句、三平韵。

2. 千重(chóng)：形容多。

2019年11月3日于石家庄

西江月·寒鸦夜啼

秋雨一番萧瑟，西风几度辛凉㊞。
寒鸦啼月夜茫茫㊞，唤起离愁心上㊞。

半世飘摇零落，浮生坎坷乖张㊞。
如今迟暮客他乡㊞，羁绊南天北望㊞。

1. 西江月：词牌名。原唐教坊曲名，后用作词调名。又名《江月令》《白苹香》《步虚词》等。该调以柳永词《西江月·凤额绣帘高卷》为正体。双调，上、下片同调，共五十字。上、下片各四句、两平韵、叶一仄韵。上、下片头两句宜用对仗。代表作有辛弃疾的《西江月·夜行黄沙道中》等。另有五十字、五十一字、五十六字等变格体。这首《西江月·寒鸦夜啼》写的是，半夜被受惊啼叫的鸦雀所打扰而夜不能寐。长夜茫茫，思绪万千，生发出对浮生飘摇零落的慨叹。

2019年11月5日于石家庄

唐多令·重回正定

云绕古城楼㊈,新凉好个秋㊈。
数年来、梦里重游㊈。
昔日亦非今日比,沧桑变,乱心眸㊈。

古寺正清幽㊈,滹沱寂寞流㊈。
旧家山、多少哀愁㊈?
最是故园无觅处,匆匆去,莫回头㊈!

1. 昔日亦非今日比,沧桑变,乱心眸:余离开家乡多年,古城正定曾历经多次城市改造,今日之正定古城与儿时记忆中的故乡面貌,可谓是今非昔比,沧桑巨变。

2. 故园无觅处:余家祖宅坐落在古城正定城内。由于城市改造,街道拓宽,余家祖宅宅院已被拆迁殆尽。

2019年11月6日于石家庄

桂殿秋·秋曦

秋夜里，露华浓㊐。朝霞绚烂海天红㊐。
桃都山上金鸡唱，驭日龙辚过阆风㊐。

1. 桂殿秋：词牌名。单调小令，二十七字。五句、三平韵。该调以向子諲(yīn)《桂殿秋·秋色里》为代表。

2. 秋曦：秋日的晨曦。

3. 桃都山上金鸡唱，驭日龙辚过阆风：清晨，当桃都山上的金鸡啼叫的时候，太阳神羲和驾驭着六条龙拉的龙车，载着太阳由东向西，正在向昆仑山顶西王母的阆风苑飞驰。桃都山：桃都山是神话传说中的山名。山上有大桃树，盘曲三千里，上有金鸡(即天鸡)，日照则鸣，天下群鸡遂鸣。树下有神荼、郁垒二神(即中国最早的门神)。羲和：中国上古神话中的太阳女神。龙辚：龙拉的车。阆风：阆风苑、阆风之苑的省称，或称阆苑。传说中在昆仑山之巅，是西王母居住的地方。在诗词中常用来泛指神仙居住的地方，有时也代指帝王的宫苑。

2019年11月7日于石家庄

桂殿秋·秋雁

秋已暮，夜风凉(韵)。残霞晚照雁成行(韵)。
羡它飞鸟知时令，岂奈征程万里长(韵)。

1. 秋雁：南飞雁。雁，又称大雁，鸿雁。冬候鸟。春初由南方飞往北方，秋末冬初又从北方飞回南方过冬。列队飞行，行程可达数千公里。

2019年11月7日于石家庄

桂殿秋·秋韵

秋菊艳，映秋阳(韵)。漫山遍野洒秋黄(韵)。

人人尽道春光好，我爱金秋是韵乡(韵)。

1. 秋黄：秋季是收获的季节，大地一片金黄。山黄了，地黄了，花草树木都披上了耀眼的金黄色，谓之秋黄。

2. 韵乡：秋韵绵绵，秋季是最易产生诗情，引发文人墨客作诗抒怀的季节。

2019年11月7日于石家庄

登正定城楼

城楼高耸映斜阳㊙,岁月悠悠返故乡㊙。
极目苍山山色远,凝眸沱水水流长㊙。
参差街巷人烟聚,错落浮屠殿宇藏㊙。
雄镇燕南风韵在,愁思离恨两茫茫㊙。

1. 苍山:青翠的山峦。这里的苍山指正定古城西部的太行山山脉,或特指太行山山脉里的国家历史文化名山——苍岩山。

2. 愁思离恨两茫茫:余虽出生于正定,然青少年时期即离开故乡。故乡有我的亲人,有我抹不掉的儿时的记忆。而今暮年,依然漂泊于他乡,时时思念故乡及故乡的亲人。

2019年11月8日于石家庄

风雪客京华

阴云朔气满苍穹㉗，青女素娥下太清㉗。
争斗婵娟烟漠漠，频舒广袖雾蒙蒙㉗。
琼楼玉宇无双地，金殿瑶台第一城㉗。
人道寒凉风刺骨，谁言瑞雪兆年丰㉗？

1. 朔气：寒气。湿冷的寒气。

2. 青女素娥：青女，又称降霜仙子、青霄玉女，神话中司霜雪之神。素娥，月宫里的嫦娥仙子，汉代以前称姮娥。唐代诗人李商隐在其《霜月》诗里写道："初闻征雁已无蝉，百尺楼高水接天。青女素娥俱耐冷，月中霜里斗婵娟。"

3. 太清：天之极高处。

4. 琼楼玉宇无双地，金殿瑶台第一城：这两句指北京。北京是首都，古代是京城、皇城，城内有紫禁城、金銮宝殿、皇宫，以及数不清的高楼大厦、丽宇名园，是政治、经济、文化的中心。

2019年11月30日于北京

登京西定都阁

高阁雄峙定都峰(韵),东望京华锦绣城(韵)。
碧野葱茏连海域,层峦叠翠走苍龙(韵)。
天街一线祥云动,金阙千重紫气升(韵)。
暮鼓晨钟何处是?曾依古刹建宸宫(韵)。

1. 定都峰和定都阁:定都峰,又名望都峰、牛心山等,海拔680米,位于北京市门头沟区潭柘寺镇桑峪村东北狮山山顶,其位置正处在有“天下第一街”之称的长安街向西的延长线上,登高远眺可纵览整个北京城。定都峰四周群山环绕,绵延逶迤,浑河横亘,龙鳞闪现,素有“不到定都峰,枉到北京城”和“京西观景第一峰”的美称。传说明成祖朱棣的军师姚广孝曾登定都峰,勘测地形再建北京城,此后该山被称为定都峰。明成祖朱棣登此山后曾感叹道:“此峰之位,观景之妙,无二可代,真乃天赐也!”定都阁位于定都峰峰顶,占地面积550平方米,建筑面积约2400平方米,地上高度33.9米,共6层,外观3层,为古色古香的楼阁式建筑。定都阁乃北京长安街延长线西部端点上的一颗璀璨明珠。登上定都阁,举目西望,群山层峦叠嶂,连绵起伏,云雾与青山缠绕,宛如仙境;极目东眺,锦绣的北京城展现着时代的繁华。真乃“登上定都阁,方知北京城”。

2. 金阙:北京紫禁城,即故宫。代指北京城。

3. 暮鼓晨钟何处是?曾依古刹建宸宫:暮鼓晨钟指的是京西潭柘寺。姚广孝在设计北京城时,从潭柘寺的建筑和布局中获得灵感,在元大都的基础上,多处仿照潭柘寺的建制来扩建改建北京城。如:传说潭柘寺有九门九关,北京城也修建了九座城门;潭柘寺有房999间半,紫禁城有房9999间半(实际有8707间);皇宫里的太和殿也是仿照潭柘寺大雄宝殿的形制而建,同为重檐庑殿顶,只是更高大了一些。所以,世人曾流传一句俗语叫"先有潭柘寺,后有北京城"。宸宫:古代帝王居住的地方。这里指皇城、京城、北京城。

2019年12月1日于北京

游北京戒台寺

戒台古寺隐西山(韵),九域禅门第一坛(韵)。
殿宇巍峨金画栋,园林穆雅玉雕栏(韵)。
凌空佛塔藏神韵,竞秀奇松尚自然(韵)。
身入菩提清净界,心游极乐大悲天(韵)。

1. 戒台寺:位于北京市门头沟区马鞍山上,始建于唐武德五年(622年),原名慧聚寺,明英宗赐名为万寿禅寺,因寺内建有全国最大的佛教戒坛,民间通称为戒坛寺,又叫戒台寺。其与杭州昭庆寺、泉州开元寺戒坛并称中国三大戒坛,戒台寺居首,被誉为“天下第一戒坛”。戒台寺是全国重点文物保护单位,是中国北方保存辽代文物最多、最完整的寺院,保留了戒坛、佛塔、经幢等辽代佛教中罕见的珍品。寺院坐西朝东,中轴线上依次排列山门殿、钟鼓二楼、天王殿、大雄宝殿、千佛阁、观音殿和戒台殿。戒台是中心建筑,殿宇依山而建。戒台寺内有一座环境幽雅、景色秀美的“寺中花园”,以种植牡丹、丁香闻名,尤以黑牡丹更为珍稀,故称牡丹院。戒台寺以松树闻名,“潭柘以泉胜,戒台以松名,一树具一态,巧与造物争”。卧龙松、活动松、自在松、九龙松、抱塔松,合称戒台五松。微风徐来,松涛阵阵,形成了戒台寺特有的“戒台松涛”景观。

2. 九域禅门:中国佛教界。九域:中国古代的别称之一。禅门:代指佛教。

3. 身入菩提清净界,心游极乐大悲天:离开烦嚣的都市,抛下俗务,来到这佛门清净之地,此时的心更向往自由自在、无忧无虑、人人心地善良的佛国极乐世界。菩提:佛教语。意为聪明、智慧、觉悟。

2019年12月2日于北京

大钟寺

梵音妙境探觉生(韵),闹市禅门蕴古风(韵)。
寺就大悲三宝地,楼悬永乐万钧钟(韵)。
声闻百里鸿蒙曲,字铸千篇贝叶经(韵)。
盛世祥和天下治,霞光瑞气绕京城(韵)。

1. 大钟寺:大钟寺原名觉生寺,位于北京市海淀区北三环路联想桥北侧。大钟寺建于清雍正十一年(1733年),本为皇家佛教寺庙,曾是清朝皇帝祈雨的地方,于1985年辟为古钟博物馆,馆内展示中、外古代钟铃共400多件。大钟寺为全国重点文物保护单位,以保存明代永乐大钟而闻名。大钟名为华严钟,铸造于明永乐时期,距今已有600多年的历史。大钟通高6.75米,外径3.3米,重约46.5吨,是历史上无与伦比的巨钟,也极为罕见,素有“钟王”之称。钟内外铸满华严经、金刚经等佛教经咒17种,总计22.7万余字,是明初馆阁体书法艺术的代表作。文字摆布得严丝合缝,字面清晰,字形工楷端正,古朴遒劲,相传为明初书法家沈度的手笔,具有极高的艺术价值,是难得的国宝。大钟铸造精致,形体秀美,造型奇特,铜质乌亮美观,轻击钟声圆润深沉,重击浑厚洪亮,音波起伏,节奏明快幽雅,尾音长达3分钟之久,钟声可达方圆百里,体现了我国古代高超的冶炼技术。永乐大钟被誉为钟王,与世界同类大钟相比具有五绝,或说五大特点:①形大体重历史价值极高;②铭文最多;③一流的音乐特性;④先进的力学结构;⑤高超的铸造工艺。

2. 觉生:觉生寺。即大钟寺。

3. 三宝地:佛教以佛、法、僧为三宝。这里的三宝地即指佛教寺院。

4. 鸿蒙曲:鸿蒙指宇宙形成之前的混沌状态。这里的鸿蒙曲用以形容永乐大钟所发出的声音古朴、浑厚、庄重、肃穆、悠扬,震撼人的心灵。

5. 贝叶经:贝叶经是用铁笔在贝多罗树叶上所刻写的佛教经文。贝叶经源于古印度,距今已有2500多年的历史,具有极高的文物价值。这里的贝叶经是指铸在永乐大钟上的华严经、金刚经等佛教经文。

2019年12月4日于北京

满庭芳·寓居金陵冬至夜雨作

细雨霏霏，寒风瑟瑟，夜深不耐三更㊣。
冻云迷雾，小院静无声㊣。
山影迢迢隐隐，江流处、点点孤灯㊣。
凭栏久，离怀别绪，几许客愁凝㊣。

茕茕㊣，迟暮里，天南地北，依旧飘零㊣。
叹四时更替，花月情浓㊣。
今日阳和渐起，莫辜负、雪里梅红㊣。
空惆怅，心心念念，一任到天明㊣。

1. 满庭芳：词牌名。又名《锁阳台》《江南好》《话桐乡》《满庭花》《满庭霜》《潇湘夜雨》等。此调有平韵、仄韵两体。以晏几道的《满庭芳·南苑吹花》为正体。双调，上、下片不同调，共九十五字，上、下片各十句、四平韵。而双调、九十五字，上片十句、四平韵，下片十一句、五平韵者，以周邦彦的《满庭芳·夏日溧水无想山作》为代表。另有九十三字、九十六字等诸多变体。这首《满庭芳·寓居金陵冬至夜雨作》依周邦彦体。该词多用叠字，整首词有八处用叠字。

2. 今日阳和渐起："冬至一阳生"，从冬至这天开始，阳和之气逐渐增长。冬至，是农历节气中第22个节气，是一个非常重要的节气。冬至俗称"冬节""长至节""亚岁"等，时间在每年的阳历12月22日前后。冬至是北半球全年中白天最短、黑夜最长的一天，过了冬至，白天就会一天比一天长。古人对冬至的说法是：阴极之至，阳气始生，日南至，日短之至，日影长之至，故曰“冬至”。古代人对冬至很重视，曾有“冬至大如年”的说法，而且有庆贺冬至的习俗。《汉书》中说：“冬至阳气起，君道长，故贺。”人们认为，过了冬至，阳气回升，是一个节气循环的开始，是一个吉日，应该庆贺。各地有冬至吃饺子和祭天地、祭祖先的习俗。

2019年12月22日（冬至）于南京

满庭芳·嘉平抒怀

雨霁云飞，嘉平初至，蜡梅欲吐娇黄㊐。
似无还有，浮动远幽香㊐。
节令自然交替，阳和起、依旧寒凉㊐。
梧桐院，乱鸦斜日，正是满庭霜㊐。

古稀年已过，飘零聚散，流水时光㊐。
哪堪对，一生一世奔忙㊐。
莫放烟霞好景，学他个、醉酒疏狂㊐。
销魂处，清风皓月，人在水云乡㊐。

1. 满庭芳·嘉平抒怀：上一首《满庭芳·寓居金陵冬至夜雨作》依周邦彦体，这首《满庭芳·嘉平抒怀》依晏几道体。双调，上、下片不同调，共九十五字，上、下片各十句、四平韵。

2. 嘉平：农历十二月的别称。古代对农历的各个月份都有许多别称。如农历一月称正月、端月、嘉月、初月、岁首、芳岁、华岁、肇岁、孟春、孟阳等，农历十二月称腊月、冰月、严月、除月、暮冬、残冬、嘉平等。

3. 霁(jì)：雨、雪后天气转晴。

4. 嘉平初至，蜡梅欲吐娇黄：刚进农历腊月，江南的蜡梅已经要开了，鲜艳娇嫩的黄芽含苞待放，幽香浮动。

5. 节令自然交替，阳和起、依旧寒凉：冬至刚过，阳气已经开始回升，但一年中最寒冷的数九寒天就要来到了。

6. 疏狂：放浪不羁，性情乖张。

2019年农历腊月初一于南京

好事近·除月近年关

除月近年关，冬至一阳初觉(韵)。
争奈露寒霜冷，锁层楼池阁(韵)。

望中犹记旧家山，梦魂绕城郭(韵)。
一曲笛声怀远，引离人泪落(韵)。

1. 好事近：词牌名。又名《钓船笛》《翠圆枝》。双调，前、后片不同调，共四十五字。前、后片各四句、两仄韵，例用入声韵。前、后片末句一般为上一下四句式。所谓的“近”，多指舞曲的前奏。凡近词，皆句短、韵密而音长。

2. 除月：农历腊月的别称。

3. 冬至一阳初觉：冬至一阳生。从冬至起，阳气开始生发，白天一天比一天长，但也是一年中最寒冷的季节来到了。

2019 年 12 月 27 日于南京

青门引·岁暮愁思

至日阳和起(韵),香吐蜡梅惊喜(韵)。
楼高不耐朔风寒,霜滑露冷,一任到天际(韵)。

浮生落拓情何以(韵)? 长是家如寄(韵)。
哪堪岁月迟暮,断魂更在愁思里(韵)。

1. 青门引:词牌名。又名《玉溪清》。以张先词《青门引·乍暖还轻冷》为正体。双调,前、后片不同调,共五十二字。前片五句、三仄韵,后片四句、三仄韵。青门:乃汉代长安城东南门,本名灞城门,因门色青,俗呼为青门。司马迁的《史记·萧相国世家》中云:"邵平者,故秦东陵侯。秦败,为布衣,贫种瓜于长安城东,瓜美,故世俗谓之'东陵瓜'。"西晋阮籍《咏怀诗》:"昔闻东陵瓜,近在青门外",即咏此事。"引",为唐、宋杂曲的一种体制,本用于乐府琴曲。词调中的"引",多是宋人取唐、五代小令,蔓延其声,别成新腔,而名之曰"引",或说是截取大曲前段的某一遍而成。宋词有"令、引、近、慢"之称,是词调的分类,但其分类并无统一或严格的标准。

2. 至日:冬至又称至日。

2019年12月28日于南京

秋波媚·风雨腊侵年

风雨潇潇腊侵年㊣,寂寞锁清寒㊣。
蜡梅初绽,幽香浮动,萦绕窗前㊣。

星沉残月层楼上,离恨对愁眠㊣。
三山望断,扁舟一叶,浪里云烟㊣。

1. 秋波媚:词牌名。又名《眼儿媚》《小阑干》《东风寒》等。此调调名来自宋人左誉赞美钱塘乐籍名姝张秾风姿妩媚的词语,如"盈盈秋水""淡淡青山"等。该调为双调,前、后片不同调,前、后片各五句,共四十八字。前片第一、二、五句和后片第二、五句押韵,押平声韵。

2. 腊侵年:一入腊月,离年关就近了。侵:接近。这里是临近意。

2019年12月29日于南京

御街行·悠悠岁月怜方寸

阳和初转年关近韵,梅蕊吐、传芳信韵。
江南入腊雪花飘,朔气彤云成阵韵。
平畴沃野,青山黛影,极目苍茫尽韵。

光阴似箭何其迅韵,人渐老、繁霜鬓韵。
夜来频梦到恒州,犹带别愁离恨韵。
悠悠岁月,几多风雨,谁解怜方寸韵?

1. 御街行:词牌名。又名《孤雁儿》。以柳永的《御街行·圣寿》和范仲淹的《御街行·秋日怀旧》为正体。柳词七十六字,范词七十八字。该调为双调,前、后片各七句、四仄韵。另有双调七十七字、双调八十字、双调八十一字等变格体。御街:京城中皇帝巡行的街道叫御街,也称天街。调名本意为京城天街上皇帝及其仪仗队御驾出行的情况。这首《御街行·悠悠岁月怜方寸》为双调,七十八字体。

2. 阳和初转:阴气之至,阳和之气开始生发。

3. 入腊:进入农历腊月。

4. 彤云:阴云。下雪前天空密布的阴云。天空布满厚厚的云层,预示着大雪即将来临。彤云有时也指天空的红霞。

5. 极目苍茫尽:放眼远望,天空、原野、山峦等,尽是一片苍茫。

6. 恒州:古城正定在古代曾称恒州。这里的恒州指故乡。

2019年12月30日于南京

倾杯乐·岁暮忆畴昔

庭院深深，竹篁幽径，荷塘半亩盈碧㊙。
气寒雾冷，霜打败叶，正满园萧瑟㊙。
蜡梅吐蕊暗香动，报春之消息㊙。
云光暗淡，残照里、枯树栖鸦岑寂㊙。

可堪岁华将尽，故园千里，迟暮闲愁极㊙。
看雪满山川，路遥心倦，苦天涯行迹㊙。
世海沧桑，人间情味，莫作飘零客㊙。
久相忆㊙，多少事、断魂畴昔㊙。

1. 倾杯乐：词牌名。又名《倾杯》《古倾杯》。原唐教坊曲名，后用作词调名。该调有令词和慢词之分，此为慢词。以柳永《倾杯乐·楼锁轻烟》为正体。双调，共一百零四字。前片十句、四仄韵，后片十一句、五仄韵。另有变格体者。

2. 蜡梅吐蕊暗香动，报春之消息：农历腊月，江南的蜡梅已经开了，淡淡的香气在空气中浮动，好像是在告诉人们，春天就要来了。

3. 岑寂：寂静；寂寞。

4. 断魂畴昔：因回忆往事而哀伤。畴昔：往日；从前。

2020年元旦于南京

凄凉犯·往事如烟

梧桐院落㊀，星空下、枯枝败叶鸣雀㊀。
天寒地冻，霜滑露冷，几番萧索㊀。
悠悠梦觉㊀，正心倦身疲落寞㊀。
算年来、江河湖海，依旧苦漂泊㊀。

忆昔烟霞里，携手西园，探花南陌㊀。
笛声袅袅，趁清风、断魂无着㊀。
念念心曲，叹世态炎凉淡薄㊀。
到如今、往事如烟，尽过却㊀。

1. 凄凉犯：词牌名。又名《凄凉调》《瑞鹤仙影》《瑞鹤仙引》等。所谓的“犯”，在这里指宫调相犯，相当于现代音乐中的转调。此调首见于宋姜夔《白石道人歌曲》，为姜夔自度曲。该调为双调，前、后片各九句，共九十三字。前片第一、二、五、六、七、九句和后片第三、五、七、九句押韵，押仄声韵。另有变格体者。

2. 落寞：冷落；寂寞。

3. 笛声袅袅，趁清风、断魂无着：余青少年时爱好吹笛子，月白风清之夜，经常在湖边、桥头、树林里吹笛子到半夜。袅袅笛声，情意绵绵，随风飘荡在夜空里。笛声抒发着自己的情怀，寄托着无尽的哀思。断魂无着：忧伤的情怀无法排解，没有着落。

4. 心曲：心事；心中的秘密。

2020年元月3日于南京

武陵春·小寒观梅

今日小寒烟漠漠，细雨正绵绵㊣。
鸟雀呼晴黄绿间㊣，鸣叫乱窗前㊣。

池畔红梅解花信，嫩蕊吐芽尖㊣。
早报春光预报年㊣，风物惹人怜㊣。

1. 武陵春·小寒观梅：今日小寒，偶过窗前小池塘，抬头忽见小塘边的几株宫粉梅疏落的枝条上已经吐出了如黄豆、绿豆般大小的花蕾，淡淡的红色，娇艳欲滴。感叹万物有灵，梅解花信，凌寒傲雪，生机勃发，遂作此小词《武陵春·小寒观梅》以记之。

2. 鸟雀呼晴黄绿间：进入腊月，江南一带连绵的阴雨下个不停。今日忽然转晴，鸟儿们都跑出来在枝头、草丛里觅食鸣叫。从纬度上来说，南京地处中国中部，南方和北方的植物在这里交汇，既有落叶树木又有常绿植物。冬季，黄绿相间，鸟儿们飞落在绿树碧草或枯枝黄叶间。

2020年元月6日(小寒)于南京

明月逐人来·南国梅开

浮云迷雾㊞，寒霜清露㊞。
山凝黛、水环烟渚㊞。
望中犹记，雪暗秦淮渡㊞。
倦极离怀别绪㊞。

花信年年，应是东君频顾㊞。
和风里、梅芽欲吐㊞。
影摇碧溪，香动横斜处㊞。
脉脉柔情轻诉㊞。

1. 明月逐人来：词牌名。该词调由宋李持正首创，因其词中有“皓月随人近远”句，故取作词调名。唐代诗人苏味道《正月十五夜》诗中有“暗尘随马去，明月逐人来。”李持正词中的“皓月随人近远”句即化自苏诗的“明月逐人来”。该词调为双调，前、后片各六句，共六十二字。前片第一、二、三、五、六句和后片第二、三、五、六句押韵，押仄声韵。

2. 雪暗秦淮渡：隆冬腊月，天昏地暗，大雪笼罩着秦淮渡口，天地一片苍茫。这里的秦淮代指整个南京城。

3. 花信年年，应是东君频顾：年年百花按时令依次开放，这都是春天之神的造化和安排。

4. 影摇碧溪，香动横斜处：化用北宋诗人林逋咏梅诗《山园小梅》里的著名诗句：“疏影横斜水清浅，暗香浮动月黄昏。”

2020年元月8日于南京

薄媚摘遍·江南飞雪蜡梅开

蜡梅开，疏影瘦，香气浮庭院仄韵。
坠金乌，藏玉兔，寒风吹过江岸韵。
吴天楚地，碧野迷踪，飞雪漫层峦平韵。
玉宇无尘，银装素裹邈云汉仄韵。

休道蹉跎慵懒仄韵，镜里容颜换韵。
思往事，竟何成，争知坎坷乖蹇韵。
机缘难觅，造化无凭，一笑醉中仙平韵。
岁岁飘零，年年送塞雁仄韵。

1. 薄媚摘遍：词牌名。薄媚：淡雅娇媚的样子。唐教坊大曲有《薄媚》曲名。宋沈括《梦溪笔谈》云：“所谓大遍者，凡数十解，每解有数叠。裁截用之，则谓之摘遍。”按《薄媚》大曲凡十遍，此盖摘其入破之一遍也。调名本意即指摘取《薄媚》大曲一遍来单谱单唱，以歌咏年轻女子娇媚娴雅的姿态。该调为双调，共九十二字。前片十一句、三仄韵、叶一平韵，后片十句、四仄韵、叶一平韵。乃平仄韵同部相协。

2. 江南飞雪蜡梅开：南国的蜡梅已经开了，余居住的小院里长着几株蜡梅，空气里时不时浮动着淡淡的幽香。元月8日夜，一场突如其来的大雪覆盖了整个南京城。清晨，寒风凛冽、玉宇无尘、白雪皑皑、碧野苍茫。由此而想到，年关将近，又是一年过去了，自己依然客居南国，心中怅然，遂作此词以记之。

3. 疏影：代指梅花或蜡梅。出自宋林逋著名的咏梅诗句："疏影横斜水清浅，暗香浮动月黄昏。"后人遂用"疏影""暗香"代指梅花。

4. 坠金乌，藏玉兔：形容阴天。金乌，指太阳。玉兔，指月亮。晴天的夜晚是"金乌西坠，玉兔东升"。而阴天里，白天没有太阳，夜里也见不到月亮。

5. 吴天楚地：指江南吴楚之地，长江中下游一带。

2020年元月9日于南京

夜游宫·鸟鹊啼飞惊残梦

鸟鹊啼飞不定㊙，霜晨月、惊回残梦㊙。
云汉西沉楚天静㊙。
倚阑干，雾朦胧，星光冷㊙。

独步花溪径㊙，露华浓、寂寥身影㊙。
谁把愁心相思送㊙？
漫销魂，叹人生，惜流景㊙。

1. 夜游宫：词牌名。又名《念彩云》《新念别》等。以毛滂词《夜游宫·长记劳君送远》为正体。双调，前、后片不同调，共五十七字。前、后片各六句、四仄韵。另有变格体。该调用仄声韵，又以阴声之仄韵为主，故此调之音节有凝寒低沉之效应。

2. 楚天：楚地的天空。这里指江南的天空。

3. 流景：流动的风景。这里又指人生的遭遇和经历。

2020年元月10日于南京

过秦楼·迟暮客金陵

细雨寒烟，红梅残雪，大江东去悠悠㊙。
看远山凝黛，伴竹海鸣泉，水绕汀洲㊙。
极目古城头㊙，若为请、故国重游㊙。
正清溪流碧，云光缥缈，霞映层楼㊙。

想六朝霸业、笙歌地，引英雄落泪，宫苑荒丘㊙。
当暖风吹过，尽花香鸟语，妩媚娇羞㊙。
应念做人难，似浮云、一任漂流㊙。
叹沧桑岁月，迟暮天涯，多少闲愁㊙？

1. 过秦楼：词牌名。又名《惜余春慢》《苏武慢》《选官子》等。双调，共一百零九字。前段十一句、五平韵，后段十一句、四平韵。以宋李甲词《过秦楼·卖酒垆边》为代表。因李词中有“曾过秦楼”句，故取以为名。该词调另有仄韵体者。这首《过秦楼·迟暮客金陵》为平韵体，调依李甲词。该词的一个特点是，在句式上多用上一下四句式，整首词共有八处为上一下四句式。如：看远山凝黛；伴竹海鸣泉；正清溪流碧；想六朝霸业；引英雄落泪；当暖风吹过；尽花香鸟语；叹沧桑岁月等。

2. 宫苑荒丘：风云变幻，世海沧桑，宫苑变成荒丘之意。隐含有“黍离之悲”。

2020年元月12日于南京

望远行·年光偷换

星移斗转，年关近、寂寞萧条庭院[韵]。
小池凝碧，岸柳凄凉，鸟雀间关鸣乱[韵]。
但见寒梅，芽豆欲开还闭，残雪映娇呈艳[韵]。
好时光、花信连绵不断[韵]。

留恋[韵]。谁念海天倦客，正一似、塞鸿征雁[韵]。
漠漠楚乡，六朝故国，多少世间恩怨[韵]。
人道秦淮佳丽，金陵风物，古韵新姿无限[韵]。
看大江东去，年光偷换[韵]。

1. 望远行：词牌名。原唐教坊曲名，后用作词调名。原是小令，始自五代韦庄。至北宋，方演变为慢词，始自柳永。调名即咏眺望出征人或出行人渐行渐远的本意。小令以南唐中主李璟词《望远行·碧砌花光照眼明》为正体。双调，共五十五字。前片四句、四平韵，后片五句、四平韵。慢词以柳永词《望远行·长空降瑞》为代表。双调，共一百零六字。前片九句、四仄韵，后片十一句、五仄韵。这首《望远行·年光偷换》依柳永的慢词《望远行·长空降瑞》而填。

2. 间(jiàn)关：拟声词。鸟鸣声。

3. 楚乡：古楚国之地。即江南或长江中下游一带。这里指古都金陵。

2020年元月15日于南京

风流子·辜负流年

绵绵细雨下，闲愁极、迤逦到年关㊞。
看云暗楚天，月明淮水，影留玄武，情满钟山㊞。
去无迹、大江帆影里，难觅远行船㊞。
乡恋客愁，路遥心倦，岁华迟暮，寥落难言㊞。

故人今安在？漂流瀚海去，却在心田㊞。
应念旧游如梦，人世多艰㊞。
叹浮生落拓，孤芳自赏，一尘不染，空谷幽兰㊞。
争奈晚霞残照，辜负流年㊞。

1. 风流子：词牌名。又名《内家娇》《神仙伴侣》等。原唐教坊曲名，后用作词调名。调名出自《文选》。风流，言其风美之声，流于天下。子者，古代男子之通称。此调有单调、双调不同诸格体。单调为小令，三十四字。八句、六仄韵。双调为慢词，共一百一十字。前片十二句、四平韵，后片十一句、四平韵。另有一百一十一字、一百零九字、一百零八字等变体。这首《风流子·辜负流年》为双调慢词，一百一十字。前片十二句、四平韵，后片十一句、四平韵。

2. 看云暗楚天，月明淮水，影留玄武，情满钟山：暗指客居江南，游遍金陵的山山水水之意。淮水、玄武、钟山，均为南京的名胜之地。楚天，江南一带的天空。玄武，玄武湖。钟山，紫金山。

3. 瀚海：也作翰海。本指北方的海名，后指戈壁沙漠。在这里泛指遥远、荒僻之地。

2020年元月17日(农历小年)于南京

齐天乐·江南岁暮起忧思

寒风吹雨江楼上，年光又当岁暮㊅。
雾满山川，压枝残雪，鸟雀踪迷烟树㊅。
忧思千缕㊅。正云暗台城，船横津渡㊅。
庭院萧疏，重门深掩锁朱户㊅。

秦淮风韵依旧，六朝佳丽地，棘闱南浦㊅。
玄武波光，钟山倩影，又见红梅笑吐㊅。
人生多误㊅。况别恨离愁，世情难诉㊅。
酒泛金樽，醉魂空自舞㊅。

1. 齐天乐：词牌名。又名《台城路》《如此江山》《五福降中天》等。以周邦彦词《齐天乐·秋思》为正体。双调，共一百零二字。前片十句、五仄韵，后片十一句、五仄韵。另有一百零三字、一百零四字等变体。齐天，谓高与天齐，或取与天齐寿之义。这首《齐天乐·江南岁暮起忧思》依周邦彦的一百零二字体。

2. 六朝佳丽地：南朝齐杰出的山水诗人谢朓在其《入朝曲》里写道："江南佳丽地，金陵帝王州。"后人遂用"佳丽地"和"帝王州"来指古都金陵。

3. 棘闱、南浦：南京秦淮河上的两处著名古迹和景点。棘闱：江南贡院的别称。闱，科举时代称考场。为防止考场内外串联作弊，江南贡院外面建有两道高墙，高墙顶端布满了带刺的荆棘，所以贡院又被称作"棘闱"。

2020年元月19日于南京

升平乐·秦淮灯会

故国繁华，六朝佳丽，秦淮十里和风㊣。
寒腊侵年，烟霞境里，满城展放花灯㊣。
鳌山结彩，庆吉祥、百业欣荣㊣。
留恋处，叹嫣红姹紫，迷幻层生㊣。

还望画桥烟柳，正兰舟戏水，残月朦胧㊣。
云动星移，花开玉树，依稀阆苑蓬瀛㊣。
吴娃笑语，漫萦回、风韵情浓㊣。
陶陶乐，看游人如织，夜醉金陵㊣。

1. 升平乐：词牌名。唐教坊曲名，后用作词调名。以宋吴奕《升平乐·水阁层台》为代表。格律仅此一种。双调，共一百零三字。前、后片不同调。前、后片各十一句、四平韵。昨天是南京秦淮灯会（第34届中国·秦淮灯会）开园第四天，余阖家到南京白鹭洲公园观看水上灯会。但见：鳌山结彩，光怪陆离；水波荡漾，灯影桨声；姹紫嫣红，梦幻迷离；如临仙境，美不胜收。故作此《升平乐·秦淮灯会》以记之。

2. 寒腊侵年：进入寒冷的腊月，离年关就近了。

3. 烟霞境里：优美的环境里。

4. 鳌山：堆成巨鳌形状的灯山。宋、元时俗，元宵节用彩灯堆叠成的山，形状像传说中的巨鳌，故称“鳌山”。鳌：传说中指海里的大龟或大鳖。

5. 吴娃：吴地的少女。这里指江南或金陵一带娇美的青少年女子。

2020年元月21日（农历腊月二十七）于南京

乡　愁

人生坎坷数十秋㊈，争奈萍踪浪迹游㊈。
忽见浮云飘瀚海，但悲孤雁落荒丘㊈。
谁怜寂寞家山远？应念沧桑岁月流㊈。
往事如烟空梦断，忧思常寄是乡愁㊈。

2020年元月24日（农历除夕夜）于南京

疫耗惊新岁

疫耗突发荆楚间㊞,举国惊骇广流传㊞。
瘟魔肆虐生民苦,愚昧无知天道还㊞。
自救自疗自珍爱,互帮互悯互惜怜㊞。
乾坤造化悲中土,度尽劫波话鼠年㊞。

1. 疫耗:关于疫情的消息。疫:流行性急性传染病的统称。如:瘟疫;鼠疫。耗:音信;信息;消息(多指坏的)。

2. 新岁:新年。这里指农历新年,即春节。

3. 愚昧无知天道还:据说,2003年的非典和这次暴发的疫情,都是由野生动物携带病毒传染给人类的。然而,就是有一些人和惨无人道的盗猎者们,为了一己的口腹之欲和个人私利,丧心病狂地滥捕滥杀野生动物,其惨状令人触目惊心。生态被破坏,人与自然的和谐被打破。愚昧无知,自作孽!天道报应,果报不爽!

4. 乾坤造化悲中土:天佑中华之意。乾坤:天地;宇宙;自然界。中土:中原地区。或指整个中国。

2020年元月25日(鼠年春节)于南京

有感武汉封城作

疫情肆虐漫惊风[韵],奉劝世人修善行[韵]。
只恐贪婪添罪业,竞逐私利乱杀生[韵]。
神州岂有封城事,九域何来闹市空[韵]?
天佑中华劫难去,和谐万物共存荣[韵]。

1. 惊风:因震惊而风传。消息令人震惊而迅速传播开去。

2. 神州岂有封城事,九域何来闹市空:自古以来鲜为听说过有封城之事,这次多地采取封城、封村的极端措施,实属为保护人民生命安全的无奈之举,符合国情民意,是完全正确的。

3. 天佑中华劫难去,和谐万物共存荣:天佑中华,在全国人民的共同努力下,疫情一定会得到控制,劫难终究会过去。人类要敬畏自然,保护自然环境,善待万物生灵,与自然万物和谐共处,共存共荣。

2020年元月27日(农历正月初三)于南京

寻梅·早梅呈艳

东风渐觉春意暖(韵),好时光、寻梅近远(韵)。
蕊寒香冷晕红浅(韵)。
几回穿花径,见伊初绽(韵)。

也曾许下风流愿(韵),一世里、与春相伴(韵)。
奈何脉脉情无限(韵)。
可怜芳姿俏,香艳独占(韵)。

1. 寻梅:词牌名。调见于《乐府雅词》《梅苑》。以宋沈会宗词《寻梅·今年早觉花信蹉》为正体。双调,共六十字。上、下片不同调。上、下片各五句、四仄韵。调名本意即咏寻见了早开的梅花。

2. 晕红浅:早开的红梅,花瓣上晕染着淡淡的红色。

3. 香艳独占:梅花凌寒傲雪,幽香浮动,是"二十四番花信"之首,更被誉为"万花敢向雪中出,一树独先天下春"的花魁。梅花迎雪吐芬、凌寒流芳、铁骨苍劲、疏影清雅的形象,诠释着中华民族坚韧不拔、不屈不挠的崇高品质和坚贞气节,深受人民的喜爱。

2020年元月31日(农历正月初七)于南京

探春令·春光初现

东风吹过，小池波皱，春光初现㊙。
几回梦里将伊念㊙，看今日、梅英绽㊙。

阳和丽日梧桐院㊙，鸟鸣窗前乱㊙。
待燕来、嫩柳斜斜，花信不误年年换㊙。

1. 春光初现：今天是2月2日，后天2月4日立春。蜡梅开过以后，前几天院子里的红梅、白梅也相继开放。春风和煦，小池边的小草已经长出了尖尖的嫩芽，鸟儿们又开始乱飞乱叫了。生机勃勃，春天就要来到了。

2. 伊：人称代词。他；她。在这里既可指春天，梅花，也可指思念的人。

3. 梅英绽：梅花开。

4. 嫩柳斜斜：春天刚发芽的柳丝随风飘动。

2020年2月2日（农历正月初九）于南京

探春令·春风吹花信

阳和浮动，水流溪碧，风吹花信㊀。
峭寒已去莺声嫩㊀，过人日、春临近㊀。

梅英笑吐添红晕㊀，看泥香破润㊀。
怕燕来、雾柳烟花，难把画栋雕梁认㊀。

1. 峭寒：严寒。

2. 过人日、春临近：过了人日离春天就近了。人日是农历正月初七，今年立春是公历2月4日农历正月十一，故言"过人日、春临近。"人日：又称人节、人庆节、人胜日、人口日、人七日等。每年农历正月初七为传统节日——人日。传说某神主初创世，在造出鸡、狗、猪、羊、牛、马等动物后，于第七天造出了人。古人相信天人感应，以岁后第七日为人日，即人的生日。据《北史·魏收传》，晋朝议郎董勋《答问礼俗》云："正月一日为鸡，二日为狗，三日为猪，四日为羊，五日为牛，六日为马，七日为人。"还有补充的说法，初八是谷日，初九是天日，初十是地日。如果正月初七天气晴朗，则主人丁兴旺、吉祥平安。在古代，人日有登高赋诗、称体重等习俗。就文化内涵而言，人日，即"人民安之日"，以"人民安"为人日的核心思想。人日是春节系列节日中重要的节日之一，至少已有两千年的历史。

3. 泥香破润：冬去春来，阳和浮动，空气中散发着泥土的清香，小草的嫩芽从湿润的泥土中钻出，生机盎然。

2020年2月3日（农历正月初十）于南京

春日偶题

东君迤逦过山家㊎,风送春回草木发㊎。
池畔红梅怜俏影,幽香浮动透窗纱㊎。

1. 春日:立春之日。

2. 东君迤逦过山家:司春之神踏着和谐的节奏,迤逦而来。来到江南大地,来到城市和山村,来到千家万户。

2020年2月4日(立春)于南京

东风齐着力·春回南国

花信风来，春回南国，独秀梅华[韵]。
金陵一梦，客里寄如家[韵]。
望断吴山隐隐，苍茫尽、碧野烟霞[韵]。
江楼上，凭栏极目，帆影云槎[韵]。

古韵散幽佳[韵]，曾记否、六朝旧事堪嗟[韵]。
赏心乐事，美景任人夸[韵]。
且看秦淮皓月，清辉下、十里灯纱[韵]。
蓝桥渡，笙歌起处，醉在天涯[韵]。

1. 东风齐着力：词牌名。为南宋胡浩然自度曲。调见宋何士信《草堂诗余》。西汉戴胜《礼记·月令》云：“孟春之月，东风解冻。”又唐人曹松除夕夜诗：“残腊即又尽，东风应渐闻。”故云“东风齐着力”。此调为双调，共九十二字。前片十句、四平韵，后片九句、五平韵。这首《东风齐着力·春回南国》作于庚子年立春日，写春回江南及客居金陵之所见所感。

2. 独秀梅华：梅花为花魁，乃“二十四番花信”之首。立春之时，梅花凌寒傲雪，一枝独秀。

3. 金陵一梦，客里寄如家：客居金陵，浑如一梦。金陵美好的风光使人留恋。时间久了，反倒把金陵当家乡。

4. 云槎：远行在天边，好像进入云端的船只。槎：木筏。这里指船。

5. 灯纱：红纱灯笼。

6. 蓝桥：代指秦淮河上众多精美的桥。

2020年2月4日（立春）于南京

东风第一枝·忆金陵观梅

雨住云收，融和天气，春风吹过江浦㊗。
一枝疏影横斜，几缕暗香幽吐㊗。
娇容粉面，寿阳妆、百花歆慕㊗。
草木苏、苒苒生机，冷落素娥青女㊗。

清溪畔、妖娆芳绪㊗，绮陌上、游人无数㊗。
云蒸霞蔚流光，姹紫嫣红迷雾㊗。
香薰衣袂，更飘落、漫天花雨㊗。
好时节、倾国倾城，不忍别她归去㊗。

1. 东风第一枝：词牌名。又名《琼林第一枝》。相传宋吕渭老首创此调以咏梅，其词已佚。梅花为花魁，迎东风而开，故称“东风第一枝”。宋人多用以咏梅、春词、元夕词和寿词，且以叙事与写景见长。该调以宋史达祖词《东风第一枝·壬戌闰腊望，雨中立癸亥春，与高宾王各赋》为正体。双调，共一百字。前片九句、四仄韵，后片八句、五仄韵。另有诸变格体。此调可平可仄之字较多。词中凡两个四字句、两个六字句、两个七字句连用时皆为对偶。此调以六字句和四字句为主，又六个七字句均作上三下四句法，兼用仄韵，故调势极纡徐平缓，音响低沉，但仍不失谐婉。这首《东风第一枝·忆金陵观梅》依史达祖体。上片写春到江南，梅花报春的仙姿神韵；下片回忆往年早春时节，梅花山万株梅花竞开时金陵人倾城出游的盛况。

2. 江浦：江边；江岸。

3. 一枝疏影横斜，几缕暗香幽吐：写梅花的仙姿神韵。化用北宋隐逸诗人林逋咏梅诗《山园小梅》里的著名诗句："疏影横斜水清浅，暗香浮动月黄昏。"

4. 娇容粉面，寿阳妆、百花歆慕：梅花的娇姿仙态和神韵令百花怜爱羡慕。寿阳：寿阳公主，即会稽公主。南朝宋武帝刘裕的女儿，民间神话传说中的正月梅花花神。据《太平御览》记载，南朝宋武帝的女儿寿阳公主，某年正月初七人日卧于含章殿檐下，殿前的梅树被微风吹动，落下来朵朵梅花，其中一朵不偏不倚正好粘在公主的额头上，并在公主的额上渍染留下了淡淡的梅花花痕，擦之不去。梅花花痕使得寿阳公主更显娇柔妩媚，看上去就像是落在凡间的花仙子。三天之后，梅花花痕才被用水清洗掉。宫中女子见公主额上的梅花印非常美丽，纷纷效仿，于是梅花妆（或简称"梅妆"）便在宫中流行开来，后又传到民间。女子在额上画一圆点或多瓣梅花状，一直到唐、五代都非常流行。因梅花妆的流行，寿阳公主也被人们奉为梅花花神，并称之为"花中精灵"。歆慕：羡慕；喜爱。

5. 草木苏、苒苒生机，冷落素娥青女：春天来了，百草萌发，万物复苏，生机勃勃，冷落了素娥青女。苒苒：草茂盛的样子。素娥：月中仙子嫦娥。青女：青霄玉女。司霜雪之女神。

6. 云蒸霞蔚流光，姹紫嫣红迷雾：形容南京梅花山万株梅花竞开的盛况。

7. 倾国倾城：国中和城中的人都为之倾倒。形容女子容貌美丽非凡。《汉书·孝武李夫人传》："北方有佳人，绝世而独立。一顾倾人城，再顾倾人国。"倾：倾覆。这里用倾国倾城形容梅花的娇媚艳丽。

2020年2月5日（农历正月十二）于南京

兰陵王·上元抒怀

庆佳节㊀。漫洒清辉皓月㊀。
东风信，春到金陵，又见秦淮彩灯结㊀。
霓虹乱摇曳㊀。明灭㊀。鳌山巧设㊀。
星吹落，光怪陆离，火树银花满城阙㊀。

飘零客吴粤㊀。念海角天涯，谁解凉热㊀？
茕茕老迈空心折㊀。
怜浮生落拓，沉思往事，惟有浊酒对凄切㊀。
叹水流残叶㊀。

踝躞㊀。暗伤别㊀。
望浩渺烟波，苍茫林樾㊀。故人长是音尘绝㊀。
正世海沧桑，愁心难歇㊀。
年来年去，却又是，梦残缺㊀。

1. 兰陵王：词牌名。又名《大犯》《兰陵王慢》等。原唐教坊曲名，后用作词调名。宋王灼的《碧鸡漫志》引《北齐史》及《隋唐嘉话》中云：齐(北齐)文襄帝之子长恭，封兰陵王。与周(北周)师战，尝着假面对敌，击周师金墉城下，勇冠三军。武士共歌谣之，曰《兰陵王入阵曲》。调名本于此。（兰陵王高长恭，本名高肃，族名高孝瓘，字长恭。北齐王朝宗室将领，神武帝高欢之孙，文襄帝高澄第四子。中国古代四大美男子之一。温良敦厚，貌柔心壮，音容兼美。征战时头戴面具，身先士卒，勇冠三军，军功卓著。后因功高震主，为后主高纬所忌，被鸩而死，年仅三十三岁。）该词调有不同诸格体，俱为三片。以秦观词《兰陵王·雨初歇》为正体。该调宜用入声韵，以其有激越之音效。该词调之音节时而纡徐时而急促，句式变化极大，适于表达复杂、缠绵而又激烈之情。这首《兰陵王·上元抒怀》依周邦彦体。三片，共一百三十字。上片十一句、七仄韵，中片八句、五仄韵，下片十句、六仄韵。上片写南京元宵秦淮灯会，中片感叹浮生落拓飘零，下片抒发怀念故人之情。

2. 上元：元宵节，又称上元节、灯节。中国古代的情人节。农历正月十五为上元节，七月十五为中元节，十月十五为下元节。

3. 漫洒清辉皓月：诗词中为符合平仄或押韵而常用的倒装句式。即“皓月漫洒清辉”意。

4. 东风信，春到金陵：东风带来信息，春天来了。

5. 鳌山：堆成巨鳌形状的灯山。

6. 吴粤：江苏、广东一带。泛指江南、华南等地。

7. 叹水流残叶：感叹时光流逝、年华老去意。

8. 蹀躞：往来徘徊。心事重重貌。

9. 林樾：樾，树阴。这里的林樾指森林、原野。

10. 梦残缺：不如愿，诸事不顺意。

2020年2月8日（元宵节）于南京

上元夜吟

细雨寒烟罩古城㊐,梅花呈艳柳摇风㊐。
寂寥冷落群防日,延展秦淮九苑灯㊐。

1. 寂寥:寂静空旷;冷落萧条。

2. 延展秦淮九苑灯:2020南京秦淮灯会(第34届中国·秦淮灯会)的亮灯时间为:2020年1月17日(腊月二十三)至2月11日(正月十八)。今年的秦淮灯会共分九大展区:十里秦淮河风光带展区、瞻园展区、明城墙风光带展区、夫子庙核心景区展区、白鹭洲公园水上灯会、老门东展区、大报恩寺遗址展区、愚园展区、公共氛围区等,故称之为"九苑灯"。余全家于灯会开园第四天,即1月20日(腊月二十六)夜游白鹭洲公园水上灯会。据说白鹭洲公园水上灯会是今年秦淮灯会九大展区中规模最大、最有特色、最吸引游人的一个展区。然而,受突如其来的疫情影响,今年的秦淮灯会开园刚几天就被迫暂停。

2020年2月8日(元宵节)夜于南京

探春慢·怜春误

碧野云光，彩霞映日，东风吹过江渚㊅。
梅蕊娇红，鹅黄柳嫩，鸟雀啼鸣烟树㊅。
潮涌春波暖，却又见、舟横津渡㊅。
远山凝黛吴天，清溪流韵南浦㊅。

已是上元过了，深院锁重门，难觅归处㊅。
寂寞萧条，诚惶诚恐，谙尽世间情愫㊅。
遥想梅山上，恰正是、花云香雾㊅。
冷落春光，怜她芳华无数㊅。

1. 探春慢：词牌名。又名《探春》。《探春令》和《探春慢》俱咏初春风景或咏梅，一为令词，一为慢词。该调为慢词，南宋姜夔所创，以姜夔的《探春慢·衰草愁烟》为正体。双调，共一百零三字。前、后片不同调。前、后片各十句、四仄韵。另有诸变格体。这首《探春慢·怜春误》依姜夔体。上片写春到江南，下片写春节期间宅在家里不能外出，耽误了踏青赏梅的大好时光，故名“怜春误”。

2. 谙尽世间情愫：通过重大事件的发生，让人看到了世情百态，人情冷暖，看到了人性的大爱和至善，也看到了人性的丑恶和虚伪。有人高尚纯洁，舍己为人，舍生忘死，舍小家为大家；有人事不关己，高高挂起；有人麻木不仁，沽名钓誉；有人愚昧无知，低级庸俗；甚至有人自私自利，残暴贪婪。凡此种种，不一而足。

3. 冷落春光，怜她芳华无数：为今年不能再到梅花山赏梅而怜惜感叹。

2020年2月10日（农历正月十七）于南京

恋芳春慢·金陵春

山色蒙蒙，水波澹澹，大江东去滔滔㊍。
虎踞龙蟠，故国自古妖娆㊍。
望断台城内外，古寺里、塔影凌霄㊍。
玄武畔、十里长堤，迤逦烟柳朱桥㊍。

梅山似火，竹林映碧，楼台雾失，亭榭云飘㊍。
世代繁华，漫道雨润风调㊍。
可惜秦淮一梦，六朝月、惆怅魂销㊍。
流连处、争奈春光醉人，谁共今朝㊍？

1. 恋芳春慢：词牌名。此调见宋万俟咏《大声集》。以万俟咏词《恋芳春慢·寒食前进》为正体。宋徽宗崇宁中，万俟咏充大晟府制撰，依月用律制词，多应制之作。此词自注云："寒食前进。"故以《恋芳春慢》为词调名。双调，共一百零二字。前片九句、四平韵，后片十句、四平韵。上片开头两个四字句作四字对偶，下片开头四个四字句宜组成对仗。这首《恋芳春慢·金陵春》为写金陵春光之作。

2. 古寺里、塔影凌霄：玄武湖畔古鸡鸣寺里的药师佛塔高耸入云霄。

3. 楼台雾失：亭台楼阁被雾气笼罩而看不清。

2020年2月13日（农历正月二十）于南京

南乡一剪梅·窗前吟

风雨又重来㊟,寂寞愁思不胜哀㊟。
借问东君谁做主?天费疑猜㊟,地费疑猜㊟。

凉月洒楼台㊟,照见寒梅独自开㊟。
一缕香魂怜倩影,人也徘徊㊟,花也徘徊㊟。

1. 南乡一剪梅:词牌名。《南乡一剪梅》为元代创作的词牌名。此调因每片前三句用《南乡子》的头三句体,后两句用《一剪梅》的末两句体,串合成篇,故名为《南乡一剪梅》。双调,共五十四字。前、后片各五句、三平韵、一叠韵。这首《南乡一剪梅·窗前吟》写的是,初春的夜晚,夜静天凉,月华如水,推窗望月,看见窗前小池畔的玉蝶梅和宫粉梅均已开放,淡淡的幽香袭来,令人感叹,故作此小词以念之。

2. 风雨:这里代指不好的事件或不好的消息。

3. 借问东君谁做主?天费疑猜,地费疑猜:请问造物主,这人世间的事情到底由谁来做主呢?是天,是地,是人?还是天也不知道,地也不知道,人也不知道?真是费尽疑猜。东君:掌管春天之神。这里代指造物主。

4. 人也徘徊,花也徘徊:这里形容寂寞。

2020年2月14日(农历正月二十一)于南京

春声碎·雪映梅花吟

楼外锁清寒，夜雪梅花呈艳㊒。
风吹柳绿，池盈春水，看影摇深浅㊒。
轩窗下，正莺雀闹晴，争暖树、啼声乱㊒。

韶光易流散㊒，倦极离愁别怨㊒。
浮生落拓，一任苦蹉跎、岁华晚㊒。
空眷念㊒，无奈岁岁年年，寂寞里、情无限㊒。

1. 春声碎：词牌名。宋谭明之自度曲，调见《翰墨全书》。以谭明之词《春声碎·津馆贮轻寒》为正体。因其词中有“疏鼓叠，春声碎”句，故取“春声碎”三字为词调名。双调，共七十六字。前片八句、三仄韵，后片七句、五仄韵。昨夜南京突降春雪，今晨则艳阳高照，空气清寒，推窗视之，窗前小池畔的梅花正傲雪绽放，故作此《春声碎·雪映梅花吟》以感叹之。

2020年2月16日（农历正月二十三）于南京

倾杯令·愁心一片

绿树娑娑，春风化雨，鸟雀乱啼庭院(韵)。
杨柳丝丝如剪(韵)，池畔梅花争艳(韵)。

流年不利湖山远(韵)，水云深、烟霞羁绊(韵)。
凭栏极目千里，寄我愁心一片(韵)。

1. 倾杯令：词牌名。唐教坊曲有《倾杯乐》，调名本于此。该调有令词和慢词之分，此为令词。此调只有宋吕渭老词二首，宋、元人无填此者。该小令为双调，共五十二字。上片五句、三仄韵，下片四句、三仄韵。

2. 流年不利：流年，旧时算命看相的人称一年中所行之“运”。流年不利，指人长年里处于不吉利的状态，时运不佳。

3. 凭栏极目千里，寄我愁心一片：我站在窗前，极目蓝天，寄上愁心一片：天佑中华！期盼普天之下，人人平安，家家团圆！

2020年2月17日于南京

玉漏迟·烟雨鹧鸪啼

梅开花蕊俏，幽香浮动，弄娇呈艳㊍。
槛外晴光，燕子飞来庭院㊍。
池畔丝丝杨柳，剪新绿、影摇深浅㊍。
春意乱㊍，枝头叶底，雀鸣莺啭㊍。

遥望碧野云天，正水远山长，塞鸿征雁㊍。
烟雨楼台，览尽风光无限㊍。
故国江山如画，漫赢得、世人惊叹㊍。
芳草岸㊍，声声鹧鸪啼遍㊍。

1. 玉漏迟：词牌名。唐白居易《小曲新词》其二："好向昭阳宿，天凉玉漏迟。"取其"玉漏迟"为词调名。"漏"即漏壶，亦称漏刻，为古代计时器。玉漏，即以玉装饰的漏壶。玉漏迟，意谓夜深。《玉漏迟》原为古琴曲名。此调以宋祁《玉漏迟·杏香飘禁苑》为正体。双调，共九十四字。前片十句、五仄韵，后片九句、五仄韵。另有九十四字、九十六字、九十三字、九十字等诸变体。

2. 鹧鸪啼：有诗句"鹧鸪飞处雨如烟"，用以描写江南的春天，烟雨迷蒙，鹧鸪鸟在烟雨中飞翔鸣叫的情景。鹧鸪鸟生活在我国南方，其叫声像"行不得也哥哥（哥哥，哥哥，你别走）"，极容易勾起旅途艰辛的联想和游子的离愁别绪，在古诗词中常被用作烘托离愁别绪与思乡怀人之情的意象。在古人眼中，鹧鸪是一种有灵性的动物，是古人情思的一种寄托。古人写鹧鸪的诗句很多，如：唐李白的“宫女如花满春殿，只今唯有鹧鸪飞”；许浑的“南国多情多艳词，鹧鸪清怨绕梁飞”；杜牧的“石城花暖鹧鸪飞，征客春帆秋不归”；郑谷的“离夜闻横笛，可堪吹鹧鸪”；宋苏轼的“沙上不闻鸿雁信，竹间时听鹧鸪啼，此情唯有落花知”；秦观的“江南远，人何处，鹧鸪啼破春愁”等。而与鹧鸪相关的古诗词中，最著名的当属辛弃疾的《菩萨蛮·书江西造口壁》：“郁孤台下清江水，中间多少行人泪！西北望长安，可怜无数山。青山遮不住，毕竟东流去。江晚正愁余，山深闻鹧鸪。”这些诗句，都是跟一个“愁”字紧紧联系在一起的。在宋词里有“鹧鸪天”词牌，一说调名即取自唐郑嵎的诗句：“春游鸡鹿塞，家在鹧鸪天。”

2020年2月22日于南京

夜半乐·春望感怀

楚天美景如画，梅开似雪，莺雀啼芳树㊕。
燕剪柳斜斜，绕梁穿户㊕。
一池绿水，莹如碧玉，暖风吹皱涟漪，影摇千缕㊕。
正极目、流光耀清曙㊕。

大江浩浩荡荡，百舸千帆，巨槎轻橹㊕。
残照里、霞飞鸥翔江渚㊕。
远山呈黛，苍茫沃野，水村隐隐迢迢，鹧鸪飞处㊕。
正岑寂、云烟暗归路㊕。

忍顾畴昔，岁月蹉跎，运乖时阻㊕。
却不料、人生竟迟暮㊕。
算而今、应念世海沧桑度㊕。
空怅望、雁叫长空去㊕，奈何愁损流年误㊕！

1. 夜半乐：词牌名。原唐教坊曲名，后用作词调名。唐段安节《乐府杂录》载："明皇自潞州入平内难，夜半斩长乐门关，领兵入宫剪逆人。"后撰此曲，名《还京乐》。"宋词盖借旧曲另制新声，因夜半入宫，或即以此曲名为《夜半乐》。柳永首创此调，以《夜半乐·冻云黯淡天气》为代表。此调为三片，共一百四十四字。前片十句、四仄韵，中片九句、四仄韵，后片七句、五仄韵。另有变格体者。全曲格局开展，中片雍容不迫，后片则声拍促数。这首《夜半乐·春望感怀》，前片写客居金陵所居庭院的早春景色，中片写眺望长江之所见，下片是对岁月蹉跎、人生迟暮的感叹。

2. 燕剪柳斜斜：小燕子穿飞在嫩柳间，柳丝在春风中斜斜地飘起、摇动。

3. 清曙：清晨的曙光。

4. 巨槎轻橹：指大小船只。橹：拨水使船前进的工具。比桨长且大。槎和橹在这里均代指船只。

5. 愁损流年：因光阴流逝、年华老去而忧愁、悲伤。

2020年2月27日于南京

莺啼序·咏金陵

春来六朝故国，问梅开何处㊎？
钟山下、姹紫嫣红，漫山遍野芳树㊎。
台城外、苍苍五岛，湖光塔影兰舟渡㊎。
正云蒸霞蔚，画桥烟柳迷雾㊎。

十里秦淮，粉墙黛瓦，映朱楼绮户㊎。
笙歌动、灯影桨声，一河红艳幽素㊎。
棘围深、御街打马，青云梦、亦如朝露㊎。
误年华，十载寒窗，凄凉无数㊎。

桃花妩媚，呈艳梨花，洒落樱花雨㊎。
古寺里、青烟袅袅，钟磬悠悠，
梵曲禅音，几人能悟㊎？
乌衣巷口，文德桥畔，谁知王谢堂前燕，
去无踪、一任悲今古㊎。
沧桑岁月，蹉跎多少英才，慨叹人生迟暮㊎。

雄关故垒，雁阵书天，引客愁千缕㊆。
大江上、巨槎轻橹㊆。
梦里横塘，月落乌啼，水流南浦㊆。
吴天楚地，风流云散，赏心亭上凭栏久，
是何人、极目天涯路㊆？
迢迢千里江南，不忍离她，断魂归去㊆！

1. 莺啼序：词牌名。又名《丰乐楼》。《莺啼序》为词调中最长者。“序”，盖大曲之序乐。一说“叙”，即铺叙之意。此调以宋吴文英词《莺啼序·残寒正欺病酒》（吴氏或题为“春晚感怀”）为正体。该词调分四片，共二百四十字。第一片八句、四仄韵，第二片十句、四仄韵，第三片十四句、四仄韵，第四片十四句、五仄韵。（龙榆生先生在其《唐宋词格律》中，认为该词调每片均为四仄韵。）另有变格体者。此调不但篇幅长，结构与句式也极其复杂，调势婉转起伏，波澜变化，时而流畅，时而低咽，然极为和谐柔婉。此虽为长调之最难者，但自古以来常有词人试以展示其词艺之水平。余的这首《莺啼序·咏金陵》为咏金陵风光而作。全篇写到了金陵众多的风景文化名胜，如：钟山、梅花山、长江、石头城、台城、玄武湖、莫愁湖、秦淮河、江南贡院、鸡鸣寺、乌衣巷、文德桥、来燕堂、南浦渡、赏心亭等，也写到了金陵的湖光山色、云光塔影、烟柳画桥、灯影桨声、河灯梦幻、朱楼绮户、大雁远征、月落乌啼，以及梅花、桃花、梨花、樱花等。抒发了对金陵美好风光的热爱与眷恋。第一片写初春，钟山下、梅花山上数万株梅花竞开，玄武湖的湖光山色和台城的烟柳画桥；第二片写十里秦淮风光和江南贡院士子乡闱；第三片写鸡鸣寺里青烟袅袅，钟磬悠悠，寺外樱花盛开，飘飘洒洒落下满天花雨，由“旧时王谢堂前燕，飞入寻常百姓家”，慨叹世事无常，人生苦短；第四片写站在石头城上观长江东去、望大雁远征，登赏心亭览金陵风光，对金陵之美发出由衷的感叹。

2. 台城外、苍苍五岛：玄武湖位于台城北面，是紫金山脚下的国家级风景名胜区，中国最大的皇家园林湖泊，当代仅存的江南皇家园林，江南三大名湖（杭州西湖、南京玄武湖、浙江嘉兴南湖）之一，是江南最大的城内公园，被誉为“金陵明珠”。湖内五岛相连，花木扶疏，繁花似锦，碧波荡漾，风光旖旎。

3. 御街打马：古代科举考试，新科进士受皇帝接见，状元、榜眼、探花还要在御街上骑马夸官，是人生最大的荣耀。

4. 青云梦、亦如朝露：青云直上、飞黄腾达之梦，对于大多数士子而言，也就像早晨阳光下的露珠一样。

5. 洒落樱花雨：台城及鸡鸣寺一带遍植樱花，这里是南京最著名的赏樱花之地。每年三月，这里满街花发，如云似雾。“今日雪如花，明日花如雪”，樱花虽然绚烂，花期却很短暂，不消几日，便在春风中花谢花飞花满天了。但是，樱花之美，却正美在花瓣凋零、落英缤纷之际，微风一吹，仿佛下了一场悠悠洒洒的粉红花雨。樱花的花开与花落，也正体现了佛教的“无常”思想。带着一颗佛心去赏花，让法雨滋润心田，在心中开出慈悲和智慧的花朵。

6. 乌衣巷：金陵城内古街巷名，位于秦淮河之南。三国时期，吴国曾设军营于此，为禁军驻地。由于当时禁军身穿黑色军服，所以此地俗称乌衣巷。东晋时，名相王导、谢安两大家族，都居住在乌衣巷，其子弟都穿黑衣以显尊贵，人称其子弟为“乌衣郎”。中唐著名诗人刘禹锡曾有怀古组诗《金陵五题》，其第二首名《乌衣巷》：“朱雀桥边野草花，乌衣巷口夕阳斜。旧时王谢堂前燕，飞入寻常百姓家。”

7. 雄关故垒，雁阵书天，引客愁千缕：登上石头城，望见大雁正列队远征，雁队在蓝天上组成“一”字或“人”字形，勾起游子对故乡的思念。

8. 梦里横塘：睡梦里时常梦到莫愁湖的美丽风光。

9. 南浦：南浦渡。即著名的人文景观桃叶渡。南浦，泛指送别的地方。

10. 迢迢千里江南，不忍离她，断魂归去：烟雨江南，金陵美景，让人沉醉，惹人留恋。余客居金陵，日久生情，不忍归去，却有“他乡做故乡”之感。一旦离开，怕是要魂牵梦绕呢。

2020年3月3日于南京

雨霖铃·庚子流年忆

晴天霹雳(韵),世人惊恐,突发时疫(韵)。
惶惶不可终日,封城闭户,萧然空寂(韵)。
染者芸芸数万,正悲怆之极(韵)。
更有那、亡我狼豺,岂奈汹汹病魔集(韵)?

龙魂不死风雷激(韵),国之殃、九域同悲泣(韵)!
神州共度风雨,齐奋起、斩荆披棘(韵)。
政警兵民,医者前行,负重迎敌(韵)。
劫难去、国泰民安,庚子流年忆(韵)。

1. 雨霖铃:词牌名。又名《雨淋铃》《雨淋铃慢》。原唐教坊曲名,后用作词调名。唐段安节《乐府杂录》云:“《雨霖铃》者,因唐明皇驾回至骆谷,闻雨淋銮铃,因令张野狐撰为曲名。”本意为唐玄宗李隆基思念杨贵妃之作。宋人借旧曲之名另倚新声,始见于宋柳永《乐章集》。该调以柳永《雨霖铃·寒蝉凄切》为正体。双调,共一百零三字。前片十句、五仄韵,后片九句、五仄韵。该调例用入声韵。另有变格体者。该调宜抒写离情别绪,词情哀怨。这首《雨霖铃·庚子流年忆》依柳永体,写己亥末庚子春突发时疫,举国上下,万众一心,共克时艰,共度劫难,终于取得了抗击疫情的伟大胜利。祝愿祖国从此风调雨顺、国泰民安。然多年以后,回顾庚子年春,留给人们的将是许许多多无奈的回忆和思考。

2. 龙魂：中国人民自称为“龙的传人”，“龙魂”即中华民族的优秀品格，为民族精神之魂。如坚忍不拔、不屈不挠、艰苦奋斗、吃苦耐劳、爱好和平、睦邻友好、团结协作、与人为善等。另，龙魂又指剑花，剑的光芒。

3. 九域：中国的古称之一。

2020年3月5日于南京

石州慢·春日南国抒怀

南国风光，烟柳画桥，细雨初歇[韵]。
窗前杏蕊娇羞，紫燕绕飞楼阙[韵]。
登临极目，隐隐碧野青山，江流滚滚残阳血[韵]。
莺雀乱啼鸣，恰游春时节[韵]。

凄切[韵]。一生坎坷，半世飘零，年年伤别[韵]。
运蹇时乖，夙愿难酬心结[韵]。
而今却是，茫茫人海浮沉，旧游如梦音尘绝[韵]。
谁念客天涯，望秦淮明月[韵]。

1. 石州慢：词牌名。又名《石州引》《柳色黄》《石州词》《石州影》等。石州，唐边地州名，治所在离石（今山西吕梁市离石区）。唐时西北边地有六州，乃伊、梁、甘、石、氐、渭。六州各有歌曲，统名《六州》。北宋郭茂倩《乐府诗集》引《乐苑》云，《石州》为舞曲。后用作词调名。慢，唐宋杂曲的一种体制。指调长拍缓、节奏纡徐舒缓的乐曲，是“慢曲子”的简称。“慢”一作“引”，则指大曲之引子。该调以宋贺铸词《石州慢·薄雨收寒》为正体。双调，共一百零二字。前片十句、四仄韵，后片十一句、五仄韵。宜用入声韵。另有诸变格体。余于2017年春曾写过一首《石州慢·春夜旅思》，依张元幹体。而这首《石州慢·春日南国抒怀》则依贺铸体。

2. 心结：因某事或某段感情（多指不好的）而牢记在心，久久不能释怀，心里像打了一个结而无法解开。

3. 谁念客天涯，望秦淮明月：孤独凄凉貌。这里的天涯不是指遥远的天涯海角，而是指余近年来的客居之地南京。

2020年3月8日（农历二月十五）于南京

高阳台·春吟

漠漠轻寒，丝丝细雨，江南正是阳春(韵)。
玉树临风，满园花雾流云(韵)。
嫣红姹紫芳菲处，鹧鸪啼、碧野香尘(韵)。
燕归来，绮户朱楼，柳色盈门(韵)。

六朝旧梦笙歌地，有闲愁多少，不耐悲吟(韵)。
顾影伤怀，离情付与瑶琴(韵)。
苍颜华发凭谁问，阻归程、远水遥岑(韵)。
细思量，归去来兮，迟暮销魂(韵)！

1. 顾影伤怀：看着自己孤单的身影而伤感。

2. 归去来兮，迟暮销魂：是来是去，是走是留，不论到哪里，对于迟暮之人来说，都是会损伤精神的。

2020年3月10日于南京

八声甘州·春游牛首感怀

正霞光曙色弄晴柔，牛首锁烟岚㊝。
望群峰簇日，峥嵘天阙，双塔巍然㊝。
但见松林竹海，涧壑涌清泉㊝。
桃李齐呈艳，馨蕙幽兰㊝。

人道将军山下，有抗金故垒，迤逦绵延㊝。
想英魂忠烈，功业冠人寰㊝。
念神州、苍生劫难，尽凄凉、尘暗蔽山川㊝。
空嗟叹、沧桑世海，风月同天㊝。

1. 八声甘州：词牌名。又名《甘州》《潇潇雨》《宴瑶池》。源于唐代边塞曲。甘州为古时西北六州之一，唐玄宗时教坊大曲有《甘州》，杂曲有《甘州子》，以边塞地甘州为名。《八声甘州》就是在唐代大曲《甘州》的基础上改制而成。全词共八韵，所以叫“八声”。该调最早见于柳永的《乐章集》，以柳永词《八声甘州·对潇潇暮雨洒江天》为正体。双调，共九十七字。前、后片各九句、四平韵。另有诸变格体。这首《八声甘州·春游牛首感怀》，上片写春游牛首山所看到的美丽风光，下篇写在牛首山山脚至山脊一带寻觅岳飞抗金故垒而发出的感叹。

2. 牛首山：牛首山风景区位于南京市南郊江宁区境内，由牛首山、祖堂山、将军山、东天幕岭、西天幕岭、隐龙山等诸多大小山峰组成。牛首山又名牛头山、天阙山，是金陵四大名胜（紫金山、玄武湖、秦淮河、牛首山）之一，位于南京城南中华门外10公里处。牛首山盛产松、竹、茶、兰。松竹千顷，桃李灿若云霞，漫山杜鹃、山茶，风景秀丽。每岁届春，金陵百姓倾城出游，故有“春牛首”之称。“牛首烟岚”为金陵四十八景之一。2015年10月27日，全球佛教界的至高圣物——佛祖释迦牟尼顶骨舍利被迎请至牛首山佛顶宫永久供奉。佛顶宫、佛顶寺、佛顶塔作为景区的三大核心景点，再现了牛首山历史上的“双峰双塔”奇观。今日牛首山风景区的景点主要有：佛顶宫、佛顶寺、佛顶塔、宏觉寺、宏觉寺塔、牛头禅文化园、郑和文化园、岳飞抗金故垒、隐龙湖、禅林路景观区等。

3. 天阙：天阙山。牛首山又名牛头山、天阙山。

4. 双塔：牛首山在历史上曾有双峰双塔奇观。双塔指的是佛顶寺佛顶塔和弘觉寺弘觉寺塔。

5. 抗金故垒：岳飞抗金故垒，位于牛首山东侧至将军山、韩府山一带。起自铁心桥东500米处秦淮河边的韩府山，至牛首山主峰，断续残存约4200余米。其中沿牛首山脚至山脊，长2000余米。石垒底宽1.5~3米不等，高约1米。故垒采用当地赤褐色石块垒筑而成，蜿蜒起伏，高低错落。宋高宗建炎三年（1129年），金兀术兵分两路渡江，连破建康等重镇，在遭到江南人民英勇抵抗后于建炎四年（1130年）北撤，途经镇江复遭南宋名将韩世忠的水军阻击，金兀术率兵逃往黄天荡，退路被封，只好取道建康。岳飞在牛首山、将军山、韩府山一带筑垒伏兵，大败金兀术，迫使金兀术退回黄天荡。

6. 念神州、苍生劫难，尽凄凉、尘暗蔽山川：九百年前的北宋末南宋初，在外族入侵下，汉民族遭受了巨大的苦难：山河破碎，国破家亡，战火弥漫，流离失所，民不聊生，频遭杀戮，日月同悲，百姓挣扎在死亡线上。

7. 沧桑世海，风月同天：风云变幻，世海沧桑，历史上互相争斗的各个民族，最终融合成了一个多民族的伟大国家。在同一片蓝天下，为中华民族伟大复兴而共同奋斗！

2020年3月12日于南京

水调歌头·迟暮吟

半世飘零久，迟暮客江东平韵。
少年侠义安在、肝胆与谁同韵？
忆昔蹉跎岁月仄韵，览尽世间风物韵，常是梦魂萦平韵。
且向花前醉，顾影惜流形韵。

人憔悴，身心倦，意难平平韵。
庾愁何限、无奈江海度余生韵。
遥想旧游沉寂仄韵，放眼青山如壁韵，羁旅阻归程平韵。
游子空兴叹，孤雁落寒汀韵。

1. 顾影惜流形：看着自己孤单漂泊的身影而心生怜惜之情。

2. 庾愁何限：思乡的忧愁有多少呢？庾愁：典故名。南朝梁诗人庾信，使西魏，阻于兵，留长安。北周代西魏后，官至骠骑大将军、开府仪同三司。位虽通显，而常有乡关之思，曾作《哀江南赋》以寄意。后因称乡思或故国之思为“庾愁”。

3. 旧游沉寂：老朋友一个一个都没有消息了。暗喻有的人已经过世。

4. 青山如壁：青山壁立，遮挡住了远望的视线。暗喻归程受阻。

2020年3月15日于南京

扬州慢·恋芳春

烟雨江南，鹧鸪飞处，和风吹送阳春(韵)。
看苍茫碧野，正禾稼如云(韵)。
极目望、峰峦叠翠，茶田竹海，汀渚渔村(韵)。
燕归来、轻剪盈波，溪水鸣琴(韵)。

樱花呈艳，海棠娇、桃李芳芬(韵)。
有叶底黄莺，枝头云雀，啼乱晨昏(韵)。
莫放韶光归去，伤漂泊、迟暮愁心(韵)。
对一轮明月，年年岁岁销魂(韵)。

1. 扬州慢·恋芳春：扬州慢，词牌名。这首《扬州慢·恋芳春》为赞美和留恋江南春天之美景而作。

2. 禾稼如云：形容庄稼长得好。预示着今年又是一个丰收年。稼：庄稼；谷物。

3. 迟暮愁心：上了年纪的人因感叹时光流逝而忧伤的心情。

2020年3月17日于南京

满江红·金陵春分感时作

梦里江南，春之半、烟霞明灭韵。
极目望、平畴沃野，楚天空阔韵。
隐隐青山留倩影，迢迢碧水怜风月韵。
漫销魂、如画美江山，花时节韵。

后庭曲，终休阕韵；王谢燕，音尘绝韵。
想六朝旧事、乱人心结韵。
可叹人生悲寂寞，争知世海伤离别韵。
愿年年、不负好时光，真情切韵！

1. 满江红：词牌名。又名《上江虹》《念良游》《烟波玉》《伤春曲》等。满江红，调名来源说法不一。一说调名咏水草。满江红是一种生长在水田或池塘里的小型浮水植物。它的叶内含有很多花青素，秋冬时节，群体呈现一片红色，所以叫“满江红”。一说调名咏江景，一说咏曲名。此调有仄韵、平韵两体。平韵体只有姜夔词一体，仄韵体宋人填者最多，以柳永词《满江红·暮雨初收》为正体，而以岳飞词《满江红·怒发冲冠》最为有名。双调，共九十三字。上片八句、四仄韵，下片九句、五仄韵，而且常用入声韵。上片第二、第三句一般分上三下四，第七句一般分上三下五；下片第五句一般分上五下四，第八句一般分上三下五。此调往往用对仗。此调基音较高，故声情雄浑悲壮，有激越之感。此调有多种变格体。

2. 春之半、烟霞明灭：今天是春分，春分者，阴阳相半，昼夜均而寒暑平。春分前后，江南一带，和风细雨，柳绿花红，各种花卉相继开放，令人目不暇接，美不胜收。

3. 如画美江山，花时节：江南风光美如画，又逢春季花开时节，更是美的让人如痴如醉、心旷神怡、流连忘返。

4. 后庭曲，终休阕；王谢燕，音尘绝：以《玉树后庭花》为代表的靡靡之音终于停止了，旧时王谢堂前的燕子也不知飞到哪里去了。喻岁月沧桑，世事无常。阕(què)：终止。乐曲终了。

2020年3月20日(春分)于南京

临江仙·江南春

二月江南烟漠漠，吴天楚地春浓㊅。
青山黛影落霞红㊅。
桃花流水，溪柳漫摇风㊅。

紫燕归来寻旧梦，间关叶底黄莺㊅。
声声啼得世间情㊅。
闲云野鹤，湖海度余生㊅。

1. 临江仙：词牌名。这首《临江仙·江南春》为五十八字体。

2020年3月22日于南京

高阳台·寓居江南感时作

世事无情，光阴有限，算来何必奔忙㊞？
碌碌浮生，恰如一梦黄粱㊞。
荣枯有数皆缘定，误年华、利锁名缰㊞。
醉烟霞，野鹤闲云，诗酒疏狂㊞。

芒鞋竹杖归来晚，对良辰美景，览翠寻芳㊞。
碧野朱桥，名园佳丽徜徉㊞。
江山胜迹留连处，说风流、慨叹兴亡㊞。
漫销魂，岁月悠悠，湖海茫茫㊞。

1. 一梦黄粱：黄粱一梦。黄粱梦，唐沈既济《枕中记》叙述卢生在邯郸旅店中遇一道士吕翁，给他一个枕头，让他睡觉。这个时候，店主人刚做上一锅黄米饭。卢生在睡梦中享尽了荣华富贵，一觉醒来，黄米饭还没熟。后用“黄粱一梦”这个成语比喻荣华富贵如梦一般，短促而虚幻。也比喻虚幻不能实现的梦想。黄粱梦，地名今尚在，在邯郸北郊。

2. 湖海：泛指四方之地。又指浪迹江湖。

2020年3月25日于南京

赏樱花

三月阳春绮陌行(韵),早樱树上语流莺(韵)。
十分娇艳十分醉,一寸相思一寸情(韵)。
日丽风和花烂漫,云蒸霞蔚雾朦胧(韵)。
悠悠洒洒轻红雨,谁解无常是永恒(韵)?

1. 十分娇艳十分醉,一寸相思一寸情:赞扬樱花的娇艳美丽令人陶醉,以及人们对樱花的爱恋之情。

2. 悠悠洒洒轻红雨,谁解无常是永恒:樱花盛开时节,花繁艳丽、妩媚娇艳、满树烂漫、如云似霞、极为壮观。然而,樱花的花期很短,7~10天便凋谢了。樱花之美,正美在花瓣凋零、落英缤纷之际,微风一吹,仿佛下了一场悠悠洒洒的粉红花雨,优美异常。樱花的花开与花落,也正体现了佛教的“无常”思想,无常即为永恒。用一颗佛心来观赏樱花的花开与花落,也许更能领悟人生的真谛。

2020年3月26日(农历三月三)于南京

自 怜

诗书翰墨了尘缘㊗,如醉如痴梦里天㊗。
暮诵华章霞映日,晨吟金句柳含烟㊗。
春花秋月芳菲处,细雨和风紫翠间㊗。
莫道此身非我有,自怜造化半生闲㊗。

1. 自怜:这是本诗词集的最后一首诗,余一生与诗书翰墨结缘,虽为生计奔波劳碌大半生,但不忘初心,人已至暮年,仍与诗书为伴。

2. 诗书翰墨了尘缘:一生与诗书翰墨结下了不解之缘。尘缘:现实世界的缘分。又指行迹;踪迹。佛教、道教谓与尘世的缘分。佛教称尘世间的色、声、香、味、触、法为“六尘”,人心与“六尘”有缘分,受其拖累,叫作尘缘。即泛指尘世的缘分。

3. 华章金句:华美的文章,唯美的诗句。

4. 莫道此身非我有,自怜造化半生闲:一生为生计奔波而身不由己。如今已届迟暮之年,感谢上天赐予的闲暇时光。

2020年3月29日于南京

附录一　今体诗的平仄格式

五言律诗的四个基本句型：

1. (仄)仄平平仄　　2. 平平仄仄平

3. (平)平平仄仄　　4. (仄)仄仄平平

这四个句型错综变化，成为五言律诗的四种平仄格式。

五言律诗的四种平仄格式：

1. 首句仄起仄收式（这种格式最为常见）

(仄)仄平平仄，平平仄仄平(韵)。

(平)平平仄仄，(仄)仄仄平平(韵)。

(仄)仄平平仄，平平仄仄平(韵)。

(平)平平仄仄，(仄)仄仄平平(韵)。

2. 首句仄起平收式

(仄)仄仄平平(韵)，平平仄仄平(韵)。

(平)平平仄仄，(仄)仄仄平平(韵)。

(仄)仄平平仄，平平仄仄平(韵)。

(平)平平仄仄，(仄)仄仄平平(韵)。

3. 首句平起仄收式

(平)平平仄仄，(仄)仄仄平平(韵)。

ⓧ仄平平仄，平平仄仄平韵。

㊥平平仄仄，ⓧ仄仄平平韵。

ⓧ仄平平仄，平平仄仄平韵。

4. 首句平起平收式

平平仄仄平韵，ⓧ仄仄平平韵。

ⓧ仄平平仄，平平仄仄平韵。

㊥平平仄仄，ⓧ仄仄平平韵。

ⓧ仄平平仄，平平仄仄平韵。

五言绝句是五言律诗的一半，所以也有四种平仄格式。

五言绝句的四种平仄格式：

1. 首句仄起仄收式（这种格式最为常见）

ⓧ仄平平仄，平平仄仄平韵。

㊥平平仄仄，ⓧ仄仄平平韵。

2. 首句仄起平收式

ⓧ仄仄平平韵，平平仄仄平韵。

㊥平平仄仄，ⓧ仄仄平平韵。

3. 首句平起仄收式

㊥平平仄仄，ⓧ仄仄平平韵。

ⓧ仄平平仄，平平仄仄平韵。

4. 首句平起平收式（这种格式罕见）

平平仄仄平韵，ⓧ仄仄平平韵。

ⓧ仄平平仄，平平仄仄平韵。

七言律诗的四个基本句型：

1. (平)平(仄)仄平平仄　　2. (仄)仄平平仄仄平

3. (仄)仄(平)平平仄仄　　4. (平)平(仄)仄仄平平

这四个句型错综变化，成为七言律诗的四种平仄格式。

七言律诗的四种平仄格式：

1. 首句平起平收式（这种格式最为常见）

(平)平(仄)仄仄平平(韵)，(仄)仄平平仄仄平(韵)。

(仄)仄(平)平平仄仄，(平)平(仄)仄仄平平(韵)。

(平)平(仄)仄平平仄，(仄)仄平平仄仄平(韵)。

(仄)仄(平)平平仄仄，(平)平(仄)仄仄平平(韵)。

2. 首句平起仄收式

(平)平(仄)仄平平仄，(仄)仄平平仄仄平(韵)。

(仄)仄(平)平平仄仄，(平)平(仄)仄仄平平(韵)。

(平)平(仄)仄平平仄，(仄)仄平平仄仄平(韵)。

(仄)仄(平)平平仄仄，(平)平(仄)仄仄平平(韵)。

3. 首句仄起平收式（这种格式也很常见）

(仄)仄平平仄仄平(韵)，(平)平(仄)仄仄平平(韵)。

(平)平(仄)仄平平仄，(仄)仄平平仄仄平(韵)。

(仄)仄(平)平平仄仄，(平)平(仄)仄仄平平(韵)。

(平)平(仄)仄平平仄，(仄)仄平平仄仄平(韵)。

4. 首句仄起仄收式

(仄)仄(平)平平仄仄，(平)平(仄)仄仄平平(韵)。

(平)平(仄)仄平平仄,(仄)仄平平仄仄平(韵)。

(仄)仄(平)平平仄仄,(平)平(仄)仄仄平平(韵)。

(平)平(仄)仄平平仄,(仄)仄平平仄仄平(韵)。

七言绝句是七言律诗的一半,所以也有四种平仄格式。

七言绝句的四种平仄格式:

1. 首句平起平收式(这种格式最为常见)

(平)平(仄)仄仄平平(韵),(仄)仄平平仄仄平(韵)。

(仄)仄(平)平平仄仄,(平)平(仄)仄仄平平(韵)。

2. 首句平起仄收式

(平)平(仄)仄平平仄,(仄)仄平平仄仄平(韵)。

(仄)仄(平)平平仄仄,(平)平(仄)仄仄平平(韵)。

3. 首句仄起平收式(这种格式也很常见)

(仄)仄平平仄仄平(韵),(平)平(仄)仄仄平平(韵)。

(平)平(仄)仄平平仄,(仄)仄平平仄仄平(韵)。

4. 首句仄起仄收式

(仄)仄(平)平平仄仄,(平)平(仄)仄仄平平(韵)。

(平)平(仄)仄平平仄,(仄)仄平平仄仄平(韵)。

附录二 《流年集——石恒济诗词》和《暮吟草——石恒济诗词》中所用到的词牌

1. 清平乐　二首
2. 忆秦娥　一首
3. 西江月　四首
4. 水调歌头　三首
5. 醉花阴　二首
6. 满江红　三首
7. 破阵子　四首
8. 虞美人　二首
9. 浪淘沙　十三首
10. 江城子　四首
11. 沁园春　一首
12. 唐多令　十首
13. 雨霖铃　二首
14. 凤凰台上忆吹箫　二首
15. 八声甘州　三首
16. 贺新郎　二首
17. 扬州慢　六首
18. 忆江南(梦江南)　二十六首
19. 菩萨蛮　一首
20. 诉衷情　二首
21. 蝶恋花　二首
22. 踏莎行　二首
23. 一剪梅　二首
24. 青玉案　二首
25. 浣溪沙　一首
26. 秋波媚　二首
27. 南歌子　九首
28. 采桑子　二首
29. 鹧鸪天　七首
30. 渔家傲　一首
31. 临江仙　十首
32. 鹊桥仙　一首
33. 相见欢(乌夜啼)　八首

34. 离亭燕　一首
35. 桂枝香　二首
36. 念奴娇　四首
37. 永遇乐　一首
38. 望海潮　一首
39. 水龙吟　二首
40. 木兰花慢　一首
41. 满庭芳　三首
42. 高阳台(庆春泽)　六首
43. 苏幕遮　一首
44. 少年游　四首
45. 武陵春　五首
46. 摊破浣溪沙　一首
47. 点绛唇　一首
48. 一丛花　六首
49. 天仙子　一首
50. 柳梢青　一首
51. 青门引　二首
52. 御街行　三首
53. 石州慢　二首
54. 祝英台近　一首
55. 谢池春　一首
56. 夜游宫　二首
57. 桃源忆故人　一首
58. 好事近　二首
59. 月下笛　一首
60. 谒金门　一首
61. 定风波　一首
62. 南乡子　一首
63. 山亭柳　一首
64. 采桑子慢　一首
65. 解语花　一首
66. 画堂春　五首
67. 西河　一首
68. 汉宫春　一首
69. 绮罗香　一首
70. 卜算子　二首
71. 阳关曲　三首
72. 忆王孙　五首
73. 长相思　一首
74. 渔歌子　二首
75. 生查子(楚云深)　二首
76. 玉楼春　二首
77. 巫山一段云　三首

78. 秋蕊香　二首
79. 朝中措（芙蓉曲）　二首
80. 太常引　一首
81. 减字木兰花　一首
82. 如梦令　二首
83. 捣练子　五首
84. 惜分飞　一首
85. 小重山　一首
86. 好时光　一首
87. 探春令　三首
88. 惜春令　一首
89. 伊州令　一首
90. 海棠春　一首
91. 城头月　一首
92. 满宫花　一首
93. 华清引　一首
94. 木兰花　二首
95. 伤春怨　一首
96. 柳含烟　一首
97. 杏花天　一首
98. 天净沙　三首
99. 一斛珠（醉落魄）　三首
100. 醉春风　一首
101. 锦缠道　一首
102. 误佳期　一首
103. 人月圆　一首
104. 贺圣朝　一首
105. 夜行船　一首
106. 看花回　一首
107. 越溪春　一首
108. 风入松　二首
109. 传言玉女　一首
110. 江月晃重山　二首
111. 烛影摇红　一首
112. 行香子　二首
113. 最高楼　一首
114. 梁州令　一首
115. 促拍采桑子　二首
116. 极相思　一首
117. 折丹桂　一首
118. 桂华明　一首
119. 雨中花令　二首
120. 醉乡春　一首
121. 滴滴金　一首

122. 黄金缕　一首
123. 望江东　一首
124. 忆汉月　一首
125. 思远人　一首
126. 后庭宴　一首
127. 解佩令　一首
128. 玉梅令　一首
129. 风光好　一首
130. 家山好　一首
131. 归去来　一首
132. 眉峰碧　一首
133. 洞天春　一首
134. 花前饮　一首
135. 千秋岁　三首
136. 锦帐春　一首
137. 婆罗门引　一首
138. 蓦山溪　一首
139. 洞仙歌　一首
140. 四犯令　一首
141. 破字令　一首
142. 秋夜雨　一首
143. 骤雨打新荷　一首
144. 陌上花　一首
145. 声声慢　二首
146. 醉蓬莱　一首
147. 万年欢　一首
148. 鱼游春水　一首
149. 渡江云　一首
150. 喜朝天　一首
151. 梦扬州　一首
152. 南浦　一首
153. 阮郎归　一首
154. 桂殿秋　三首
155. 倾杯乐　一首
156. 凄凉犯　一首
157. 明月逐人来　一首
158. 薄媚摘遍　一首
159. 过秦楼　一首
160. 望远行　一首
161. 风流子　一首
162. 齐天乐　一首
163. 升平乐　一首
164. 寻梅　一首
165. 东风齐着力　一首

附录三　小外孙张博涵的诗

其一：

天净沙·初春

新枝绿叶嫩芽，
石桥溪水人家，
露珠草尖低压。
兀鸟飞下，
远山凝黛天涯。

2018年石头十一岁于北京

其二：

登　山

草木泥香嫩芽迟，
栖鸟互鸣自不识。
山回路转顶峰远，
劳神劳力贵坚持。

2018年石头十一岁于北京

其三：

长　城

城墙层叠烽火烟，
条石磊磊硕而坚。
绵延起伏千万里，
只为国泰与民安。

2018年石头十一岁于北京

其四：

比　赛

无数观众呐喊声，
比赛激烈罢不能。
本队大败敌队胜，
留得遗憾别年成。

2018年石头十一岁于北京

附录四　小外孙全奕行的诗

其一：

柳叶正在飘落，
小草青青。
淡淡的太阳落在湖面上，
发出黄黄的光。

天要黑了，
火烧云和彩虹靠的窗户很近。
一开窗，它们就跑进来，
亲了你和我一下。

注：2017年10月13日黄昏，刚满4岁的小外孙坐在卧室的飘窗台上玩，他看着窗外的景色自言自语念出了这首所谓的诗。

2017年10月13日晚猫猫4岁2个月于南京

其二：

春夏秋冬

春天来了，小草发芽了，花儿开放了，鸟儿飞回来了。

夏天来了，太阳照着大地，暖洋洋的。

秋天来了，一年的收获，好香甜啊。

冬天来了，白雪覆盖在房子上，好美呀！

我爱春夏秋冬。

2020年3月8日猫猫6岁半于南京

其三：

春天来了

一阵微风吹过来了
大树和玉兰花在跳舞
晚霞照着窗户
暖洋洋的
青蛙和小鸟在唱歌
柳树刚长出的嫩芽
真清新呀
春天来了

2020年3月14日猫猫6岁半于南京

参考文献

王力.汉语诗律学[M].上海:上海教育出版社出版,1962.

王力.诗词格律[M].北京:中华书局出版,1962.

龙榆生.唐宋词格律[M].上海:上海古籍出版社出版,1978.

俞平伯.唐宋词选释[M].北京:人民文学出版社出版,1978.

唐诗鉴赏辞典[M].上海:上海辞书出版社出版,1983.

宋诗鉴赏辞典[M].上海:上海辞书出版社出版,1987.

唐圭璋.唐宋词鉴赏辞典[M].江苏:江苏古籍出版社出版,1986.

李文学.唐诗典故辞典[M].陕西:陕西人民出版社出版,1989.

王力.诗词格律概要[M].北京:北京联合出版公司出版,2006.

耿振生.诗词曲的格律和用韵[M].郑州:大象出版社出版,2009.

刘福元,杨新我.古代诗词常识[M].石家庄:河北人民出版社出版,2009.

[清]陈廷敬,王奕清等.康熙词谱[M].长沙:岳麓书社出版,2000.

[清]舒梦兰.白香词谱[M].上海:上海古籍出版社出版,2001.

严建文.词牌释例[M].杭州:浙江文艺出版社出版,1984.

中华书局编辑部.怎样用韵[M].北京:中华书局出版,2013.

后　记

作诗填词，在古代那是文人雅士们即兴抒怀或歌咏唱酬的风雅之事。对于我来说，是年轻时即有、直到暮年也不曾泯灭的、终老一生对古典诗词的爱好。古人所创作的那些脍炙人口的隽永诗句、华美词章令人百读不厌，所描绘的那些梦幻迷离的美妙意境经常浮现在脑海中，所吟咏的那些壮美河山和美丽的自然风光令人向往，所歌颂的那些大德先贤们的高尚品德和志士英烈们的浩然正气时时在心中激荡。

数十年来，为生计而奔波，因工作和生活琐事之累而无暇进行诗词创作，但却从未放弃对古典诗词的爱好与研读。退休之后已年近古稀。对于大多数中国的退休职工来说，退休即上岗，退了工作的休而上了为儿女看护下一代的岗。此时的我，为追逐儿时的梦想，却在迟暮之年重新开始了自己的诗词创作之旅。暑往寒来，夜以继日，忙里偷闲，笔耕不辍，我的诗词伴随着小外孙的成长也在逐渐增多。光阴似箭，日月如梭，一眨眼七八年过去了，我随女儿一家四处奔波，先由北京迁往广州，继而由广州迁往深圳，又从深圳迁到南京。在不断的迁徙中，我也遍历各地风光，并在忙碌中得以流连山水、游览名胜、瞻仰古迹、凭吊古圣先贤。游览祖国的锦绣河山、名胜古迹更增加了我对伟大祖国的热爱，更以作为华夏子孙而自豪。游历为我的诗词创作提供了丰富的素材，也陶冶着情操、启迪着我的心灵。对我来说，作诗填词，累则累矣，但也由此而快乐着。不是为作诗而作诗，更不为沽名钓誉，只为不忘初心，找回自己，情之所至，有感而发罢了。

浮生若梦，岁月如歌，诗词记录着我内心幽微的情感和生活的痕迹，愿美妙的诗词能诠释人生的真谛！世海沧桑，岁月如流，光阴荏苒，年华老去。阅尽人间百态、尝遍人生的苦辣酸甜之后，对于迟暮之人来说，一切都如过眼烟云。在此，谨以此诗词集献给我的亲人、我爱的人、爱我的人、我的亲朋故旧和那些高尚善良的人们！

本书的编辑出版，得到了知识产权出版社的大力支持，编辑在封面、版式、编辑、审核、修订等各方面都做了大量艰苦细致的工作，令人敬佩和感激。在此，对为本书的编辑出版付出辛劳的各位同志表示衷心的感谢！同时，我也要感谢我的家人在我写作诗词的过程中给予我的理解、关怀和支持。佛说："心如莲花，人生才会一路芬芳。"谢谢大家！

是为后记。

石恒济

2020年秋日于南京